G

L'ŒUVRE AU NOIR

suivi de

Carnets de notes de « L'Œuvre au Noir »

苦炼

Marguerite Yourcenar

[法] 玛格丽特·尤瑟纳尔　著

段映虹　————　译

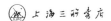 上海三联书店

目录

第一部　漫游岁月

第二部　静止不动的生活

第三部　牢狱

第一部

漫游岁月

哦,亚当,我没有赋予你属于你自己的面孔和位置,也没有赋予你任何特别的天赋,以便由你自己去期望、获取和拥有你的面孔、你的位置和你的天赋。自然将另一些类别禁闭在由我订立的法令之内。然而,你不受任何界线的限制,我将你置于你自己的意志之手,你用它来确定自己。我将你置于世界的中央,以便让你更好地静观世间万物。我塑造的你既不属于天界,也不属于凡间,既非必死,也非永生,以便让你自己像一个好画家或者灵巧的雕塑家那样,自由地完成自己的形体。

皮科·德拉·米兰多拉

《论人的尊严》[1]

---

[1] 皮科·德拉·米兰多拉(Pic de la Mirandole, 1463—1494),康科迪亚伯爵,意大利文艺复兴时期思想家。皮科自幼接受完整的人文主义教育,曾在博洛尼亚大学学习宗教法规,在帕多瓦大学学习亚里士多德哲学,后来又在佛罗伦萨和巴黎学习了希伯来语和阿拉伯语。皮科接触希伯来神秘哲学后,就借助它来解释基督教神学。皮科曾搜集900命题,试图发起一场由来自全欧洲学者参与的辩论。这一计划最终搁浅,但皮科在准备900命题的同时撰写了《论人的尊严》(1486)。皮科认为,人在"存在之链"中没有明确的位置,然而人可以通过学习、思考和运用知识的能力提升自己在"存在之链"中的位置,只有人类能够通过自身的自由意志改变自己,而世上其他物种的改变皆是被动承受外部力量作用的结果。——译注(以下如无特殊说明均为译注)

大路

亨利-马克西米利安·利格尔走走歇歇,行进在前往巴黎的路上。

对于国王与皇帝之间的争执,他一无所知。他只知道持续了几个月的和平[1]像一件穿得太久的衣服,已经变得松松垮垮。伐卢瓦的弗朗索瓦仍然觊觎着米兰地区,就像一个倒霉的情人还在偷窥他的美人儿,这已经是路人皆知的秘密;据可靠的消息,他正在萨伏依公爵的边境地带悄悄装备和集结一支新军,目的是拾回在帕维亚丢失的马刺[2]。在亨利-马克西米利安的脑子里,维吉尔零零碎碎的诗篇与他银行家父亲干巴巴的游记交织在一起,他想象在披着冰雪铠甲的群山的那一边,一队队骑

---

[1] 这里指《康布雷和约》。1529 年,萨伏依的路易丝代表她的儿子法国国王弗朗索瓦一世,奥地利的玛格丽特代表其侄子神圣罗马帝国皇帝查理五世,签署和约,故又史称"夫人和约"。根据和约,弗朗索瓦一世与哈布斯堡的埃莱奥诺联姻,同时放弃在意大利的所有权利,查理五世则放弃对勃艮地的土地要求。1539 年,弗朗索瓦一世撕毁和约。小说这一章里提到的国王即弗朗索瓦一世,而皇帝指的是查理五世。

[2] 1525 年 2 月,神圣罗马帝国军队突袭入侵北意大利的法军,法军惨败。法王弗朗索瓦一世率骑兵突围,因坐骑受伤而落马被俘。故有此说。

4

兵驰向山下的广阔地带,那里如梦幻般美丽富饶:棕红色的平原,白色的羊群在翻腾的泉水边畅饮,城市像首饰匣一样精雕细琢,里面充斥着金子、香料和鞣过的皮革,它们富裕如同货仓,庄严如同教堂;雕像遍布花园,珍稀手稿堆满厅堂;身着绫罗绸缎的女人们对显赫的军官青眼相加;食物和放荡中处处透着考究,真材实料的银桌子上,马尔瓦齐葡萄酒在威尼斯玻璃瓶里闪耀着柔光。

几天前,他毫无遗憾地离开了布鲁日的祖宅,抛却了商人之子的前程。一天晚上,一个自吹查理八世时代曾经在意大利打过仗的瘸腿下士,绘声绘色地跟他讲述自己的战功,尤其是劫掠城市的时候如何趁机在姑娘们身上揩油,以及顺手牵羊拿走成袋的金子。亨利-马克西米利安替这位下士付了酒钱,报答他在小酒馆里吹的一席牛皮。回到家中,他心里想,这下子该轮到自己出去见识世界了。让这位未来的统帅拿不定主意的,是究竟应该加入皇帝的军队呢,还是应该为法国国王效力;最终他抛了一枚硬币来作出决定;皇帝输了。一个女佣走漏了他准备出发的风声。亨利-鞠斯特起先狠狠地揍了几下这个浪子,后来,看见穿着长裙用布条拴着在客厅的地毯上学步的小儿子,他的心又软了下来,语带讥消地祝大儿子跟那些疯疯癫癫的法国人一路顺风。一部分出于慈父心肠,更多是出于虚荣心,为了显示自己长袖善舞,他打算在适当的时候写信给自己在里昂的代理人莫佐先生,让他向夏博·德·布里翁元帅举荐这位无法管教的儿子,元帅在利格尔银行欠了一大笔债务。家族柜台上的尘土粘在脚上,亨利-马克西米利安想抖也抖落不掉,有一位能够控制食品行情涨落,能够借贷给王公贵族的父亲,非同小可。母亲在未来英雄的口袋里装满食物,还背地里塞给他一些盘缠。

亨利-马克西米利安的父亲在德拉努特有一处田庄,亨利路过那里的时候,他的马已经跛了,他说服总管,换到了银行家马厩里最漂亮的一头牲口。一到圣康坦他就卖掉马匹,一来这副华丽的鞍辔会让小酒馆里他账单上的数字变戏法似地往上蹿,再说这套过于奢侈的行头也妨碍他尽情享受闯荡江湖的乐趣。钱从手指缝里溜走,比原先以为的要快得多。为了节省开销,他跟赶大车的车夫们一起,在寒碜的小旅店里吃带哈喇味的肥肉和鹰嘴豆,到了晚上就躺在干草上过夜。这样节省下来的钱,他却心甘情愿用来请人在像样一点的客栈里喝酒,就算输在牌桌上也在所不惜。时不时,在一个偏远的农庄,他会碰到一个好心肠的寡妇,既请他吃饭,还请他上床。他不能忘怀文学,他在行囊里装了几本羊羔皮封面的小开本书籍,那是从帕托洛梅·康帕努斯议事司铎的书房里拿走的,权当从这位喜好藏书的舅父那里预支的遗产。正午时分,他躺在草地上,马提阿利斯的一则拉丁文笑话让他放声大笑,有时他神思恍惚,一边忧郁地往水塘里啐口水,一边遥想某位谨慎乖巧的贵妇,他想摹仿彼特拉克,在十四行诗里向她献上自己的灵魂和生命。半梦半醒之间,他的鞋子仿佛是刺向天空的教堂钟楼;高高的燕麦是一队穿着绿色破衣烂衫的雇佣兵;丽春花则是一位身着绉纱裙的漂亮姑娘。另一些时候,年轻的巨人趴在大地上。要么是一只苍蝇,要么是村子里教堂洪亮的钟声会将他惊醒;帽子歪戴在头上,麦秸散落在黄头发里,从侧面看去,他的大鼻子在长脸上显得格外突出,阳光和冷水将他的面孔变成了古铜色,亨利-马克西米利安朝着荣耀快乐地走去。

他跟过路人相互开玩笑,打听消息。从拉费尔开始,一位朝圣者走在他前面,保持着两百来米的距离。那人走得很快。亨利-马克西米利安正愁没有人说话,便加快了步伐。

"到了孔波斯特拉请替我祈祷,"快活的佛兰德斯人说。

那人答道:"你猜对了,我要去的正是那里。"

他戴着褐色的风帽,转过头来,亨利-马克西米利安认出了泽农。

这是一个清瘦的年轻人,脖子细长,自从上一年秋天他们在集市上胡闹以来,他似乎长高了一头。他英俊的面庞跟往常一样苍白,看上去忧心忡忡,步伐中有一种狂野的急促。

"你好啊,表兄!"亨利-马克西米利安高兴地招呼道,"康帕努斯议事司铎在布鲁日等了你整整一个冬天;鲁汶的大学校长因你的缺席气得吹胡子。这会儿你却出现在一条低洼路拐弯的地方,连我都差点儿认不出来。"

"根特圣巴汶修道院的主教院长帮我找到了一个职位,"泽农谨慎地说,"这样一来,我不就有了一位可以公开承认的保护人吗?还是你跟我说说吧,为什么你要在法国的大路上装叫花子。"

"这件事也许有你的一份功劳,"两个旅行者中年轻的一个回答道。"我将我父亲的柜台晾在一边,就像你对待神学院那样。你离开了大学校长,眼下却又落到了主教院长手中……"

读书人说道:"你简直在开玩笑。我们 开始总得做某个人的奴仆[1]。"

---

[1] 原文为拉丁文。

"那还不如去扛枪打仗，"亨利-马克西米利安说。

泽农向他投去不屑的目光。

"如果你们父子俩都认为当兵是一桩体面的营生，"他说，"你老爹有足够的钱给你买下查理皇帝最好的一支雇佣军。"

"假如我父亲买一支雇佣军给我，充其量我也不过像你得到修道院院长给的薪俸一样开心，"亨利-马克西米利安反驳道。"再说，只有在法国，人们才知道如何讨贵妇的欢心。"

这句玩笑话落了空。未来的军官停下来向一位农民买了一把樱桃。两人在一处斜坡边上坐下来吃。

亨利-马克西米利安好奇地打量朝圣者的衣服，说道："你把自己装扮成了一个傻瓜的样子。"

"是的，"泽农说，"我厌倦了书本上的粮草。现在我更想拼读一本移动的书：上面有无数罗马和阿拉伯数字；字母有时从左写到右，就像在我们的抄写人笔下那样，有时又从右写到左，就像东方手稿上的文字。上面涂涂改改的地方是鼠疫和战争。有些章节还留下血红的痕迹。到处布满符号，这里，那里，还有比符号更奇怪的斑点……还有什么衣服更适合走在路上却不为人知呢？……我的双脚在世界上游荡，就像昆虫在圣诗集上爬行。"

"太好了，"亨利-马克西米利安漫不经心地说。"但你为什么要去孔波斯特拉呢？我想象不出你坐在一群胖修士中间用鼻子哼哼。"

"呸，"朝圣者说。"我拿这群懒鬼和笨蛋有什么办法？不过莱昂的雅各比修道院院长喜欢炼金术。他跟议事司铎帕托洛梅·康帕努斯有过书信往来，我们的这位好舅父是个乏味的傻瓜,但稍不留神,他也会去禁区的边缘冒冒险。另外,圣巴汶的修道院院长也写信给他,托他向我传授他知道的事情。但是我得赶紧,因为他老了。我担心他快要忘记自己的学问了,快要死了。"

"他会让你吃生洋葱,还会熬撒硫磺粉的黄铜汤让你去撇沫子。多谢了!我打算少花一点钱去换取更好的食物。"

泽农站起来,没有回答。亨利-马克西米利安正将最后一口樱桃核吐到地上:

"泽农老兄,和平摇摇欲坠。王公们争夺地盘,就像醉汉们在酒馆里抢夺盘子。这里,普罗旺斯是一块蜜糕;那里,米兰地区是一份鳗鱼酱。这里面总有一点荣耀的残渣会落到我的嘴里吧。"

"无聊的虚荣[1],"年轻的读书人生硬地说了一句。"难道你还看重这些无稽之谈吗?"

"我十六岁了,"亨利-马克西米利安说。"再过十五年,看看我是不是有运气与亚历山大齐名。再过三十年,人们就会知道我是不是比得上死去的恺撒。难道我会在羊毛街上的店铺里,靠丈量布匹度过一生吗?要紧的是成为一个人。"

"我二十岁了,"泽农在计算。"按最好的情况来估计,在这个脑袋变成死人头之前,我还有五十年时间可以用于求知。亨利兄弟,到普鲁塔克的书里去寻找你的野心和英雄吧。对我来说,要紧的是不仅仅成为一个人。"

"我要朝阿尔卑斯山这边走,"亨利-马克西米利安说。

---

[1] 原文为拉丁文。

"我呢，"泽农说，"要去比利牛斯山那边。"

他们不说话了。道路平整，两旁种着杨树，将自由世界的一个碎片在他们面前延展开来。权力的冒险家和知识的冒险家并肩走着。

泽农接着说："看，比这个村子更远的地方，还有另一些村子；比这个修道院更远的地方，还有另一些修道院；比这个城堡更远的地方，还有另一些城堡。在这些石头的城堡之上，重叠着思想的城堡；在木头的房子之上，重叠着见解的房子。在每一座这样的城堡和房子里，生活将疯子禁锢在墙内，却为智者打开出口。在阿尔卑斯山的那一边，是意大利。在比利牛斯山的那一边，是西班牙。一边是德拉·米兰多拉的故乡，另一边是阿维森纳[1]的国度。更远的地方，是大海，在大海的另一边，在另一些广阔地带的边缘，是阿拉伯、摩里亚[2]、印度和两个美洲。到处都有生长着草药的山谷，隐藏着金属的岩石，而每一种金属都象征着大功告成[3]的一个时刻，到处都有放在死者牙齿之间难以辨认的天书，有许诺种种好处的神灵，还有芸芸众生，每一个人都以为自己是世界的中心。如果一个人在死去之前连自己的牢狱都没有走上一圈，岂不荒唐？你看见了，亨利兄弟，我的确是一个朝圣者。路很长，但我还年轻。"

---

[1] 阿维森纳(Avicenne, 980—1037)，阿拉伯语原名伊本·西纳，中世纪阿拉伯最杰出的医生和哲学家。阿维森纳生活的时代，阿拉伯世界政治极为不稳定，他曾担任宫廷医生和行政职务，但总的来说他的一生是在颠沛流离中度过的。阿维森纳在科学、哲学、文学、音乐上有多方面的成就，最重要的仍是医学方面的著作。他的《医典》不仅在东方影响深远，十二世纪译成拉丁文后，长达数世纪一直在欧洲被奉为经典。阿拉伯的哲学、艺术和科学是通过西班牙传到欧洲的，但事实上阿维森纳从未去过西班牙。

[2] 即希腊南部的伯罗奔尼撒半岛。

[3] 泽农在这里所说的"大功告成"(le Grand Œuvre)是炼金术的一个术语，指的是寻找点金石，将普通金属转化为金子的过程。

10

“世界很大，”亨利-马克西米利安说。

“世界很大，”泽农庄重地说，“但愿有神明，让人的心灵能够包容一切生命。”

又一次，他们都不说话了。过了一会儿，亨利-马克西米利安拍着自己的脑袋，大笑起来：

“泽农，还记得你的同伴科拉斯·吉尔吗？那个啤酒杯不离手的人，跟你情同手足的兄弟？他离开了我父亲的作坊，何况，人在那儿简直要饿死；他回到布鲁日了；他在街上到处晃悠，手里还拿着一串念珠，嘟嘟囔囔为他那个托玛的灵魂念天主经。托玛被你的机器弄得神志不清，还骂你是魔鬼的帮凶、犹大、基督的敌人。至于那个贝洛丹，没有人知道他的下落；早已被撒旦捉去了吧。”

年轻读书人的脸突然变了样，一下子显得又丑又老。他说：

“全是瞎扯。让这些无知的家伙一边儿去吧。你早晚要继承的金子，就是你父亲用他们的血肉转化成的，这就是他们的命运。不要跟我提起机器，也不要提起被扭断的脖子，我也不会跟你提起那年夏天的事情，不管是从德拉努特的马贩子那里赊来的病马，还是跟着你倒了霉的姑娘，还有你捅破的那些酒桶。”

亨利-马克西米利安一言不发，不成调地吹着一支冒险者的小曲。他们接下来的话题，不外乎道路的好坏和客栈的价钱。

他们在下一个十字路口分手。亨利-马克西米利安选择走大路。泽农走上了一条岔路。突然，年纪小的一个折回来，赶上同伴；他将手放在朝圣者的肩上说：

“兄弟，你记得维维安吧，就是那个脸色苍白的小姑娘，有一回在学校门口，我们这些坏小子揪她的屁股，你上来保护她？她爱着你；她还说已经发誓要跟你在一起；前不久，她拒绝了一个副镇长的求婚。她姨妈扇了她一个耳光，罚她只许吃面包喝白水，但她挺住了。她说会一直等着你，哪怕直到世界末日。"

泽农停下脚步。一丝捉摸不定的神情从眼中掠过，又消失在眼里，仿佛一小团水汽消失在火盆里。

"让她去吧，"他说，"我跟这个挨了耳光的小姑娘之间有什么关系？另一个人在别处等着我。我正朝他走去。"

他重新迈开脚步。

"谁？"亨利-马克西米利安吃了一惊，"是莱昂的修道院院长，那个老掉牙的家伙吗？"

泽农转过身来，说道：

"泽农在此[1]。我自己。"

_____

[1] 原文为拉丁文。

泽农的童年

　　二十年前,泽农降生在布鲁日亨利-鞠斯特的宅邸里。他的母亲名叫希尔宗德,父亲是阿尔贝里科·德·努米,一位年轻的高级教士,出生于佛罗伦萨的一个古老世家。

　　长发飘逸的阿尔贝里科·德·努米先生,曾经满怀少年时代的热忱,在博尔吉亚的宫廷里容光焕发。在圣彼得广场上的两场斗牛之间,他兴高采烈地与时任国王工程师的列奥纳多·达芬奇谈论战马和战车;后来,在二十二岁的幽暗光芒之中,他和几个世家子弟一起追随米开朗基罗,拥有后者的友情不亚于拥有一个风光的头衔。他有过用匕首来了结的冒险经历;他尝试过收藏古董;与茱莉亚·法尔内塞之间的一段隐秘情缘无损于他的前程。在西尼加格里亚,他设计陷阱布下埋伏,让教皇的对手们一命呜呼,从此得到教皇父子的青睐;要不是教皇意外驾崩,他差一点就当上内尔皮的主教。不知是由于这次失意,还是一场永远无人知晓的恋情遭到挫折,他一度完全沉浸于修行和学习。

　　起先人们以为他在酝酿新的野心。然而,这位性情狂放的人这一次投身到了狂热的苦修中。有人说他去了格罗塔-费拉塔[1]，那是拉丁姆地区最荒僻的地方之一，他跟圣尼鲁斯修会的希腊修士们一起住在修道院里，在沉思和祈祷之中着手将《荒漠教父生平》译成拉丁文；儒勒二世对他冷峻的才智颇为赏识，下了一道特别旨令，才让他答应以教廷秘书的身份参与到康布雷联盟[2]的事务中来。初来乍到，他在谈判中显示的权威就超出了教皇特使本人。教廷能从肢解威尼斯当中得到什么好处，这个问题也许此前他很少想过，现在却占据了他的整个身心。在联盟会议期间的筵席上，阿尔贝里科·德·努米先生身披紫红色长袍，俨然一位红衣主教，那种无法仿效的气度为他在罗马名妓中间赢得了"无双者"的绰号。在一场激烈的争辩中，是他以惊人的热忱和信心，并辅之以西塞罗式的雄辩，说服马克西米利安皇帝的大使们加入联盟。随后，他收到母亲的一封信，这位贪恋钱财的佛罗伦萨女人提醒他，在布鲁日还有阿多诺家族的几笔债款没有收回，他决定立即动身，去收取这笔日后成为教廷重臣必不可少的款项。

　　在布鲁日，他住在代理人鞠斯特·利格尔的家里，后者对他竭尽地主之谊。这位佛兰德斯胖子醉心于意大利式的风雅，他甚至想象自己的祖母，身为商人之妻常常苦于独守空房，曾在一次独居期间聆听过某个热那亚商人侃侃而谈。阿尔贝里科·德·努米先生只得到几张新票据，欠款人是奥格斯堡的赫瓦特家族，然而他的猎狗、鹰隼和随从等一应费用都由主人负担，他

---

[1] 格罗塔-费拉塔（Grotta-Ferrata）的修道院于 1004 年由圣尼鲁斯创立。儒勒二世在1503 年成为教皇之前，曾任当地的红衣主教。
[2] 康布雷联盟：1508 年，由神圣罗马帝国皇帝马克西米利安、法国国王路易十二、阿拉贡国王费尔迪南二世和教皇儒勒二世组成，联合对抗威尼斯。但该联盟于 1510 年即告瓦解。

14

也就心平气和了。利格尔的府邸毗邻自家的货栈,日常用度如同公卿之家;在那里吃得好,喝得更好;尽管亨利-鞠斯特只翻看呢绒交易的账簿,却认为家里有藏书是体面攸关的事情。

亨利-鞠斯特常常翻山越岭,在图尔奈和梅赫伦,他借钱给女摄政王;在安特卫普,他刚刚和喜欢冒险的朗布莱西特·冯·雷希特海姆联手,买卖胡椒和其他海外货品;在里昂,他尽可能前往诸圣瞻礼节[1]的集市,亲自处理银行交易。这时,他就将家中事务托付给妹妹希尔宗德照管。

阿尔贝里科·德·努米先生立即就迷上了这位胸脯纤细、脸颊瘦长的小姑娘。希尔宗德身着金银线刺绣的天鹅绒,她仿佛是被这挺括的衣服支撑住的,逢年过节,她佩戴的首饰连皇后也会艳羡。她的眼睑泛着贝壳的幽光,几乎呈粉红色,镶嵌着浅灰色的眼睛;嘴微微噘起,仿佛随时会发出一声叹息,或者一句祈祷、一支歌谣的第一个词。倘若有人想脱掉她的衣服,那也只是因为难以想象她赤裸的样子。

在一个飘雪的夜晚,天气让人更加向往紧闭的房间里温暖的床,一个被买通的女佣将阿尔贝里科先生带进浴室,希尔宗德正在用麸皮洗头发,鬈曲的长发像袍子一样披散在她的身上。女孩子蒙住脸,却并不抗拒情人的眼睛、嘴唇和双手,交付出自己如同一粒去皮杏仁一样洁净和白皙的身体。那个夜晚,年轻的佛罗伦萨人啜饮禁泉,驯服了一对学生的山羊羔,教会这张嘴爱情的游戏和呢喃。黎明时分,希尔宗德终于被征服,完全沉醉

---

[1] 天主教节日,在11月1日。

15

了。早上,她用指甲尖刮着结霜的窗玻璃,拿一枚钻戒在上面刻下自己和情人的名字,将两个名字的字母交缠在一起。她将自己的幸福刻在这纤薄而透明的材质上,这材质是脆弱的,固然如此,但也不比肉体和心灵更加脆弱。

他们的乐趣随着时间和地点的变换有增无已:希尔宗德在哥哥送给她的水力小风琴上演奏艰深的音乐,混合着种种香料的葡萄酒,温暖的房间,在漂浮着蓝色浮冰的运河上泛舟,在五月鲜花盛开的原野上骑马。阿尔贝里科先生喜欢在尼德兰宁静的修道院里寻找被遗忘的古代手稿,他在那里度过的时光也许比希尔宗德给予他的更加美妙;他跟意大利的学者们通信,向他们报告自己的发现,这些人在他身上仿佛看到伟大的马西里奥[1]的天才在重新绽放。晚上,两位情人坐在壁炉前,一起观赏来自意大利的一大块紫水晶,看见山羊神正在拥抱林中的仙女,这时佛罗伦萨人就告诉希尔宗德,在他的故乡用来指称爱情之物的那些词语。他还用托斯卡纳方言为她写了一首谣曲;他献给这位出身商人之家的女孩子的诗句,简直像在描绘《雅歌》中的书拉密女[2]。

春去夏来。一天,阿尔贝里科收到表兄让·德·美第奇的一封信,这封信一部分用暗语写成,一部分用的是让惯有的那种戏谑的语气,无论事关政治、学问还是爱情。信里告诉阿尔贝里科先生罗马教廷明争暗斗的一些细节,他身在佛兰德斯,对这些情况一无所知。儒勒二世并非不老之身。尽管有些傻瓜和用钱

---

[1] 帕多瓦的马西里奥(Marsile de Padoue,约1275—1342),意大利政治理论家。
[2] 书拉密女(Sulamite),即《旧约·雅歌》中的"佳偶,美人",《雅歌》中对她的美貌有详尽的描绘。

16

收买的人已经投靠里亚里奥这位富有的笨蛋，但长期以来精明的让也在筹划，以便能在下一次教皇选举会议上当选。阿尔贝里科先生明白，在这位大主教眼里，他与皇帝的几位商人的接洽并不足以解释他在佛兰德斯不合常理的延宕；他的前程从此要仰赖这位极有可能成为教皇的表兄。他们曾经一同在卡莱吉的露台上玩耍；后来，让又领他进入自己那个精致的小集团，里面那些文人多少有点弄臣，也有点拉皮条的味道。让精细敏锐，却又像女子一样柔弱，阿尔贝里科先生最终控制了他，不免有些得意；他会帮助他登上圣彼得教堂的宝座；他将成为让统治期间的幕后发令官，一边等待更好的时机到来。他用了一个小时来准备出发。

也许他没有心肝。也许他突如其来的热情不过是体力过剩而已；也许，作为出色的演员，他在不停地尝试一种新的感觉方式；或者不如说，他只不过做出一系列强烈、美妙然而任意的姿态，就像米开朗基罗在西斯廷小教堂的穹顶上描画的那些形象。卢卡、乌尔比诺、费拉拉，他家族棋盘上的这些棋子，令眼前平淡的水乡绿茵黯然失色，而他一度还想过在此终老。他将古代手稿的残章和自己写的情诗草稿塞进箱子。穿上靴子，装上马刺，戴上皮手套和毡帽，他比任何时候更像一位骑士，也比任何时候更不像一位教士，他来到希尔宗德跟前向她告别。

她怀孕了。她自己知道。她没有跟他讲。她对他怀有太多柔情，不愿意阻碍他的野心；她也太骄傲，不愿意道出实情来抬高自己的身价，因为她纤瘦的身材和扁平的腹部还不能证实她的表白。她不愿让他责备自己撒谎，同样不愿让自己招人厌烦。然而事隔几个月，她生下一个男孩之后，她认为自己没有权利向阿尔贝里科·德·努米先生隐瞒他们的儿子出生这件事。她不太会写字;她花了好几个钟头来写信,一边用手指擦掉无用的词语;这封书信终于写成,她将它交付给一位信得过的热那亚商人,那人要去罗马。阿尔贝里科先生始终没有回音。后来,尽管热那亚商人保证说信是由自己亲手转交的,希尔宗德还是宁肯相信她爱过的人从来没有收到过那封信。

短暂的爱情过后被突然抛弃,使这位年轻女人尝够了乐趣,也尝够了厌恶的滋味;她对自己的肉体和肉体的果实感到厌倦,似乎将暗中对自己的苛责转移到了孩子身上。她懒洋洋地躺在产妇的床上,漠然地看着保姆们在炉膛炭火的微光下包裹这个淡褐色的小肉团。私生子算不上一桩罕见的意外,亨利-鞠斯特本可以轻轻松松地给妹妹安排一桩有利可图的婚事,但希尔宗德一回忆起她不再爱的那个人,再想到神圣的婚姻将会让某个愚笨的小市民分享她的羽绒被和枕头,这样的事情她连想也不愿多想。她的哥哥让人用最昂贵的面料为她裁剪华丽的衣服,她毫无兴致地套在身上,此外,与其说出于悔恨,倒不如说出于对自己的怨忿,她不再饮酒,不再吃精致的饭菜,不再烤火,也不再经常使用细致的织物。她准时参加教堂的祈祷;然而晚饭之后,如果碰上亨利-鞠斯特的某位客人声讨罗马人的荒淫和暴行,希尔宗德就会停下手中编织的花边仔细聆听,有时她不小心扯断一根线,随即又悄无声息地接上。然后,男人们惋惜布鲁日港口泥沙的淤积越来越严重,船只都去了其他更容易靠岸的地方;他们嘲笑工程师朗斯洛·布隆迪尔,此人居然声称可以通过开挖沟渠来解决航道淤塞的毛病。要不然,下流的笑话便陆续登场;某人滔滔不绝地讲一个老生常谈的故事,无非是贪婪的女人、受骗的丈夫和藏在酒桶里的引诱者,再不然就是奸商之间的尔虞我诈。这时希尔宗德就走去厨房照看收拾饭菜;而对于在女佣怀里津津有味地吃奶的儿子,她不过是瞥上一眼。

一天早上,出远门回来的亨利-鞠斯特向她介绍了一位新的客人。这是一个灰白胡须的男人,他那既简朴又庄重的样子,让人感到犹如一股有益健康的风掠过没有阳光的海面。西蒙·阿德里安森敬畏上帝。日渐增高的年事以及据说用诚实的方式获取的财富,赋予这位泽兰商人以族长般的尊严。他曾两度丧妻:两位善于持家的女人给他生育了好几个孩子,先后拥有他的房屋和床榻,最后并排躺在米德尔堡一座教堂围墙下面的家族墓地里;他的儿子们也都赚了大钱。西蒙属于这样一类人,他们对女人的欲望表现为父亲一般的关切。希尔宗德的忧伤他看在眼里,于是常常走去坐在她的身边。

亨利-鞠斯特对他深怀感激。这个人的借款曾经助他渡过难关;他对西蒙敬重有加,甚至连在他面前喝酒都有所节制。然而,酒的诱惑还是很大。几杯黄汤落肚之后,他的话也就多了起来。客人很快就得知了希尔宗德的不幸遭遇。

一个冬日的早上,她坐在客厅的窗下做手工,西蒙·阿德里安森走到她旁边,庄严地说道:

"总有一天,上帝会从人们心中抹去一切不属于爱的律法。"

她不明白。他继续说:

"总有一天,上帝不会接受其他形式的洗礼,除非是精神的洗礼;上帝也不会接受其他形式的婚姻,除非是由身体亲密结合而成的婚姻。"

希尔宗德于是颤栗起来。但是这个严厉而又温和的男人开始对她说,一阵真诚的新风正在世上吹过,使上帝的事业变得复杂的任何律法都是谎言,简单的爱就等同于简单的信仰,这一天已经为时不远了。他活泼泼的话语就像《圣经》中的言语,充满比喻和对圣人的追忆,在他看来,圣人们已经挫败了罗马的暴政;他几乎没有降低声调,但还是看了一眼门有没有关上,他承认自己犹豫不决,不知道是否应当公开宣布自己信仰再浸礼派,不过在私下里,他已经弃绝了过时的排场、虚妄的仪式以及骗人的圣事。据他说,一代又一代的正义者,无论他们是受迫害还是享有特权,已经形成一个小团体,他们不会沾染这个世界的罪行和疯狂;罪孽只存在于错误之中;只要心灵保持贞洁,肉体就是纯洁的。

然后,他又跟她谈起她的儿子。希尔宗德的孩子是在教会的律法之外孕育的,违背了这些律法,在他看来,某一天这个孩子比其他任何人更适合去接受和传播普通人和圣人的好消息。英俊的意大利恶魔长着一副大天使的面孔,很快将少女引诱上钩,在西蒙眼里,少女对他怀有的爱情具有一种神秘的寓意:罗马是巴比伦城里的娼妓,无辜的女孩子为她而可悲地牺牲了。时而,一丝通灵者轻信的微笑从这张坚毅的宽阔脸庞上掠过,这个平静的声音中有着一种过于不容置辩的语调,那种语调是执意要说服自己,也往往执意要欺骗自己的人所特有的。但希尔宗德注意到的,只是这个陌生人身上安详的善意。直到那时,这个年轻女人身边的所有人对她的态度不外乎嘲讽和怜悯,或者不过是一种好心然而粗俗的宽容,西蒙跟她谈起那个抛弃她的人时却说:

"您的丈夫。"

他郑重提醒她,上帝面前的一切结合都是不可解除的。听着他说话,希尔宗德恢复了平静。她仍然是忧伤的,但重新变得骄傲起来。利格尔家族的族徽上有一艘大船,象征着他们引以为豪的海上贸易,西蒙对这所宅邸熟悉得如同自己的家。希尔宗德的这位朋友每年都会来;她期盼着他,他们手拉着手,谈论着将替代教会的精神上的教会。

一个秋天的晚上,一位意大利商人给他们带来消息。三十岁就被任命为红衣主教的阿尔贝里科·德·努米先生,在罗马法尔内塞葡萄园的一场会饮中被人杀死了。坊间流传的打油诗指责红衣主教儒勒·德·美第奇是这场谋杀的元凶,他因这位亲戚对教皇施加的影响而心怀不满。

从罗马的藏污纳垢之所传来的这些似是而非的谣言,西蒙不过姑妄听之而已。但是,过了一个星期,亨利-鞠斯特收到的一份报告证实了这些传言。希尔宗德看上去十分平静,猜不透她内心究竟是为此感到高兴还是感到伤心。

"您现在成了寡妇,"西蒙·阿德里安森立即对她说,他的语气庄严而又温柔,他对她说话一向如此。

出乎亨利-鞠斯特的意料,西蒙第二天就离开了。

半年之后,到了跟往常一样的日子,他回来了,他向希尔宗德的哥哥提出求婚。

亨利-鞠斯特将他带到希尔宗德正在做手工的房间里。他坐在她身边,对她说:

"上帝不允许我们让他创造的生灵受苦。"

希尔宗德停下正在编织的花边。她的双手还摊开在纱线上,细长的手指在没有织完的纹样上颤动,让人想起将会交织在一起的花体字。西蒙继续说:

"上帝如何能够允许我们让自己受苦?"

美丽的少妇抬头望着他,面容像一个生病的孩子。他接着说:

"在这所充满讪笑的房子里,您并不幸福。我自己的屋子充满宁静。来吧。"

她接受了。

亨利-鞠斯特满意地搓搓手。他亲爱的太太雅克琳是在希尔宗德遭遇不幸之后不久娶进门的,她一直大声抱怨,过门之前家里已经有了一个荡妇以及一个教士的私生子,而亨利-鞠斯特的岳丈,富有的图尔奈商人让·贝尔,也利用这些怨言迟迟不肯支付嫁妆。事实上,尽管希尔宗德对自己的儿子漫不经心,但合法出生的孩子哪怕得到一点儿微不足道的小玩意,也会让两个女人大吵大闹一场。金发的雅克琳从此可以尽情挥霍,给她的孩子买绣花的软帽和围嘴,还在节日里任凭胖乎乎的亨利-马克西米利安爬上餐桌,双脚伸进菜盘子里。

尽管西蒙憎恶教会的繁文缛节,他还是赞同庆祝婚礼要有一定的排场,这是希尔宗德的愿望,旁人倒是没有想到。但是到了晚上,夫妇两人回到新房,他以自己的方式秘密地重新举行了圣事,他与他选择的女人一起掰开面包,饮了葡萄酒。跟这个男人在一起,希尔宗德就像一只触礁的小船,被上涨的潮水裹挟着漂流。她毫不害羞地品尝合法的乐趣中包含的神秘,这个年老的男人朝她的肩头俯下身来,抚摸她的乳房,他做爱的方式似乎像在祝福。

西蒙·阿德里安森承担起抚养泽农的责任。但是,当希尔宗德将孩子推上前去时,泽农看见这张蓄着长须布满皱纹的脸,嘴唇上还有一颗疣子在颤动,就哭喊起来,他挣扎着,拼命从母亲手中挣脱出来,希尔宗德手上的戒指划伤了他的手指。他逃之夭夭。晚上,他被人发现藏在花园尽头的面包炉里,一个仆人笑着从劈柴堆后面钻出来抓他,他却张嘴就咬。西蒙驯服不了这只狼崽,只好将他留在佛兰德斯。再说,孩子在希尔宗德跟前,显然只会平添她的忧伤。

泽农是为教会长大的。对一个私生子而言,教士身份仍然是过上衣食无忧的生活甚至出人头地最稳妥的方式。此外,泽农很早就对知识表现出极大的热忱,在他的舅父看来,只有一个未来的教士才配得上耗费那么多墨水和通宵达旦燃烧的蜡烛。亨利-鞠斯特将小学生托付给他的内兄帕托洛梅·康帕努斯,布鲁日圣多纳西安教堂的议事司铎。祈祷和研读文学耗尽了这位饱学之士的精力,他性格温和,竟至于显得像个老人。他教他的学生拉丁文,以及自己懂得的一点点希腊文和炼金术,还借助普林尼的《自然史》来激发孩子对科学的好奇心。议事司铎寒冷的学习室是这个男孩子的避难所,在那里他可以躲避掮客们议论英国呢料的声音,躲避亨利-鞠斯特平庸的处世之道,躲避对青涩的果子格外好奇的女佣的抚摸。在那里,他摆脱了童年的屈从和无聊;这些书和这位先生将他视为人。他喜欢这间四壁都是书籍的房间,这管鹅毛笔,这只牛角墨水瓶,还有获取新知识的工具。他喜欢知道更多的事情,比如红宝石来自印度,硫磺可以与水银混合,还有拉丁语中被称为 *lilium* [1]的花儿,在希腊

[1] 百合花。

23

语中叫作 *krinon*，在希伯来语中又叫 *susannah*。后来他发现书和人一样会胡言乱语和撒谎，还发现议事司铎经常就一些并不存在，因而也无需解释的事情，絮絮叨叨地解释个没完。

　　他的交游令人担忧：那段时期，他往来最多的人当中有剃头匠让·米耶，这个人手脚灵活，无论放血还是打磨石头都无人能比，但有人怀疑他解剖尸体。还有一个是名叫科拉斯·吉尔的纺织工，爱吹牛的好色之徒，泽农本该用于学习和祈祷的时间，却消磨在跟这个人一起组装滑轮和手柄上。这个胖胖的家伙既活跃又笨重，就算手里没钱也不会在乎花销，碰到村里的节日，他请学徒们吃吃喝喝，在这些人眼里他简直像个王子。他长着一身结实的肌肉，红棕色的毛发和淡黄色的皮肤，寄寓在这副皮囊里的是既耽于幻想又细致周密的头脑，这样的人随时都在考虑要磨砺或调整某一样东西，将它简单化或者复杂化。每年，城里都有作坊关门；亨利-鞠斯特自诩出于基督徒的善心才让自己的工厂继续开工，实际上却在利用失业的状况定期削减工资。他的工人们都担惊受怕，庆幸还有一个地方在敲钟招呼自己去上班，他们隐约听见工厂要关门的消息，带着一副可怜相说，乞丐的队伍不久又要扩大了，在眼下这个物价飞涨的世道，到处游荡的乞丐让城里人害怕不已。科拉斯梦想用机械织机来缓解工人的劳作和紧张，在根特、伊普雷和法国里昂，已经有人在偷偷试用这样的机器了。他见过一些图纸，还给泽农看过；年轻学生修正了几个数字，兴致勃勃地研究图样，将科拉斯对这些新机器的热情变成了两个人共同的狂热爱好。他们跪在地上，肩并肩俯在一堆破铜烂铁上，永不疲倦地互相帮忙悬挂平衡锤，调节杠杆，装配或者拆卸咬合在一起的轮子；没完没了地讨论该在什么地方安装一个螺钉，或者要不要给滑槽上油；泽农头脑敏捷，远远胜过脑筋迟缓的科拉斯·吉尔，但是手艺人厚实的双手轻巧灵活，令议事司铎的学生赞叹不已，这是他第一次和书本以外的东西打交道。

"干得漂亮，好小子，干得漂亮[1]，"工头笨拙地说，一边将沉重的胳膊搭在读书人肩上。

晚上，念完书后，泽农悄悄跑去找他的伙伴。他抓一把砂砾扔在小酒馆的窗玻璃上，作坊师傅通常在那里捱到很晚。要不然，他几乎是背着人，溜到空荡荡的库房角落里，科拉斯和他的机器就住在那里。那间大屋子光线很暗；由于担心引起火灾，点燃的蜡烛放在桌子上面的一个水盆中央，仿佛是微缩的海面上一座小小的灯塔。帮作坊师傅打杂的学徒托玛·德·第克斯莫德出于好玩，像猫一样在摇摇晃晃的机器底座上跳来跳去，他走在黑漆漆的顶楼上，一只手还拿着灯笼或者大啤酒杯保持平衡。科拉斯·吉尔这时就放声大笑起来。他坐在木板上，眼睛滴溜溜地转，一边听着泽农高谈阔论，从伊壁鸠鲁的原子到立方体的复制，从金子的性质到证明上帝存在的蠢事，带着钦佩的轻轻的口哨声从他嘴里溜出来。泽农从这些穿皮外套的人身上看见的东西，就像豪门子弟在马夫或者饲养猎狗的人身上看到的：那是一个比自己的世界更粗糙也更自由的世界，因为它在更低的地方运动，远离概念和三段论，粗笨的活计和轻松的偷懒令人心安地相交替，那里有人的气味和热力，充满诅咒、影射和谚语的语言像行会的切口一样隐讳，那里的活动不仅仅限于手握鹅毛笔埋头读书。

---

[1] 原文为佛兰德斯语。

年轻学生认为从作坊和工场里学到的东西可以推翻或者证实书本上的论断:无论柏拉图还是亚里士多德,都被看作普通的商贩,需要复核一下他们的分量。李维不过是个饶舌的家伙;恺撒,无论他多么超凡卓越,已经死去了。至于普鲁塔克笔下的英雄人物,他们的精髓连同福音书的乳汁一起养育了帕托洛梅·康帕努斯议事司铎,但泽农从他们身上只记取了一样东西,那就是精神和肉体上的大胆将他们带往至远至高的境地,正如禁欲和禁食据说会将循规蹈矩的基督徒带往他们的天堂。在议事司铎看来,神圣的智慧及其世俗的姊妹是相辅相成的:有一天,他听见泽农取笑《西庇阿之梦》[1]里那些虔敬的梦想时,他明白他的弟子已经暗自放弃了基督的安慰。

然而,泽农还是在鲁汶的神学院报了名。他的热情令人惊讶;这位刚刚入学的新生,无论碰到什么论题,都能够立即加以阐述,这使得他在同窗当中威望大增。大学生的生活放纵而快乐;有人请他赴宴,在筵席上他却只喝白水;他对妓女的兴趣只不过像一个讲究饮食的人面对一盘变质的肉。众人公认他相貌英俊,然而他不容置辩的声音令人生畏;他阴沉的目光中燃烧着火焰,既令人着迷又令人不快。关于他的身世有些离奇的蜚短流长,他并不加以驳斥。泽农总是坐在壁炉旁边读书,尼古拉·弗拉梅尔[2]的信徒们很快就在这位怕冷的学生身上看出他对炼金术的关注:一个由一些好探究和不安分的人组成的小团体向他敞开大门。一个学期还没有结束,他已经居高临下地俯瞰

---

[1] 参看西塞罗,《国家篇》,第六卷。
[2] 尼古拉·弗拉梅尔(Nicolas Flamel, 1330—1418)是一位富裕的巴黎市民,向医院和教堂捐赠了大量财产。传说他是炼金术士,并因此致富。

那些穿着皮毛袍子的学究,这些人在食堂里弓着背吃盘子里堆得满满的食物,对自己笨重呆板的学问感到心满意足;他也看不起那些吵闹而粗野的学生,他们抱定主意只学习刚好能够谋取一份闲差的知识,在这些可怜人身上,心智的发育不过是一时头脑冲动而已,终将随着年轻时光一同逝去。渐渐地,这种轻蔑扩展到他身边的犹太教神秘派朋友们,他们头脑空洞,夸夸其谈,满肚子都是自己不理解的词语,然后又用套话反刍出来。他不无苦涩地看到,一开始他对这些人还抱有期望,但他们中的任何一个人,无论在思想上还是在行为上,都没有走得比他更远,甚至还没有跟他一样远。

泽农住在一幢房子的顶楼,房子是由一位神甫管理的;楼梯上挂着一块告示牌,命令寄宿生要参加集体晚祷,禁止将妓女带进宿舍以及在茅坑以外的地方便溺,否则处以罚款。但是,无论各种气味还是炉膛的烟炱,还是女管家尖利的声音,还是从前的住客涂满墙壁的拉丁文玩笑和下流的图画,还是落在羊皮书页上的苍蝇,任何东西都不能打扰泽农的演算;对他而言,世上的任何物品都是某种现象或者符号。就在这个阁楼里,年轻学生有过怀疑和诱惑、胜利和失败、愤怒的眼泪和年轻人的快乐,人到中年以后不再能够或者不屑于体会的这一切,随后在他自己的记忆中也不免留下遗忘的斑点。泽农偏爱的那些感官的激情,是大多数人最难以体验或者最不情愿承认的,那样的激情迫使人保守秘密,往往还要撒谎,有时甚至要面临挑战。这位正在与化身为经院哲学的歌利亚搏斗的大卫[1],以为在一位懒洋洋

---

[1] 歌利亚是非利士人中的巨人,被牧羊少年大卫打败。后面提到的约拿单是大卫的朋友。见《旧约·撒母耳记上》第17至20章。

的金发同窗身上找到了他的约拿单,但后者很快就离开他,抛下这位专制的同学,移情于其他对喝酒和玩骰子更在行的同伴了。这场秘密交往就像隐蔽的内脏和血液,尽管两人经常见面往来,表面却没有流露出任何异常;这件事情的结束,只不过让泽农比从前更加沉浸于学习。刺绣女工雅奈特·弗贡尼埃也是金发碧眼,这个不同凡响的姑娘像小厮一样大胆,常常有成群的大学生追随左右,泽农奚落和羞辱她整整一个晚上,却赢得了她的芳心。读书人夸口,只要他愿意,他将这个姑娘追到手的时间,比骑马从菜市场到圣彼得教堂还要快。他的话引起一场斗殴并升级为对阵战。俊俏的雅奈特本人,一心要显示自己的宽宏大量,用嘴亲吻了她那受伤的羞辱者,用当时的行话来说,嘴叫作心灵的大门。最后,临近圣诞节的时候,泽农对这场打斗的回忆只剩下脸上的一条刀疤了,女诱惑者趁一个月明之夜溜进他的宿舍,轻手轻脚爬上容易吱吱作响的楼梯,钻到他的床上。泽农惊异于这个扭动的身体如此光滑、灵巧、老练,惊异于这个鸽子般的胸脯发出喁喁私语,惊异于她的笑声刚好及时止住,不至于惊醒住在隔壁阁楼的女管家。他只感觉在快活之中混杂着害怕,就像在一处清凉而不可靠的水里游泳。有几天时间,人们看见他不顾院长令人生厌的警告,跟这个不正经的姑娘一起招摇过市;他的欲望仿佛来自这个危险的、爱嘲讽的妖艳女人。然而还不到一个星期,他又完全回到了他的书本中。人们指责他过快地抛弃这位姑娘,当初为了她,他毫不介意其优等生[1]荣誉在整整一学期中受到损害;他对女人表现出的轻蔑让人怀疑他夜间与女妖苟合。

---

[1] 原文为拉丁文。

夏天的乐趣

　　那一年夏天,七月末,泽农和往年一样去银行家的乡间住宅消夏。但这次去的地方跟以往不同,不再是亨利-鞠斯特在布鲁日乡下的库伊邦一直拥有的那片地产:商人在奥登纳德和图尔奈之间的德拉努特购置了一处田庄,古老的大宅也在法国人离开后[1]修缮一新。人们还按照时新的样式翻修了宅子,添了柱子的底座和石质的女像柱。胖子利格尔越来越喜欢购置土地,这些不动产几乎在傲慢地炫耀一个人的财富,再说一旦时局动荡,他可以成为不止一个城市的居民。在图尔奈地区,他逐步收购小片土地,扩大了他的太太雅克琳的地产;在安特卫普附近,他新近购买了加里福特田庄,这片豪华产业毗邻他位于圣雅克广场上的商号,从此他就在那里与拉扎鲁斯·杜切共同经营。除了佛兰德斯财政总管的身份,他还在马斯特里赫特和加那利群岛分别拥有一家制糖厂,他是泽兰海关的包税人,还垄断了波

---

[1] 本章尾声提到当时是 1529 年夏天。此时《康布雷和约》正在酝酿之中,法国军队撤离佛兰德斯,将该地区归还查理五世。

罗的海地区的明矾生意,此外他和富格尔家族一起供给卡拉特拉瓦修会[1]三分之一的收入,亨利-鞠斯特与这个世界上的权贵之间往来日益密切:女摄政王在梅赫伦亲手将祝圣过的面包递给他;克罗伊的爵爷欠他一万三千弗罗林,不久前答应为商人新出生的儿子当教父,庆祝洗礼的日子已经定下,将在这位大人的勒克斯城堡举行。大商人的两个女儿阿尔德贡德和康斯坦斯年纪尚幼,总有一天也会得到头衔,就像她们的裙子已经有了长长的后裾。

　　亨利-鞠斯特在布鲁日的呢绒厂只不过是一份过时的产业,面临他自己从里昂进口的锦缎和从德国进口的天鹅绒的竞争,他新近在德拉努特附近乡下,大平原的心脏地带,设立了几个车间,这样一来布鲁日的市政条例就不会再刁难他了。他命令在那里安装了二十来架机械织机,它们正是前一年夏天科拉斯·吉尔根据泽农设计的图纸制造的。商人心血来潮试用的这些木头和金属的工人既不吃喝,也不吵闹,十台机器就可以完成四十个工人的活计,而且也不会趁着物价上涨要求提高工资。

　　一天,凉爽的天气已经让人感觉到秋意,泽农徒步前往奥德诺弗的纺织厂。这个地区到处都是找工作的失业工人;奥德诺弗离德拉努特的奢华场面还不到十法里[2],但两地之间的距离不啻天堂和地狱。亨利-鞠斯特让人将村口的一所老房子稍加修缮,安置了几个手艺人和城里来的工头住在里面;这个宿舍很

---

[1]卡拉特拉瓦修会(l'ordre de Calatrava)是一个宗教和军事组织,1523 年起归属西班牙王室,由国王担任首领。
[2]1 古法里相当于 4 公里。

快变得又脏又乱。泽农只瞥见一眼科拉斯·吉尔，那天早上他又喝醉了，一个名叫贝洛丹的法国学徒，脸色苍白阴沉，一边帮他洗碗，一边照看炉火。托玛前不久娶了一个本地姑娘，此时正在广场上炫耀他的红色丝绸外套，那是婚礼当天收到的贺礼。一个干瘦精明的小个子，名叫蒂埃里·卢恩，由缫丝工摇身一变当上了工头，他指给泽农看那些终于安装好的机器，它们一安上就招来工人的怨恨。原先工人们竟然异想天开，以为机器能让他们多挣钱少干活。但是读书人从此关心的是另一些问题了；他对这些机器底座和平衡锤已经不再感兴趣。蒂埃里·卢恩带着卑躬屈膝的口吻谈起亨利-鞠斯特，却不正眼看着泽农，他抱怨食物不够，商人的代理人用木头和劣质灰泥草草搭建起来的破房子，工时比在布鲁日更长，以及市政府对他们已经鞭长莫及。小个子惋惜失去的好日子，从前的手艺人地位稳固，他们享有特权，不仅让临时工没有活路，在王公面前也不低头。他并不害怕新事物；他欣赏这些灵巧的匣子，每个工人都可以在上面手脚并用，同时操纵两只手柄和两块脚踏板，但是这样节奏太快，让人筋疲力尽，而且这样复杂的操作要求专心致志，手艺人的手指和脑瓜难以应付。泽农建议作一些改进，但新工头看来根本不以为然。这个蒂埃里肯定一心只想摆脱科拉斯·吉尔：他提到这块软软的蜂窝饼时耸耸肩膀，那些乱涂乱画的机械图纸，它们最终只会加重对工人劳动的盘剥，让失业状况变得更加严重。他还说，这个懒鬼自从不能再享受到布鲁日的清闲和消遣之后，就像染上疥疮一样变得虔诚起来，这个醉汉一旦酒醒之后，就像广场上的布道者一样换上一副悔过的腔调。这些斤斤计较的无知之徒令读书人反感；与他们相比，那些身穿镶白鼬皮的长袍、满腹逻辑的学究们重新获得了分量。

泽农在机械方面的才华在家里并没有得到器重,家里人瞧不起他这个贫寒的私生子,同时又因为他将来的教士身份而隐隐约约对他怀有尊重。晚餐时间,在饭厅里,读书人听着亨利-鞠斯特卖弄浮夸的处世格言。他说教的内容一成不变:不要招惹黄花女儿,以免有怀孕的麻烦;不要招惹有夫之妇,以免遭到匕首的暗算;也不要招惹寡妇,因为她们恨不得吃掉你;要懂得让自己的年金生息,还要向上帝祈祷。议事司铎帕托洛梅·康帕努斯,向心灵要求的东西素来极少,并不反对这一套粗俗的智慧。那天,正在地里收割的农夫们发现了一个巫婆,几场不同寻常的暴雨已经快让麦子腐烂了,她却不怀好意地还在田里撒尿求雨;他们不经任何形式的审判就将她扔进火里,还嘲笑说,这个女预言者自以为可以呼风唤雨,却不能让自己免遭火刑。议事司铎解释说,人们让作恶的人遭受火刑,这样的火刑只持续片刻,他们的所作所为只不过在模仿上帝让他们遭受的同样刑罚,而上帝的刑罚是永恒的。这一席话没有中断晚间丰盛的点心;夏天让雅克琳燥热起来,她赏给泽农一番正经女人的饶舌。这个丰满的佛兰德斯女人,最近几次分娩使她变得越发美丽,她对自己的面色和白皙的双手颇为骄傲,保养得如同一朵盛开的牡丹花。教士似乎没有注意到微微敞开的女上衣,也没有注意到掌灯之前,一绺金色头发从埋头读书的年轻人颈项上擦过,也没有注意到蔑视女人的读书人气愤地惊跳起来。在帕托洛梅·康帕努斯看来,每个女人都集马利亚和夏娃于一身,她为拯救世界抛洒自己的乳汁和眼泪,也听任蛇的诱惑。他垂下双眼不加评判。

　　泽农走出来,迈开大步。平坦的露台上有新近种植的树和夸张的假山石,不远处就是草场和耕地;一个房屋低矮的农庄隐蔽在层层叠叠的谷堆后面。但是天气转凉了,不能像前不久在库伊邦那样,在夏季来临之前清朗的夜晚里,跟农庄工人一起躺在圣约翰节的火堆旁。到了寒冷的晚上,铁匠铺里的人也不太会给他让出凳子上的座位,那里有几个粗汉,总是同样的几个人,被暖洋洋的炉火烤得头脑发胀,在最后一批苍蝇的嗡嗡声中交换着零零碎碎的消息。现在,一切都将他与这些人分开了:他们慢吞吞的乡下土话,跟说话差不多一样迟缓的头脑,一个懂拉丁文和会看天象的小伙子令他们感到害怕。这些夜间的游荡,有时他也带上表弟。他下楼来到院子里,轻轻吹一声口哨唤醒同伴。亨利-马克西米利安跨过阳台,还带着少年人沉沉的睡意,他身上还闻得到前一天长时间游玩后留下的马匹和汗水的气味。想到或许可以在路边将一个轻佻的姑娘掀翻在地,或在客栈里跟赶大车的车夫一起大口喝酒,他很快就清醒过来了。两个伙伴从耕地里择路穿过,相互扶持着跳过沟渠,朝着波希米亚人营地点燃的篝火或者远处一家小酒馆红红的火光走去。回来的路上,亨利-马克西米利安吹嘘他的战功;泽农对自己的事情却缄默不语。这些冒险中最愚蠢的一桩发生在一天夜里,利格尔家的继承人溜进德拉努特一个马贩子的牲口棚,将两匹牝马刷成粉红色,第二天早上主人看见时以为它们中了邪。亨利-马克西米利安在一次游玩中花掉了几块从胖子鞠斯特那里偷来的金币,这件事有一天被发现了:一半开玩笑,一半也是较真儿,父子俩竟然动起手来,就像被困在农场院墙里的公牛和它的小

33

牛扑向对方；人们好不容易才将两人拉开。

更多时候泽农独自一人出门，拂晓时分，手里拿着记事簿，躲到远远的乡下，到大千世界中去直接寻找无以名之的知识。他不厌其烦地掂量和好奇地细察石头，它们光滑或者粗糙的轮廓，铁锈或者霉斑的色调，都在讲述一段历史，显示出形成它们的金属以及水与火的痕迹，往昔的水与火将它们的质地沉淀下来，或者凝固了它们的外形。一些昆虫从石头下面爬出来，它们是动物地狱里奇怪的生灵。泽农坐在一个小丘上，看着灰色天空下绵延不断的平原，地面上东一处西一处鼓起一条条长长的沙丘，他想象这些如今生长着小麦的大片土地，过去曾经是大海，海水退去时在这片土地上留下了波浪的行迹和签名。因为一切都在变化，不管是世界的形状，还是大自然的产物，大自然本身在动，它的每一个时刻都需要成百上千年。有时候，他的注意力一下子变得像偷猎者那样既专注又警觉，他想到了在奔跑，在飞翔，在林木深处爬行的动物，他感兴趣的是它们在身后留下的确切的痕迹，它们的发情，它们的交配，它们的食物，它们的信号和计谋，还有它们被棍棒击中之后死去的方式。他对爬行动物怀有好感，人类出于害怕或者迷信而诽谤它们，这些冰凉、谨慎、一半生活在地下的动物，在它们每一节爬行的圆环里，都包含着某种矿物的智慧。

一天晚上，正值最酷热的季节，泽农仗着从让·米耶那里学来的本事，决定亲自动手给一个中风的农民放血，而不是等待不一定能赶来的剃头匠。议事司铎帕托洛梅·康帕努斯为这桩不体面的事情唉声叹气；赶来救场的亨利-鞠斯特则高声惋惜，倘若外甥准备靠柳叶刀和小水盆谋生的话，他为他的学业支付的金币算是白花了。读书人默默承受这些指责,心怀仇恨。从这一天起,他在外面延宕的时间更长了。雅克琳以为他在跟农场里的一个姑娘往来。

有一次,他带上够吃几天的面包,冒险一直走到乌图斯特森林。这片树林是远古时代的大片乔木林的残余:奇异的劝谕会从它们的树叶上掉落下来。泽农抬起头,仰望这些浓密的绿荫和松针,重新陷入关于炼金术的冥想,这方面的知识有的在学校里接触过,有的则是学校所禁止的;在这些植物金字塔中的每一座里,他又看见上升的力量写下费解的天书,看见空气和火的符号,这些美丽的森林实体被空气浸润和滋养,它们自身包含着火的潜能,或许某一天也将毁于火。但是这些上升靠一种下降得到平衡:在他脚下,盲目而有知觉的根系在黑暗中模仿天上数不清的细小枝桠,小心翼翼地伸向不知何处的天底。时不时,一片过早变黄的树叶泄露了隐藏在绿色下面的金属,金属形成了它的本质,它又引起金属的衰变。强劲的风扭曲大树的树干,犹如人扭曲自己的命运。读书人感到自己像动物一样自由,也像动物一样受到威胁,像树一样在下面的世界和上面的世界之间得到平衡,同样也被施加在自己身上的力量压弯,这些力量直到他死去才会停歇。然而,对于这个二十岁的人而言,死亡还仅仅是一个词而已。

黄昏时分,他注意到苔藓上有一辆运送木材的大车留下的车辙;夜色已经暗了,他循着烟雾的气味来到烧炭人的茅屋。父子三人,树木的刽子手,火的主人和仆人,迫使火慢慢地消耗它的受害者,潮湿的木材噼噼作响,颤动着,变成木炭,永久保留住它与火元素的亲缘关系。他们黝黑的身体上沾满烟炱和灰烬，几乎看不出破烂的衣衫。在黑色的脸庞周围，在裸露的黑色胸膛上，父亲的白色须发和儿子们的金色毛发令人惊异。这三个人，跟隐修士一样孤独，差不多已经忘记了世界上的一切，或者说，他们对这一切从来就一无所知。谁在统治佛兰德斯，这一年是不是基督降生后的 1529 年，对他们来说无关紧要。与其说他们在讲话，不如说他们在抖动身体，他们接待泽农就像森林里的动物接待另一只动物；读书人并非不知道，他们也有可能杀死他，夺走他的衣服，而不是接受他的一块面包，分给他一份他们的野菜汤。夜深了，茅屋里的烟雾令人透不过气来，他起身像往常那样去观察星宿，他走到外面，那片被烧焦的空地在夜里显得白茫茫的。烧炭人的柴堆在无声地熊熊燃烧，这个几何构造就像海狸的小堡垒和蜜蜂的蜂巢一样完美。一个影子在红色的旷野里晃动；两兄弟中年轻的一个在照看炽热的火堆。泽农帮他用铁钩分开那些燃烧得过快的圆木。天琴座和天鹅座的主星在树梢间闪烁；天幕上位置较低的星星被树枝和树干遮挡了。泽农想到毕达哥拉斯，想到尼古拉·德·库萨[1]，想到一个叫作哥白尼的人，这个人最近发表的理论在学校里要么受到热情的接纳，要么遭到强烈的反对。他突然感到一阵骄傲，想到自己属于灵巧和不安的那一类人，他们驯服火，改变事物的质地，还观察星辰的轨迹。

他离开主人时没有多余的礼节，仿佛离开的是林中的狍子。他迫不及待地重新上路，仿佛他为自己的思想规定的目的地近

---

[1] 尼古拉·德·库萨（1401—1464），德国神学家、学者和哲学家，他也是颇具影响力的红衣主教。

在咫尺,但同时又必须加快步伐才能到达。他不是不知道,他在咀嚼自己最后剩下的一点自由,几天之后,他又要回到学校的凳子上去,为了日后谋到一个主教秘书的职位,负责润色优美的拉丁文句子,或者得到某个神学教席,只能对听众说出那些得到赞同或允许的话语。年轻不谙世事的他,想象直到那时为止,从来没有人像他那样心中充满对教士阶层的怨恨,也没有人像他那样在反抗或者虚伪的道路上走得更远。至于眼下,晨祷的内容只有松鸦报警的叫声和绿啄木鸟钻木的声音。一堆动物粪便在苔藓上袅袅冒着烟气,那是一只夜间动物经过的踪迹。

刚刚走上大路,他立即就听见了时代的噪音和喊叫。一群激动的乡下人手拿镰刀和长柄叉在奔跑:一个孤零零的大农庄着火了,纵火人是一个再浸礼派信徒,这些人如今越来越多,在他们对富人和权贵的仇恨中,交织着某种特殊形式的对上帝的爱。泽农倨傲地怜悯这些通灵者,他们从一只腐朽的船跳向另一只正在沉没的船,从一种古老的错乱跳向一种崭新的疯狂。但是,他厌恶自己身边那种粗俗的富足,这使他不由自主地站到穷人的一边。走不远,他碰到一位被辞退的纺织工,身上挎着乞丐的褡裢去别处寻找生计,他羡慕这个流浪汉比他少一些束缚。

德拉努特的节日

一天晚上,离家好几天之后,泽农回来了,像一条瘦骨嶙峋的狗。他远远看见宅子被无数火把照得通明,还以为又碰上了一场火灾。这时他才想起,几个星期以来,亨利-鞠斯特就在盼望和商谈接驾的事情。

《康布雷和约》刚刚签署。人们称之为"夫人和约",因为两位贵夫人勉勉强强担当起了抚平时代创伤的使命,帕托洛梅·康帕努斯议事司铎在主日布道时将她们与《圣经》中的女圣人们相提并论。法国王太后[1]起初害怕不吉利的天象而稍作停留,后来终于启程离开康布雷,返回她的卢浮宫了。尼德兰女摄政王[2]回梅赫伦的路上在佛兰德斯财政总管的乡间别墅逗留一夜,亨利-鞠斯特早已邀请本地士绅,四处采购储备蜡烛和稀有

---

[1] 即萨伏依的路易丝(1476—1531),法国国王弗朗索瓦一世的母亲。
[2] 即奥地利的玛格丽特(1480—1530),哈布斯堡的马克西米利安一世与勃艮第的玛丽的女儿。玛格丽特的第二任丈夫是萨伏依公爵菲利贝尔(1480—1504),即前注提到的路易丝的弟弟。菲利贝尔死后,1506 年,玛格丽特的父亲马克西米利安一世任命她为尼德兰总督,她将宫廷设立在梅赫伦。她的侄子查理五世即位后,继续由她统治尼德兰。

38

的食物,还从图尔奈请来主教的乐师,准备了一场古装演出,穿戴锦缎的农牧神和身着绿色丝绸衬衫的仙女们将向玛格丽特夫人献上点心,其中有杏仁小甜饼、杏仁奶油和蜜饯。

泽农犹豫要不要到大厅里去,担心破旧肮脏的衣衫和没有洗澡的气味,会让自己在当今世界上的权贵面前失去出风头的机会;生平第一次,他觉得倘若擅长溜须拍马和勾心斗角的技艺,也不失为一件好事,私人秘书或者王子老师的职位总比学校里的学究或者乡村剃头匠要好得多。随后,二十岁年轻人的骄傲占了上风,他相信一个人的运气取决于自己的禀赋以及星辰的眷顾。他进去,紧靠有雕花边饰的壁炉坐下,环顾身边这座人间的奥林波斯山。

穿着古装的仙女和农牧神是富裕农民和乡绅们的子女,财政总管任由他们啄食冷藏柜里的东西;在假发和脂粉下面,泽农认出了他们的金色头发和蓝色眼睛,在开衩或者撩起的皱泡镶边的长袍下面,泽农认出了女孩子们结实的大腿,其中有几个曾经在草垛的背阴处温存地撩拨过他。亨利-鞠斯特满脸涨得通红,举手投足比平日更加庄严,以商人的奢华竭尽地主之谊。女摄政王身着黑衣,娇小浑圆,有着寡妇忧伤苍白的脸色,抿紧的嘴唇显示出她是一个善于持家的主妇,她照管的不止是衣被饭菜,还有国家。她的颂扬者们吹嘘她的虔诚,她的见识,还说她为守节不愿再婚,宁愿过忧郁清苦的孀居生活;她的毁谤者们则低声指责她喜欢女人,但也承认,一位贵妇人有这样的趣味不算太出格,总比男人有相反的习性要好。这些人宣称,女人担当男人的角色比男人模仿女人要来得美。女摄政王的服饰华美而严

39

肃,王室贵胄的装扮正该如此,她的穿戴理当体现自己高贵的身份,但又无需念及炫耀或者取悦他人。她一边小口品尝零食,一边和蔼地听亨利-鞠斯特说话,商人奉承王室的话中夹杂着轻浮的玩笑,女摄政王固然是虔敬的女人,但一点也不假正经,她懂得倾听男人们无拘无束的谈话而不流露怨言。

人们已经喝过了莱茵河地区、匈牙利和法国的葡萄酒;雅克琳解开银线呢绒上衣的纽扣,命人将她的小儿子抱来,婴儿离断奶还早,他也渴了。亨利-鞠斯特和太太喜欢展示这个刚刚出生的孩子,他让他们变得年轻了。

从细布内衣的褶皱里露出的乳房将客人们迷住了。

"我们不能否认,"玛格丽特夫人说,"这个孩子吮吸的是一位好母亲的乳汁。"

她问孩子叫什么名字。

"他只接受了洗礼,"佛兰德斯女人说。

"那么,"玛格丽特夫人说,"就叫他菲利贝尔吧,跟已经去见上帝的我的主人一样。"

亨利-马克西米利安狂饮无度,正在对随从女侍们讲述他长大成人后将会建立的军功。

"在这个不幸的年代,他不会缺少打仗的机会,"玛格丽特夫人说。

她暗自寻思,不知财政总管是否会答应以三分利借钱给皇帝,富格尔家族的银行已经拒绝借钱,这笔钱要用来支付前一场战争的费用,也有可能用于后一场战争,因为人人都知道和约究竟价值几何。只要从这笔九万埃居的款项中拿出很小一部分,就足够让她在布雷斯的布鲁小教堂完工,总有一天她会去到那里,躺在她的君王身边直到世界末日。就在将一把镀金的银勺子放到唇边的工夫,玛格丽特夫人的脑子里又浮现出那个赤裸身子的年轻人,他的头发被发烧淌出的汗水粘在一起,胸脯被胸膜炎的积水鼓胀起来,然而他还是像神话中的阿波罗那么英俊,她将他放入土中转眼已经二十多年了。没有什么可以安慰她,无论是她那可爱的印度鹦鹉"绿衣情人",还是书籍,还是她温柔的伴侣拉奥达米夫人甜美的面容,无论是国家大事,还是王公们所倚靠和信赖的上帝。死者的形象重返回忆的宝库;勺子里糖霜的味道在女摄政王的舌头上蔓延开来;她回到自己一直未曾离开过的座位上来,又看见绯红的桌布上亨利-鞠斯特通红的双手,随从贵妇达鲁万夫人耀眼的首饰,躺在佛兰德斯女人胸前的乳儿,还有那边,在壁炉旁,一位表情傲慢的英俊小伙子,吃着东西,对宾客们毫不在意。

她问:"那个人,跟柴火作伴的是谁?"

"我的儿子们全都在这里,"银行家不满地说,一边指着亨利-马克西米利安和包裹在绣花呢子里的婴儿。

帕托洛梅·康帕努斯低声告诉女摄政王希尔宗德的遭遇,顺便惋惜泽农的母亲误入歧途,走上了异端的歧路。玛格丽特夫人于是和议事司铎一起就信仰和行善谈开了,那个时代虔诚而有教养的人们每天都要谈论这些话题,但是这些空洞的议论从来不能解决问题,也从来不能证明这些话题的无聊。这时,门口传来吵闹声;人们怯生生地,但还是一下子涌了进来。

这些制呢工人带了一件华美的礼物来到德拉努特送给夫人,这是计划中庆典余兴节目的一部分。但是两天前,一个车间里突然发生了一场斗殴,工匠们的技术进步几乎演变成一场骚乱。科拉斯·吉尔宿舍里的全体工人都来了,他们要求赦免托玛·德·第克斯莫德。托玛用锒头砸碎了不久前才安装好并最终投入运行的机械织机,他面临绞刑的惩罚。这支乱哄哄的队伍里有失业的临时工,也有沿途加入进来的流浪汉,从工厂到商人的乡间别墅之间的几法里路,他们走了两天时间。尽管科拉斯·吉尔在保护自己的机器时双手受伤,他仍然站在请愿者的最前面。他的嘴唇嘟嘟囔囔,泽农在这张脸上几乎认不出他十六岁时所熟悉的那个结实的科拉斯了。一个小厮送上糖衣杏仁,读书人拉住他的衣袖,打听到亨利-鞠斯特拒绝听那些心怀不满的人诉苦,这些人只好在草地上过夜,吃厨师随便扔给他们的东西。佣人们整夜看管着食品柜、银餐具、酒窖和麦堆。然而,这些不幸的人看上去却如同被带去剪羊毛的绵羊一般顺从;他们脱下便帽;最谦卑的那些人还下了跪。

"饶了托玛吧,他是我的兄弟! 饶了托玛吧,是我的机器让他昏了头,"科拉斯·吉尔絮絮叨叨地说,"他还年轻,不能绞死他。"

"什么?"泽农说,"你帮这个砸烂了我们作品的无赖说话?你那个漂亮的托玛喜欢跳舞:让他到天上跳去吧。"

他们之间用佛兰德斯语口角,让那一小群随从女侍笑出声来。科拉斯·吉尔不知所措,用白眼珠子扫视四周,认出了坐在炉膛下面的年轻读书人,他在胸前划一个十字,那是当年他称为自己情同手足的兄弟。

手上缠着绷带的人哭着说:"上帝诱惑了我,我像一个孩子那样玩滑轮和手柄。一个魔鬼指给我看比例和数字,于是我就闭着眼睛安装了一台绞架,上面还吊着绳索。"

他退后一步,靠在瘦瘦的学徒贝洛丹肩上。

一个像水银一样钻动的小个子悄悄溜到夫人跟前,递上请愿书,泽农认出他是蒂埃里·卢恩。夫人带着显然心不在焉的表情,将请愿书交给一位随行侍从。财政总管谄媚地促请她去隔壁的长廊,乐师们准备给贵夫人们献上一场有器乐演奏和唱歌的音乐会。

"任何背叛教会的人,迟早会起来反抗他的国王,"玛格丽特夫人站起身来时总结道,这句谴责宗教改革的话终于结束了她与议事司铎之间勉力进行的交谈。亨利-鞠斯特使了个眼色,纺织工们向高贵的寡妇恭恭敬敬地献上用她的名字首字母绣成的珍珠花结。她用戴满戒指的手指尖,优雅地接过工匠们的礼物。

"请看,夫人,"商人半开玩笑地说,"这就是完全出于慈悲心肠让工厂亏本开工得到的报答。这些乡下人在您面前吵吵闹闹,村里的法官原本用一句话就可以裁决。如果不是我惦记着向您展示我们的天鹅绒和锦缎的话……"

女摄政王充耳不闻,每当公共事务令她感到不胜重负时她就会这样,她郑重强调必须压制老百姓的反抗;王公之间的纷争,日渐强大的土耳其人,使教会四分五裂的异端,已经将这个世界搅得一塌糊涂了。泽农没有听见议事司铎低声唤他向夫人靠拢一点。一阵颤音和移动椅子的声音,已经跟制呢工人们的抱怨声混杂在一起了。

"不,"商人一边关上身后长廊的大门,一边像牧羊犬对着羊群那样,面对人群说,"托玛不会得到饶恕的,要拧断他的脖子,就像他砸毁了我的织机。你们愿意有人到你们家里,砸坏你们床上的木头吗?"

科拉斯·吉尔嚎叫起来，像一头正在放血的牛。

"闭嘴吧，我的朋友，"胖胖的商人轻蔑地说。"你的音乐糟蹋了为夫人们演奏的曲子。"

"你有学问，泽农！你的拉丁文和法文比我们说的佛兰德斯话更讨人喜欢，"蒂埃里·卢恩说，他带着剩下的心怀不满的人，像一名好歌手带领着唱诗班。"跟他们解释说，我们的活计增加了，工资却减少了，从这些机器里钻出来的灰尘让我们吐血。"

"如果平原上到处都安装这些机器，我们就完蛋了，"一个纺织工说，"我们可不能像关在笼子里的松鼠那样，在两个轮子之间跑来跑去。"

"你们以为我跟法国人一样，迷恋新鲜玩意儿？"银行家说话时严厉中带着和善，如同在酸葡萄汁里掺点糖。"一切轮子和阀门都比不上老实人的一双胳膊。难道我是吃人的魔鬼？休要再威胁了，如果货品残缺或者线头打结挨了罚款，再也不要叽叽咕咕；再也不要提增加工资的愚蠢要求了，好像银子跟马粪一样不值钱，我会扔掉这些机床，让蜘蛛在上面织网！你们按去年价格签的合同，明年照样续签。"

"按去年的价格，"一个声音激动地说，但已经弱下去了。"按去年的价格，如今一个鸡蛋比去年圣马丁节[1]时的一只鸡还贵！还不如拿根棍子讨饭去。"

"让托玛去死吧，雇佣我好了，"一个老短工喊道，一口口齿不清的法语让他显得格外野蛮。"农场里的人放狗咬我，城里人拿石头赶我们。我宁愿要宿舍里的一块草席，也不愿意躺在沟

---

[1] 11月11日。

44

底过夜。"

"你们瞧不起这些织机,它们本来可以让我的舅舅变成国王,让你们自己变成王侯,"读书人恼怒地说。"但我眼前只是一个粗野的富人和一群愚蠢的穷人。"

留下来的人群在院子里抬头便看得见节日的火把和多层大蛋糕的顶端,这时院子里轰然一声巨响。一块石头击穿有纹章图案的彩绘玻璃上的天蓝色;商人灵巧地躲开落下来的蓝色碎片。

"把你们的石头留给这个做白日梦的家伙吧! 一只线轴就可以干四双手的活儿,这个傻瓜让你们相信可以待在旁边偷懒,"胖子利格尔嘲笑道,一边用手指着缩在炉膛边上的外甥。"这件事让我亏了钱,还要让托玛丢脑袋。唉,一个书呆子的漂亮设想!"

炉火的同伴啐了一口,没有接话。

"托玛看见织机昼夜不停地干活,一台机器就能完成四个人的任务,他什么话也没有说,"科拉斯·吉尔接着说,"但是他浑身颤抖,流汗,就像害怕一样。人们动手裁减我的学徒,最早被打发走的人中间就有他。磨坊一直在嘎吱作响,铁杆子照样自个儿织布。托玛跟他春天娶来的老婆一起,坐在宿舍紧里头,我听见他们像挨冻一样发抖。我明白了我们的机器是一场祸害,跟战争、昂贵的物价、外国的呢绒一样……我的双手活该受伤……我就说,人应该老老实实地干活,就像过去祖祖辈辈那样干活,满足于自己的两条胳膊和十个手指。"

"你自己是什么东西?"泽农气愤地叫起来,"不就是一台没有好好上油、被人用坏了当作废料扔掉的机器吗? 可惜的是你

45

这台机器还会造出其他机器。科拉斯，从前我还以为你算个人，现在我看你不过是一只瞎了眼的鼹鼠！你们这些粗人，如果没有人为你们动脑子，你们连火、蜡烛、汤勺也不会有，如果有人第一次拿一只线轴给你们看，你们也会害怕！回你们的宿舍去吧，五六个人躺在一条床单下面腐烂，就像你们的祖祖辈辈那样，在饰带和羊毛绒上面死去！"

学徒贝洛丹抓起留在桌上的一只高脚杯，向泽农扑去。蒂埃里·卢恩抓住他的手腕；学徒尖叫着，用庇卡底土话吐出一连串威胁，一边像游蛇一样扭动。亨利-鞠斯特刚刚打发一个管家下楼，这时突然听见他声如洪钟地宣布，要在院子里打开酒桶为和约干杯。人潮卷走了科拉斯·吉尔，他缠了绷带的双手还在不停比划；贝洛丹一甩手，挣脱蒂埃里·卢恩，溜走了。只剩下几个倔强的人还留在那里，合计着如何在来年的合同里至少让工资增加可怜的几个苏。没有人还记得托玛和他的痛苦。也没有人还想得起来去请求舒舒服服安坐在隔壁大厅里的女摄政王。这些手艺人认识并畏惧的唯一的权威就是亨利-鞠斯特；他们只能远远地瞥见玛格丽特夫人，如同他们只能大致看见那些银餐具和首饰，以及在墙上和出席宴会的人们身上，模模糊糊地看见他们纺织的衣料和饰带。

亨利-鞠斯特微微笑着，他的高谈阔论和慷慨大方获得了成功。这些喧嚣持续的时间终究只不过跟一首经文歌一般长。他并不看重这些机械织机，没有花费力气就成了讨价还价的一个筹码；这些机器也许还会派上用场，不过那是将来的事了，假如时运不济，人工又变得太贵或者人手不足的话。至于泽农，他出现在德拉努特就像谷仓里的火把一样令商人不安，他会去别的地方,带上他的梦想和令女人们心乱的火一般的眼睛;过会儿亨利-鞠斯特就可以在女摄政王面前吹嘘,自己在这个动荡的年代里懂得如何统治乌合之众,看上去稍作让步,实际上却寸步不让。

从一扇窗框里,泽农看着下面衣衫褴褛的人群跟仆佣和夫人的卫兵们混在一起的黑影。插在墙上的火把照亮了这个节日。科拉斯·吉尔在人堆里,读书人认出了他的红头发和白衣服。他如同自己手上的绷带一样苍白,心灰意懒,靠在酒桶上贪婪地喝着一只大啤酒杯里的东西。

"他一个劲灌啤酒,而他的托玛正在监狱里焦虑不安地流汗,"读书人轻蔑地说。"我还爱过这个人……西蒙-皮埃尔之流!"

"安静吧!"待在他旁边的蒂埃里·卢恩说。"你没有尝过害怕和饥饿的滋味。"

然后,用胳膊肘捅捅他说:

"不要再想科拉斯和托玛了,从此以后想想我们吧。我们这些人会像线跟随梭子一样跟随你,"他低声说,"他们贫穷、无知、愚蠢,但为数众多,像蛆虫一样攒动,像嗅到奶酪的耗子一样贪婪……假如只有他们自己使用你的织机,他们也会高兴的。他们从烧掉一座别墅开始:最终将占领城市。"

"跟其他人喝酒去吧,醉鬼!"泽农说。

他离开大厅,冲上空空荡荡的楼梯。楼梯平台上一片幽暗,他撞上了气喘吁吁往楼上走的雅克琳,她手里拿着一串钥匙。

"我把储藏室的门锁上了,"她喘着气说。"谁知道会出什么事呢?"

为了向泽农证明自己的心跳太快,她抓住他的手:

"别走,泽农!我怕。"

"让卫队的士兵来保护您吧,"年轻读书人生硬地说。

第二天,帕托洛梅·康帕努斯议事司铎来找他的学生,想告诉他玛格丽特夫人登上马车之前,还询问过年轻人在希腊文和希伯来文方面的知识,表示愿意将他收为侍从。但是泽农的房间空无一人。据仆人们说,他一大早就出门了。雨连续下了好几个小时,略微推迟了女摄政王出发的时间。纺织工们已经在返回奥德诺弗的路上了,不能说他们很不满意,因为他们最终从财政总管那里争取到了每利弗尔增加半个苏[1]。科拉斯·吉尔躺在防雨篷下面醒酒。至于贝洛丹,天刚蒙蒙亮时就消失了。后来人们知道,那天夜里他散布了很多威胁泽农的话。他还吹牛说自己很会玩刀子。

---

[1]利弗尔为旧时的记账货币,相当于一古斤银的价格。一个利弗尔相当于二十个苏。

离开布鲁日

　　维维安·考沃森的舅父是布鲁日耶路撒冷教堂的神甫,她在舅父家有一个小小的房间,四壁是光滑的橡木护墙板。房间里有一张白色小床,窗台上有一盆迷迭香,书架上有一本祈祷书:一切都干净,整洁,宁静。每天晨祷时分,这位不领报酬的圣器室小管理员比第一批虔婆还要来得早,连那个又来占据教堂门廊角落好位子的乞丐也落在她后面。她穿着毡鞋,在祭坛前面的石板地上碎步疾走,给花瓶换水,细心地将枝形大烛台和银质圣体盒擦得锃亮。她尖尖的鼻子,苍白的脸色,笨拙的动作,不像一位漂亮姑娘那样所到之处引起人们议论纷纷,但是她的姨妈戈德利埃芙怀着怜爱,将她的一头金发比作火候恰到好处的香料面包和圣餐面包上的金黄色,她的言行举止无不显示出她的虔诚和善于操持家务。她那些躺在教堂墙根下的铜棺里的祖先,看见她如此乖巧想必深感宽慰。

　　因为她家世颇好。她的父亲蒂博·考沃森从前是勃艮地的玛丽夫人[1]的侍从,曾经抬着他受伤垂危的年轻女公爵的担架,在一片祈祷和悲泣声中回到布鲁日。这场致命的狩猎场景,他一直无法忘怀;整整一生,他对这位英年早逝的女主人始终怀有一份充满柔情的崇敬,几乎近于爱意。他旅行过;他在雷根斯堡为马克西米利安皇帝效过力;他回来终老于佛兰德斯。在维维安的记忆中,这是一个壮实的男人,让她坐在自己裹着皮革的膝盖上,粗声粗气地哼唱德国歌谣。克林威克姨妈将孤女抚养成人。这位过于丰满的好女人,是耶路撒冷教堂神甫的妹妹和女管家;她制作滋补的糖浆和美味的果酱。帕托洛梅·康帕努斯议事司铎乐意与这户人家往来,这所房子里充满基督徒的虔诚和美味佳肴的气息。他也带他的学生来。姨妈和外甥女两人不停地塞给学生刚刚出炉的滚烫的点心,为他擦洗由于跌跤或者在斗殴中蹭破了皮的膝盖和双手,怀着信任赞赏他在拉丁文上的进步。后来,年轻人到鲁汶念书去了,在他难得的几次回布鲁日期间,神甫从他身上嗅到了一股无神论和异端的怪味儿,对他关上了大门。然而一天早上,维维安从一位走街串巷的女商贩那里听说,刚才有人看见浑身湿透、溅满泥浆的泽农在雨中朝让·米耶的药房走去。于是她静静地等待他来教堂里看她。

他从侧门一声不响地进来。维维安向他跑过去,手里还拿着祭坛上的桌布,带着小女佣天真的关切。

"我要走了,维维安,"泽农说。"请将我藏在你的柜子里的笔记簿捆成一扎;天黑时我来取。"

---

[1] 勃艮地的玛丽(1457—1482),二十岁时继承父亲的爵位成为勃艮地女公爵,后坠马身亡。她的丈夫是奥地利大公和神圣罗马帝国皇帝马克西米利安一世,小说前面几章中提到的玛格丽特夫人即他们的女儿奥地利的玛格丽特。

"你怎么成了这副样子,朋友,"她说。

他的鞋子和衣服下摆沾满泥块,一定是冒着大雨在大平原的泥泞地里走过。看上去又像有人向他扔过石块,要不然就是摔了跤,因为他的脸上尽是青肿,一只卷起的袖口上还有血迹。

"没什么,"他说,"打了一架。我已经不去想它了。"

但是他任由她用一块湿布尽力揩拭血迹和泥浆。维维安心慌意乱,发现他就像旁边的约柜里那个幽暗的彩绘木质基督卧像那样俊美,她在他身边忙来忙去,像一个纯真的小玛德莱娜。

她建议带他去戈德利埃芙姨妈的厨房,帮他洗干净衣服,还要给他吃热烘烘的蜂窝饼。

"我要走了,维维安,"泽农又说了一遍。"我要看看别处是不是和这里一样,到处盛行着无知,畏惧,麻木,还有对圣言的迷信。"

这种激愤的语言令她害怕:一切不习惯的东西都令她害怕。然而,她将这种成年人的愤怒与小学生的坏脾气看成一回事,就像泥浆和发黑的血迹让她回忆起当年泽农在街上打架后蓬头垢面回来的样子,在他们十岁左右的年纪上,他曾经是她亲密的朋友和温顺的兄弟。她语气温柔地责备他:

"看你在教堂里说话的声音多大!"

"上帝不太听得见,"泽农尖刻地答道。

他没有解释自己从哪里来,要到哪里去,也没有解释自己从什么样的斗殴或者埋伏中脱身,也没有说他怀着厌恶离开了用白鼬皮[1]和荣誉填塞起来的学者生涯,也没有说是什么秘密的

---

[1] 大学教授的礼服上有白鼬皮饰带。

意图让他毫无装备地走上危险重重的旅途,奔走在这些道路上的是从战场上返回的行人和衣食无着的流浪汉,神甫、戈德利埃芙姨妈和几个仆人去乡下访贫问苦后回家的路上,都会谨慎地避开这帮人。

"世道不好,"她说,重复着在家里和集市上常常听到的抱怨。"要是你又遇上坏人……"

"谁告诉你制伏他的不是我呢?"他厉声说道。"结果一个人并不困难……"

"克雷蒂安·梅格林克和我的表兄让·德·贝哈盖尔在鲁汶念书,他们也准备动身回学校,"她坚持说。"如果你去天鹅客栈找他们的话……"

"假如克雷蒂安和让愿意,就让他们在圣人的标志面前吓得煞白吧,"年轻读书人不屑地说。"神甫,你的舅父,怀疑我是无神论者,如果他还在为我的见解担忧的话,你就对他说,我信奉的神不是一位处女生的,也不在第三天上复活,但他的王国就在这个世界上。你明白我的意思吗?"

"我不明白,但是我会将你的原话转告他,"她柔声说道,并没有尝试去记住这些对她而言过于深奥的话。"戈德利埃芙姨妈一到熄灯时间就会上锁,将钥匙藏在她的床垫下面,我会把你的笔记簿连同路上的干粮放在挡雨披檐下面。"

"不用,"他说。"对我来说,这段时间是瞻礼前夕的斋戒。"

"为什么?"她说,想不起来日历上要纪念的是哪一位圣人。

"这是我为自己规定的,"他用开玩笑的语气说。"你从来没有见过朝圣者如何准备出发吗?"

"由你去吧,"她说,想到这次奇怪的旅行,声音里不禁带上了哭腔。"我会数着小时、日子和月份,就像你每次出门那样。"

"你在对我背诵什么诗呢?"他淡淡地笑着说。"我要走的路永远不会再经过这里。我不是那种为了再见到一个姑娘就从路上折回来的人。"

"那么,"她说,冲着他抬起倔强的前额,"总有一天我会去找你,而不是你回来找我。"

"白费功夫,"他说,似乎在跟她进行对答游戏。"我会忘记你的。"

"亲爱的大人,"维维安说,"我的先人都躺在这些石板下面,枕着他们的座右铭:你更强大。我更强大的地方就是不要忘记那个忘记我的人。"

她站在他面前,宛如一股细小的泉水,平淡而纯洁。他一点也不爱她;在他与自己短促的过去之间,这位头脑简单的女孩子无疑只是一种最无足轻重的联系。然而他心里生出一丝怜悯,与被人牵挂的骄傲交织在一起。突然,就像一个出发在即的人为了获得某种力量或者相反为了从中解脱出来,往往出于冲动而给予、抛弃或者献出某种东西,泽农褪下自己细细的银指环,那是他在跟雅奈特·弗贡尼埃玩套环游戏时赢来的,他将指环像一枚铜板那样放在这只摊开的手里。他根本不打算回来。他施舍给这个小姑娘的,只不过是一个小小的梦。

入夜时分,他去挡雨披檐下面找到笔记簿,然后送去让·米耶家中。笔记中大部分是当年他在布鲁日时,在议事司铎监管下的学习期间极其秘密地誊抄的一些异教哲学家的著作片断,其中包含某些会激起轩然大波的观点,比如关于灵魂的性质和上帝是否存在;还有一些是早期基督教教父攻击偶像崇拜的言论摘录,这些引文的原意被歪曲了,用来证明基督教的虔信和仪式毫无意义。泽农还年轻,还很看重这些学生时代最初的自由。他同让·米耶一起讨论未来的计划:米耶本人在巴黎医学院求过学,主张泽农到那里去学习,然而不必坚持到完成博士论文并戴上四方帽。泽农热切向往着更远的旅行。外科医生兼剃头匠将学生的笔记簿仔细放在他堆放瓶瓶罐罐和衣物的杂物间里。维维安在纸页中间夹了一枝小小的犬蔷薇,读书人没有发现。

传闻

　　起先，人们得知他在根特待了一阵，投靠在热衷炼金术的圣巴汶修道院主教院长门下。后来，有人说在巴黎的劈柴街见过他，大学生们在那条街上偷偷解剖死人，空气中弥漫着怀疑论和异端的臭味儿。还有一些值得信赖的人，言之凿凿地说他在蒙彼利埃大学拿到了学位，对于这个说法，某些人则回应道，他只不过在这所著名学府注册过而已，他放弃了羊皮纸上的学位，宁愿一门心思进行实验，因为他对盖伦和塞尔苏斯一样看不上。有人以为在朗格多克遇见的那个令女人们着迷的魔术师就是他。另外，差不多同一时期，有人说在加泰罗尼亚看见他，他身穿来自蒙特塞拉特的朝圣者的服装，由于在旅店里谋杀了一个年轻男孩而受到追捕；在那家旅店落脚的人多半来路不明，海员，马贩子，被怀疑信奉犹太教的高利贷者，还有勉强改宗的阿拉伯人。人们模模糊糊地知道，他对生理学和解剖学问题感兴趣，至于谋杀孩子的故事，在那些粗俗和轻信的人眼里只是一桩巫术和狼毒的放荡行为，到了更加博学的人们口中就变成了一例手术,目的是将新鲜血液输送到一位有钱的希伯来病人的血管里。再往后,有些远游回来的人带来了从更远的地方传来的谣言,他们声称在阿伽杜尔索伊人[1]的地区,在柏柏尔人中间,甚至在大达伊尔的宫廷里见过他。1541年前后,红胡子帕夏海雷丁在阿尔及尔使用一种希腊火硝的新配方,重创一支西班牙小舰队;人们将这种伤天害理的发明也算到他的账上,还说他因此发了财。一位被派遣去匈牙利的方济各会修士在布德[2]见到过一位佛兰德斯医生,此人不愿意透露自己的姓名,那大概就是他了。据可靠消息称,他很可能应总督的私人医生约瑟夫·哈-柯恩之请,前去热那亚为总督会诊,但在这位犹太医生遭到放逐之后,听说他无礼地拒绝了接替他的职位。既然肉体的大胆总是与头脑的大胆相伴随,这样的说法往往不无道理,人们相信他有过一些比他的成就更为大胆的欢愉。种种传闻不胫而走,讲述或者编造这些故事的人趣味各异,传闻的内容当然也有所出入。然而,在所有这些胆大妄为的举动中,也许最令人震惊的,据说,是他放弃了医生的体面职业,情愿沦落到外科手术的粗俗行当里,不惜用脓血玷污自己的双手。倘若一个不安分的人以这样的方式挑衅良好的秩序和习俗,那一切都难以为继了。他消失了很长一段时间之后,有人说黑死病流行期间在巴塞尔又看见过他:这些年里他治愈了不少已经无望的病人,因而赢得神医的声誉。然后,又一次,这个传闻沉寂下去了。这个人似乎怕出风头。

---

[1] 萨尔马特人的一支,生活在欧亚大草原的游牧民族。
[2] 即今天的布达佩斯。

大约在 1539 年，人们在布鲁日收到一本用法文撰写的小册子，是由里昂的多莱印刷的，署名泽农。论文详尽描述了心脏的肌腱纤维和瓣膜环，书后附有一篇文章，研究迷走神经的左侧分支在心脏运动中的作用；泽农在论文里断言，心脏的搏动对应于心肌的每一次收缩，这种说法与大学里讲授的观点恰恰相反。他还论述了在由高龄导致的某些疾病中，动脉变窄和增厚的问题。议事司铎对这些学科知之甚少，将小册子读了又读，没有从中发现任何内容可以证实关于他从前的学生亵渎宗教的谣传，他几乎感到有些失望。在他看来，无论哪一个执业医生，都可以写出这样一本书来，其中甚至连一句漂亮的拉丁文引文都没有。帕托洛梅·康帕努斯经常在城里看见外科医生兼剃头匠让·米耶，骑在一头神气的骡子上，多年执业赢得的敬重让他越来越像个外科医生，越来越不像剃头匠。人们有理由猜测，在布鲁日的居民中，也许唯有这个米耶时不时得到一些泽农的消息，当年的学生如今已学有所成。议事司铎动过念头，去跟这个地位卑微的人攀谈，但由自己主动上前去打招呼，似乎不合体统，再说，这个家伙出了名的狡猾和爱嘲弄。

每次偶然听到有关他从前的学生的消息，议事司铎立刻就会去老朋友克林威克神甫家里。他们在一起议论一番，晚上，在神甫的会客室里，戈德利埃芙姨妈和她的外甥女有时进进出出，手里拿着一盏灯，或者一只盘子，但她们两人谁也不会留意他们在说些什么，她们没有侧耳倾听两位教会人士谈话的习惯。维维安已经过了少女怀春的年纪；她还保留着那枚刻有花叶饰的细细的戒指，跟玻璃珠子和针线一并放在一个盒子里，她并非不知道姨妈为她作了郑重其事的安排。女人们在一边叠桌布，收拾餐具,帕托洛梅·康帕努斯就跟老神甫一起翻来覆去地议论他们听到的只言片语,这些消息对于泽农的全部生活而言,犹如指甲之于人的整个身体。神甫摇着头,认定这个焦躁不安的人一心追求虚妄的知识,骄傲自大,不会有好下场。议事司铎为自己培养的弟子无力地开脱。然而,渐渐地,对他们来说,泽农不再是一个人,一张面孔,一个灵魂,一个生活在这个世界上某个地方的人;他变成了一个名字,甚至连名字也不如,只是一张贴在瓶子上的褪色的标签。他们对自己的过去怀有的一些残缺不全、毫无生气的回忆,正在瓶子里慢慢腐烂。他们还在谈论他。实际上,他们已经将他忘记了。

明斯特之死

西蒙·阿德里安森老了。他不是从疲惫,更多是从某种与日俱增的安详中察觉到这一点。他像一名渐渐耳背的领航员,只能隐约听见风暴的声音,却依然能老练地判断水流、潮汐和风的力量。他的一生是财富不断增长的过程:金子源源不断地汇聚到他的手中;他取得了在阿姆斯特丹港口经营香料的特许权之后,就离开米德尔堡的宅子,搬到阿姆斯特丹新修的运河边上他精心建造的房屋里。这所濒临泪塔[1]的住宅,就像一个坚固的保险柜,来自海外的财宝聚集在一起,一切都井然有序。但是西蒙·阿德里安森和他的妻子与这种富丽堂皇完全隔绝开来,他们住在顶楼的一个小房间里,四壁空无一物如同船舱,这一切奢华只用于抚慰穷人。

对这些人,他们的大门总是敞开着,总有烤好的面包,总有点亮的灯。在这些衣衫褴褛的人当中,不仅有无力清偿债务的

---

[1] 泪塔(Schreijerstoren)是阿姆斯特丹一个地名,相传是水手的妻子们含泪等待丈夫归来的地方,实际上是一座军事堡垒。

负债人,有人满为患的济贫院拒绝收治的病人,还有食不果腹的演员,酗酒的水手,从示众柱上松绑后肩头还带有鞭痕的因犯。如同上帝希望所有人都在他的土地上行走,享受他的阳光,西蒙·阿德里安森不加选择地接受他们,或者不如说,他出于对人间律法的厌恶,选择那些被认为是最糟糕的人。这些流浪汉穿着主人亲手给他们披上的暖和的衣服,怯生生地坐在他的桌旁。走廊上看不见的音乐家向他们的耳朵里倾注天堂的前奏曲;希尔宗德用一只银质长柄汤勺分发食物,她为接待客人特意穿上华美的长袍,使她的施舍显得更加可贵。

西蒙和他的妻子,像亚伯拉罕和撒拉,像雅各和拉结,和谐地生活已有十二年。然而他们也有自己的痛楚。好几个新生儿尽管得到无微不至的疼爱和照料,还是一个接一个地离他们而去了。每次,西蒙会低下头说:

"天主是父亲。他知道孩子们需要的东西。"

这个真正虔诚的人教会希尔宗德在隐忍中体会甜蜜。但一丝忧伤留在他们的心底。终于,一个女儿出生并且活下来了。西蒙·阿德里安森从此像兄长一般跟希尔宗德生活在一起。

他的船只从世界各地的港口驶向阿姆斯特丹,但西蒙考虑的是我们每个人面临的大旅行,无论贵贱,人人都将遭遇海难,在一片陌生的沙滩上结束旅程。较之那些跟他一起俯身察看罗盘地图的航海家,或者为他绘制地图的地理学家,他更珍惜那些正朝着另一个世界走去的冒险者,衣着破烂的讲道者,在广场上被嘲笑和愚弄的预言家。一位扬·马蒂斯是通灵的面包师;一位汉斯·博克霍尔德是流浪艺人,一天晚上西蒙在小酒馆门口发现他时,他已经快要冻僵了,他那一套跑江湖的吹牛本事正好

用来为精神世界效力。他们中间有一个人比其他人更谦卑,他
渊博的学识深藏不露,为了让神的启示畅通无阻地降临到自己
心中,他还故意变得愚钝。人们从他身上穿着的旧皮毛大衣认
出他就是贝尔纳德·罗特曼,路德从前最心爱的弟子,如今却破
口大骂那个维滕贝格人[1],说他是假义人,一边在富人面前卖
乖,一边讨好穷人,舒坦地坐在真理和谬误之间。

　　傲慢无礼的圣人们从市民手中夺取财物,从贵族手中夺取
头衔,然后随心所欲地重新分配,这种蛮横的做法已经引起公众
的愤怒;好人们冒着被判处死刑或立即遭到流放的危险,聚集在
西蒙家里密谋,仿佛一艘正在沉没的大船上的海员。但是希望
像帆船一样出现在远处:明斯特已经变成上帝之城,羔羊们第一
次在尘世有了庇护所,扬·马蒂斯成功赶走主教和市政长官后,
已经在那里站稳了脚跟。皇帝的军队企图消灭这座穷人的耶路
撒冷,最终无功而返;普天下的穷人都将团结在他们的兄弟周
围;人们将成群结队,从一个城市到另一个城市,劫掠教会的不
义之财,推翻圣像;还要将胖子马丁杀死在图林根的野猪巢
里[2],将教皇杀死在他的罗马。西蒙听着这些话,一边捋着白
色的胡须;他对风险习以为常,打算心甘情愿地接受这桩虔诚的
事业所蕴含的巨大危险;罗特曼的冷静和汉斯的调侃打消了他
最后的疑虑,就像从前他的商船在暴风雨季节里起锚时,船长的
镇定和水手的快活令他安心。一个晚上,他怀着一颗信任的心,
看着这帮穷困潦倒的客人将帽子低低地压在眼睛上,或者将边

---

[1] 指马丁·路德。维滕贝格是路德的活动中心,他在那里的修道院和大学任职,并于
　　1517年在维滕贝格就赎罪券问题发表著名的《九十五条论纲》,揭开了宗教改革的序
　　幕。
[2] 马丁·路德是图林根人。

缘已经磨损的羊毛围巾紧紧缠在脖子上,他目送他们肩并肩在泥泞的雪地里渐行渐远,步履艰难地一同前往他们梦中的明斯特。

终于有一天,更确切地说一个夜晚,在二月清冷的拂晓时分,他上楼走进希尔宗德的房间,她挺直身子一动不动地躺在床上,一盏微弱的灯照着她。他低声唤她,确定她没有睡觉,就在床边重重地坐下来,像一位商人跟妻子一起反复清点白天的账目,他跟她谈起在楼下小客厅里进行的密谋。在城里,金钱、肉欲和虚荣招摇过市,人们的痛苦似乎凝固成了砖石,凝固成了虚妄和笨重的物件,精神再也无法在这些东西上面呼吸,她不也厌倦了生活在这样的城市里吗?至于他,他建议抛下,最好是卖掉(为何要白白浪费一份属于上帝的财富呢?)阿姆斯特丹的房子和财产,趁现在还为时不晚,去明斯特寻找安身之所,那只方舟早已不胜负荷,但是他们的朋友罗特曼会帮助他们找到栖身之地和食物。他给希尔宗德十五天时间考虑这个计划,这条路的尽头是苦难、流放,甚至死亡,但他们也有可能跻身于最早迎来天国的人之列。

"十五天,"他重复道,"夫人。一个小时也不能再多了,时间紧迫。"

希尔宗德从床上坐起来,眼睛突然睁得大大的,盯着他说:

"十五天已经过去了,我的丈夫,"她平静地说,仿佛对自己就这样留在身后的东西不屑一顾。

西蒙称赞她在朝上帝走去的路上不断向前迈进。他对这位伴侣的敬意没有因日常生活的琐碎而磨损。这个年老的男人在那些被他选中的人身上,故意忽视他们心灵表面显而易见的瑕疵、阴影和缺陷,他看见的也许只是他们自身最纯粹的部分,或者他们自己希望成为的样子。在他收留的那些预言家们可怜的外表下,他认出了圣人。自从第一次见到希尔宗德,他就被她纯净的目光所感动,他视而不见她忧伤的嘴唇上近乎阴郁的皱纹。在他眼里,这位瘦削而倦怠的女人始终是一位大天使。

出售房屋和家具是西蒙的最后一桩好买卖。跟以往一样,他在金钱事务上的漫不经心为他带来财富,使他避免了因害怕损失或者因贪心而操之过急所导致的失误。这些自愿走上流亡之路的人带着人们的敬意离开阿姆斯特丹,富人往往享有这种尊重,即便他们可耻地站在穷人一边。一艘驳船将他们带到德文特,在那里他们换乘四轮马车穿越落叶覆盖的盖尔德山丘。他们不时停下来,在威斯特伐利亚的客栈里品尝烟熏火腿;对这些城里人来说,通往明斯特的旅途如同一次郊游。一个名叫约翰娜的女佣陪伴希尔宗德和孩子,西蒙对她深怀敬重,因为她曾经由于再浸礼派信仰而遭受酷刑。

贝尔纳德·罗特曼在明斯特的城门口迎接他们,满载包袱和木桶的车辆来来往往,挤作一团。围城前的准备不由得让人想起某些节日前夕的忙乱。就在两个女人从车上卸下摇篮和衣物的时候,西蒙听着教会重建者[1]的解释:罗特曼很平静;听从他教诲的民众在街上拖着来自周边农村的蔬菜和木材,他们跟他一样指望着上帝的帮助。然而,明斯特需要钱。它更需要散布在世界各地的弱小者、不满者、义愤者的支援,一旦新基督获

---

[1] 指贝尔纳德·罗特曼。

得第一次胜利,这些人就会摆脱一切偶像崇拜的枷锁。西蒙仍然是富有的;他在吕贝克,在埃尔宾,甚至在日德兰半岛[1]和遥远的挪威都有可追回的债权;他理应去收回这些只属于天主的款项。他懂得一路上向虔诚的人们传达起来反抗的圣人们的讯息。作为一个见多识广的有钱人,他穿着上好的呢子和柔软的皮革,他的名声和装束会让他在一个衣着破烂的传道者根本无法涉足的地方赢得听众。这位皈依的富人是穷人议会最好的密使。

西蒙明白了眼前的形势。要赶快行动才能免遭权贵和教士们的伏击。匆匆拥抱了妻子和女儿,骑上刚刚将他带到方舟门口的骡子里最强壮的一头,他立刻动身了。几天后,德意志雇佣军的长矛就出现在地平线上;亲王兼主教的军队在城市外围驻扎下来,并不发起进攻,而是准备一直等待下去,直到饥饿将这些穷人歼灭。

贝尔纳德·罗特曼将希尔宗德和孩子安置在市长克尼佩多林家里,此人是纯洁者们在明斯特最早的保护人。这个胖胖的男人既热情又平和,将希尔宗德视如姐妹。扬·马蒂斯摆弄一个新世界就像从前在哈勒姆的地窖里揉面团,在他的影响下,生活中的一切事情都变得不同了,容易了,简化了。地上的果实像上帝的空气和光线一样属于所有人;凡是有衣物、餐具或者家具的人,都要拿到街上来与人分享。所有人都以严格的方式相爱着,他们相互帮助,相互指责,为了对别人的罪孽保持警觉而相互监视;世俗法律被取消了,圣事也被取消了;亵渎神明以及肉

体的过失要遭受鞭刑;女人们蒙着面纱悄无声息地走来走去,仿佛是不安的大天使;人们还听见有人在广场上声泪俱下地当众忏悔。

这座被天主教军队包围的好人的堡垒,生活在对上帝的狂热之中。在露天进行的布道每天晚上重新唤起人们的勇气;最受爱戴的圣人博克霍尔德讨人喜欢,因为他在描绘世界末日的血腥景象时添加了演员的戏谑。温暖的夏夜,病人和围城的第一批伤员躺在广场周围的拱廊下呻吟,女人们在一边用尖利的声音祈求天父的帮助。希尔宗德是最狂热的女人中的一个。她站立着,瘦高的身子挺直如同一团火苗,泽农的母亲控诉罗马人的无耻行径。她泪眼模糊,充满可怖的幻象;犹如一根过于细长的大蜡烛突然折断,希尔宗德猛然倒下,痛哭流涕,怀着悔恨、柔情和求死的愿望。

第一次公共葬礼是为扬·马蒂斯举行的,他死于一次突围,他率领三十个人和一群天使试图突破主教的军队。汉斯·博克霍尔德头戴王冠,骑在搭着祭披的马上,在教堂前面的广场上突然被宣布为先知;人们支起一个台子,新大卫王每天早上就在上面主持朝政,不容辩驳地决定天上和尘世的一切事务。几次偷袭主教厨房得手,带回来一头猪和几只母鸡作为战利品,人们在台子上吹吹打打,大吃大喝;敌营的厨子成了俘虏,被迫烹煮菜肴,随后在人们的拳打脚踢中一命呜呼,希尔宗德看见这一幕,跟其他人一样放声大笑。

渐渐地,就像美梦在黑夜里不知不觉转变为噩梦,人们的内心起了变化。心醉神迷的状态让圣人们走起路来像醉汉一样晃晃悠悠。城里各处的地窖和谷仓都堆积着食物,为了节省,新基督国王不断发布禁食的命令;然而有时候,当一桶咸鲱鱼变得臭气熏天,或者圆圆的火腿上开始出现斑点,人们就狼吞虎咽地吃起来。贝尔纳德·罗特曼筋疲力尽,他病倒了不能出门,仍一言不发地执行新国王的决定,他只能向聚集在窗户下面的人群布道,宣讲仁爱将烧毁尘世的一切渣滓,天国将会降临。克尼佩多林被剥夺了市长头衔,但又被庄严地提升为刽子手;这位脖子红红的胖男人对自己的新职务颇感得心应手,似乎他一直以来就在暗自梦想屠夫的职业。很多人被处死;国王命令处决软弱和温和的人,以免他们传染其他人;再说,每死掉一个人就会省下一份口粮。人们在希尔宗德住的房子里谈论酷刑,就像以往在布鲁日议论羊毛的价格。

汉斯·博克霍尔德出于谦卑,同意人们用他出生的城市称他为莱顿的约翰,但这个名字仅限于在尘世的集会上使用;在忠实信徒面前,他另有一个不能言宣的名字,似乎自身包含一种超乎常人的力量和热情。十七位妻妾证明神有着永不枯竭的精力。市民们出于畏惧或者虚荣,将自己的妻子献给活着的基督,正如他们当初献出金币;来自社会底层的荡妇争相邀宠,以求满足国王的床笫之欢。他来到克尼佩多林家里跟希尔宗德说话。这个眼睛滴溜溜转的男人一碰到她,她立刻变得脸色煞白,他的双手摸摸索索,像裁缝那样解开她的上衣。她想起来,但她不愿想起来,在阿姆斯特丹的时候,他还只不过是她餐桌上一个饥饿的江湖艺人,就趁她托着盘子俯身布菜之机摸过她的大腿。她怀着厌恶让这张湿漉漉的嘴亲吻,但厌恶随即就变为迷醉;生活中最后的体面像破旧的衣衫,或者像浴室里刮下的死皮一样脱落了;沉浸在这无味的、热乎乎的呼吸里,希尔宗德不复存在了,

66

希尔宗德的恐惧、顾虑和不幸也连同她一起不复存在了。压在她上面的国王赞叹这个纤柔的身体,他说,在他看来,细瘦的身材让上帝塑造的形体显得更加突出,尤其是下垂的细长乳房和微微隆起的小腹。这个习惯了与婊子和毫无韵致的村妇打交道的男人,对希尔宗德的精致惊叹不已:她那双放在自己维纳斯小丘柔软的茸毛上的纤手,不由得让他想到一位贵妇漫不经心地搭在手笼上或者卷毛狗身上的双手。他讲述自己的故事:从十六岁起,他就知道自己是神。但时运不济,他掉到一个裁缝铺里当学徒,还从那里被赶走;在喊叫和流涎中,他进入了天堂。他重又体验到那种颤动,就像当年在流动剧团扮演挨打的丑角时,他在后台感觉到自己是神;就像当年在谷仓里他得到平生第一个姑娘时,他明白了神就是这团蠕动的肉体,对赤裸的身体而言贫穷并不比富有更真切,神就是生命的大潮,它也会卷走死亡,它像天使的血液一样流淌。他用一位戏子浮夸做作的语言吐出的这番话,充满农民之子的语法错误。

连续几个晚上,他将她带到筵席上,坐在基督的妻妾们中间。人群挤在边上,几乎要将桌子压垮;饥饿的人们抓住国王开恩扔给他们的鸡脖子或爪子,还祈求他的祝福。年轻的先知们充当国王的保镖,他们在一团嘈杂中用拳头维护秩序。现任王后蒂瓦拉来自阿姆斯特丹的一个污秽场所,她沉着地大吃大嚼,每嚼一口便露出牙齿和舌头;她看上去就像一头懒散而健康的母牛。突然,国王举起双手祈祷,他在脸颊上扑了一点粉,这种舞台上的苍白让他的面容变得好看了。有时,他冲着一个来宾的面孔吹气,向他传达神圣的精神。一天夜里,他将希尔宗德引到后厅,撩起她的袍子向年轻的先知们展示教会赤裸的圣洁。

新王后和蒂瓦拉相互叫骂厮打起来,后者仗着自己年方二十,将希尔宗德看成老太婆。两个女人在石板地上翻滚扭打,大把抓扯对方的头发;那天晚上,国王将她们俩一起搂在胸前抚慰,让她们达成和解。

有时,一桩突如其来的事情会让这些呆滞而疯狂的灵魂活跃起来。汉斯下令立即拆除高塔、钟楼以及那些傲慢地高出城里其他房屋的山墙,因为这些建筑无视在神面前人人平等的原则。孩子们叽叽喳喳,跟在一队队男人和女人后面,挤进塔楼的楼梯;瓦片乱飞,砖头纷纷坠落,砸伤行人的脑袋和低矮房舍的屋顶;有人将圣莫里斯教堂顶上铜铸的圣人像拆下来,让它们歪歪斜斜地吊在天与地之间;还有人抽掉房梁,将从前富人的房屋弄得千疮百孔,任由雨雪飘落进来。一个老妪抱怨要被活活冻死在自己四面来风的房间里,于是被赶出城外;主教拒绝接纳她到自己的阵营里;好几天夜里,人们听见她在壕沟里哭叫。

傍晚时分,人们收工了,双腿悬在空中,伸长脖子,不耐烦地在天上寻找世界末日的信号。但是西天边的红色渐渐黯淡下来;又一个黄昏变成灰色,然后又变成黑色,拆毁房屋的人们疲惫不堪,回到自己的棚屋里,躺下,睡觉。

一种近乎快乐的担忧驱使人们在颓圮的街巷里游荡。他们从城墙的墙头好奇地张望空旷的、无法接近的田野,就像航行的人们张望环绕在自己小船四周的凶险的大海;饥饿引起的恶心如同在海上探险的人们感到晕浪。希尔宗德不停地走来走去,总是在那几条相同的街巷里,相同的廊道中,相同的通往角楼的楼梯上,有时独自一人,有时手里拉着她的孩子。饥荒的钟声在她空荡荡的脑子里回响;她感到自己轻巧灵活,就像在教堂的尖塔之间盘旋不已的鸟儿,她感到虚弱,但就像一个女人即将尽情享受之前的片刻。有时,她掰下一段悬挂在房梁上的冰凌,张开嘴,吮吸新鲜的感觉。她周围的人似乎同样体会到这种冒险的愉悦;尽管人们会为一块面包、一颗腐烂的白菜争吵,但是某种发自内心的柔情将这些忍饥挨饿的穷人紧紧粘合在一起。然而,一段时间以来,不满者敢抬高嗓门说话了;温和派不再被处死:他们太多了。

约翰娜向女主人报告外面开始流传可怕的消息,分发给老百姓的肉是变质的。希尔宗德吃着饭,仿佛充耳不闻。有人吹嘘自己尝过刺猬肉、老鼠肉,甚至更不堪的东西,正如同那些看上去严肃刻板的市民要不是突然间夸耀起自己肉体的放纵,人们还以为这些骨瘦如柴的幽灵无此能力。人们也不再寻找隐蔽之处来舒解病体的排泄;人们出于疲乏也不再掩埋死者,但是冰冻的天气让堆放在院子里的尸体变得清洁,不会散发出臭味。没有人议论到了四月份一旦天气回暖很可能就会发生鼠疫;人们不指望能坚持到那个时候。也没有人提及敌人的坑道工事正在逼近,他们正在紧张有序地填充护城河;也没有人提及敌人很快就会发起的进攻。忠实信徒们脸上阴郁的表情仿佛追逐猎物的猎狗,它们装着听不见身后抽动皮鞭的声音。

终于有一天,站在城墙上的希尔宗德看见旁边一个人伸出胳膊指指点点。一支长长的队伍在起伏的平原上蠕动;几列战马在融冰季节的泥泞地里行进。一声欢快的叫喊爆发出来;断断续续的赞歌从这些虚弱的胸膛里响起;这不就是从荷兰和盖尔德招募来的再浸礼派军队吗？贝尔纳德·罗特曼和汉斯·博克霍尔德不断宣布他们就要到来,他们不就是来解救自己弟兄的弟兄吗？但是,这些队伍很快与包围明斯特的主教军队会合了;旌旗在三月的风中翻卷,有人认出其中有黑森亲王的旗帜;这位路德派信徒[1]与偶像崇拜者们联合起来,要消灭这一群圣人。几个人想方设法将一块大石头从城头推下去,砸死了几个在一处棱堡脚下挖壕沟的工兵。一个哨兵放枪击中了黑森军队的一位传令兵。围城者以火枪射击来回敬,数人倒毙。随后,双方谁也不再尝试任何行动了。但是,期待中的进攻没有在这天夜里发起,也没有在接下来的几天夜里发起。五个星期就在嗜睡症的麻木状态中过去了。

贝尔纳德·罗特曼早已分发了自己最后储备的食物和瓶瓶罐罐里的药品;国王跟往常一样,从窗户向民众扔出来一把把谷物,却将剩余的物资藏在地板下面不肯拿出来。他很多时间都在睡觉。他像僵死了一样睡了三十六个小时,然后最后一次前往几乎空无一人的广场上布道。他已经有一段时间不再去希尔宗德的住处夜访了;他以屈辱的方式赶走了十七位妻妾,取代她们的是一位几乎还没有开始发育的少女,有点口吃,具有预言的天赋,他怜爱地称她为白色的小鸟,方舟上的白鸽。希尔宗德被国王抛弃,既没有感到痛苦,也没有感到不满和意外;对她来说,发生过的事情和没有发生过的事情之间,界限已逐渐消弭;她似乎已经想不起来曾经作过汉斯的情人。然而法律并没有禁止一切:有时她会在深更半夜等着克尼佩多林回来,想试试自己能不

---

[1] 指黑森的菲利普一世(1504—1567),他本人是路德的追随者,德意志新教领袖。1535年他应明斯特主教之请,参与镇压再浸礼派。

能让这团行尸走肉动心；他从她身边走过，看也不看她一眼，一边嘟嘟囔囔，让他操心的是另外一些事情，而不是一个女人。

主教军队进城那天夜里，近午夜时分，一名哨兵被掐死，他发出的叫声惊醒了希尔宗德。一名变节者带领两百名雇佣兵，从一条暗道进入城内。贝尔纳德·罗特曼是最早得到通知的人之一，他从病床上一跃而起，冲到街上，衬衫下摆粗暴地拍打着瘦弱的双腿；幸而他死在一个匈牙利人手中，这个士兵没有弄清楚主教要求活捉叛乱头目的命令。国王从梦中惊醒，从一个房间逃到另一个房间，从一条走廊逃到另一条走廊，勇敢敏捷犹如一只被守门犬围捕的猫；破晓时分，希尔宗德看见他从广场上走过，已经脱下了那身俗丽的戏装，上身赤裸，在皮鞭抽打之下弯曲着脊背。人们几脚将他踹进一个大笼子里，从前那些不满者和温和派在被送交审判之前，就被他关在这个笼子里。克尼佩多林被打得半死，当作死人扔在长凳上。整整一天，士兵们沉重的脚步声在城里回响；这种有节奏的声音，意味着秩序在这个疯狂的堡垒里重新恢复了统治。秩序体现在这些为了微薄的酬金而出卖性命的人身上，他们在固定的时间吃喝，碰到机会就抢劫奸淫，但在某个地方，他们有年迈的母亲，节俭的妻子和一片小小的租地，他们年老瘸腿之后会回到那里生活，有人逼迫时也会去教堂望弥撒，将信将疑地信奉上帝。酷刑又开始了，但这次是由合法当局宣布的，并得到教皇和路德的同意。这些人衣衫褴褛，苍白消瘦，饥饿使他们牙床溃烂，在吃饱喝足的大兵们眼里，他们简直就是恶心的臭虫，消灭他们轻而易举，也理所应当。

最初的混乱过去之后，公判地点定在大教堂前的广场上，就在国王从前举行会议的台子下面。那些行将就死的人隐隐约约

71

地明白先知的许诺就要在他们身上实现了,但实现的方式与他们曾经以为的不同,不过预言几乎总是这样:他们历经磨难的世界即将完结;他们即将平等地跨进一大片绯红的天空。只有几个人诅咒将他们带进这场救赎闹剧的那个人。有些人在内心深处,知道自己长时间以来就在期盼死亡,好比绷得太紧的绳子也许渴望折断。

一直到晚上,希尔宗德等待着轮到她的时候。她身着自己剩下的长裙中最好的一件;发辫上插着银别针。终于,四名士兵出现了;他们是些老老实实的粗人,不过尽其职责而已。小玛尔塔哭喊起来,希尔宗德抓住孩子的手说:

"来,孩子,我们去上帝那儿。"

一个士兵从她手中夺过无辜的小姑娘,推给约翰娜,身穿黑色上衣的女仆将孩子紧紧抱在胸前。希尔宗德跟着士兵,再也没有说话。她走得很快,连行刑者也不得不加紧脚步。为了避免磕绊,她双手提起绿色丝绸长裙宽大的裙幅,看上去如同行走在波涛之上。到了台子上,她在死者中间模模糊糊地认出了一些熟识的人,还有一个从前的妃嫔。她随意倒在仍有余温的人堆上,伸出脖子。

西蒙的旅行变成了十字架之路[1]。他主要的债务人害怕填满再浸礼派的口袋或行囊,没有付钱就将他打发走了;那些无赖和吝啬鬼还不免训斥他几句。他的内兄鞠斯特·利格尔则声

---

[1] 十字架之路(Chemin de la Croix)又称作苦路,指的是耶稣从被判钉十字架死刑到下葬的整个受难期间走过的道路,比喻痛苦的历程。苦路祈祷后来成为纪念耶稣受难的一种仪式:人们在复活节游行路线上,放置十四处十字架和再现耶稣受难过程的画像,供信徒沿途祈祷。

称,无法尽快兑现西蒙存放在他安特卫普钱庄里的巨额款项;此外他还夸口说,跟一个与国家的敌人为伍的糊涂虫相比,他更爱惜希尔宗德和孩子的财产。西蒙像一个被赶出门的乞丐,脑袋低垂着走出那扇富丽堂皇的雕花大门,而这家商号的创办曾经仰赖过他的帮助。他募捐的使命也同样失败了:只有几个穷光蛋答应为他们的兄弟倾其所有。他两次遭到教会当局的盘查,花费了钱财才免于牢狱之灾。直到最后,他仍然是得到自己的金币保护的富人。他在吕贝克的一家客栈里中风倒下,一路积攒起来的微薄收入还被店家偷走了一部分。

他的身体状况只允许他慢慢赶路,进攻开始前两天他才到达明斯特城外。想进入被围困的城市显然毫无希望。他在亲王兼主教的军营里受到冷遇,却也没有遭到棍棒的对待,因为他曾经帮助过这位大人。他设法在离护城河很近的一处农庄住下来,灰色的城墙让他看不见希尔宗德和孩子。在农庄主妇白色的木餐桌上跟他一同进餐的,有一位应召前来参加即将进行的教会审判的法官,一位主教属下的军官,还有好几个从明斯特城里逃出来的变节者,这些人永不厌倦地揭露忠实信徒们的疯狂和国王的罪行。叛徒们毁谤殉难者的闲言碎语,西蒙不过姑妄听之而已。明斯特攻陷后的第三天,他终于得到进城的许可。

他沿着有部队巡逻的街道艰难地行走,六月早晨的阳光和干燥的风迎面扑来,他在这个只是从道听途说中有所了解的城市里迷乱地找路。在大市场的一个拱廊下,他认出了坐在门口的约翰娜,她将孩子抱在膝盖上。小姑娘看见这个陌生人靠过来亲吻她,尖叫起来;约翰娜一言不发地行了女仆的屈膝礼。西蒙推开已经撬开锁的大门,跑遍底层空无一人的房间,然后又跑遍楼上的房间。

他又出来，到广场上，朝着行刑的空地走去。一幅绿色的织锦悬在台上；他从这片织物远远地认出了压在死人堆里的希尔宗德。他没有在这个灵魂已经释放的尸体旁好奇地盘桓，就回头去找女佣和孩子。

一个牛倌牵着牲口走过，带着一只桶和挤奶的凳子，沿街叫卖；对面的房子里，一家小酒馆重新开张了。约翰娜用西蒙给她的几个铜板，让人盛满了几只锡杯。火在炉膛里劈劈扑扑地燃起来；很快就听见小姑娘手里的勺子发出叮叮当当的声音。在他们周围，家庭生活又慢慢开始了，渐渐填充了这幢荒芜的房屋，就像一片沙滩，上面散落着海上漂流物、沉船上的珍宝和海底的螃蟹，又被上涨的潮水重新覆盖。女仆为主人铺好克尼佩多林的床，这样可以免却他上下楼梯的疲劳。老人慢吞吞地喝着热啤酒，对于他的问话女仆起先只报以怨愤的沉默。当她终于开口时，从她嘴里涌出的是一股污秽的激流，其中同时混杂着洗涤槽和《圣经》的气味。在这位信奉胡斯[1]的老妪眼里，国王从来都只不过是一个叫花子，人们让他在厨房里吃饭，他却胆敢跟主人的妻子睡觉。一切都说出来之后，她开始擦拭地板，将刷子和木桶弄得震天响，还使劲摔打漂洗过的抹布。

那天夜里西蒙几乎没有睡着，然而与女仆以为的相反，令他揪心的既不是愤慨也不是羞惭，而是那种名为怜悯的更加温存的痛苦。西蒙在暖和的夜里感到憋闷，他想到希尔宗德，仿佛她是自己失去的女儿。他怨自己留下她独自一人穿越这段艰难的

---

[1] 胡斯(Jan Hus, 1371—1415)，15 世纪捷克的宗教改革家。

航道,随后又对自己说每个人都有各自的命运,生与死就像每个人分到的一份面包,也许希尔宗德按照自己的心愿在恰当的时间吃掉了自己的一份面包,那也未尝不可。这一次她又走在前面了;她在他之前经历了最后的苦难。他仍然认为,那些起来反抗教会和国家随后遭到镇压的忠实信徒是正确的;汉斯和克尼佩多林抛洒了鲜血;在一个血腥的世界里,难道还能期待别的东西吗?约翰、彼得和多马在世之日就应当亲眼看见上帝在人间的王国得到实现,然而一千五百多年来,这个愿望却被懦弱、冷漠和狡猾之徒怠惰地拖到世界末日。先知敢于宣布这个天上的王国就在这里。他指出了道路,即便他偶然走上了一条错误的路径。对于西蒙而言,汉斯仍然是一个基督,如同人人都有可能是一个基督。与法利赛人和贤哲们谨小慎微的罪过相比,他的疯狂并不更加可耻。鳏夫没有对希尔宗德在国王的怀抱里寻找欢愉感到愤慨,长久以来他已不能给她带来这种欢愉了;这些放纵自己的圣人毫无节制地享受了肉体结合带来的幸福,这些已然摆脱尘世束缚的肉体,已然对一切毫无知觉的肉体,想必它们曾经在拥抱之中体验过一种更加温热的心灵结合的形式。啤酒让老人感觉胸口不那么憋闷了,从他心中油然而生的宽厚交织着疲惫,以及一种既令人陶醉又令人心碎的善良。至少希尔宗德得到安宁了。借助床头蜡烛的微光,西蒙看见眼下在明斯特泛滥的苍蝇在床上游荡;它们也许在那张苍白的面庞上逗留过;他感到自己同那具腐烂的尸体呼吸与共。他突然想起来,新基督的肉身每天早上都要遭受钳子和烙铁的酷刑,这个念头攫住他,令他肝肠寸断;他与可笑的受难者感同身受,他痛苦地想到肉体注定只能享受如此少的欢愉,却要承受如此多的苦难;他与

75

汉斯一同受苦,如同希尔宗德曾经与他一同享乐。整个夜晚,躺在被子下面,在这个仅有最起码的舒适的房间里,他一想到在广场上被活活关在笼子里的国王,就像一个脚上有溃烂的人不小心踢到了自己的痛处。一阵疼痛使他的心渐渐抽紧,牵动从肩头直到左手手腕的神经,他祈祷,但再也分不清是为了自己的痛楚,还是为了扎进汉斯肥胖的胳膊和胸脯周围的铁钩。

他一旦有了走几步路的力气,就拖着身子走到国王的笼子前。明斯特的人们已经厌倦了这个场面,但是孩子们紧靠着栅栏,继续朝里面扔别针、马粪、尖利的骨头,囚笼里的人不得不赤脚踩在这些东西上面。卫兵们跟以往在节日大厅里一样,懒洋洋地推开这帮顽童:国王的死刑预计最早于仲夏时节执行,冯·瓦尔代克大人坚持要让他活到那个时候。

囚犯刚刚经受了一场酷刑被送回笼子;他蜷缩在角落里,还在颤抖。他的衣服和伤口散发出一股恶臭。但这个小个子男人仍然有着一双滴溜溜转的眼睛和一副演员的动人嗓音。

"我缝,我裁,我绗,"受尽折磨的人低声哼唱道。"我只不过是个裁缝学徒……皮毛外套……给长袍缲边不留痕迹……不要在衣服上开衩……"

他突然停下来,偷偷瞟一眼四周,似乎既想保住自己的秘密,同时又想泄露一点风声。西蒙·阿德里安森拨开看守,设法将双臂伸进栅栏。

"上帝保佑你,汉斯,"他一边说,一边将手向他伸去。

西蒙回到家里,仿佛长途旅行归来一样疲惫不堪。自从他前一次出门以来,城里已经发生了一些重大变化,明斯特逐渐恢复了往常平淡无奇的样子。大教堂里充满唱诗班的声音。主教将他的情妇重新安置在距离他的府邸仅两步之遥的地方，这位美丽的茱莉亚·阿尔特生性谨慎，并不招摇。西蒙对这一切无动于衷，好比一个人即将离开一个城市，那里发生的事情已经与他无关。但是，他从前的善良像一股泉水那样枯竭了。他一回到家就冲着约翰娜大发雷霆，因为女佣忘记照他的吩咐备好笔墨纸张。当这些东西齐备后，他就开始给他的妹妹写信。

他已经有差不多十五年没有跟她联系了。好心的萨洛美嫁给了有钱有势的银行家富格尔家族的一位幼子。马丁虽不能继承家族的财产，却靠自己的本领积累了一笔财富；他从世纪初年起就在科隆定居下来。西蒙将孩子托付给他们。

萨洛美在鲁尔斯多夫乡下的宅子里收到这封信时，正在亲自监管晾晒衣被。她将床单和细布衣物扔下让女佣们去照管，家事由她作主，她连银行家的意见也没有征询就吩咐套上马车，满载食物和被褥，穿过一片满目疮痍的地区，向明斯特驶去。

她看见西蒙时，他躺在床上，脑袋下面垫着一件对折了两下的旧大衣，她立刻换成一个靠枕。她凭着一股女人倔强的善意，设法将疾病和死亡缩减为一系列轻微和细小的不适，用母亲般的关怀让病痛得到缓解。访客向女仆询问起有关饮食起居和大小便的情况。垂危病人冷漠的目光认出了妹妹，但是西蒙借故有病在身，过了一会儿才费力地按惯例表示欢迎。他终于坐起身来，与萨洛美客套地拥抱。随后他恢复了商人清晰的头脑，列数属于玛尔塔名下的财产，还指出哪些有必要为她尽早收回。契据包裹在一块漆布里，放在伸手可及的地方。他的儿子们已经成家立业，有的在里斯本，有的在伦敦，有的在阿姆斯特丹拥有印刷厂,他们既不需要他在尘世残留的财产,也不需要他的祝福;西蒙将一切都留给了希尔宗德的孩子。老人似乎忘记了他对教会重建者的许诺,重又认同了这个他即将离开也不再试图改革的人世的习俗。或者,也许以这样的方式放弃比生命本身还要珍贵的原则,他直到最后仍在品味从一切中超脱出来的苦涩的愉悦。

　　萨洛美看见孩子瘦瘦的小腿肚不禁心生怜爱,百般抚弄。她三句话不离呼唤圣母以及科隆各位圣人的帮助——玛尔塔将由偶像崇拜者抚养成人。这未免严酷,但并不比一些人的愤怒和另一些人的麻木更加严酷,不比衰老使丈夫不再能满足妻子更加严酷,不比看见分别时还活着的人已经死去更加严酷。西蒙尽力去想关在笼子里奄奄一息的国王,但是汉斯遭受的折磨在今天已经不再具有与昨天同样的意义;它们变得可以忍受,就像西蒙胸口的疼痛一样变得可以忍受,并将随他一同死去。他祈祷,但某种东西告诉他,上帝不再要求他祈祷了。他挣扎了一下,想再看看希尔宗德,然而死者的面孔已经模糊了。他的回忆想必上溯到了更远,直到在布鲁日举行神秘婚礼的时期,秘密分享的面包和葡萄酒,低领内衣下面隐约可见的细长而纯洁的乳房。这一切也渐渐模糊了;他看见他的发妻,他跟这个好心的女人在弗莱辛根的花园里纳凉。一声沉重的叹息让萨洛美和约翰娜吓了一跳,她们扑过去。举行完一场唱经弥撒之后,人们将他安葬在圣一朗普雷希特的教堂里。

科隆的富格尔家族

富格尔一家住在科隆的圣热雷翁教堂广场上的一所小房子里,他们居家不事奢华,一切都为了舒适和安宁。屋子里始终漂浮着点心和樱桃烧酒的香味。

萨洛美慢慢用完烹调考究的饭菜后,喜欢在桌上多待一会儿,用锦缎花纹的餐巾擦擦嘴;她喜欢在粗壮的腰身和肥胖粉嫩的脖子上系一条金链子;喜欢穿质地上好的衣料,精心梳理和纺织的羊毛还保留着绵羊活着时柔软的温暖。她的胸衣小心地护住前胸,证明她是一个朴实而不生硬的正派女人。她结实的手指弹奏安放在会客室里的便携小管风琴;年轻时,她曾经舒展过美妙婉转的歌喉,咏唱牧歌和教堂里的经文歌;她喜欢交织在一起的声音,就像她喜欢刺绣。不过饮馔仍然是头等大事:宗教仪式所规定的年节得到虔诚地遵守,同时与饮食上的年节相伴随,按照时令吃黄瓜或者果酱,吃新鲜奶酪或者新鲜鲱鱼。但是太太的烹饪养不胖瘦小的马丁。这只在生意场上令人生畏的看门犬,回到家中就变成了不会伤人的长毛狗。他最大的胆量也不过是在饭桌上对女仆们说些轻薄的闲话。夫妻俩有一个儿子西吉斯蒙德，十六岁时跟随贡扎洛·皮萨罗[1]乘船去了秘鲁，银行家在那里有大笔投资。近来利马的局势不好，他们不指望能再见到他了。一个年纪尚幼的女儿多少弥补了一点他们的失落；说起这次姗姗来迟的怀孕，萨洛美不免觉得好笑，其中既有念九日经的回报，也有刺山柑花蕾酱的功效。这个小姑娘跟玛尔塔差不多一般年纪；表姐妹睡同一张床，玩一样的玩具，一样被不痛不痒地打屁股，后来，她们一起上歌唱课，得到一样的衣服首饰。

胖子鞠斯特·利格尔和瘦子马丁，时而是对手，时而是伙伴。三十多年来，佛兰德斯的野猪仔和莱茵河畔的黄鼠狼远远地相互监督，相互建议，相互帮助，或者相互损害。他们知己知彼，惺惺相惜，无论是惊羡他们财富的旁观者，还是他们为之效劳也加以利用的王公将相，都无法做到这一点。倘若要将亨利-鞠斯特投入到他那些工厂、作坊、船坞和领主庄园般的田庄里的金子折算成现金，马丁几乎毫厘不差地知道价值几何；佛兰德斯人笨重的奢华为他提供了笑料，同样被他笑话的，还有老鞠斯特用来摆脱困境的那两三种一成不变的蹩脚伎俩。而在亨利-鞠斯特这方面，作为一位好仆从，他恭恭敬敬地向尼德兰女摄政王[2]奉上她需要的款项，以便她购买意大利绘画和完成善举，当他听说巴拉丁选帝侯或者巴伐利亚公爵将首饰抵押给马丁

---

[1] 贡扎洛·皮萨罗(Gonzalo Pizarro, 1502—1548)，西班牙征服者，其兄弟四人均为著名的征服者。贡扎洛本人曾先后任基多和秘鲁总督。后与西班牙国王的代表发生冲突，并组织军队进行对抗，投降后以谋反罪名在库斯科附近的战场上被斩首。

[2] 此时的尼德兰女摄政王是奥地利的玛丽(1505—1558)，查理五世的妹妹。1530年，她的姑妈玛格丽特去世后，由她继任尼德兰女摄政王，直到1555年查理五世退位。

时，不禁得意地搓搓手，他还得知这两位王公央求马丁借钱，利率堪比犹太人的高利贷；他带着一丝嘲弄的怜悯，称赞这只老鼠不是大口地撕咬而是悄悄地啮食世界的养分，这个病秧子蔑视看得见、摸得着、会被充公的财富，然而他在一页纸下面的签名抵得过查理五世。假如有人对这些在权贵面前毕恭毕敬的人宣称，他们对现有秩序而言比异教徒土耳其人或者反叛的农民更加危险，他们自己想必会大吃一惊；以这类人特有的对眼前事物和细节的专注，他们料想不到自己成袋的金子和账簿所具有的破坏力量。然而，他们坐在柜台后面，看着背光处一位骑士僵硬的形体，他用装阔来掩饰被打发走的担忧，或者看着一位主教优美的侧影，他想不花太多钱就建成教堂的钟楼，这时他们不由得微笑起来。有些人喜欢的是钟声或爆炸声、骏马、赤裸的或者裹着绸缎的女人，而他们喜欢的则是那种可耻而又崇高的物质，被大声羞辱却在背地里受到膜拜或关切的物质，就像某些隐秘的部位，人们极少谈及却始终不能释怀，那黄灿灿的东西，没有它，安佩莉娅夫人[1]不会在王公的床上分开双腿，大人也不能支付主教冠上的宝石。黄金，它的多寡决定十字架是否要对新月开战。这些出资者感到自己是现实世界的主人。

　　正如马丁对西吉斯蒙德，胖子利格尔也对他的长子失望了。十年之间，除了几封要钱的信以及一册法文诗，家里没有收到过亨利-马克西米利安的任何音讯，那些诗大概是在意大利的两次战役之间酝酿而成的。从他那里只能传来令人气恼的消息。商

---

[1] 安佩莉娅夫人(Madame Impéria，1455—1511)，美貌而有教养，是罗马名噪一时的交际花。

人密切关注幼子的成长,以免再次失算。他视如心肝的菲利贝尔刚到可以勉强拨弄算盘珠子的年纪,他就将他送去从不失手的马丁那里学习银行的技巧。菲利贝尔二十岁时已经发胖了;在他精心学来的举止背后流露出一种天生的乡土气;灰色的小眼睛在总是半睁半闭的眼皮缝隙里闪光。梅赫伦宫廷的这位财政总管的儿子原本可以过上王子般的生活;相反,他却擅长发现伙计们算账的差错;从早到晚,他坐在一间没有光线、损害抄写员视力的后厅里,核对字母组合数字[1],因为马丁不屑于使用阿拉伯数字,尽管需要做比较长的加法时也不否认它们的用处。银行家渐渐习惯了这个沉默寡言的后生。当他为哮喘或痛风所折磨,想到自己的末日时,人们听见他对太太说:

"这个胖傻瓜会取代我的。"

菲利贝尔看上去沉浸在他的账簿和刮字刀当中。但在他的眼皮底下透出一丝讥诮;有时,他一边审核老板的生意,不免在心里想,在亨利-鞠斯特和马丁之后,他比一个精明,比另一个凶猛,有一天将是干练的菲利贝尔的天下。葡萄牙的债务以每利弗尔四分的薄利,按季度在四次大集市上支付,这样的事情他可不会答应。

他来参加星期天的聚会,夏天在葡萄架下,冬天在会客室里。一位教士用拉丁文引经据典;萨洛美在跟一位女邻居玩双六棋,每下一着好棋必有一句莱茵地区的古谚加以解释;马丁请人教会了两个姑娘说法语,这是一门十分适合女人的语言,当他自己想表达比平日更加细腻或高雅的想法时也会说上几句。他

---

[1] 欧洲过去用 D、M、X、L、I 等罗马字母计数。

们议论萨克斯战争及其对贴现的影响,异端的扩张,还有视季节而定,谈论葡萄的收成或者狂欢节的情形。泽贝德·克雷,一个好说教的日内瓦人,是银行家的得力帮手,他由于惧怕烟酒而遭到责备。这位泽贝德并不完全否认离开日内瓦是因为一桩经营赌场和非法制造纸牌的案子,他将自己违法犯纪归咎于一帮浪荡朋友,这些人已经得到了应有的惩罚,他并不隐瞒自己终归有一天想回到宗教改革的故乡。教士晃动着戴紫色戒指的手指表示反对;有人开玩笑地念几句泰奥多尔·德·贝兹的打油诗,这位俊俏的少年得到无可指责的加尔文的宠爱。随后他们讨论枢机主教会议是否不利于商人的特权,但是,市民要遵守自己的好城市的市政官员颁布的律令,这一点每个人内心都觉得理所应当。吃过晚饭,马丁将一位宫廷阁员或者法王的一位密使带到窗前。但殷勤的巴黎人很快提议回到女士们的身边。

菲利贝尔弹拨着鲁特琴;贝内迪克特和玛尔塔手牵手站起来。《情人之书》里选取的牧歌谈的是羔羊、鲜花和维纳斯,但这些时兴的曲调却被再浸礼派和路德派用来伴奏赞美诗的词句,教士刚才布道时还对这些乌合之众严加申斥。贝内迪克特不经意间将一节圣诗唱成了一首情歌中的句子。玛尔塔不安地示意她闭嘴;两个姑娘又肩并肩地坐下来,这时除了圣热雷翁教堂敲响的晚祷钟声,再也听不见其他曲子了。胖胖的菲利贝尔颇有舞蹈天分,有时他主动提议要向贝内迪克特展示几种新的舞步;起先她表示拒绝,然后像孩子一样高兴地跳起舞来。

两个表姐妹像天使一样纯洁地相爱。萨洛美不忍心夺走玛尔塔的保姆约翰娜,这个信奉胡斯派的老妇人将自己的敬畏和严苛传给了西蒙的孩子。约翰娜有所畏惧;这种畏惧使她外表看上去跟其他老妇人全都一个样,她也在教堂里沾沾圣水,亲吻天主羔羊白蜡像。但是在她的内心深处残存着对披锦缎长袍的魔鬼,对金牛犊[1]和肉体偶像的仇恨。银行家没有将这位虚弱的老妪放在眼里,以为她跟楼下那些洗刷碗碟的牙齿掉光了的老妇人没有区别,她对一切都永远只咕哝一声不。按照她的说法,罪恶潜伏在这所充满安逸和舒适的屋子里,就像一窝老鼠藏在压脚被软绵绵的羽绒里。罪恶同样藏在萨洛美夫人的橱柜和马丁的保险柜里,在地窖的大酒桶里和锅底的果酱里,在星期天音乐会轻浮的噪音里,在药剂师的糖锭里,在医治牙病的圣女阿波利纳的圣骨里。老妇人不敢公开抨击楼梯上神龛里的圣母,但人们听见她低声抱怨,说在这些石头玩偶面前焚烧香油简直是白白浪费。

萨洛美警觉起来,她看见十六岁的玛尔塔教贝内迪克特对针线盒不屑一顾,那些盒子里装满从巴黎或佛罗伦萨带回来的昂贵的小玩意儿,玛尔塔对圣诞节连同节日期间的音乐、新衣服和块菰鹅肉也嗤之以鼻。对这位好女人来说,天和地都是不成问题的。弥撒是受感化的机会,是看热闹,是冬天穿皮毛斗篷、夏天穿丝绸短外套的借口。马利亚和圣婴,十字架上的耶稣,云端的上帝在天堂里和教堂的墙壁上君临一切;她从经验得知,何种情况下向哪一位圣母求助最灵验。家中起纷争时,圣于尔絮勒修道院院长[2]乐意出面调解,而且往往有好主意,但这并不妨碍马丁公开嘲笑修女。的确,出售免罪符让教皇的腰包不正

---

[1] 金牛犊是希伯来人崇拜的偶像。
[2] 圣于尔絮勒修会擅长为年轻女子提供教育。

84

当地鼓了起来,但是开票据请圣母和圣人们补偿罪人们的亏空,这样的做法跟银行家的交易是一个道理。玛尔塔的奇怪举动被看作是性格乖戾所致;如果一个精心喂养的孩子诱惑自己温柔的同伴堕落,跟她一起去与那些被剁去手脚和受火刑的异教徒为伍,扔下女孩子应有的恬静而掺和到教会的纷争之中,那简直是匪夷所思。

约翰娜只能用她那略微疯狂的声音提醒年轻的女主人们不要误入歧途,此外她也无能为力;她是圣洁的,但愚昧无知,她无法向《圣经》求助,只会用尼德兰土话念叨自己熟记的片言只语,她不能指出正确的道路在哪里。马丁请人对她们进行的人文教育刚刚让她们开了窍,玛尔塔就秘密地一头扎进那些谈论上帝的书籍里。

西蒙的女儿在各种宗派之间迷失了方向,她惊恐地发现没有人为她指路,她害怕放弃旧的迷惘又陷入新的错误。约翰娜没有向她隐瞒她母亲的无耻行为,也没有隐瞒她父亲遭到愚弄和背叛后的可悲结局。孤女明白,她的双亲避开了罗马的谬误,却只不过率先走上了一条并不通往天堂的道路。这个在精心呵护下长大,从未在没有女仆陪伴下出过门的纯洁姑娘,想象那些哀哭着被流放的人,那些心醉神迷的叫花子,他们从一个城市游荡到另一个城市,被体面人羞辱,在黑牢和火刑堆的干草上了此一生,她想到要去加入这些人的行列不禁战栗起来。偶像崇拜是卡里布迪斯,然而反抗、贫困、危险和卑鄙则是锡拉[1]。虔诚

---

[1] 卡里布迪斯(Charybde)和锡拉(Scylla)是传说中看守意大利墨西拿海峡的海怪,前者将过往船只吸入海中的大漩涡,而那些想掉头避开它的船则会撞在对面的锡拉岩礁上。因此"从卡里布迪斯掉到锡拉"意味着两边都是险境,难以回避。

的泽贝德小心翼翼地带她走出这种绝境:在她答应严守秘密的情况下,这位审慎的瑞士人借给她一本让·加尔文的书,夜里她在蜡烛的微光下小心谨慎地读这本书,就像别的姑娘悄悄辨认一封情书,这本书让西蒙的女儿看到一种清除了一切谬误、排除了一切弱点的信仰,这种信仰在自由中包含着严格,是一种转变为律法的反叛。听泽贝德说,在日内瓦,福音的纯洁与市民的审慎和智慧并行不悖:无论是像异教徒那样在紧闭的门后抖动双腿跳舞的人,还是听布道时恬不知耻地吮吸糖块和糖衣杏仁的贪吃的孩子,都被鞭打得遍体鳞伤;异端分子遭到放逐;赌博和放荡之徒被处死;无神论者罪有应得被施以火刑。在俗的加尔文不会像胖子路德那样屈从于自己肉欲的冲动,走出修道院就投入一位修女的怀抱,他直到很晚才与一位寡妇缔结了最贞洁的婚姻;让先生[1]没有在王公贵族的餐桌上大快朵颐,他的俭朴令前来司铎街的客人们惊讶;他的日常饮食不过是面包和福音书上的鱼[2],具体而言就是湖里的鳟鱼和白鲑,何况这些鱼的味道也相当不错。

玛尔塔向她的同伴灌输这些观点,即便贝内迪克特想在心灵方面证明自己胜过她,在精神方面却对她言听计从。贝内迪克特是一片阳光;倘若生在一百年前,她会在修道院里品尝献身上帝的幸福;世易时移,这只羔羊在福音主义的信仰里找到了青草、盐和纯净的水。夜里,在没有生火的房间里,玛尔塔和贝内迪克特蔑视羽绒被和枕头的诱惑,她们并肩坐着,一遍遍低声诵

---

[1] 指加尔文。
[2] 鱼是耶稣复活后吃的食物(见《新约·路加福音》第24章),因此鱼常与面包一起作为圣餐仪式的象征。

读《圣经》。她们的脸颊贴在一起，仿佛就是两个心灵相碰触的表面。玛尔塔等着贝内迪克特读到一页的末尾才翻页，偶尔碰上小姑娘读《圣经》时打瞌睡，玛尔塔就轻轻拽一下她的头发。马丁的府邸在种种舒适中变得麻木了，正在沉睡。只有宗教改革冷静的热忱，如同聪明童女手中的油灯[1]，在楼上的一个房间里警醒，在两个恬静的姑娘心中闪耀。

然而，玛尔塔自己还不敢公开弃绝天主教的无耻行径。她找借口不去参加星期天的弥撒，这种缺乏勇气的行为如同最深的罪孽一样压迫着她。泽贝德赞同这种审慎的做法：让先生一向提醒信徒们不要无端挑衅，如果他得知约翰娜将楼梯上圣母像前的小夜灯吹灭，一定会责备她。贝内迪克特出于内心的温情，不愿意让家里人痛苦或担忧，但是某个诸圣瞻礼节的晚上，玛尔塔拒绝为她父亲的灵魂祈祷，无论他在哪里，都不需要她为他念诵圣母经。眼见她如此铁石心肠，萨洛美伤心不已，她不明白为何连祈祷这样微不足道的施舍也不肯给可怜的死者。

很久以来，马丁和太太就打算让他们的孩子与利格尔家的继承人联姻。他们在床上，安闲地躺在精心刺绣的被褥里议论这件事。萨洛美掰着手指计算箱笼、貂皮和绣花压脚被的数目。有时候，她担心贝内迪克特过于腼腆，不愿尝试婚姻的乐趣，于是就在记忆中搜寻一种家传的春药配方，那是一种新婚之夜用

---

[1] 见《新约·马太福音》第 25 章 1—13 节：十个童女手持油灯迎接新郎，其中五个是愚拙的，五个是聪明的。愚拙的没有预备灯油。十个童女在等候新郎时都睡着了。半夜里新郎到来，愚拙的临时去买灯油，聪明的童女有备在先就进去与新郎同席，门关上了，迟到的童女得不到主的承认。在这个寓言里，新郎象征基督，他告诫信徒保持警醒，因为无人知道他到来的日子和时辰。

来抹在新娘子身上的香膏。至于玛尔塔,会给她在科隆的广场上找一个有前途的商人,要不然,甚至可以找一个负债累累的骑士,马丁会慷慨地减免他用地产作抵押的款项。

菲利贝尔按照惯例向银行家的继承人献殷勤。然而,表姐妹俩穿戴一样的便帽和一样的首饰;他常常认错人,而且贝内迪克特好像喜欢调皮地故意逗他弄错。他大声发誓:女儿价值和她一样重量的黄金,侄女儿至多价值一把金币而已。

等到合同差不多拟好,马丁将女儿叫到自己的书房以便确定成婚的日子。贝内迪克特既不高兴也不忧伤,匆匆应付了母亲的拥抱和动情的表露,她回到楼上自己的房间里跟玛尔塔一起做针线活。孤女提议逃走;也许有个船夫会答应送她们到巴塞尔,那里会有真正的基督徒帮助她们去下一个地点。贝内迪克特将文具匣里的沙子[1]倒在桌上,若有所思地用手指在上面划出一道河流的痕迹。天色渐亮;她用手在自己画的地图上慢慢掠过;沙子在光滑的桌面上重又变得平整,菲利贝尔的未婚妻站起来叹了一口气:

"我太软弱了。"

于是玛尔塔不再跟她提起逃跑的事,只用食指尖指给她看一段经文,那一段讲的是抛弃家人追随天主的故事。

早晨的清冷迫使她们不得不躲到床上取暖。她们纯洁无邪地搂在一起,眼泪交汇,相互从中得到安慰。随后,青春的活力占了上风,她们嘲笑起未婚夫的小眼睛和胖脸颊。玛尔塔的求婚者们也好不到哪里去;贝内迪克特描绘那个头顶微秃的商人;

---

[1] 旧时墨水写在纸上后不易干透,要用吸墨沙吸干,因此文具匣里备有装沙子的小罐。

还有那个小乡绅,比武的日子里他紧紧裹着一副哗哗作响的铠甲;还有傻里傻气的市长儿子,身穿奇装异服,戴上插羽毛的便帽,穿一条前裆有条纹的裤子,活像有人从法国寄给裁缝铺套衣服的假人;玛尔塔被逗笑了。那天夜里,玛尔塔梦见菲利贝尔,这个撒都该教徒[1],这个心灵未受割礼的亚玛力人[2],他将贝内迪克特带到一只黑匣子里,在莱茵河上独自漂流。

1549 年初,阵阵雨水冲走了菜农的秧苗;莱茵河的一场泛滥淹没了地窖,苹果和没有装满的酒桶漂浮在灰色的水面上。五月份,还是青绿色的草莓腐烂在树丛里,樱桃腐烂在果园里。马丁让人在圣热雷翁教堂的门廊下向穷人施舍汤水;他的这些善举,既出于基督徒的慈悲心肠,也由于害怕骚乱。但这些损失只不过预示了一场更可怕的灾祸。来自东方的鼠疫经波希米亚进入德国。它伴随着钟声一路不慌不忙地过来,俨然一位皇后。它俯身凑到饮酒者的杯子上,它吹灭坐在书堆中间的学者的蜡烛,它为教士的弥撒效力,它像臭虫一样藏在烟花女子的衬衫里;鼠疫将某种蛮横的平等,某种刺激而危险的冒险欲望,带到所有人的生活里。丧钟在空气里散布着葬礼后经久不息的喧哗:那些聚集在钟楼下的闲人不厌其烦地观看高处敲钟人的身影,他时而蜷缩起来,时而展开身体,将全身的重量吊在大钟上。教堂不得空闲,酒馆也一样。

马丁将自己关在书房里,仿佛他要对付的是一个盗贼。照

---

[1]撒都该教派是古犹太的一个教派,否认复活和来世。
[2]亚玛力人是闪米特人的一支游牧部落,他们挡住从埃及来的以色列人的去路,后被扫罗和大卫击败。见《旧约·撒母耳记上》。

他的说法,最好的预防措施莫过于适量地啜饮几口好年份的约翰尼斯堡葡萄酒,避开妓女和酒鬼,不要嗅街上的气味,尤其不要打听死者的数目。约翰娜照旧去市场买东西,去外面倒垃圾;她伤痕累累的面孔和一口外乡土话一向让女邻居们感到不自在;在这些多灾多难的日子里,疑虑转化为仇恨,有人见她路过就说她在传播鼠疫,她是巫婆。不管老女佣承认与否,她心里暗自高兴上帝的灾祸终于降临了;这种可怕的快乐写在她的脸上;她自愿服侍病重的萨洛美,别的女佣都不愿沾惹危险的活计,她的女主人却呻吟着将她推开,仿佛这个女佣手里拿的不是一只水罐,而是镰刀和沙漏。

第三天,约翰娜不再出现在病人床头,贝内迪克特负责让母亲服药,还要将不断掉落到地上的大串念珠放回她的手中。贝内迪克特爱她的母亲,或者不如说她不知道可以不爱她。然而,母亲无知而浅陋的虔诚,像产妇一样喋喋不休的唠叨,像保姆那样快活地跟已经长大的孩子提起牙牙学语时的情形,提起便盆和褓褓,这一切曾经让她觉得难为情。她为这些没有说出来的不耐烦而感到羞愧,于是侍奉母亲愈发殷勤。玛尔塔送来托盘和成摞的床单,却想方设法从不进入病人的房间。他们无法找到一个医生来诊治。

萨洛美去世的当天晚上,贝内迪克特躺在表姐身边,她感到疾病在向自己袭来。剧烈的干渴像烧灼一般,为了分神,她想象《圣经》里的雄鹿在水泉边畅饮。一阵轻咳引起痉挛,让她的嗓子发痒;她尽量忍住,以免打扰玛尔塔睡觉。她十指交缠,觉得自己已经漂浮起来,随时可能从有围幔的床上漂走,前往上帝所在的澄明的天堂。福音书里的赞美诗已经忘记了；女圣人们友善的面孔又出现在床幔之间；马利亚从天上蔚蓝色的云层中伸出双臂，胖乎乎的漂亮圣婴，手指粉嫩，模仿他母亲的姿势。寂静中，贝内迪克特为自己的过失而痛悔：为了一条被撕坏的帽子饰带与约翰娜争执，对那些从自己窗下经过的年轻人的目光报以微笑，她有过死的愿望，其中掺杂着向天堂走去的倦怠和焦躁，掺杂着她的渴望，那就是从此不要在玛尔塔和家人之间有所选择，不要在与上帝交谈的两种方式之间有所选择。晨曦初露时分，玛尔塔看见表妹残损的面孔，发出一声惊叫。

按照习俗，贝内迪克特赤裸着身子睡觉。她请求为她准备好熨烫过的细布衬衫，还试图梳理头发，结果只是白费劲而已。玛尔塔照料她，但在自己鼻子上捂了一张手巾，这具染病的躯体使她感到恐怖，这一点令她沮丧。房间里弥漫着一种阴郁的潮气；病人怕冷，尽管不合时宜，玛尔塔还是生了火炉。跟前一天她母亲所做的一样，小姑娘用沙哑的声音请求给她一串念珠，玛尔塔用手指尖递给她。突然，小姑娘凭着孩子的狡黠，看见她的伙伴在浸过醋的面罩上方露出惊恐的眼神：

"表姐，不要怕，"她和蔼地说，"还有殷勤的小伙子要跟你跳快三步舞呢。"

她朝墙壁侧过身去，就像往常想睡觉时那样。

银行家待在自己的房间里不闻不问：菲利贝尔已经回佛兰德斯了，八月份他跟父亲待在一起；佣人们不敢上楼，被扔下的玛尔塔冲着她们大声叫喊，至少要将泽贝德唤来。为了对付紧迫的生意，伙计推迟了几天启程返乡的日子。他终究还是大着胆子走到楼梯平台上，表示了得体的关切。本地的医生，要么忙得不可开交,要么自身难保,还有一些人则打定主意不靠近鼠疫患者的病床,以免传染普通病人。但是听说一个医术高明的人刚来到科隆,为的是就地观察瘟疫的效果。大家会尽力说服他来拯救贝内迪克特。

救命的人很久才来。在此期间,小姑娘深陷沉疴。玛尔塔倚靠在门框上,远远地照看她。然而她还是走过去好几次,用颤抖的手喂表妹喝水。病人连水也难以下咽了;杯子里的东西流到床上。她时不时咳嗽几下,声音干涩而短促,像小狗在尖叫;每一次,玛尔塔都不由自主地低下头,看看家里那只长毛犬是否在身边,她不敢相信这种畜生的叫声是从这张柔和的嘴里发出的。最后她坐在楼梯平台上,不想再听见这个声音了。她眼看死亡一步步逼近,好几个钟头,她与对死亡的恐惧进行着抗争,更令她害怕的是自己染上鼠疫,就像人们害怕染上罪过。贝内迪克特不再是贝内迪克特,而是一个敌人,一只动物,一件不能触碰的物品。夜幕降临时,她再也支撑不住了,下楼来到门口等候医生的到来。

他询问这里是否就是富格尔府上,然后毫不拘礼地走进来。他身材瘦高,眼睛深陷,披着红色斗篷,那是答应为鼠疫患者诊治的医生的标志,因此他们也不能再为普通病人看病。一张饱经风吹日晒的面孔使他看上去像外国人。他快步走上楼;相反,玛尔塔却身不由己地放慢脚步。他站在病人床前,掀开被单,看见一具瘦弱的躯体在脏污的床单上抽搐。

"佣人们都走开了,"玛尔塔说,她试图解释床单的情形。

他似乎点了一下头作为回应,继续专注地轻轻触摸腹股沟

92

和腋下的淋巴结。在两次嘶哑的咳嗽间歇，小姑娘还在嘟嘟哝哝地轻声说话和哼唱：她在唱一支好心的耶稣基督来访的哀歌，玛尔塔觉得其中混杂着一支轻浮小曲的词句。

"她在说胡话，"她好像有点难过地说。

"嗯，也许吧，"他漫不经心地应道。

穿红衣的男子放下床单，又仔细摸了摸手腕和咽喉上方的脉搏。随后他量了几滴酏剂，用勺子灵巧地送进病人的嘴唇里。

"不要强迫您的勇气，"他瞥见玛尔塔厌恶地扶着病人的后颈，就严厉地说，"此刻您不必扶着她的头，也不必握着她的手。"

他用一块纱布擦掉病人嘴唇边淡红色的脓血，然后将纱布扔进火炉。他用过的勺子和手套也扔了进去。

"您真的不打算穿刺肿胀的地方吗？"她问，担心医生在匆忙之中省略了必要的治疗，更是为了尽力留他在病床前多待一会儿。

"当然不必，"他低声说。"淋巴结还没有开始肿大，在它们梗塞之前她很可能就会死去。这不是一剂药[1]……您妹妹的生命力已经降到最低点。我们充其量只能减轻她的痛苦。"

"我不是她的姐姐，"玛尔塔突然抗议道，似乎这样纠正一下就能让她主要是为自己而发抖得到谅解。"我的名字是玛尔塔·阿德里安森，不是玛尔塔·富格尔。我是她的表姐。"

他只看了她一眼，又全神贯注地观察药剂的效果。病人抽搐得不那么厉害了，看上去在微笑。他打算夜里再让她服第二次酏剂。自清晨以来，这个房间一直是玛尔塔的惊惧之地，尽管

---

[1] 原文为拉丁文。

这个人没有作出任何许诺,但是他的出现将这里又变成一个普通房间。按照规定,他在鼠疫病人的床头一直戴着口罩,他一走到楼梯口就摘掉了。玛尔塔跟着他一直走到楼下。

"您说您叫作玛尔塔·阿德里安森,"他突然说。"我小时候认识一个已经上了年纪的人,他也是这个姓。他的妻子叫希尔宗德。"

"那是我的父亲和母亲,"玛尔塔好像不情愿地说。

"他们还活着吗?"

"不在了,"她说着声音低了下去。"主教攻陷明斯特的时候,他们在城里。"

他好不容易打开朝向大街的门,层层门锁复杂得犹如一只保险柜。一点空气透进富丽而沉闷的门厅。外面是灰暗的黄昏,预示着雨天。

"回到楼上去吧,"他终于带着某种冷淡的好意说。"您的体质看上去很强壮,何况已经不再有更多人染上鼠疫了。我建议您在鼻子上捂一条浸过酒精的棉布(我不太信得过您的那些醋),看护这个垂死的病人直到最后一刻。您的恐惧是合情合理的,然而羞愧和悔恨也是疾病。"

她转过身,脸上火辣辣的,在挂在腰间的钱袋里摸索,终于挑了一枚金币。付钱的举动又拉开了距离,让她在这个流浪汉面前感到高高在上,这个人在城镇之间游走,在鼠疫病人的床头换取自己的一份口粮。他看也不看就将硬币放进披风的口袋里,走了出去。

剩下玛尔塔独自一人,她去厨房里找到一小瓶酒精。厨房里空无一人;佣人们大概都在教堂里念连祷文。她在一张桌子上发现一片肉糜,慢慢吃了起来,故意用心使自己恢复体力。出于谨慎,她还强迫自己嚼了一点大蒜。当她拿定主意回到楼上时,贝内迪克特好像半睡半醒,不时还捻动一下黄杨木念珠。服了第二次酏剂之后,她好些了。清晨,疾病卷土重来将她夺走。

　　玛尔塔当天看着她跟萨洛美一起葬在圣于尔絮勒修道院,就像将她封缄在一个谎言里。从此再也不会有人知晓,贝内迪克特曾经在表姐的鼓动下险些走上一条窄路,与她共赴上帝之城。玛尔塔感到被抛弃、被背叛。已经不太有人再感染鼠疫了,她走在空荡荡的街上,仍旧小心地用大衣紧紧裹住身体。表妹的死令她的求生欲望变得愈发强烈,她丝毫不想放弃自己曾经经历和拥有过的东西,不想变成安放在教堂石板下面的一个冷冰冰的匣子。贝内迪克特死了,天主经和圣母经保证了她的灵魂得救;玛尔塔对自己的命运并没有同样的信心;她有时觉得自己属于那些出生之前就被神意判处死刑的人,连他们的德行本身也不过是某种形式的固执,不能讨上帝的欢心。何况那究竟是什么样的德行呢?在灾祸面前她是怯懦的;她曾经以为自己很疼爱表妹,但在鼠疫面前却未能忠实于这个无辜的女孩子,那么她在刽子手面前是否能够忠实于上帝也未可知。这样一想,更要尽可能推迟最终判决的到来。

　　当天晚上,她就投入全副心思重新雇佣仆人。原先的仆人要么跑掉了还没有回来,要么就是被辞退了。人们用大量水冲洗;用混合着松针的药草铺在地板上。就在这次大扫除中间,大家才发现约翰娜已经死了,在顶楼的佣人房里,谁也没有想起她;玛尔塔没有时间为她哭泣。银行家又露面了,亲人相继去世固然令他伤心,不过他打定主意要平静地安排自己的鳏居生活,找一个善于持家的女人来料理家务,她绝不能饶舌,绝不能吵闹,绝不要太年轻,当然也不要过于看不顺眼。包括他自己,谁也没有想到,他那位十全十美的太太压制了他整整一辈子。从今往后,他可以独自决定起床和吃饭的钟点,决定服药的日子,倘使他想对贴身女仆多讲两句关于姑娘和夜莺的故事,也不会有人打断他了。

他急于摆脱侄女,鼠疫使她成了他唯一的继承人,然而他根本不想看见她以主妇的身份在餐桌上坐在他的对面。他弄到一份允许表兄弟姐妹之间结婚的许可证,合同上贝内迪克特的名字换成了玛尔塔。

玛尔塔得知姑父的筹划,下楼去找泽贝德,他正在柜台上忙碌。这个瑞士人发迹了;与法国开战在即,马丁的伙计坐镇日内瓦,从此可以充当他的契约出面人,与那些向他借钱的法国王公进行交易。泽贝德在鼠疫期间为自己谋了些私利,这使他得以像个体面人一样还乡,人们不会记得他年轻时的小过失。玛尔塔看见他正在跟一个犹太人谈话,此人放短期高利贷,还悄悄为马丁收购死者的债券和动产,必要时,人们对这种赚钱勾当的一切谴责都会落到这个人头上。泽贝德看见女继承人,就将这个人打发走了。

"娶我为妻吧,"玛尔塔突如其来地说。

"轻点儿声,"伙计说,一边想着如何撒谎。

他有妻室，年轻时他娶了一个家境贫寒的姑娘，她是帕基[1]一家面包店里的帮工，他一生中唯一一次在爱情上有过冒失之举后，他被姑娘的眼泪和家人的哭闹吓唬住了。他们的独生子多年前死于抽搐；他拨给妻子一笔微薄的年金，设法跟这位红眼眶的管家婆离得远远的。不过，犯重婚罪可不是一件轻松的事情。

"如果您信得过我，"他说，"请放过您的仆人吧，不要用这么昂贵的代价去买不值钱的悔恨……难道您就这么乐意看见马丁的财产用来翻修教堂？"

"难道我要在迦南之地[2]终老此生吗？"孤女苦涩地答道。

"坚强的女人进入不信神的人家后，能够让正义成为那里的主宰，"伙计反诘道，他跟她一样熟悉《圣经》的文体。

显而易见，他不想跟有钱有势的富格尔家族闹翻。玛尔塔低下头；伙计的谨慎恰好给了她服从的理由，她自己无意中寻找过的这样的理由。这位严肃清苦的姑娘有一个老年人的恶习：她爱金钱，因为金钱带来安全感，也使人赢得尊重。上帝亲手为她作了标记，要她生活在当今权贵中间；她深知，一份像她那样的嫁妆会大大加强妻子的权威，让两份财富结合到一起是一位明理的姑娘不应逃避的责任。

然而她还是很在意避免任何谎言。她第一次碰见佛兰德斯人，就对他说：

---

[1] 帕基(Pâquis)是日内瓦的一个街区。
[2] 迦南(Canaan)是巴勒斯坦和腓尼基的古称，是《圣经》中上帝赐给亚伯拉罕的地方，即所谓"应许之地"，是一片"流淌着奶和蜜"的富饶之地。

"您可能不知道我接受了神圣的福音派信仰。"

她也许期待受到责备。她那笨拙的未婚夫只不过摇摇头回答道：

"恕不奉陪，我正忙着呢。神学问题过于艰深了。"

从此他再也没有提起过这次表白。很难知道他究竟是格外精明，还是只不过太愚笨罢了。

在因斯布鲁克晤谈

亨利-马克西米利安看着因斯布鲁克在下雨。

皇帝在此驻跸，以便监督特伦托主教会议[1]上的讨论。这次会议，如同所有本应就某事作出决定的大会一样，很有可能不了了之。人们在御前会议上只谈论神学问题和教会的法令；一个习惯于在伦巴第丰美的乡间逐鹿的人，对在泥泞的山坡上打猎未免兴味索然；上尉看着愚蠢的雨没完没了地在窗玻璃上流淌，只好暗暗在心里像意大利人那样诅咒。

他从早到晚哈欠连天。在这个佛兰德斯人眼里，伟大的查理皇帝只不过是一个忧伤的傻瓜，西班牙式的排场就像一副亮闪闪的笨重铠甲，阅兵的日子穿上让人汗流浃背，任何老兵都会觉得还不如一张水牛皮。当年从军的时候，亨利-马克西米利安

---

[1] 宗教改革发生以来，天主教会面临空前危机。1545 年 12 月，应神圣罗马帝国皇帝查理五世的要求，教皇保罗三世在意大利北部城市特伦托召集了第 19 次主教会议。会议中途两次休会，时断时续，直到 1563 年 12 月才最终落幕。特伦托主教会议重新检视了天主教义中的所有基本问题，宣布一切新教为异端，重申了天主教的教义、仪式、传统和道德规范的权威性。

未曾想到过淡季的烦闷,他骂骂咧咧地指望已经摇摇欲坠的和平让位于战争。幸而皇帝身边的饭菜有的是肥鸡、烤狍子和鳗鱼酱;他吃得很多,以遣烦闷。

一天晚上,他坐在小酒馆里,正在推敲如何在一首十四行诗里描绘瓦尼娜·卡米如簇新的白缎子般的胸脯,那是他在那不勒斯的亲密女友,这时他感到自己被一个匈牙利人的马刀碰了一下,而他正想跟人找碴儿。他生性喜欢用刀剑来解决争执;何况出于天性,这类争执对他必不可少,就像一个手艺人或者大兵喜欢用拳头或者破鞋斗殴。这一次,决斗以夹杂着拉丁语和土语的谩骂开始,但很快就完事了;匈牙利人是个胆小鬼,他躲到丰满的女店家身后;一切都在女人的哭喊声和杯盘的碎裂声中结束了,上尉心怀厌恶地坐下来,试着重新润色他的四行诗节和三行诗节。

然而他对韵律的热情已经过去。尽管他不肯承认,脸颊上的一处刀伤仍不免让他感到疼痛;充当绷带缠在头上的手帕很快就染红了,那副样子就像个局部充血的人一样可笑。他面对桌上的一份胡椒炖杂烩,无心下咽。

"您还是去看看外科医生吧,"店主人说。

亨利-马克西米利安回答说,所有外科医生都只配被视为笨驴。

"我倒认识一个有本事的,"店家说。"不过他很奇怪,不愿意给人看病。"

"那算我走运,"上尉说。

雨一直在下。店家站在门口,看着滴水檐槽哗哗地流水。他突然说:

"说到就到。"

一个人身披斗篷，好像怕冷的样子，戴着褐色风帽，微微弓着背，沿着水沟疾步走来。亨利-马克西米利安叫出声来：

"泽农！"

那人回过头来。隔着堆满糕饼和待烤肉鸡的橱窗，他们相互定睛细看。亨利-马克西米利安在泽农脸上看到了一种近乎害怕的不安。炼金术士认出了上尉，放下心来。他一只脚跨进低矮的店堂里：

"你受伤了？"他说。

"如你所见，"另一个说。"既然你还没有去炼金术士的天上，就赏给我一点纱布和一滴药水吧，倘若没有青春之泉[1]。"

他的玩笑是苦涩的。他看见泽农老了许多，感到非常酸楚。

"我不再给人看病了，"医生说。

但是他打消了疑虑。他走进店堂，用手扶住身后在风中摇晃作响的门扇。

"原谅我，亨利表弟，"他说。"我很高兴看见你亲切的面孔。但是我不得不提防那些讨厌的人。"

"谁没有自己讨厌的人？"上尉说，他想到的是自己的债主们。

"到我的住处去吧，"炼金术士迟疑了一下说。"我们在那儿比在酒馆里更自在。"

他们一同走出去。大雨倾盆而下。这样的天气里，狂乱的空气和雨水仿佛将天地搅成一片悲凉的混沌。上尉发现炼金术

---

[1] Jouvence，传说中使人重返青春的泉水。

士的脸色忧虑而又疲惫。泽农用肩膀推开一所屋顶低矮的大房子的房门。

"你的店家高价租给我这间废弃的铁匠铺,在这里我差不多可以避开那些好事者,"他说,"炼金子的人是他。"

屋子里隐约泛着浅红色的火光,微弱的火堆上有一只火泥罐子,里面煮着东西。从前占据这所房屋的铁匠留下来的铁砧和铁钩,使这个阴暗的屋子看上去像一间行刑室。一架梯子通往楼上,想必那是泽农睡觉的地方。一个年轻仆人,长着一头红发,短短的鼻子,在角落里装出一副忙忙碌碌的样子。泽农吩咐他送上饮料后就放他歇一天假。随后他开始找布条,帮亨利-马克西米利安包扎好之后,炼金术士问他:

"你在这个城里干什么?"

"我在这里当密探,"上尉爽快地回答。"埃斯特洛斯老爷[1]交给我一个关于托斯卡纳事务的秘密使命;实际情况是他对锡耶纳心存觊觎,不甘心自己被赶出佛罗伦萨,希望有朝一日收复失地。我装作来尝试各种沐浴疗法,比如德国的火罐和芥子泥,我在这里讨好教廷大使,他太喜欢法尔内塞家族了,不可能喜欢美第奇家族,而他本人则无精打采地讨好皇帝。这跟玩波希米亚牌戏也差不多。"

"我认识教廷大使,"泽农说,"我为他看看病,也为他炼炼金;他大概只认定由我在文火上熔化他的银子。你注意到没有,

---

[1] 埃斯特洛斯(Estrosse)是意大利姓氏斯托齐(Strozzi)的法文形式。斯托齐家族长期与美第奇家族对立,争夺对佛罗伦萨及托斯卡纳地区的控制权。这里的埃斯特洛斯老爷与本章末尾提到斯托齐老爷是同一个人,指的是皮埃罗·斯托齐(Piero Strozzi, 1510—1558)。当时科西莫·德·美第奇与查理五世结盟,企图控制仍然独立的锡耶纳;法王亨利二世则借助斯托齐家族,向锡耶纳提供支持以对抗美第奇家族。

这些长着羊脑袋的人很像山羊和古代的喀迈拉[1]? 这位老爷写作轻浮的小诗,过分宠爱他的年轻侍从。倘若我有为他拉皮条的本事,想必可以大赚其钱。"

"我在这儿干什么,难道不是在拉皮条?"上尉说。"他们全都在干这件事;有人弄到女人,或者别的东西,有人弄到正义,有人弄到上帝。最诚实的还得算出卖肉体而不是烟雾的人。但是对于我手中这笔小买卖的商品,我并没有看得太认真,这不过是些被出卖了一次又一次的小城市,是些染上梅毒的忠诚和腐烂的机遇。在一个喜欢玩弄阴谋的人可以塞满腰包的事情上,我至多只能捡到支付驿马和客栈的费用。我们将在穷困中死去。"

"阿门[2]",泽农说,"请坐。"

亨利-马克西米利安站在火盆边;一股水汽从他的衣服上冒出来。泽农坐在铁砧上,双手垂在膝盖之间,看着通红的火炭。

"泽农,你一向喜欢与火为伴,"亨利-马克西米利安对他说。

红头发的跟班送来葡萄酒,吹着口哨出去了。上尉接着说,一边给自己斟酒:

"你还记得圣多纳西安教堂议事司铎的担忧吗? 你的《未来事物之预言》将会让他最悲观的忧虑得到证实;你关于血液性质的那本小册子,我一页也没有读过,在他看来也许更像出自一个剃头匠之手,而非出自哲学家笔下;你的《物质世界论》会让他掉眼泪。如果你不幸回到布鲁日,他会给你驱魔的。"

"他会做更糟糕的事情,"泽农说,一边扮了个鬼脸。"然而

---

[1] 喀迈拉(Chimère)是希腊神话中的一个喷火女妖,狮头、羊身、龙尾。该词通常用来比喻荒诞不经的念头或虚妄的想象。
[2] 原文为拉丁文。

我已经设法用一切恰当的委婉措辞来包裹我的想法。我在这里放一个大写字母，那里放一个**名字**[1]；我甚至在我的句子里塞进了一套笨重的**标志**和**本质**。这些絮叨的废话好比我们的衣服和裤子；它们保护穿戴它们的人，并不妨碍下面是不受干扰的裸体。"

"它们会妨碍，"功成名就的军官说。"每次在教皇的花园里看见一尊阿波罗，我都不免羡慕他，他呈现在人们眼前的样子跟他母亲勒托生下他的时候一样。人只有自由才会舒适，将见解隐藏起来比将皮肤遮盖起来更不自在。"

"不过是战争策略而已，上尉！"泽农说。"我们生活在其中就像你们躲在掩体和堑壕里。我们最终为其中的暗示而自鸣得意，暗示可以改变一切，就像将一个负号不起眼地放在一笔数字前面；东一处西一处，我们想方设法放上一个比较大胆的词语，就好比一眨眼，一片轻轻掀起的葡萄叶，或者是摘下随即又戴上的面具，好像若无其事。这样一来，我们的读者就会分化成不同类别；愚蠢的人相信我们；还有一些蠢人，以为我们比他们还蠢，便离我们而去；剩下的人在这个迷宫里自己寻找出路，学会跳过或者绕过谎言的障碍。我相信即便在那些最神圣的书里，我们也能找到同样的遁词。用这样的方式来读，任何书都变成了天书。"

"你将人们的虚伪夸大其词了，"上尉耸耸肩说。"大多数人想得太少，哪里还能想到什么言外之意。"

他若有所思地补充道，一边往杯子里斟满酒：

---

[1] 这里的大写字母和名字指的是上帝。

"尽管看来奇怪,伟大的查理皇帝目前以为他想要的是和平,而教皇陛下也一样。"

"谬误和它的代用品谎言,不是死去的头脑[1],又是什么呢?没有这种惰性物质,过于不稳定的真理就不能在人类的研钵里得以研磨……这些好争辩的平庸之辈将他们的同类捧上天,却谴责与他们意见相左的人;然而当我们的思想属于完全不同的类型时,他们却根本抓不住;他们看不见这些想法,就像一头易怒的牲畜在笼子里看见一件奇怪的东西,它既不能撕碎它,也不能吃掉它,很快它就视而不见了。这样,我们就可以变成隐形人了。"

"痴人说梦[2],"上尉说。"我听不懂你的话了。"

"难道我是塞尔维[3]这个蠢驴,"泽农狠狠地接着说,"我手头有心脏的舒张和收缩运动要研究,这对我来说重要得多,难道这时我会为了捍卫对某一信条的理解而在广场上被火慢慢烧死?如果我说三者集于一身,或者世界在巴勒斯坦得救,难道我不能在这些话里包含一层表面意义之下的隐秘含义,让我自己摆脱尴尬,甚至不觉得自己在说谎?有些红衣主教(我认识几个)就是以这样的方式脱身的,还有那些如今被奉为圣人的学者们也这样做过。我跟别人一样写那个庄严的名字的四个字母[4],但是我放在其中的是什么呢?一切,还是一切的安排者?

---

[1]原文为拉丁文。"死去的头脑"喻死去的生命,即惰性。
[2]原文为拉丁文。
[3]塞尔维(Servet, 1509—1553),西班牙神学家、哲学家和医生。他热衷于神学研究,卷入了天主教与新教之间的冲突。他可能对血液循环有过研究。他在著作中对三位一体的信条提出质疑,后来由于加尔文的挑动,在日内瓦被判处火刑。
[4]指上帝。法文"上帝"一词有四个字母(Dieu),也可能指希伯来文中代表上帝的四个字母(IHVH)。

105

是存在的,还是不存在的,还是以不存在的方式而存在的,如同空无一物或者夜的黑暗?就这样,在是与非之间,在赞同和反对之间,有着宽阔的地下空间,处境最危险的人也可以在那里安然无恙地生活。"

"你的出版审查官们可没有那么笨,"亨利-马克西米利安说。"巴塞尔的这些先生们和罗马的圣职部能够读懂你,足以为你定罪。在他们眼里,你只不过是个无神论者。"

"在他们看来,跟他们不一样的东西就是反对他们,"泽农苦涩地说。

他斟满杯子,也大口大口地喝酸涩的德国葡萄酒。

"谢天谢地!"上尉说,"各种各样的假虔士还不至于到我的情诗里来找碴儿。迄今为止我只碰到过简单的危险:战争中的刀枪,意大利的热病,妓女身上的梅毒,客栈里的虱子,还有各处的债主。我跟那些戴软帽或者方帽、剃度或者没有剃度过的家伙们打交道的机会,不会比狩猎豪猪的次数更多。我甚至没有驳斥罗贝泰洛·杜迪纳那个蠢货,他以为在我翻译的阿那克瑞翁[1]里发现了错误,而他对希腊文以及任何文字,都只不过粗识而已。我跟其他人一样喜欢科学,但我并不在乎血液在腔静脉里是上升还是下降;我只需要知道人死去时它会变冷,这就够了。地球是否在转动……"

"它在转动,"泽农说。

"地球是否在转动,连我行走在上面的此时此刻都不会在意,当我躺下时就更不在乎了。至于信仰,假如主教会议能作出

---

[1] 阿那克瑞翁(Anacreon,约公元前 570—约公元前 478),古希腊抒情诗人,以爱情诗和描写宴饮的短诗著称,风格轻巧优雅,后世模仿他的诗作被称为阿那克瑞翁体。

决定的话,它决定什么我就信仰什么,就像今天晚上酒馆老板随便弄点什么我就吃什么。碰上什么样的上帝和时代,我都随遇而安,尽管我更愿意生活在人们崇拜维纳斯的时代。甚至在我垂死之际,如果一时心动,我也不想失去转向耶稣基督的机会。"

"你就像一个人相信隔壁的陋室里有一张桌子和两条凳子,因为他不在乎。"

"泽农兄弟,"上尉说,"我看见你干瘦、疲惫、惊慌,穿一身连我的仆人也不屑穿戴的破衣衫。难道值得用二十年的努力来达到怀疑吗?它在任何正常的头脑里都会自动冒出来。"

"毫无疑问,"泽农回答道。"你们的怀疑和信仰是浮在表面的气泡,但是在我们内心沉淀下来的真理,就像一次危险的蒸馏过程中留在曲颈甄里的盐,它存在于解释和形式的内部,对于人的嘴而言,它要么太烫要么太冷;对于文字而言,它过于精妙,而且比文字还要宝贵。"

"比庄严的音节[1]还要宝贵吗?"

"是的,"泽农答道。

他不由自主降低了声音。这时,一个游方僧来敲门,得到上尉施舍的几个苏后走开了。亨利-马克西米利安回到火盆旁坐下;他说话的声音也低了下来。

"还是跟我讲讲你的游历吧,"他轻声说。

"为什么?"哲学家说。"我不会跟你讲东方的神秘;它们根本不存在,何况你也不是那种无聊之辈,会对苏丹的后宫景象感兴趣。我很快发现,到处的男人都有两只脚,一双手,一个男性

---

[1] 指上帝。

生殖器,一个肚子,一张嘴和两只眼睛,与这个事实相比,人们大肆渲染的气候差异实在不值一提。人们猜测我到过的一些地方,其实我根本没有去;我自己也编造过一些旅行,为的是不受干扰地待在人们意想不到的地方。人们以为我已经到了鞑靼诸国[1],而我却在朗格多克的圣灵桥安安静静地做实验。还是来谈谈更早的事情吧:我刚到莱昂不久,我的院长就被他的僧侣们从修道院里赶了出来,这些人谴责他信奉犹太教。的确,他陈腐的头脑里装满了从《辉煌之书》[2]里摘录的奇异的句子,内容是金属、天界和星宿之间的对应关系。在鲁汶,我学会了蔑视寓意而醉心于那些用来象征事实的练习,我一心要在这些象征物上建立起什么,仿佛它们本身就是事实。但是再疯狂的人身上也总有一些属于智者的东西。我的院长长期以来用蒸馏甑做实验,他发现了某些实用的秘密,被我继承下来了。随后,我在蒙彼利埃的学校里几乎什么也没有学到:那里的人将盖伦奉若神明,拿自然来为他献祭;我攻击盖伦的某些概念,连剃头匠让·米耶都知道,这些概念是通过解剖猴子而不是人得来的,那些博学之士却宁愿相信人的脊柱从基督的时代以来发生了变化,而不愿承认他们的神谕是轻率和错误的。

"然而那里还是有几个大胆而有头脑的人……人们的偏见一时难以改变,我们缺少尸体。有一个叫作龙德莱的人,一个矮小壮实的医生,跟他的名字一样滑稽[3],他的儿子前一天死于

---

[1] 鞑靼诸国(Tartarie),这是一个模糊的地理概念,指的是中亚游牧民族活动的广大地区。

[2] 《辉煌之书》(Zohar),犹太教神秘派的文学经典。

[3] 龙德莱的名字原文是 Rondelet,即"圆滚滚的,胖乎乎的"。纪尧姆·龙德莱(1507—1566),历史上实有其人,他是著名的医生和医学教师,曾在蒙彼利埃大学执教多年,在他周围聚集了大批出色的学生。他因解剖自己小儿子的尸体而酿成轩然大波。

108

猩红热,那是一个二十二岁的小伙子,我跟他一起在国王谷采过草药。我们在一个弥漫着醋味的房间里解剖这具尸体,他不再是儿子或者朋友,而只是一部人体机器的好样本。在那里,我第一次感到无论机械还是炼金术,不过是将我们的身体教给我们的真理应用于对宇宙的探究,人体反映了一切的结构。要将我们置身其中的世界与我们自身这个世界相互比照,恐怕穷尽毕生时间也不够用。肺是让炭火燃烧的扇子,阴茎是一件投射武器,在身体蜿蜒曲折的河道里流淌的血液是一个东方花园的沟渠里的水,至于心脏,视我们采用哪一种理论而定,是水泵或者炭火,大脑是用来提纯心灵的蒸馏器……"

"我们又掉进寓意里了,"上尉说。"身体是最可靠的现实,如果这是你的言下之意,不妨直说。"

"并不完全,"泽农说。"这副躯体——我们的王国——有时在我看来,组成它的材质像影子一样松散和转瞬即逝。我想不到会在一条街的转角看见你,倘若看见我死去的母亲,我也不会更加吃惊。你的面容苍老了,你的嘴还叫得出我的名字,然而二十年间,你的体质已经不止一次发生变化,时间改变了你的肤色,也重塑了你的外形。多少苗小麦生长,多少牲畜生下来又死去,才能养活这个亨利,他既是,又不是我二十岁时认识的那个人。还是回到旅行的话题吧……圣灵桥并非安身之地,人们在窗户后面窥伺新来的医生的一举一动,再说我想投靠的主教离开阿维尼翁去了罗马……我在一个背教者那里找到差事,此人在阿尔及利亚负责为法国国王的马厩补充军马:这个老实的强盗在我门前摔断了腿,为了感谢我帮他疗伤,他让我搭乘他的单

109

桅帆船。至今我对他仍然心怀感激。在柏柏里[1],我那些关于弹道的著作为我赢得了苏丹陛下的友谊,也得到机会研究石油的特性以及它与生石灰混合的效果,目的是制造从他的舰队船只上发射出去的引信。到处都一样[2]:王公们需要机械来增加或者保住他们的权势,富人们需要金子,这样我们就得以在一段时间里维持生计;而怯懦和野心勃勃的人想了解未来。我尽自己所能处理好这一切。最好的意外收获还是一位体质虚弱的总督或者一位患病的苏丹:钱财就会滚滚而来;在热那亚的圣洛朗教堂旁边,或者在佩拉[3]的基督徒聚居区,一幢房屋就会破土而出。我需要的工具应有尽有,其中最难得和最珍贵的,是随心所欲地思考和行动的自由。接着就有眼红的人玩弄诡计,傻瓜在背后议论纷纷,谴责我亵渎了他们的古兰经或者福音书,然后还会发生宫廷阴谋,可能将我牵涉进去。末了总有那么一天,你最好用剩下的最后一枚金币去买一匹马或者租一条船。二十年来,我的生活充满这些小小的波折,书上则称之为历险。我由于过分大胆杀死过一些病人,而同样的大胆也曾经救活另一些人。但是我之所以关心他们的病情是恶化还是好转,主要是为了证实一个诊断是否正确,或者为了验证一种方法是否有效。亨利兄弟,如果技艺和观察不能转化为能力,它们是无济于事的:老百姓有理由将你看作某种魔法或者妖术的信徒。让流逝的东西变得持久,提前或者推迟规定的时辰,掌握死亡的秘密以便与它

---

[1] 柏柏里(Barbarie),北非沿海地区旧称,相当于今天的马格里布。这个名称来源于该地区最早的居民柏柏尔人,从中世纪末到19世纪初一直沿用此名,这些国家在16世纪属奥斯曼帝国统治。
[2] 原文为拉丁文。
[3] 佩拉(Péra)是伊斯坦布尔的一个街区,由热那亚人在16世纪建立。

抗争,利用自然的手段来帮助或者挫败自然,控制世界和人,重塑它们,也许创造它们……"

"有些日子,一边重读我的普鲁塔克,一边我会在心里想,为时已晚,建功立业的时代已经过去了,"上尉说。

"幻象而已,"泽农说。"你心目中的那些黄金时代,就像大马士革和君士坦丁堡,从远处看是美丽的;要在它们的街道上行走,才能看见麻风病人和死狗。你的普鲁塔克告诉我,赫腓斯提翁[1]跟普通病人一样,在该禁食的日子里执意要吃东西,还有亚历山大,喝起酒来像个德国醉汉。自亚当以降,没有多少两足动物配得上人这个称谓。"

"你是医生,"上尉说。

"是的,"泽农说。"但也做其他事情。"

"你是医生,"固执的佛兰德斯人接着说。"我想,有人厌倦给人缝合伤口,就像有人厌倦捅破人的肚皮。你在夜里起来照看这些可怜的败类,难道不会感到倦怠吗?"

"皮匠只管鞋子[2]……"泽农接着说。"我号脉,我检查舌头,我研究的是尿液而非灵魂……我无权决定这个患肠绞痛的吝啬鬼是否值得再活上十年,或者这个暴君死去是否是一件好事。我们从最坏和最愚笨的病人身上仍然可以学到东西,他们的脓血也不比一个能人或者义人的脓血更加恶臭。无论在哪一个病人的床头度过的每一个夜晚,都会让我重新面对没有答案

---

[1] 赫腓斯提翁(Hephaetion,约公元前356—公元前324),马其顿将军,为亚历山大所宠信。赫腓斯提翁患病,饮食应加以节制。公元前324年某一天,他趁医生不在场暴饮暴食,因而丧命。他的去世令亚历山大极其悲痛。普鲁塔克在他的《希腊罗马名人传》中讲述了这件事情。
[2] 原文为拉丁文。出自西谚"皮匠不要议论鞋子以外的事情",喻各司其职。

的问题：那就是痛苦和它的终结，自然的宽厚或者无动于衷，以及灵魂是否在肉体沉没之后继续存在。类比的解释从前似乎已经向我解开了宇宙的奥秘，这时却又仿佛充满新的谬误的可能，因为这些解释倾向于认为这个晦暗不明的自然有一个预先设定的计划，就像另一些解释认为这是上帝所为。我不说我怀疑：怀疑是另一回事；我将自己的探索进行到这样的地步：直到每个概念都像扭曲的弹簧一样在我手中弯曲；一旦我在一个假设的阶梯上攀登，我就感觉到不可或缺的**假如**在我的重量下折断……我曾经以为帕拉塞尔苏斯[1]和他的标记体系为医学开辟了一条通衢大道；可是它们在实践上又回到了乡村的迷信。在我看来，在选择药方和预测致命的事故方面，研究占星术不再像过去那样有用；我也希望我们跟星宿是由同样的物质构成的；然而并不能因此得出结论，它们对我们有决定作用或者能够影响我们。我越思考这些问题，就越觉得我们所谓的神圣观念、偶像和习俗，以及我们邻人的那些被认为是不可言说的观念、偶像和习俗，都是由于人体机器的骚动不安而造成的，就像鼻孔和下体的风，汗水，眼泪的咸水，爱情的白色汁液，身体的泥浆和排泄物。令我生气的是，人们糟蹋自身洁净的养分，几乎总是用它们来做有害的事情；在拆卸性器官之前奢谈贞洁；又譬如，我猛然间拿一根棍棒伸到你眼前，你就会眨眼，在弄清楚让你眨眼的无数不知其所以然的原因之前，奢谈自由意志；在深入探究死亡之前，奢谈地狱。"

---

[1] 帕拉塞尔苏斯(Paracelse, 1493—1541)，瑞士医生和炼金术士。他的医学理论以炼金术的对应观念为基础，认为人体是一个微观世界，其不同部位与宇宙整体这一宏观世界的不同部分相对应。

"我认识死亡,"上尉打着哈欠说。"在切里索莱将我打翻的那颗火枪子弹,到后来让我复活的满满一杯烧酒之间,有一个黑洞。如果没有中士的水壶,我可能还在那个洞里呢。"

"我同意你的说法,"炼金术士说,"尽管要赞同不朽这个概念有很多话可说,跟要反对它可说的话一样多。死人首先失去的是动作,然后是热量,随后根据死亡的不同原因,或快或慢失去的是外形:在死亡中消逝的,是不是灵魂的动作和外形,而非它的本质呢?……黑死病爆发期间,我在巴塞尔……"

亨利-马克西米利安打断泽农,说他当时在罗马,在一个名妓家里染上了鼠疫。

"我在巴塞尔,"泽农接着说。"你知道,在佩拉,我差一点见到洛伦佐·德·美第奇大人,就是谋杀者[1],老百姓开玩笑地将他称作洛伦扎塞。这位落魄的王子像你一样,亨利兄弟,也在拉皮条。他为自己弄到一份差事,替法国在奥斯曼帝国宫廷充当密使。我本想结识这位襟怀宽广之士。四年后我路过里昂,目的是将那本《物质世界论》交给我的出版商——不幸的多莱[2],我看见他忧伤地坐在一家客栈后厅的桌旁。碰巧的是前几天他被一个佛罗伦萨的刺客刺中了;我尽力为他疗伤;我们交谈甚欢,议论土耳其人和我们自己的疯狂。这个到处遭到追赶的人不顾一切想回到他的意大利故土。我们分手前,他将苏丹陛下送给他的一名高加索侍从转送给我,以此交换一种毒药,一旦落入敌人之手,他指望用这种毒药了结生命,从而不违背他一

---

[1] 洛伦佐·德·美第奇曾经暗杀他的堂兄佛罗伦萨公爵亚历山大·德·美第奇。

[2] 多莱(Dolet, 1509—1546),法国人文学者和印刷商,因异端和无神论者的罪名被判处火刑。

生的风范。他还来不及尝试我的糖衣药丸,就在威尼斯一条阴暗的小巷里被结果了性命,曾经在法国错过他的刺客终于得手了。但是他的仆人留给了我……你们这些诗人笔下的爱情是一场巨大的骗局:熨帖的诗句犹如两张紧贴在一起的嘴唇,落到我们头上的爱情却似乎从来没有那么美好。然而,那种仿佛令凤凰浴火重生的烈焰,那种每天晚上都想见到早上刚刚离开的面孔和躯体的渴望,不是爱情又是什么呢? 因为,亨利兄弟,有些躯体像水一样清凉,我们不免自问为何最炽烈的躯体也最沁人心脾。就这样,来自东方的阿莱伊如同我的油脂和香膏;在德国泥泞的道路上和烟熏火燎的住处,他从未流露出怀念王公的花园和阳光下流淌的泉水而令我难堪……我们将语言交流的困难化为沉默,我尤其喜欢那样的时刻。我懂得书本上的阿拉伯语,但土耳其语只够用来问路;阿莱伊说土耳其语,会一点儿意大利语;而他家乡的土语,只有在梦中还能说出几个词……我很不走运地雇佣过不少粗鲁的无赖之后,终于有了这个老百姓给我的傻孩子或者水中的精灵作助手……

"然而,一个丑恶的晚上,在巴塞尔,黑死病那一年,我在房间里发现我的仆人染上了恶疾。你欣赏美吗,亨利兄弟?"

"是的,"佛兰德斯人说,"女性之美。阿那克瑞翁是个好诗人,苏格拉底堪称伟人,但我丝毫不能理解竟有人舍弃这些粉红柔嫩的肉体,舍弃这些不同于我们但又如此令人愉悦的躯体,我们进入其中就像征服者进入一个沉浸在欢乐中的城市,鲜花和彩旗为我们而装点。倘若欢乐是假装的,彩旗是骗人的,又有什么要紧? 那些香脂、卷发和香水,用在男人身上有失体面,我却通过女人得以享受。我眼前就是一条可以勇往直前的阳光大道时,为何要去寻找那些隐蔽的小巷？我才不要那些很快就变得不光洁的脸颊,剃头匠碰它们的机会比情人还多!"

"而我,"泽农说,"我却偏爱体味这种略微隐秘的乐趣,这副与我相似的身体反射我的欢愉,在这种愉悦中没有任何附加的东西,没有女人卖弄风情的模样,没有彼特拉克式的腔调,没有莉薇亚夫人的绣花衬衫,没有劳拉夫人的胸衣,这种交往丝毫不必虚伪地以延续人类社会为理由,它从一种欲望中产生并随着这种欲望而消逝,如果说其中掺杂着某种爱情的话,那也丝毫不意味着我受到了流行小调的影响……那年春天,我住在莱茵河畔的一家客栈里,河水上涨的涛声在房间里回荡;要大声喊叫才能听见对方说话;我感到倦怠时,就让我的仆人为我演奏提琴,因为对我而言,音乐一向既是一剂特效药也是一个节日,虽然在那里几乎听不见提琴的声音。但是那天晚上,阿莱伊没有提着灯笼在我安顿骡子的马厩旁等我。亨利兄弟,我猜想,你看见被十字镐损坏或者在地下遭腐蚀的雕塑时,一定悲叹过它们的命运;你责备时光残害了美。然而我却能想象,大理石厌倦了长久保持人的外形,欣喜地重新变回一块简单的石头……相反,生灵惧怕回到不成形的物质形态……一走到门口,一股恶臭引起我的警觉,这是嘴在用力呼吸,不断吐出喉咙已经不能咽下的水,还有从感染的肺里喷涌出来的血。但人们所谓的灵魂还存活着,还有那双眼睛,就像满怀信任的狗,丝毫不怀疑主人会拯救它……当然这并非第一次我的糖浆显得毫无用处,但在此之前,每一次死亡都只不过是我作为医生的棋局里输掉的一颗棋子。更有甚者,在与黑色的死神搏斗的过程中,在我们与它之间竟然形成了一种阴暗的共谋;就这样,一位军官最终认识了敌手的战术,并且感到钦佩。总有这样的时刻,我们的病人察觉到我们对死神太了解,我们不得不为他们而屈从于无法避免的情形;他们祈求我们的时候,他们仍然在挣扎的时候,其实已经从我们的眼睛里读到了他们不愿意看到的判决。只有爱过一个人才能体会到,生灵死去是一件多么难以接受的事实……我失去了勇气,或者说至少失去了对我们来说必不可少的沉着。在我看来,我的职业毫无意义,这和认为它是崇高的几乎一样荒谬。并非因为我痛苦:相反,我很清楚自己根本无法体验这个在我眼前卷曲的身体所经受的痛苦;我的仆人像在另一个世界的尽头一样渐渐死去。我叫人,但客栈老板不愿过来帮忙。我将尸体抬起来放到地板上,等到天一亮就去叫掘墓人;我在房间的炉子里一点一点地烧掉稻草褥子。内部世界和外部世界,宏观世界和微观世界,它们仍然跟我在蒙彼利埃解剖尸体时是一样的,但这些相互嵌套的大轮子在空转;这些脆弱的机械不再令我惊叹……一位仆人的死就足以在我身上产生如此沉痛的剧变,承认这件事令我羞愧,但是亨利兄弟,人会感到疲惫,我不再年轻:我已经过了四十岁。我厌倦了在人体上修修补补的职业;一想到早上还要去为某个市政长官号脉,帮某位贵妇打消疑虑,在背光处检查某位牧师的尿壶,我就感到恶心。那天夜里,我下决心不再为任何人看病。"

"金羔羊的老板跟我说过这个古怪的念头,"上尉郑重地说。"但你在为教廷大使治疗痛风,刚才还在我的脸颊上敷了膏药和纱布。"

"六个月过去了,"泽农接着说下去,他用拨火棍在灰烬上划图形。"好奇心又复苏了,又想继续施展自己的一技之长,我也

116

想，如果有可能的话，去救治那些跟我们一起卷入这场奇怪的冒险的同伴。我将那个黑色夜晚的奇怪念头抛到脑后。我从来不跟任何人讲这些事，最终也就忘了。"

亨利-马克西米利安站起身来，走到窗边说：

"还在下雨。"

还在下雨。上尉敲打着玻璃窗。突然，他朝主人走过去：

"你知道吗，西吉斯蒙德·富格尔，我在科隆的亲戚，在印加地区的一场战役中受了致命伤？据说，这个人有一百名女俘，一百具紫铜色的身躯，镶嵌着各式各样的珊瑚，油亮的头发散发出香料的气味。西吉斯蒙德眼看自己活不成了，就命人将这一百名女囚的头发剪下来铺在一张床上，他想躺在这些散发出肉桂、汗水和女人气息的毛发上断气。"

"我很难相信这些美丽的发辫里没有寄生虫，"哲学家尖刻地说。

他料到上尉会有恼怒的动作，于是说：

"我知道你在想什么。是的，我也给黑色的发卷轻轻清理过虱子。"

佛兰德斯人继续漫无目的地踱步，与其说是想活动腿脚，倒不如说他想摆脱自己的思想。

"你的情绪感染了我，"他终于回到炉膛前坐下，"刚才你的一席话让我重新思考自己的生活。我丝毫也不抱怨；但一切都与当初以为的不同。我知道自己不是一块建功立业的材料，但是我就近见识过那些被认为有此禀赋的人；他们令我相当吃惊。出于个人的趣味，我的日子足足有三分之一是在意大利度过的；那里的天气比佛兰德斯好，但吃得要差一些。我偶尔有了钱，就自己出资让印刷商出版一些诗，就像其他人送给自己一幅扉页插图或者一个假头衔，但是我的诗不配比印刷它们的纸张留存得更长久。希波克雷纳[1]的桂树不属于我；我不会被装订在小羊皮里流传后世。但是，我看见荷马的《伊利亚特》也没有什么人读，这时我对几乎没有人阅读我的作品就更加心安理得了。我被女人爱过；但在她们中间，很少有人让我愿意为了她的爱情而献出自己的生命……（我反躬自省：以为我为她们而叹息的这些美人需要我的这副皮囊，又是多么自命不凡……）那不勒斯的瓦尼娜，我差不多算得上是她的丈夫，她是一个好姑娘，但并没有琥珀的香味，一头棕红色的螺旋形鬈发也并不全是她自己的。我回家乡待过一阵子：我的母亲去世了，愿上帝保佑她！这个好女人是想好好待你的。我的父亲在地狱里，大概跟他成袋的金子在一起吧。我的弟弟待我不错，然而一星期之后我就明白，是离开的时候了。有时我也不免后悔，没有生下合法的孩子，但是我也不想让我的侄子们成为我的儿子。我跟别人一样有过抱负，不过，就让当今权贵拒绝给我们一份俸禄吧，当我离开候见厅而不必对老爷表示感谢时，当我双手插在空荡荡的口袋里在街上任意漫步时，又是多么开怀……我有过很多快乐：我感谢上帝，每年都有女孩子长大成人，每年秋天都有新酒酿成；有时我在心里想，我的一生像太阳下的狗倒也不错，常常打架，也啃几根骨头。然而，每次我离开一位情妇，难得不像放学的小学生那样，轻轻吐出一声如释重负的叹息，我相信自己死去的时候，也会发出同样的叹息。你谈到雕像；我的好朋友卡拉法红衣主教

---

[1] 希波克雷纳（Hippocrène）是一处泉水的名字，传说可以启发诗人的灵感。

118

在他那不勒斯的走廊里有一尊大理石的维纳斯,我知道很少有乐趣能比凝视这尊雕像更加美妙:她白色的形体如此美丽,涤除凡人心里任何亵渎的杂念,让人只想落泪。然而我凝神观赏七八分钟之后,我的眼睛和思想对她就视而不见了。兄弟,在世上的几乎一切事物里面,都有着不知什么渣滓或者余味让你感到恶心,极少的事物偶然达到了完美,它们令人忧伤欲绝。哲学非我所长,但有时我想柏拉图是对的,康帕努斯议事司铎也一样。别处想必存在着某种比我们更完美的东西,那是一种善,在它面前我们感到困窘,缺少它又令我们无法承受。"

"永恒的诱惑[1]," 泽农说。"我常常想,除了某种永恒的命令,或者物质要完善自身的某种奇怪的愿望,世界上没有任何东西可以解释,为何我每天都要努力比前一天想得更明白一点。"

他低头坐在那里,房间里充满黄昏的潮气。炉膛里的火光映在他被酸液腐蚀过的手上,烧灼的伤口在上面留下发白的瘢痕。他专注地盯着双手,它们是灵魂奇怪的延伸物,是用来接触一切的肉身工具。

"我真了不起啊!"他终于开口了,语气中带着一种激奋,亨利-马克西米利安也许从中看到了那个当年与科拉斯·吉尔一起沉醉于机械梦想的泽农。"永远令我惊奇不已的,是这具靠脊柱支撑的肉体,这个通过咽峡与头相连并且在两侧有对称的四肢的躯干,它包含甚至可能制造某种精神,它利用我的眼睛来看,利用我的动作来触摸……我了解它的局限,我也知道它没有足够的时间走得更远,就算碰巧它有时间,也没有力量。但是它

---

[1] 原文为拉丁文。

存在着，此时此刻，它就是**存在着的他**。我知道它会弄错，会迷失，往往会错误地理解世界给予它的教训，但是我也知道它自身有着某种东西，可以认识甚至修正自己的错误。在我们生活的这个圆球上，我至少跑过一部分地方；我研究过金属的熔点和植物的繁殖；我观察过星宿，探究过人体内部。我能够从我正在拨弄的这段燃烧的木柴中提炼出重量的概念，从火苗中提炼出热量的概念。我知道哪些是自己所不知道的东西；我羡慕那些比我知道得更多的人；但是我知道他们跟我一样，也需要度量、权衡、演绎以及怀疑演绎的结果，从错误中抽取正确的成分，并且认识到在正确的东西里永远混杂着错误。我从未由于惧怕失去某种思想而陷入恐慌，从而执著于这种想法。我从未将谎言当作调味汁添加在确凿的事实中，从而让自己消化起来更容易。我从未扭曲对手的观点，从而更轻易地战胜对方，甚至在与博姆巴斯特关于锑元素的讨论中我也没有这样做，他并不因此而感激我。或者不如说我这样做过：每次我发现自己这样做的时候，就会像训斥一个不诚实的仆人那样训斥自己，我只有承诺要做得更好时才重新信任自己。我有过梦想；但我只会将它们视为梦想而不是别的东西。我提醒自己不要将真理奉为偶像，宁愿给它保留一个更谦卑的名称，那就是准确。我的成就和危险与人们以为的不一样；有与荣耀不一样的荣耀，有与火刑不一样的火刑。我差不多做到了不相信词语。与出生时相比，我死去的时候将会不那么愚笨。"

"这样很好，"上尉打着哈欠说。"不过听传闻，你的成功更实在一些。你在炼金。"

"没有，"炼金术士说，"不过自有人会去炼的。只要有时间

120

和适当的工具,试验总会成功的。几百年算什么?"

"假如事关付金羔羊的份子钱,那是很长一段时间,"上尉调侃地说。

"也许有一天,炼金就像吹玻璃一样容易,"泽农继续说。"如果我们一心一意去探究,终归会发现事物之间相似和矛盾的秘密……什么是机械主轴或者自动缠绕的线圈? 与麦哲伦和阿美利哥·韦斯普奇[1]的旅行相比,这样一系列小小的发现有可能将我们带去更遥远的地方。自从有了第一个车轮,第一台车床和第一个冶炼炉,人类的发明就停滞不前了,想到这一点我不免气愤;人们甚至不愿费心去想如何变着花样使用从天上盗来的火。然而,只要用心钻研,就足以从几个简单的原理中推导出一系列巧妙的机器,用于增长人类的智慧或能力:靠运动制造热量的机械,像引水管道一样可以传导火的管道,它们还可以推动古代地下供暖系统和东方式浴室的装置,使之用于蒸馏和铸造……雷根斯堡的里默认为,为了战争与和平的目的,研究平衡规律可以让我们制造出在空中行走和在水下航行的战车。你们的大炮火药让亚历山大的战功相形之下如同儿戏,它同样出自一个头脑的思考……"

"够了!"亨利-马克西米利安说。"我们的祖先第一次点燃引信的时候,人们或许以为这个发出响声的新发明会彻底推翻从前的战术,会由于缺少士兵而缩短战斗。谢天谢地,完全不是这么回事! 杀死的人更多了(而且我怀疑还在继续杀人),我的士兵们使用火枪而不再是弓箭。然而,古老的勇气,古老的怯

---

[1] 阿美利哥·韦斯普奇(1454—1512),意大利商人和探险航海家,他的名字"阿美利哥"后来成为新大陆的名称。

懦,古老的伎俩,古老的纪律,古老的违抗命令还是跟从前一样;前进,后退,原地不动,吓唬对方,佯装不怕的技巧,也跟从前一样。我们这些军人仍然在模仿汉尼拔,参照维吉提乌斯[1]。我们和从前一样,仍然跟在大师后面亦步亦趋。"

"很早以前我就知道,一两惰性比一斗智慧的分量还重,"泽农气恼地说。"我并非不知道,对于你的那些王公们而言,科学只不过用来对付不时之需,不如他们的校场、翎饰和国王的敕书要紧。然而,亨利兄弟,我在这个世界上的不同角落认识五六个比我还要疯狂、还要贫穷、还要可疑的家伙,他们暗地里梦想掌握一种连查理皇帝也永远无法拥有的强大威力。假如阿基米德有一个支点,他不仅可以将地球撬起来,还可以让它像一个粉碎的贝壳一样重新坠入深渊……说实话,在阿尔及尔面对土耳其人野兽般的残暴,或者看到疯狂和愤怒的场景在我们基督徒的王国里到处肆虐,有时我想,让人类变得更有秩序,更有教养,更富有,更有技艺,也许只不过是我们的普遍混乱之中的权宜之计,将来若有一位法厄同[2]放火烧掉这个地球,那就是有意为之而非出于不慎了。谁知道某颗彗星会不会从我们的蒸馏釜中跑出来?眼看我们的思考将我们引向何处,亨利兄弟,倘若我们被人烧死我也不会吃惊。"

突然,他站起身来:

"我听到风声,对我的《预言》的追查又加紧了。眼下还没有任何针对我的判决,但是往后的日子让人不得不多加小心。我

---

[1] 维吉提乌斯,公元四世纪末至五世纪初的拉丁作家,著有《论战术》。

[2] 法厄同,太阳神赫利俄斯之子。他驾驶父亲的战车失控,下降时烧毁了山林,上升时又险些撞上星辰。宙斯唯恐由于他的不慎而毁灭世界,故用雷电将他劈死。

很少睡在这个铁匠铺里，宁愿在别人更加意想不到的地方过夜。我们一起走吧，但是倘若你害怕某些好事者的眼光，就老老实实地在门口跟我分手吧。"

"你把我当成什么人了？"上尉说，显出一副也许比实际上更不在乎的样子。

他系上宽袖外套的纽扣，一边诅咒那些多管闲事的密探。泽农披上差不多烤干了的斗篷。出门之前，两个人分着喝完了壶底的残酒。炼金术士锁上门，将一把很大的钥匙挂在一根房梁下面，他的仆人知道去那里找。雨停了。夜幕降临，但是山坡上和屋顶灰色的板岩瓦上，新鲜的积雪还映照着落日微弱的余晖。泽农一边走，一边审视着阴暗的角落。

"我手边短缺现钱，"上尉说。"然而，看你眼前这么困难……"

"不，兄弟，"炼金术士说，"一旦遇到危险，教廷大使会出钱让我收拾行囊。留着银子缓解你自己的难处吧。"

一辆有卫兵护驾的旅行马车在狭窄的街道上疾驰而过，车里想必坐着某位前往安布拉斯皇室城堡的要人。他们闪到一边让马车通过。一阵嘈杂过去后，亨利若有所思地说：

"诺查丹玛斯在巴黎预言未来，他平安无事地操业。人们究竟为什么责备你呢？"

"他承认自己得到了来自上面或者下面的帮助，"哲学家说，一边用袖口擦拭溅在身上的泥浆。"显然，这些先生们认为，没有那些在咕咕作响的锅子里的魔鬼或者天使，赤裸裸的假设更加亵渎神灵……再说，我并非瞧不起诺查丹玛斯的四行诗，它们预言天灾人祸和王室成员的死亡，让老百姓始终保持好奇心。至于我，我对亨利二世目前担心的事情毫不在意，用不着去设想这些事情未来的结局……我在旅途中有过一个念头：我已经在空间的道路上游荡得够多了，尽管尚未到达目的地，我深知自己的前方是**此处**而不是**彼处**。现在我想用自己的方式试试在时间的道路上走一走。我计算日月食时作出的预言不容置辩，作为医生的预测则变化无常得多，我要填补二者之间的鸿沟，我还要小心翼翼地将预兆和推测相互印证，在我们未曾涉足的大陆上，勾画出海洋和已经露出水面的陆地的地图……这种尝试令我疲惫。"

"你会像集市上的木偶戏中那样，跟浮士德博士落得同样的命运，"上尉开玩笑说。

"非也！"炼金术士说。"这位博学之士订立条约以及他堕落的愚蠢故事，就留给老妇人们去听吧。一个真正的浮士德对灵魂和地狱有着不同的看法。"

他们不再说话，只顾避开路上的水洼。亨利-马克西米利安住在桥边，他们便沿着河岸走。突然，上尉说：

"你在哪里过夜？"

泽农看了同伴一眼，目光有点犹疑：

"我还不知道呢，"他审慎地说。

又一阵沉默：两人的话匣子都掏空了。亨利-马克西米利安猛地停下来，从口袋里掏出一个簿子，那天晚上一个金银匠很晚还在干活，他的店铺门口盛满水的圆球后面燃着一支蜡烛[1]，亨利就着微弱的烛光念了起来：

… Stultissimi, inquit Eumolpus, tum Encolpii, tum

---

[1] 盛满水的圆球可以聚光，从前金银匠、花边女工等做手工时常用。

Gitonis aerumnae, et precipue blanditiarum Gitonis non immemor, certe estis vos qui felices esse potestis, vitam tamen aerumnosam degitis et singulis diebus vos ultro novis torquetis cruciatibus. Ego sic semper et ubique vixi, ut ultimam quamque lucem tanquam non reditura m consumarem, id est in summa tranquillitate ...

"让我将这段话翻译成法语吧，"上尉说，"我想，对你来说，医药学的拉丁文赶走了另一种拉丁文。尤摩尔浦斯这个老色鬼对两名娈童恩科尔浦斯和吉东说的话，我认为值得收录进身边的常备书里。尤摩尔浦斯想起恩科尔浦斯和吉东的毛病，尤其是想起后者的和善时，对他们说：'你们真傻。你们本来可以很幸福，却过着悲惨的生活，每天都碰到比前一天更糟糕的困境。而我呢，我将每一天都当作最后一天来生活，也就是说，以最安详的方式。'"上尉解释说，"佩特罗尼乌斯[1]是我的主保圣人之一。"

泽农赞同地说："事情的美妙之处，是你的这位作家甚至想象不到，智者的最后一天也许不是在平静中度过。让我们到时候想起这句话吧。"

他们转过一个街角，来到一个灯火通明的小教堂对面，里面正在念九日经。泽农准备进去。

"你到这些伪君子中间去做什么？"上尉问。

"我不是已经向你解释过吗？"泽农说，"让我自己隐身。"

---

[1] 佩特罗尼乌斯(? —65)，拉丁作家，出身贵族，是尼禄的密友，因卷入阴谋而被迫自杀。恩科尔浦斯和吉东是他的小说《萨蒂利孔》中的人物。这部小说用诗体和散文体写成，今仅存残篇，类似后来欧洲的流浪汉小说。该作品讲述放荡的年轻人恩科尔浦斯和他的朋友们旅行中的所见所闻，对人类行为的可笑之处多有嘲讽。

他钻进挂在门口的皮门帘背后。亨利-马克西米利安逗留了一小会儿,走开,又折回来,然后头也不回地走了,一边吹着他熟悉的小调:

> 我们两个伙伴
>
> 曾经翻山越岭。
>
> 我们以为可以花天酒地……

回到住处,他发现斯托齐老爷留的字条,要他结束有关锡耶纳事务的秘密会谈。亨利-马克西米利安心里想,看形势是要开战了,要不然就是有人在佛罗伦萨的元帅面前说了他的坏话,说服大人起用了另一位密使。夜里又下起雨来,雨随后变成雪。第二天,上尉收拾好行装就去找泽农。

白雪覆盖的房屋仿佛是一群披着戴帽长袍的僧侣,清一色的服装将他们的秘密隐藏在面孔下面。亨利-马克西米利安兴冲冲地来到金羔羊,那里的酒还不错。主人上酒时告诉他,泽农的仆人一大早就来交还了钥匙,还付清了铁匠铺的房租。正午时分,宗教裁判所负责抓捕泽农的一个官员要求小酒馆的老板提供协助。然而,想必有魔鬼及时通知了炼金术士。人们在他住过的地方,除了一堆仔细打碎的小玻璃瓶,没有发现任何不同寻常的东西。

亨利-马克西米利安匆忙起身,将钱留在桌上。几天后,他从布伦纳山谷回到了意大利。

亨利-马克西米利安的生涯

　　他曾在切里索莱[1]大显身手，为保卫几座摇摇欲坠的米兰小要塞，他喜欢这样说，他展现的天才不亚于当年称霸世界的恺撒；布莱兹·德·蒙吕克[2]感激他慷慨陈辞为士兵们鼓气。他一生先后为法国国王和西班牙国王效力，不过法国人的乐天性格还是更符合他的秉性。作为诗人，他借口操心战事而使韵律走调；作为军人，他又称因推敲词句而造成战术失误；尽管无论在哪一个行当他都受到敬重，二者的结合却并没有给他带来财富。他在半岛上的游荡令他梦想中的奥索尼[3]破灭了；他学会了对付罗马的名妓，一旦付钱之后就要对她们加以提防，他也学会了在特拉斯台维尔[4]的摊档上仔细挑选甜瓜，一边漫不经心

---

[1] 1544 年 4 月 11 日，弗朗索瓦一世与查理五世的军队在意大利皮埃蒙特地区的切里索莱展开激战，法军获胜，此役是意大利战争中的著名战役。

[2] 布莱兹·德·蒙吕克(Blaise de Montluc，约 1500—1577)，法国元帅，曾保卫过锡耶纳，后被任命为吉耶纳总督。他模仿恺撒的写作风格，著有七卷编年史，记述自己经历的事件和战争。

[3] 意大利的旧称。

[4] 罗马的一个街区。

地将绿色的瓜皮扔进台伯河里。他并非不知道,在莫里齐奥·卡拉法红衣主教眼里,他不过是个丝毫也不愚笨的醉汉而已,在和平时期赏给他一个薪俸菲薄的卫队长职务就可以了;他在那不勒斯的情妇瓦尼娜,为了一个孩子,也许还不是他的,从他那里骗取了一大笔钱财;那又有什么要紧。法国的勒内夫人,她的宫殿就是穷人的主宫医院,倒是可能愿意在她的费拉拉公爵领地内送他一份闲差,但无论哪个穷光蛋到了那里,只要肯跟她一起陶醉于《诗篇》这杯酸酒,她都一律接待。队长不需要这些人。他越来越多地跟部下待在一起,像他们那样过日子,每天早上披上那件打了补丁的宽袖外套,如同老友重逢一样开心,他快快活活地承认只在下雨时洗澡。在他周围的那群乌合之众里,有庇卡底的冒险家、阿尔巴尼亚的雇佣兵和佛罗伦萨的流放者,他跟他们一起分享有哈喇味的肥肉和发霉的草垫,一起抚摸跟在部队后面的黄狗。这种严酷的生活里并非没有美妙的时刻。他还热爱着那些古老的美丽的名字,它们会在意大利的一段不起眼的残垣断壁上,投射下一段伟大回忆金碧辉煌的色彩;他还喜欢在街上游荡,有时在阴影里,有时在阳光下;他喜欢用托斯卡纳语跟漂亮姑娘搭讪,指望得到一个亲吻或者招来一顿谩骂;他喜欢就着饮水喷泉喝水,将胖胖的手指上的水珠甩到石板的尘土上;他还喜欢对着界碑心不在焉地撒尿,一边用眼角辨认残留在上面的拉丁文铭文。

父亲的万贯家财,他只得到了位于马斯特里赫特的制糖厂的一些份额,并且这笔收入很少能落到他的口袋里;他还分到了家族田产里最小的几块之一,那个地方叫作佛兰德斯的伦巴第,对这个曾经在真正的伦巴第纵横驰骋过的人来说,仅仅听到这个名字就令他发笑。这块领地上的阉鸡和一束束柴禾都到了他弟弟的灶头和壁炉里;这样很好;在他十六岁那年的某一天,他已经高高兴兴地放弃了长子继承权,去换取士兵的一盘小扁豆。遇上婚丧嫁娶,弟弟会给他写一封简短而客套的信件,的确,信末总会表示如有需要愿为他提供帮助;然而亨利-马克西米利安深知,对方写下这些话时,知道他根本就不会提出任何要求。况且,菲利贝尔·利格尔还会不失时机地跟他提起,身为尼德兰的国会议员,他要负担沉重的义务和巨额垫款,到头来,似乎无忧无虑的队长倒像个富人,而富可敌国的弟弟却颇为困窘,让人不好意思从他的柜子里掏钱。

只有一次,这位功成名就的军官返乡探亲。家里人让他频频露面,仿佛要向所有人骄傲地宣布,这个浪子说到底还是见得人的。作为埃斯特洛斯元帅的亲信,他看上去既无职位又无官阶,这个事实本身给他增添了某种光环,仿佛他因为籍籍无名而变得更加值得敬重。他感到,自己比弟弟多出来的年纪让他成了另一个时代的遗物;与这个年轻、审慎而冰冷的人相比,他觉得自己未免天真。就在他离开之前,菲利贝尔向他暗示,对皇帝而言男爵爵位并不值钱,倘若队长答应从此将自己的军事和外交才华只用于为神圣帝国效力,皇帝将会乐意赏赐给伦巴第的领地一个封号。他的拒绝惹恼了弟弟:就算亨利-马克西米利安本人不屑于在自己身后拖着这么一个尾巴,这个封号却能增添家族的荣耀。亨利-马克西米利安的回答是建议弟弟愿意将家族的荣耀放在哪里就放在哪里。亨利很快厌倦了斯滕贝亨领地华丽的护壁板,与已经陈旧的德拉努特庄园相比,他的弟弟现在更喜欢这里,但在这位看惯了最精美的意大利艺术的人眼里,那些取材于古代传说的绘画简直俗不可耐。他也看够了浑身披挂珠宝脸色阴沉的弟妇,还有居住在附近小城堡里的亲戚们,以及颤巍巍的家庭教师用布条牵着的他们淘气捣蛋的孩子。这些人私下的斗嘴、算计和乏味的妥协,让他又想起大兵和随军兜售食物的女贩们,他重新体会到那个群体的好处,在那里至少可以随意诅咒和打嗝,那些人至多不过是泡沫,而不是隐藏的渣滓。

他的同伴朗萨·德·瓦斯托在摩德讷公爵领地上替他找了一个差事,和平持续太久令他入不敷出,他在那里关注着自己参与过的托斯卡纳事务谈判的结果:斯托齐的代理人终于让锡耶纳人下定决心,为了自由起来反抗支持皇帝的人,这些爱国者旋即组建了一支法国人的卫戍部队以对抗日耳曼皇帝。亨利加入蒙吕克先生麾下:一次围城是不容放过的额外收入。冬天气候严酷;早晨,城墙上的大炮覆盖着一层薄薄的冰霜;伙食微薄,橄榄和坚硬的咸肉令法国士兵难以下咽。就像演员登台之前要涂脂抹粉,蒙吕克先生要在自己苍白消瘦的面颊上擦一点葡萄酒,才出门去见市民,他还用紧紧裹在手套里的手掩住饥饿的哈欠。亨利-马克西米利安用滑稽的诗句打趣说要将皇帝的老鹰烤了吃;其实,这一切都不过是戏剧里的手段和对白,就像在普劳图斯[1]的作品里,或者像演员们在贝加莫集市的露天舞台上演出的那样。老鹰在好几个地方出拳痛击傲慢的法国公鸡之后,还将又一次吞下几只意大利幼鹅;一些好汉会死去,这是他们的职业;皇帝会让人唱一曲《感恩赞》,以纪念在锡耶纳取得的胜利;

---

[1] 普劳图斯(约公元前254—公元前184),古罗马著名的喜剧作家。

又会产生一些新的借款,洽谈这些借款所需要的精明不亚于两位君王之间签订一份条约,这些年来利格尔家族已经谨慎地使用另一个名字,这些借款会让皇帝愈益依附于他们,或者依附于在安特卫普和德国的几家银行对手;二十五年的战争以及保持警戒的和平,已经让队长懂得纸牌的背面有些什么。

　　然而这位营养不良的佛兰德斯人喜欢寻开心,他喜欢观赏锡耶纳的贵妇们穿上粉红绸缎的短裙,装扮成林中仙子或者女骑士,在广场上竞相斗艳。她们的绸带、彩色的旌旗、被微风轻轻掀起随后消失在像坑道一样幽暗的街巷拐角处的裙子,令士兵们兴奋不已,那些为生意萧条和物价飞涨而沮丧的市民也受到感染。费拉拉的红衣主教将福斯塔夫人捧上了天,尽管寒风吹来,她裸露的丰腴的肩膀上会起鸡皮疙瘩;德·特尔纳先生奖励了弗坦盖拉夫人,她在城墙上风情万种地向敌人展示了狄安娜修长的大腿;亨利-马克西米利安钟情于骄傲的美人皮科洛米尼夫人金黄的发辫,不过她毫无顾忌地享受自己寡居的好处。他为这位女神陷入了令中年男子精疲力竭的激情。在吹牛或者吐露真情的时候,这位军人免不了在同伴中间摆出一副得到满足的情人的样子,他的神情小心翼翼而又骄傲,笨拙的鬼脸让人一看便知意味着什么,但伙伴们还是姑妄之,为的是某一天轮到自己吹嘘子虚乌有的艳遇时,也有人仁慈地倾听。然而亨利也知道,这位美人儿跟她的情郎们一起嘲笑他。他长得从来算不上英俊;他也不再年轻;风吹日晒使他的皮肤变成如同反复焙烧的锡耶纳砖一样的色调;他像一个冻僵的情人坐在他的贵妇脚下,有时不免会想,无论是追求者还是佳人的伎俩,其实跟两军对垒时的计谋一样愚蠢,说到底,他宁愿看见她与一位年轻的阿多尼斯[1]赤裎相拥，或者不如自己跟一位女佣来点小把戏，也强过让这具美丽的躯体接受自己令人厌恶的重量。然而，夜里躺在薄薄的被子下面，他会突然想起这只戴满戒指的纤手，它的一个细小的动作，他的心上人特有的梳理头发的方式，于是他起身重新点亮蜡烛，怀着揪心的嫉妒写下一些复杂的诗行。

某一天，锡耶纳的食物储备，如果还能这样说的话，比平常还要少，他将几片来之不易的火腿送到他的金发仙女跟前。年轻的寡妇正在卧榻上休息，盖着一床棉被御寒，一边漫不经心地抚弄着靠枕的金色流苏。她坐起身，眼皮突然颤抖起来，她飞快地，以几乎难以察觉的动作俯身吻了一下馈赠者的手。他感到一阵幸福的眩晕，胜过这位美人可能说出的最恣肆的恭维。他悄悄退到旁边，让她吃东西。

他常常设想自己死去的方式和情形：他可能被一颗火枪子弹击中，鲜血淋漓，高贵地躺在西班牙长矛华丽的残骸上，王公们为他叹息，战友们为他哭泣，最后覆盖着一段动人的拉丁文铭文，葬在教堂的墙根下；在为一位贵妇而进行的决斗中挨了一记佩剑；在一条黑暗的街巷里被捅了一刀；从前的梅毒重新发作；或者，他会在某个城堡里找一个马夫的差事了此残生，六十多岁时在那里中风一命呜呼。当年他患疟疾，在罗马距万神殿仅仅两步之遥的一家客栈里，在破床上瑟瑟发抖，安慰自己说幸好死在这个狂热的国度，何况死人在这里比在其他地方有更好的同

---

[1] 阿多尼斯，希腊传说中的美少年。

132

伴；他透过天窗看到那些下垂的穹顶，他想象上面全是鹰隼、倒置的束棒、哭泣的老兵、为一位皇帝的葬礼而点亮的火把，然而这位皇帝不是他自己。在间日疟期间敲响的阵阵钟声里，他以为听见了凄厉的短笛和嘹亮的长号，向世界宣布一位君王辞世的消息；他感到吞噬这位英雄并将他带往天上的火焰在自己的身体里燃烧。这样的死亡，这些想象中的葬礼才是他真实的死亡，是他真正的葬礼。他是在一次抢夺粮草的出征中倒下的，他的骑兵们想夺取靠近城墙的一处防守不严的粮仓；亨利-马克西米利安的坐骑在干草地上快活地跳跃；从锡耶纳多风而阴暗的街道上出来，二月清新的空气在阳光照射的小山丘上分外怡人。皇帝的军队意外出击，打乱了这支队伍，他们掉头回城；亨利-马克西米利安大声叫骂着，跟在他的士兵们后面。一颗子弹射中他的肩膀；他摔下来，头撞在一块石头上。他来得及感受到摇晃，然而没有来得及感受到死亡。他的坐骑失去了负载，在地里转圈蹦跳，一个西班牙人抓住它，一路小跑带回皇帝的军营。两三个士兵瓜分了死者的武器和衣物。他的外套口袋里有他的《女性躯体颂》手稿；他曾期待这些活泼温柔的小诗为他带来一点名声，或者至少在美人们面前获得一点成功，然而这本诗集的命运终结在坟坑里，跟他一起葬在几锹黄土之下。他为了向皮科洛米尼夫人表示敬意而费力刻下的一句铭文，长久地留在丰特布兰达的井栏上。

泽农最后的游历

　　这是人类的理性处于狂热之中的一个时期。从因斯布鲁克逃走后,泽农在维尔茨堡隐居了一段时间,藏在他的学生博尼法奇乌斯·卡斯特尔的家里,后者在美因河畔的一所小房子里从事炼金术,暗绿色的河水映照在窗玻璃上。无所事事的蛰居生活令泽农感到沉重,再说博尼法奇乌斯也不是肯为了一个身处险境的朋友而长期冒风险的人。泽农去了图林根,然后一直到了波兰,在那里他作为外科医生加入了国王西吉斯蒙德的军队,这位国王正准备在瑞典人的帮助下将莫斯科人从库尔兰赶走。战事的第二个冬天快要结束时,泽农重又燃起对新的植物和气候的兴趣,于是决定跟随一位名叫古登塔的军官前往瑞典,此人将他引荐给古斯塔夫·瓦萨。国王正要寻找一位医术高明的医生为他缓解病痛,动荡不安的早年生活里军营的潮湿,冰天雪地里过夜留下的寒气,旧伤以及梅毒复发,折磨着他衰老的身体。国王与他年轻的第三任妻子在瓦斯泰纳的白色城堡里度过了圣诞节,颇感疲惫倦怠,泽农为他配制了一剂滋补的汤药,令

134

国王对他另眼相看。整个冬天,他倚靠在高高的窗户边,在寒冷的天空与结冰的湖面之间,忙于推算那些可能给瓦萨家族带来好运或厄运的星宿的位置,年轻的埃里克王子对这些危险的科学有着病态的兴趣,一直在旁边帮忙。泽农徒劳地提醒他,这些星辰对我们的命运产生影响,但并不起决定作用。与它们一样强大和神秘,制约着我们的生活,遵循着比我们的法律更加复杂的规则的,是在我们身体的黑夜里跳动着,悬在血肉之躯内部的这颗红色的星辰。然而埃里克属于那种宁愿从外界接受自己命运的人,或许是出于骄傲,因为他认为由上天来照看我们的命运不失为一件美事;或许是出于慵懒,这样一来就用不着为自身所承担的好坏负责。他相信星宿,就像他尽管从父亲那里继承了新教信仰,仍然向圣人和天使祈祷。哲学家泽农试图对一位有王室血脉的灵魂施加影响,他尝试着不时给予一点教诲或者提出一个建议,然而在浅灰色的眼睛后面沉睡的那颗年轻的头脑里,他人的思想就像陷入沼泽一样沉陷下去。天气极度寒冷时,学生和哲学家坐在壁炉通风罩下面的熊熊火苗旁边,每一次泽农都禁不住赞叹这团造福于人的热量,这个将埋在炉灰里的啤酒温顺地加热的驯服的魔鬼,它就是那个在天上飞行的燃烧的神。还有一些夜晚,王子没有来,跟他的兄弟们在烟花女子的陪伴下到酒馆里畅饮去了,如果这一晚的预兆不太吉利,哲学家就耸耸肩,将它们校正一下。

夏天圣约翰节[1]前几个星期,泽农为了亲自观察极昼的效果,告假前往北方。他有时徒步,有时借助一匹马或者一艘小

---

[1] 6月24日。

船,从一个教区游走到另一个教区,当地的牧师还懂得一点教会的拉丁语,帮助他说明自己的来意,让他得到一些有效的药方。有的方子来自在村子里行医的女人们,她们懂得草药和森林里苔藓的功效,有的方子来自游牧部落,他们用泡澡、烟熏和释梦来医治病人。国王陛下在乌普萨拉召集秋天朝会,当泽农在那里与宫廷会合时,他发现一位德国同行出于嫉妒,在国王面前说了他的坏话。老国王害怕他的儿子们利用泽农的推算,过于精确地计算出父亲的寿命。王储已经成了他的朋友甚至弟子,泽农指望从他那里得到帮助,但是当他与埃里克在城堡的走廊上不期而遇时,年轻的王子对他视而不见就走过去了,仿佛哲学家突然有了隐身的法术。于是泽农悄悄登上梅拉伦湖的一艘渔船,回到斯德哥尔摩,从那里取道去了卡尔玛,然后向德国走去。

有生以来第一次,他感到一种奇怪的需要,想追循自己走过的足迹,似乎他的生命像行星那样沿着一个预设的轨道运行。他在吕贝克行医广受赞誉,但他也只不过在那里逗留了几个月。他想在法国印刷他的《理论赞》,他在这本书上断断续续倾注了一生的心力。他不想在书中阐述任何一种学理,而是建立起人类思想的一套术语分类,指出它们相互之间的关联,其中隐含的契合或者潜在的联系。途中他在鲁汶稍事停留,没有人认出塞巴斯蒂安·戴乌斯就是他,这是他给自己起的化名。如同人体的原子在不停地更新,最终仍然保留着同样的轮廓和疣子,教师和学生们已经换了不止一代,但当他冒险走进一间教室,听到的东西跟他从前在那里不耐烦,或者相反,怀着热忱听到的内容并没有太大不同。奥登纳德附近不久前开设了一家纺织厂,那里的机器与他年轻时跟科拉斯·吉尔一起制造的机器非常相像,让得到好处的人们使用起来心满意足。他不想去看这些机器，但他认真地聆听大学里的一位代数学家对此所作的详细描绘。难得的是这位教授并不藐视实际问题，他还邀请这位外国学者一起用晚餐，留他当晚在家里过夜。

在巴黎，泽农从前在博洛尼亚认识的鲁吉耶利热情地款待他；此人为卡特琳王后操办一切，他正在寻找一个可靠的助手，他需要一个不够清白的人，以便遇到危险时可以加以要挟，这个人还要帮助他为年轻的王子们看病，并预言他们的未来。意大利人将泽农带到卢浮宫引荐给他的女主人，他跟后者用他们的故国语言交谈，语速飞快，不停地点头哈腰，满脸堆笑。王后用闪亮的眼睛打量外来者，她灵巧地转动双眼，就像她喜欢比划手势，让手指上的钻石闪闪发光。她的双手涂抹了香膏，有一点浮肿，不停地晃动，仿佛裹在黑色丝绸外套里的木偶。她让人将一层面纱放下来遮住脸庞，方才谈论起三年前夺去先王性命的那场不幸事故[1]：

"可惜我没有仔细读您的《预言》！前不久我看见这本书里计算了国王们一般能享的天年。或许我们本来能让先王避开那支让我成为寡妇的铁长矛……因为我想，"她优雅地补充道，"您与这本书并非没有干系，那些头脑脆弱的人认为这本书很危险，据说它的作者是一个叫作泽农的人。"

"那就将我当作这个泽农吧，"炼金术士说。"我们已经探索了深渊[2]……陛下跟我一样知道，未来所蕴含的情形比它能够

---

[1] 卡特琳·德·美第奇的丈夫是法国国王亨利二世，1559 年他在一场比武中被长矛意外刺中，不治身亡。
[2] 原文为拉丁文。

带到这个世界上来的要多。我们并非没有可能听到其中一些情形在时间母体的深处晃动。但只有事件才能决定这些幼体里哪个能够成活并降生。我从来没有在市场上兜售过提早分娩的灾难或者好运。"

"您在瑞典国王陛下面前也是如此这般诋毁您的技艺吗?"

"我没有理由在法国最聪明的女人面前撒谎。"

王后微笑了。

"他在说玩笑话,"意大利人反驳道,眼见一位同行贬低他们的技艺,他不免担忧。"这位令人尊敬的旅行者还研究过其他很多东西,不仅仅是宇宙学的问题:他了解毒药的药性,还有一些植物的功效,可以治疗您儿子的耳疾[1]。"

"我能够治好脓疮,但是无法治愈年轻的国王,"泽农简短地说。"朝会的时候,我在大厅里远远地看见过陛下:从他的咳嗽和流汗,无需高明的医术就能辨认出他患的是肺病。幸而上天不止给了您一个儿子。"

"愿上帝为我们保住他吧!"王后说道,机械地画了一个十字。"鲁吉耶利会将您安排在国王身边,我们指望您至少能够纾解些许他的痛苦。"

"谁来纾解我的痛苦呢?"哲学家怨怨地说,"圣雅克街的一个书商正在印刷我的《理论赞》,索邦神学院威胁说要派人来查封。王后能否阻止焚烧我的书,以免烟雾从广场上飘到卢浮宫我的陋室里来烦扰我?"

"如果我插手他们的争吵,索邦的那些先生会觉得很不妥,"

---

[1] 原文为意大利文。

意大利女人闪烁其辞道。

王后将泽农打发走之前，向他详细询问了瑞典国王的血液和内脏的状况。她想过要让她的一个儿子迎娶一位北方的公主。

两位医生为年轻的国王诊病之后，随即一起走出卢浮宫，他们取道河岸。意大利人一路上滔滔不绝地讲述宫廷轶事。泽农心事重重，打断他：

"给这位可怜的孩子连续敷上五天膏药之后，您看看效果如何。"

"您不亲自回去看看吗？"江湖郎中吃惊地问。

"我才不呢！难道您没有看见，眼看我的书将我置于险境，她连一个手指都不肯抬起？我并不想有幸作为国王的随从被抓捕。"

"太遗憾了[1]！"意大利人说，"你的生硬已经讨人喜欢了。"

突然，他在人群里停下来，抓住同伴的手臂，放低声音问：

"那些毒药呢？真的有人们说的那么多吗[2]？"

"不要让我相信传闻是有道理的，有人指责你赶走了王后的敌人。"

"那些人夸大其词，"鲁吉耶利扮了个鬼脸说。"然而为什么陛下有她自己的火枪和炸药，就不能有她的毒药箱呢？想想吧，她是个寡妇，在法国又是个外国人，路德教派将她斥为耶洗

---

[1] 原文为意大利文。
[2] 同上。

139

别[1]，我们天主教徒又视她为希罗底[2]，她还要抚育五个年幼的孩子。"

"愿上帝保佑她！"无神论者答道。"但是，如果我的毒药万不得已要派上用场，那也是为我自己，不是为了王后。"

泽农还是在鲁吉耶利的家里住了下来，后者的饶舌似乎可以替他解闷。自从埃蒂安·多莱，他的第一位出版商，因为颠覆性的言论被绞死并扔进火刑堆以后，他就再也没有在法国出版过任何著作。因此他加倍关注自己在圣雅克街上的铺子里印刷的那本书，不时修改一个词语，或者词语背后的一个概念，有时他会删掉一处晦涩的地方，有时相反，则要不无遗憾地增添一点隐晦。一天晚上，鲁吉耶利在卢浮宫里忙碌，他独自一人在他家里吃晚饭的时候，他现在的书商朗吉利埃老板神色慌乱地跑来告诉他，《理论赞》的查禁令最终下来了，他的书将交给刽子手销毁。书商叹息他在墨迹未干的书上损失的钱粮。也许在卷首放上一首题献给王太后的诗，可以在最后关头补救一切。整整一夜，泽农写了又划掉，又重写，又划掉。拂晓时分，他从椅子上站起来，伸展一下身体，打个哈欠，将纸页和用过的笔扔进火炉。

收拾他的几件旧衣服和医生的工具箱用不了多少工夫，他的其余包裹已经小心地存放在桑利斯一家客栈的阁楼上。鲁吉耶利正在中二楼搂着一位姑娘酣睡。泽农从门缝里塞进去一封

<hr />

[1] 耶洗别(Jézabel)，公元前九世纪以色列国王亚哈的王后，性格暴虐。因陷害先知以利亚，被人从窗户扔出，粉身碎骨而亡。
[2] 希罗底(Hérodias)，犹太公主，由于她与叔父希律王的乱伦关系而遭到犹太人的蔑视，尤其是施洗约翰的诅咒。约公元28年，她唆使女儿萨洛美向希律王要求得到施洗约翰的头颅，招致后者被害。

信,告诉他自己朝着朗格多克出发了。事实上,他已经拿定主意回到布鲁日,让自己在那里被世人遗忘。

狭小的门厅里悬挂着一件来自意大利的物品。这是一面玳瑁边框的佛罗伦萨镜子,由二十来个凸面的小镜子构成,犹如蜂巢的一个个六边形巢房,每一个都有一道细细的镶边,那曾经是某种动物的外壳。泽农就着巴黎浅灰色的晨曦,望着镜子里的自己。他看见二十个由于光学原理而挤压变小的面孔,二十个戴着皮帽的男人形象,脸色苍白发黄,炯炯有神的双眼本身也是镜子。这个准备逃亡的人被关闭在一个自成一体的世界里,与他那些在相似的世界里逃亡的同类分隔开来。他想起希腊人德谟克利特的假设,一系列无数相似的世界,一系列哲学家在其中像囚犯一样生和死。这个奇妙的想法令他苦涩地微笑了。镜子里的二十个小人也微笑了,每个人都为自己而笑。随后,他看见他们半扭过头,朝门口走去。

第二部

**静止不动的
生活**

走向隐晦和未知,要通过更为隐晦和未知的事物。

炼金术格言

回到布鲁日

在桑利斯，他乘上了布鲁日的方济各会修道院院长的马车，院长刚从巴黎回来，他在那里参加了方济各会的教士会议。从这位院长的衣着看不出他实际上学识丰富，他对人和事都不乏好奇心，人情世故相当练达；两位旅行者一路畅谈，马匹在庇卡底平原的寒风中艰难跋涉。泽农对他的旅伴几乎只隐瞒了自己的真实姓名以及他的书遭到追查一事；然而院长十分机敏，不知他究竟是否猜到了关于塞巴斯蒂安·戴乌斯博士更多的情况，只不过出于礼貌没有流露而已。马车穿过图尔奈时行进缓慢，街上挤满了人；经打听后得知，原来这些人要去大广场上看一个叫作阿德里安的裁缝被吊死，因为他信奉加尔文教。他的妻子同样有罪，然而将一个女人吊在空中，任她的裙子在过路人的头上飘来荡去，未免有失体统，因此人们准备按照从前的办法将她活埋。这种愚蠢的暴行令泽农深感恶心，尽管他将厌恶隐藏在一副不动声色的面孔背后，因为他早已拿定主意不要在任何涉及祈祷书与《圣经》之间的争吵[1]上流露感情。院长得体地谴责了异端,但也认为惩罚不免有些粗暴,这一谨慎的评价在泽农心中激起一种对他的旅伴近乎冲动的好感,这个人轻描淡写地说出的温和言论,已经超过了他的地位和身份让人对他抱有的期待。

马车重又行驶在原野上,院长谈起其他事情,泽农却依然感到仿佛在一锹锹泥土的分量之下难以呼吸。他突然意识到,一刻钟已经过去了,他还在为那个人临终时的痛苦而难过,而她本人已经感受不到这些痛苦了。

马车沿着德拉努特庄园年久失修的铁栅栏和栏杆走过;这时院长提到菲利贝尔·利格尔,他在尼德兰的新统治者女摄政王或称女总督[2]的议会里任职,据他自己说可以在布鲁塞尔呼风唤雨。富有的利格尔家族很多年前就不在布鲁日居住了;菲利贝尔和他的妻子差不多一直住在布拉班特省的普拉德勒庄园,在那里他们可以更近便地为外国主子充当仆役。这种爱国者对西班牙人及其同伙的蔑视让泽农竖起了耳朵。不远处,几个戴头盔穿皮裤的瓦隆卫队[3]士兵傲慢地要求旅行者出示安全通行证。院长以不屑一顾的冰冷态度递给他们。显然,在佛兰德斯发生了一些变化。在布鲁日的大广场上,他们两人终于彬彬有礼地分手了,相互表示将来愿意为对方效力。租来的马

[1] 意即天主教徒与新教徒之间的争吵。天主教徒要求按照祈祷书上规定的仪式进行礼拜活动,而新教徒则认为信仰的唯一依据是《圣经》原文。
[2] 即帕尔马的玛格丽特(1522—1586),查理五世的私生女,1559—1567年间任尼德兰总督。1555年,查理五世退位后,他的儿子菲利普二世继位,然而后者在尼德兰完全不得人心,只好将该地区交给同父异母姐姐玛格丽特治理。但出生于尼德兰的玛格丽特并不喜欢这个国家。
[3] 瓦隆人是比利时南部说罗曼语言的民族。瓦隆卫队(les Gardes wallonnes)由查理五世于1537年创建,全称是"瓦隆步兵团"。

车将院长送去他的修道院,泽农则将包袱夹在胳膊下,在久坐不动的旅行之后能下来舒展一下腿脚让他很是高兴。他吃惊自己毫不费劲地仍旧认得城里的街巷,他已经三十多年没有回来过了。

他回来的消息事先通知了让·米耶,这位从前的师傅兼伙伴多次提议过要他回来一起住在林中老河岸舒适的屋子里。一个女佣提着灯笼在门口迎接来客。钻进大门的门框时,泽农与这位身材高大、脸色阴沉的女人重重地擦身而过,她并没有闪到一边给客人让路。

让·米耶坐在扶手椅里,患痛风的双腿伸开着,与火炉保持一定距离。主人和客人双方都巧妙地掩饰了自己的吃惊:干瘦的让·米耶变成了一个胖乎乎的小老头,目光炯炯的双眼和嘲讽的微笑消失在粉红色肉团的皱褶里;当年意气风发的泽农变成了一个头发灰白、神色惊惧的男人。四十年行医的积蓄让这位布鲁日的医生过上了宽裕的生活;他的饭桌上和酒窖里都是好东西,对于一个痛风病人而言甚至好过头了。他的女佣卡特琳,从前他也偶尔逗弄过她,是一个十分愚笨的人,然而勤快、忠实、少言寡语,也不会将喜欢佳肴陈酿的情郎带到厨房里来。让·米耶最喜欢拿教士和教条开玩笑,在饭桌上也忍不住说一些;泽农记得从前觉得这些玩笑有趣,现在听来却平淡无奇;然而,想到图尔奈的裁缝阿德里安,里昂的多莱和日内瓦的塞尔维,他又暗暗对自己说,在一个为信仰而狂热的时代,这个人粗俗的怀疑主义自有其价值;至于自己,他在那条否定一切的路上走得更远,为的是看看随后是否还能重新肯定什么;他将一切打碎,为的是看看随后一切在另一个层面上或者以另一种方式重新成形,他感到自己已经说不出这些轻松的讥讽了。在让·米耶身上,迷信与外科医生兼剃头匠所信奉的皮浪的怀疑论奇怪地交织在一起。他津津乐道自己对秘术的兴趣,尽管他在这方面做过的事情不过是儿戏;泽农颇为费劲才没有卷入关于不可言说的三位组合和阴性水银的长篇大论,他觉得这些话题对于这个初来乍到的晚上未免过于冗长。在医学方面,米耶老爹对新鲜事物充满好奇,尽管他出于谨慎,治病时还是采用传统的方法;他指望泽农带给他治疗痛风的特效药。至于这位客人写的那些遭到怀疑的著作,老头儿并不害怕,就算塞巴斯蒂安·戴乌斯博士的真实身份暴露,围绕那些著作的风声也不会传到布鲁日来骚扰它们的作者。这个城市操心的是邻里之间分界共有墙的争端,它像一个结石病人一样,正在为港口的泥沙淤积而痛苦,没有人会花工夫去翻他的那些书。

泽农的房间在楼上,他躺在床上,被单早已铺好。十月的夜晚寒意逼人。卡特琳走进房间,拿着在炉膛里烤热的、裹着旧毛毡的砖头。她跪在床边,将滚烫的砖头塞进被子,她摸到旅行者的脚,然后又摸到脚踝,摩挲了很久,突然,她一言不发贪婪地抚摸这个赤裸的身体。在箱子上放着的一截蜡烛头的微光下,这个女人的面孔看不出年纪,与差不多四十年前教泽农做爱的那个女佣的面孔没有太大区别。泽农任由她钻进被子,在他身边重重地躺下来。这个高大的生灵就像我们不经意间吃喝下去的啤酒和面包,既无快感,也不让人生厌。当他醒来时,她已经在楼下忙着女佣的活计了。

白天,她没有抬头看他一眼,但吃饭时以一种粗俗的殷勤大勺大勺地给他上菜。到了晚上,他插好门,听见女佣不出声地试了试插销之后,迈着沉重的步子走开了。第二天,她对他的态度跟前一天没有两样;仿佛她已经一劳永逸地将他放置到充斥她生活的那些物件当中了,就像医生宅子里的家具和器皿。一个多星期过去了,他不小心忘记插上门栓:她傻笑着走进来,高高地撩起衬裙,炫耀她那沉甸甸的魅惑力。这种引诱的滑稽可笑战胜了他的理智。泽农从来没有如此体验过肉体本身的原始威力,它与个人、面孔、身体的轮廓无关,甚至与他自己肉体的偏好无关。在他的枕头上喘气的这个女人是个莱穆里亚[1],是个拉弥亚[2],是人们在教堂柱头上看见的那些妖魔的雌性,它还几乎不会使用人类的语言。然而,就在快感最强烈的时候,一连串淫秽的词语,他自从童年时代以后就再也没有机会听到或者使用过的佛兰德斯话的词语,如同气泡一样从这张厚厚的嘴里涌出;他于是用手背堵住这张嘴。翌日早上,一阵反感涌上心头;他怨恨自己跟这个人有染,就像怨恨自己答应在不干不净的客栈床上睡觉。此后他每天晚上都特意关好门。

他原本打算只等他的书被查禁和销毁的风暴过去,就离开让·米耶家。然而有时他仿佛觉得要在布鲁日待到终老,也许这个城市是在旅途终点为他挖下的一个陷阱,也许是一种怠惰让他不想重新出发。让·米耶行动不便,将自己仍在治疗的几个病人托付给了他;区区几个顾客不会激起城里其他医生对他的嫉妒,不会像他在巴塞尔碰到过的情形,泽农在那里向一些青年才俊公开宣讲他的医术,令他的同行们愤怒到了极点。在这里,他与同行之间的往来仅限于难得的几次会诊,戴乌斯先生总

---

[1] 莱穆里亚,古代罗马传说中不得安宁的鬼魂。
[2] 拉弥亚,古代神话中吞噬儿童的女怪。

是礼貌地听从最年长或者最有名望的医生的意见,他跟他们之间简短的交谈也不过限于议论天气,或者聊聊本地发生的事情。他跟病人的谈话当然围绕病人本身。这些人当中的大多数没有听说过一个叫作泽农的人;对于另一些人而言,他只不过是一个模模糊糊的传闻,混杂在他们过去的喧嚣之中。这位哲学家不久前写过一本小册子论述时间的本质和特性——他终于看到时间的流沙很快湮没了人们的记忆。过去的三十五年有可能是五十年。在他的学生时代还是新鲜和引发争议的那些习俗和规范,如今人们却说那是古已有之。当年那些惊天动地的事情,人们已经不再提起。二十年前死去的人,已经与上一代死去的人混同在一起。人们还依稀记得老利格尔的阔绰,然而却争论他究竟有一个还是两个儿子。亨利-鞠斯特还有一个外甥没有走上正道,也有可能是私生子吧。银行家的父亲被说成是佛兰德斯的财政总管,而那是他本人的职务,还有人说他在女摄政王的议会里担任报告人,就像现今的菲利贝尔。利格尔家的宅子早已人去楼空,底层租给了手艺人;泽农去看了看前不久还属于科拉斯·吉尔的作坊,现在那里成了造绳厂。工匠中已没有人记得这个很快就会被啤酒灌醉的男人,在乌登诺弗的暴乱和他的宠儿被吊死之前,他也以自己的方式是一位领袖和王子。议事司铎帕托洛梅·康帕努斯还活着,但因年老体衰已很少出门,幸而让·米耶从来没有被叫去给他看过病。然而泽农还是小心地避开圣多纳西安教堂,他从前的老师仍然坐在祭坛前的高靠背椅上出席弥撒。

同样出于谨慎,他将自己在蒙彼利埃获得的毕业证书封存在让·米耶的一个匣子里,上面有他的真实名字。他手边只留了一张过去偶然从一个德国庸医的寡妇手里买来的文凭,为了更好地掩人耳目,他随即将戈特医生的名字改成了希腊—拉丁化的戴乌斯。在让·米耶的帮助下,他围绕这个籍籍无名的人杜撰了一套既模糊又平常的行迹,这样的生平就像某些住宅,最大的好处就是人们可以从好几个地方进进出出。为了让这个故事听上去更可信,他还在其中添加了自己亲身经历的一些事情,但无不经过精心选择,以免引起任何人的惊异和兴趣,而且即便有人调查,线索也不会引得太远。塞巴斯蒂安·戴乌斯博士出生于属于乌德勒支主教辖区的聚特芬,是一个当地女人和一个来自布雷斯[1]的医生的私生子,那个医生在奥地利的玛格丽特夫人的宫廷里任职。他在克莱夫由一位匿名的保护人抚养长大,起初想进这个城市里奥古斯丁修会的一个修道院,但继承父业的兴趣占了上风;他先在因戈尔施塔特大学求学,然后在斯特拉斯堡学习并执业。萨伏依的一位大使将他带到巴黎和里昂,因此他得以稍稍见识法国和宫廷。回到帝国的领地上,他起先打算回到聚特芬定居,他的老母亲还活着,然而,那里是所谓的宗教改革派的聚集之地,尽管他什么也不说,但想必跟那些人难以相处。这时,他父亲从前在梅赫伦认识的让·米耶提议请他代为出诊,他便接受了这个生计。他也承认曾经在波兰的天主教国王的军队里担任过外科医生,但是将这段经历提前了整整十年。最后,他还娶过斯特拉斯堡一位医生的女儿为妻,但妻子已经亡故。只有遇到有人不知趣地打听时,泽农才会拿这些编造的故事出来应付,但它们逗得米耶老爹乐不可支。然而,泽农

有时感到戴乌斯博士这张毫无意义的面具就贴在自己的脸上。这个想象出来的人生本来也很有可能就是他自己的生活。某一天,有人问他在路上是否遇到过一个叫作泽农的人,他几乎没有撒谎就回答说没有。

渐渐地,从这些灰暗单调的日子里,一些东西凸显出来了,或者说一些可以识别的标记分离出来了。每天吃晚饭时,让·米耶总会不厌其详地聊起泽农早上出诊到过的那些人家的隐情,讲述一件好笑或者可悲的轶事;这些故事本身并无意义,但让人看到在这个沉睡的城市里,有着跟苏丹的宫廷一样多的勾心斗角,跟威尼斯的妓院一样多的荒淫放荡。那些靠年金生活的人和教堂在俗执事的生活看上去全都一个样,但一些人的脾气和个性从中显露出来了;这里跟任何地方一样,人们同样出于对金钱或阴谋的贪欲,出于对某一位圣人同样的虔诚,出于同样的缺陷或者恶习,而形成不同的团体。父亲的猜疑,孩子的恶作剧,老夫妻之间的怨忿,与在瓦萨家族和意大利王公们家里看到的并无二致,然而相形之下,赌注的微小给激情罩上了一个巨大的外壳。这些纠结的生活让泽农意识到无牵无挂的生活的可贵之处。人们的看法跟人一样:它们很快就归入一个事先确定的类型里。不难猜出哪些人会将这个时代的一切不幸归咎于不信教的人或者改革派,对他们来说女总督永远有道理。有些人就年轻时染上的梅毒撒谎,或者当泽农代让·米耶索要忘记支付的诊费时,对方的回避或者不快,他都可以替这些人说完他们想说的话。蜂窝饼的模子里会出来什么样的东西,他每次打赌,从来不会出差错。

不可思议的是,在他看来城里唯一燃烧着自由思考的地方,竟是方济各会修道院院长的房间。他继续以朋友的身份与院长往来,很快又成了他的医生。他去拜访院长的次数很少,双方都没有时间经常见面。泽农觉得有必要找一个忏悔神甫时,他选择了院长。这位教士不太会作虔诚的说教。他优美的法语让听惯了嘈杂的佛兰德斯语的耳朵得到休息。除了避而不谈信仰,交谈涉及一切话题,然而尤其令这位教会人士感兴趣的却是公共事务。他与几位致力于反抗外国暴政的王公关系密切,他赞成他们,同时又担忧比利时民族将会遭遇一场腥风血雨。泽农向米耶老爹转告这些预测时,后者耸耸肩:小人物被剃,强者捡羊毛,早已见惯不惊。然而西班牙人又在说要设立新的食品税,要在每样东西上增加一厘税,确实令人烦心。

塞巴斯蒂安·戴乌斯很晚才回到林中老河岸的住处,与闷热的客厅相比,他更喜欢街上潮湿的空气,以及在城外沿着灰色的田野漫步。一天晚上,那个时节夜幕很早就降临了,他回来穿过门厅时看见卡特琳正忙着检查放在楼梯下面的旅行箱里的床单。她跟平常一样,没有停下来为他掌灯,每次都趁他在走廊拐弯时偷偷蹭一下他大衣的下摆。厨房里,炉膛熄灭了。泽农摸索着点亮一支蜡烛。老让·米耶还没有完全变凉的尸体干干净净地躺在隔壁房间里的桌子上。卡特琳拿着挑选好的被单进来,准备包裹他。

"主人中风死了,"她说。

她像一个戴着黑色面纱清洗死者的女人,就像他在为苏丹效力期间,在君士坦丁堡的人家里看见过的那样。老医生的结局并不令他吃惊。让·米耶自己也预料痛风可能会上升到心脏。几个星期前,他当着教区公证人的面立下遗嘱,其中除了那些惯常的虔诚的语句,他将自己的财产留给了塞巴斯蒂安·戴乌斯,还在这所房子里给卡特琳留了一个房间,让她可以住到终老。哲学家凑近看了看死者痉挛和肿胀的面孔。一种可疑的气味和嘴角的一个褐色污点引起了他的怀疑;他上楼到自己的房间里翻看箱子。一个小玻璃瓶里的东西下降了一个手指宽的高度。他回想起来,一天晚上他曾经给老头儿看过这种动物毒液和植物毒素的混合液,那是他在威尼斯的一个药房里弄到手的。一阵轻微的响动让他转过头去;卡特琳站在门口观察他,想必当他给她的主人看这些旅行带来的物品时,她就是这样透过厨房的门扇偷窥的。他揪住她的胳膊;她跪下来,含混不清地边哭边说:

"我这样做是为了您![1] 我这样做是为了您,"她打着嗝反复地说。

他粗暴地将她推开,到楼下去为死者守灵。米耶老爹以自己的方式品尝了生活的滋味;他的病痛没有那么厉害,他原本还可以享受几个月安逸的生活:也许一年,最好的情况下也许两年。这桩愚蠢的罪行毫无理由地剥夺了他在世上活下去的朴素乐趣。这个老头儿从来只想对他好:泽农感到自己被一种苦涩和极其痛苦的怜悯之情攫住。他对下毒者产生了一种无用的愤怒,也许死者本人也不会气愤到这个地步。让·米耶一向用他不可小觑的机灵来嘲弄这个世界上的愚蠢行为;这个放荡的女佣急于想让一个对她不屑一顾的男人致富,如果米耶活着的话,

---

[1]原文为佛兰德斯语。

一定又会成为他的笑料。此刻他安安静静地躺在这张桌子上，看上去仿佛与他自己的不幸遭遇远隔千里；至少，从前的外科医生兼剃头匠总是嘲笑那些人，他们想象人不再行走和消化之后，还能够思考或者感到痛苦。

人们将老人安葬在他所属的圣雅克教区。从葬礼上回来，泽农发现卡特琳已经将他的衣物和医生的工具箱搬到了主人的房间；她在那里生了火，还仔细铺好了大床。他一言不发，将自己的东西搬回他来到之后就一直居住的小房间里。他刚一继承财产，就立即通过公证书赠予了圣科姆济贫院，这家济贫院位于长街上，毗邻方济各会修道院。这个城市不再像从前那样拥有大量财富，捐赠的善行已经十分少见；不出他所料，戴乌斯先生的慷慨备受赞誉。让·米耶的房子从此成为病弱老者的收容所；卡特琳作为女佣居住在那里。现金用于修缮圣科姆济贫院一部分破败的房舍；济贫院归方济各会修道院院长管辖，他请泽农将那些还可以住人的房间改为施诊所，让附近的穷人和赶集的日子涌进城里的农民可以前来就医。他派遣了两位修士到配药室协助泽农。又一次，这个不起眼的职位不会为戴乌斯博士招来同行的嫉妒；栖身之处暂时是可靠的。让·米耶的老骡子安置在圣科姆济贫院的马厩里，由修道院的园丁负责照看。泽农在楼上有一个房间，里面安了一张床，他还将从前外科医生兼剃头匠的一部分书籍搬到这里；他的饭食有人从修道院食堂给他送来。

冬天就在这些搬迁和整修中过去了；泽农说服院长让他按照德国样式修建了一个浴室，还写了说明书解释如何利用热蒸汽治疗风湿和梅毒病人。他用上了自己在机械方面的知识来铺设管道,并用经济的方式设置一个火炉。一个铁匠住在羊毛街上利格尔家从前的马厩里;泽农傍晚时分去那里,挫、铆、焊、敲,不断跟铁匠和他的伙计们商议。附近的男孩子们聚集在那里消遣,对他瘦削灵巧的双手惊叹不已。

就在这段平安无事的时期,他第一次被人认了出来。那天是赶集的日子,从九时祷[1]开始,穷人就跟往常一样络绎不绝;两位修士离开后,他总是独自一人留在配药室。还有人敲门;这是一位老妇人,每个星期六来城里卖她的黄油,她想问大夫要一剂治坐骨神经痛的药。泽农在搁架上找一个粗陶罐,里面装满了一种强效诱导剂。他走到老妇人身边向她解释用法。突然,他在她淡蓝色的眼睛里看见一丝惊喜的神情,这下子让他也认出她来。泽农还是小孩子的时候,这个妇人在利格尔家的厨房里干活。格利特,他一下子想起了她的名字,她的丈夫正是他第一次离家出走后将他带回来的那个男仆。他记起来当年自己在她的锅瓢碗盏之间窜来窜去时,她待他很和气;她任他拿取桌上刚出炉的面包和准备送进烤炉的生面团。格利特正要叫出声来,泽农将手指放在自己的嘴唇上。老妇人有一个儿子是赶大车的车夫,有机会也跟法国做一点走私买卖;她可怜的老伴儿如今近乎瘫痪了,因为在他们农庄边上的果园里偷了几袋土豆,跟当地的地主产生了纠纷。她明白,人有时不得不隐姓埋名,即便是富人或者贵族也一样,她仍然将泽农归到这些人里。她不作声了,但是离开时亲吻了泽农的手。

---

[1] 古罗马白昼九点开始的祷告,相当于现在的下午三点。

这件意外的小事本来会令他担忧,向他证明每天他都有可能在同样的情况下被人认出;然而他却体验到一种连自己也暗暗吃惊的快乐。他心里想,现在有把握了,倘若遇到危险,他可以在城边堤坝上的圣皮埃尔边上的一个小农庄里过夜,还有一个车夫,他的马和大车将会派上用场。然而这些都不过是他给自己的借口而已。这个他自己已经不再去想的孩子,这个稚气的生命,将他与今天的泽农联系起来,既合情合理,但在一定意义上也是荒谬的,还有人记得这个孩子并在他身上认出来,他感到自己的生命仿佛因此加固了。一种联系,无论多么微弱,在他和另一个人之间形成了;这种联系不是通过思想,像他与院长之间的关系那样,也不是通过肉体,像他只是偶尔还允许自己有的性交合那样。格利特几乎每星期都来治疗她那些老妇人的病痛;她总会带来一点礼物,用白菜叶包裹的一块黄油,从她自己烤的糕饼上切下的一份,几块冰糖,或者一小把栗子。她苍老的眼睛笑眯眯地看着他吃东西。他们共同守护着一个秘密,彼此感到亲密。

深渊

　　渐渐地，就像一个人每天吃某种食物，到头来体质因此发生改变，甚至连外形也会变胖或者变瘦，一个人从这些菜肴里摄取力量，或者在吃下它们的时候染上自己从前不知道的疾病，难以察觉的变化在泽农身上发生了，那是他养成的新习惯的结果。然而，一旦当他定睛注视，昨天与今天之间的区别便顷刻消弭：他在行医，就像他一直以来所做的那样，无论是给衣衫褴褛的人还是给王公看病都无关紧要。塞巴斯蒂安·戴乌斯是个突发奇想得来的名字，然而这个名字与泽农究竟哪一个更合理合法也并非一清二楚。他没有自己的名字[1]：他属于这样的人，他们直到最后还不断为自己有一个名字感到吃惊，就像一个人从镜子前面经过时吃惊地看见自己有一张面孔，而且恰好就是这一张面孔。他现在的生活是隐秘的，而且受到一定限制，但他的生活从来就是如此。他闭口不谈自己最珍视的那些想法，然而很

_____

[1] 原文为拉丁文。

久以来他就知道，当其他人可以任意用他们的喉咙和舌头发出声音时，一个人却还要因自己的言辞而招惹祸端，那他不过是个蠢人。他偶尔说出的话，从来只不过像一个洁身自好之人能有的放纵。他差不多只是幽居在圣科姆济贫院的围墙之内，他被囚禁在一个城市里，在这个城市的一个街区里，在这个街区的五六间房舍里，这些屋子一面朝向一个修道院的菜园和附属建筑，一面朝向一堵光秃秃的墙。他偶尔出门远足，只是为了寻找植物标本，往返经过同样的耕地，同样的纤道，同样的小树林，同样的沙丘边缘，他想到自己像昆虫一样不明不白地在一拃宽的土地上来回奔走，不无苦涩地微笑了。然而，每当人们为了完成一件特定的、有用的任务而使尽浑身解数时，都会发生这种空间的缩小，以及几乎机械地重复这些同样的动作。深居简出的生活像监禁的判决一样令他难以忍受，这个判决也许是他出于谨慎向自己宣布的，然而这个判决仍然是可撤回的：曾经很多次，在别的国度，他也这样暂时地或者自以为永久地定居过，作为一个到处都有却在哪里也没有居民权的人。没有任何事情证明他明天不会重新过上游荡的生活，一直以来这是他的命运，也是他的选择。然而，他的命运在晃动：一种连他自己也没有察觉的变化在慢慢发生。好比一个人在漆黑的夜里逆流游水，没有标记可以让他准确估算出漂游的位置。

就在不久前，他重新走在布鲁日蜿蜒曲折的小街巷里时，他还以为经过三十五年动荡不安的生活之后，离开追求抱负和知识的大道，这个歇脚处会让他得到些许休憩。他以为自己会体会到一种令人担忧的安全感，就像一只动物为自己选择一处栖身之地，只因那里的狭小和幽暗让它安心。他弄错了。这种静止不动的生活在原地沸腾；他感到一种几乎令人害怕的活跃像地下河一样涌动。极度的焦虑纠缠着他，并非因为他是一个由于自己的著作而受到迫害的哲学家。时间，他原来想象它应该如同铅条一样沉甸甸地压在手上，但是它却像一粒粒水银一样流逝和分解了。钟点、天日、月份，不再与钟表上的标记，甚至不再与星宿的运动相一致。有时他觉得自己似乎一辈子都待在布鲁日，有时又觉得好像前一天才回来。地点也在晃动：距离像日子一样消失了。这个屠夫，这个叫卖食物的小贩，他们也很可能在阿维尼翁或者瓦斯泰纳；这匹被抽打的马，他曾经看见它在阿德里亚诺波利斯的街头倒下；这个醉汉在蒙彼利埃就开始骂骂咧咧，呕吐不止；这个在保姆怀里啼哭的孩子，二十五年前出生在博洛尼亚；他从来不会缺席星期日弥撒，而这一次开场的应答轮唱圣诗，五年前的冬天他就在克拉科夫听到过了。他很少想到自己生活中过去发生的事情，它们早已像梦一样飘散了。有时，没有明显的理由，他又看见朗格多克小镇上那个怀孕的女人，尽管他曾许下希波克拉底诺言，但还是答应帮她堕胎，以免嫉妒的丈夫回来后她面临屈辱的死亡；有时，他看见瑞典国王陛下喝汤药时难看的表情；有时，他看见自己的仆人阿莱伊，在从乌尔姆到康斯坦茨的路上，牵着骡子涉水过河；有时他会看见亨利-马克西米利安表弟，说不定他已经死了。一条低凹的路，地上的水洼即便在盛夏季节也不会干涸，会让他想起一个叫贝洛丹的人，在他们吵架的次日，曾经冒雨在一条僻静的路边窥伺他，但是争吵的原因已经想不起来了。他回想起两个在泥泞中扭打的躯体，一片明晃晃的刀刃掉落在地上，被自己的刀子刺中的贝洛丹松开手，自己也变成了一摊泥。这件旧事如今已无关紧要,那具懒洋洋热乎乎的尸体是不是一位二十岁的年轻人也并不更重要。这位步履匆匆走在布鲁日油腻腻的石板路上的泽农感到,如同海上吹来的风从他的旧衣服里穿过,成千上万人从他的身体里穿过,他们是曾经在地球上的这个点站立过的人,或者直至我们称之为世界末日的那场灾难之前将会来到这里的人;这些幽灵从他的身体里穿过,对他视而不见,这个人在他们活着的时候还没有存在,或者当他们来到这个世界时他已经不复存在。刚才在路上碰见的那些人,瞥过一眼之后,随即就被抛进了一团无形的过去之中,加入不断壮大的亡灵的队伍。时间、地点、本质失去了在我们看来是它们之间界限的特性;外形不过是本质被撕碎了的表皮;本质在并非其反面的空无中沥干;时间与永恒不过是同一样东西,就像一股黑色的水在一片恒定不变的黑色水面上流淌。泽农沉陷在这些幻象里,好比一位基督徒沉陷于对上帝的默想之中。

思想也在滑动。现在他对思考行为的兴趣大于那些值得怀疑的思考的产物本身。他审察正在思考的自己,就像他将手指放在手腕上数主动脉搏动的次数,或者数肋骨下面呼吸的次数那样。他一生都对思想的这种功能惊讶不已,它能够冷冷地聚合在一起,就像水晶聚合成奇怪的毫无意义的图形,它也可以像肿瘤一样生长,吞噬孕育自己的肉体,它甚至还能具有人体某些奇形怪状的轮廓,就像有的女人产下的毫无生气的肉团,说到底,它只不过是做梦的材料而已。相当一部分精神的产物也只不过是畸形的幻梦。另一些更为贴切和清晰的概念,它们好像是由一位手艺高超的工匠铸造出来的,是一些远远看上去让人产生幻想的物品;人们对它们的边角和平行线赞赏不已;然而它们却只是理解力将自己封闭在其中的条条框框,谬误的铁锈已然侵蚀了这些抽象的铁器。有时,人们颤栗起来,似乎马上就要看见物质发生转化:一点点金子仿佛要在人的大脑这个坩埚里生成;然而人们得到的却只不过是近似的东西;就像宫廷里的炼金术士们做的那些不诚实的试验,他们尽力要向显赫的雇主证实自己找到了某种东西,然而曲颈甑底部的金子却只不过是拉风箱的人在焙烧结束之前扔进去的,经过众人之手的一枚普通金币而已。概念跟人一样是会死去的;半个世纪以来,他已经看见好几代思想化为尘埃。

一个更富于流动性的比喻悄悄潜入他的内心,它得自他从前漂洋过海的经历。这位尝试从整体上考察人类理解力的哲学家,在它下面看见了一个整体,这个整体服从于一些可以计算的曲线,我们可以绘制出水流在上面划过的痕迹,气流以及滞重的水在上面形成深深的褶痕。由思想支撑的图形跟这些自未分化的水中生成的巨大的形状一样,它们在深渊的表面相互碰撞或者前后相继;每个概念最终都在自己的对立面里坍塌,如同两条长浪相互撞击,然后消失在同一条白色的泡沫里。泽农看着这股混乱的水流远去,它就像卷走海上的漂浮物那样,卷走我们自以为可靠的那一点点可感知的真理。有时,他仿佛在水流之下隐约看见一种静止的本质,它之于思想如同思想之于词语。然而,没有什么可以证明这种本质就是最后一个层面,也不能证明这种稳定的状态是否掩盖了一种对于人的智力而言过于迅疾的运动。自从他放弃用声音来表述或者用陈列在书店里的著作来记录自己的想法,这种弃绝就引领他沉入未曾达到过的深度去寻找纯粹的概念。现在,为了让这种探究更加深入,他暂时放弃了概念本身；他约束住自己的思想，就像人们屏住呼吸，为的是更好地聆听车轮转动的声音，车轮转动得如此之快，以至于人们察觉不出来。

从观念的世界，他进入了一个更加昏暗的世界，即被包含和限定在外形之内的物质的世界。他缩在自己的房间里，却不再将夜晚的时间用于努力更准确地认识事物之间的关系，而是用于对事物的性质进行沉思却并不表述出来。他以这样的方式改正了理解力的一个恶习，那就是掌握事物是为了加以利用，或者相反，在尚未深入认识构成这些事物的物质之前，就将其摒弃。这样一来，对他而言，水从前是一种解渴的饮料和一种用来洗涤的液体，是由基督教造物主所创造的世界的一个组成部分，如同当年帕托洛梅·康帕努斯议事司铎跟他谈起在水面上行走的神灵[1]时说过的那样，它是阿基米德的水力学或者泰勒斯的物理学的基本成分，它还是代表向下的力量之一的炼金术符号。他计算过位移，测量过含量，等待过水滴在蒸馏釜的管道里重新形成。现在，他暂时放弃从外部进行以区分和突出特性为目的的观察，而让位于炼金术士内在的眼光，他让无处不在的水像洪水暴发时的潮水一样涌入房间。箱子和凳子漂浮起来了；墙壁在水的压力下坍塌。他顺从这股与一切形状相契合却又不会被它们所挤压的水流；他体验各种形态的变化，从一片水面化为水气，从雨化为雪；他感受冰冻短暂的凝固，或者透明的水滴无法解释地在玻璃上斜着流淌，这种流体对人们的计算和打赌毫不在乎。他放弃了与身体相联系的温暖或者寒冷的感觉；水将他

---

[1] 出自《旧约·创世记》第1章1—2节："起初神创造天地……神的灵运行在水面上。"

像一具死尸一样卷走,与卷走一团水草无异。他进入自己的肉体之中,在那里又发现了水质的成分,膀胱里的尿液,唇边的唾液,还有血液里的水。随后,他的沉思转向火,他被带回这个一向感觉自己是其一部分的元素,他在自身感到那种温和而又恬静的热量,那种我们与行走的牲畜和天空中飞翔的鸟类一起分享的热量。他想到了吞噬生命的发烧,他常常试图扑灭这样的火却徒劳无功。他感受着即将形成的火苗那贪婪的跃跃欲试,炽热的炭火那红色的欢愉,以及它最终变成黑色的灰烬。他大胆地走得更远,他想象自己与这种无情的烈焰融为一体,它所到之处摧毁一切;他想到火刑堆,就像他在莱昂地区的一座小城市里见过的那样,在那次信德祈祷中,四名犹太人被烧死,他们被指控虚伪地信仰基督教,然而并未停止履行从祖先那里继承的仪式,同时处死的还有一位异端分子,他否认圣事的作用。他想象这种人类语言无法描述的剧烈痛苦;他就是那个人,鼻子里闻到自己的肉体被烧灼的气味;他咳嗽,被包裹在一团只要他活着就不会散去的烟雾之中。他看见一条被烧焦的腿笔直地抬起来,火苗舔舐着关节,就像树枝在壁炉的通风罩下面弯曲;一个念头同时潜入他的内心,无论火还是木柴都是无辜的。他回忆起在阿斯托加举行信德祈祷的次日,他跟从事炼金术的老修士堂·布拉斯·德·维拉一起从这块焚烧过的空地上走过,这让他想起烧炭工人的场地;博学的雅各比派教徒弯下身子,从熄灭的柴堆里小心翼翼地捡起一些又轻又白的小骨头,在其中寻找希伯来传统中的光[1],它可以抗拒火苗并充当复活的种子。过

---

[1] 原文为西班牙语。

去他对这些犹太教神秘派的迷信一笑置之。极度的焦虑令他冒汗,他抬起头,如果夜空足够晴朗,他就透过窗户玻璃,带着某种冷峻的爱,观察遥不可及的星辰之焰。

无论他做什么,沉思都将他带回他主要的研究对象——身体。他知道医生的器材是由不相上下的两个部分组成,即灵巧的双手和验方,此外再辅以一些试验性的发现,从这些发现中引出的理论性结论也总是暂时的:在这些方面,一两建立在推理基础上的观察,胜于一吨重的冥想。然而,经过这么多年解剖人体机器之后,他责怪自己没有更大胆地深入到这个以皮肤为疆界的王国里去探究,我们自以为是这个王国的统治者,实则不过是其中的囚徒。在埃尤布,他与伊斯兰僧侣达拉兹结下友情,后者将自己在波斯的一个异端修道院里学到的一些方法传授给他,原来穆罕默德跟基督一样,也有自己的异端分子。他在布鲁日的小阁楼里重新进行从前在一个泉水淙淙的院子深处开始的研究。这些研究将他带往很远的地方,他过去在所谓卑贱的动物身上[1]做的任何试验都望尘莫及。他仰面躺下,收紧肚子上的肌肉,让胸腔扩张,我们称之为心脏的那头野兽很容易受惊,在里面来回奔走,他细心地让肺部鼓足气,故意将自己仅仅化为一只与上天的力量保持平衡的气囊。达拉兹就这样建议他一直呼吸到人的根部。他还与这位僧侣一起做过相反的试验,即体验被慢慢扼死时最早得到的感受。他抬起手臂,为指令得以发出和接受而惊奇不已,不知道究竟是哪一个被伺候得比自己更好

---

[1] 原文为拉丁文。

的主人一同签署了这个命令:事实上,他无数次注意到,如果仅仅是想到一个意愿,哪怕将全副精力集中到自己身上,也不足以使他眨一下眼睛或者蹙一下眉毛,就像一个孩子的咒骂不会让石头移动。要做到这一点,需要得到已经接近身体最深处的自身的一部分默认。他就像分离一根茎的纤维那样,一丝不苟地将意志的这些不同形式区分开来。

他尽力调整从大脑到行动的复杂动作,然而就像一个工人小心翼翼地触碰一台不是由自己安装的机器,担心一旦发生损坏自己无法修复:科拉斯·吉尔对织机的了解,胜过他对自己头脑里思考问题的机器那些细微动作的认识。他曾经潜心研究过自己脉搏的搏动,然而,脉搏对思考官能发出的指令一无所知,却会因他的智力不为所动的害怕或痛苦而慌乱。性器官听命于他的手淫,然而这个蓄意完成的动作一时间内却会将他抛到自己的意愿无法控制的状态之中。同样,他一生中有过一两次,泪水曾经令人难堪地不由自主涌出。他的肠道比任何时候的他本人更是炼金术士,它们将动物或植物的死尸转化为活的物质,无需他的帮助就将有用的和无用的东西分离开。低等的火[1]:这一堆巧妙地盘绕成螺旋形的黄褐色稀泥,还冒着它们在模子里煮熟时的热气,还有这只装满含氨水和硝化液体的土罐,它们是明显的、散发恶臭的证据,证明了在我们没有参与的配药室里完成的工作。在泽农看来,雅士们的厌恶和无知者粗鄙的讪笑并不完全由于这些东西冒犯了我们的感官,更在于我们面对身体不可抗拒的、秘密的常规感到恐惧。他继续深入到这个不透明

---

[1] 原文为拉丁文,指人体消化过程所需的热量,与炼金术过程中"高贵的火"相对。

的内在的黑夜里,他注意到隐藏在肌肉下面的稳定的骨架,这些骨头将会存在得比他长久,几百年之后,它们将是他曾经生活过的唯一的证据。他消失在它们的矿物质之中,这种物质对于他作为人的激情与感动无动于衷。他将暂时的肉体像一幅帷幕一样拉回自身,他发现自己整个身体展开躺在床上的粗布床单上,有时他故意放大自己设想的形象,这个生命的小岛是他自己的领地,在这片还有很多地区尚未探测的大陆上,他自己的双脚就是对跖点;有时,相反地,他又将自己缩小为无边无际的**一切**中的一点。他用达拉兹的方法,试着让意识从大脑滑向身体的其他区域,差不多就像将一个王国的都城迁移到一个偏远的外省。他尝试将星星点点的光亮投射到这些黑暗的回廊里。

从前,他跟让·米耶一起公开嘲笑那些虔士,这些人认为人体机器明白无误地证明了上帝是一位能工巧匠;而无神论者将人的天性看作偶然的杰作而加以崇敬,如今这个观点在他看来也同样可笑。这个身体具有无数隐秘的能力,但它也有缺陷;泽农本人曾经一时大胆,梦想制造一个不像我们这样简陋的自动玩偶。他将感官的五边形在自己的内在之眼下面翻来覆去,他大胆设想过另一些更巧妙的构造,它们自身能更全面地折射出世界。达拉兹曾经掰着他发黄的手指,一个一个地向他描述在不透明的身体上洞开的九扇感知的门户,泽农起初以为这不过是近乎野蛮的解剖学家在尝试作一种粗浅的分类;然而这样的列举也让他注意到,我们赖以认识世界和生存的航道是多么不可靠。我们如此不完善,以至于只需堵上两个洞穴,声音的世界就向我们关闭了,堵上另外两条通道,黑夜就可以降临。这些门户中的三个挨得如此之近，一只手掌就可以轻易覆盖住它们，只需要将它们堵上，这个靠一口呼吸维持生命的动物就会完蛋。这个碍事的皮囊，我们要清洗它，喂养它，在火炉边或者用一张死去的动物的毛皮来温暖它，晚上要像照顾孩子或者昏聩的老人一样让它睡觉，它为他而充当整个自然的——更糟糕的是——人类社会的人质。正是通过这个肉体和这层皮肤，也许他会感受到酷刑的剧痛；正是这些活力的衰退，将使他无法如愿完成已经开始的设想。如果说有时他会怀疑自己的精神活动——为了方便起见，他将精神与自己的其他方面分离开来——那是因为精神是不健全的，它要依赖于身体提供的服务。不稳定的火与厚重的粘土，他对二者的这个混合体感到厌倦。理性的出路[1]：一个诱惑出现在眼前，跟肉体的欲望一样迫切；一种厌恶，或者说一种虚荣，驱使他去做那个了结一切的动作。他摇摇头，神情严肃，就像面对一个过早要求得到一剂药或者一份食物的病人。跟这个沉重的肉身一起死去，或者没有它而继续一种无实体和不可预知的生活，这种生活不一定比我们在肉体之中过的生活更好，想这样做总不会为时太晚。

几乎是不情愿地，这个漂泊了五十多年的游子，平生第一次在头脑里追寻自己走过的旅程，他想精确地将偶然与故意或必然区分开来，尽力分辨出哪一点东西来自自身，哪些东西与自己生而为人的境遇密不可分。与自己最初的意愿或者预先的设想相比，没有任何东西是完全一致的，也没有任何东西完全相反。

---

[1] 原文为拉丁文，暗指自愿选择的死亡。

错误产生的原因有时是因为某个因素起了作用,而他没有意识到这个因素的存在,有时是因为时间推算上的失误,事实证明,时间比钟表上所显示的具有更大的收缩性和延展性。二十岁时,他以为自己摆脱了使我们丧失行动能力和蒙蔽了我们理解力的成规或偏见,然而,他以为自己一开始就全部拥有的这份自由,后来却用了整整一生来一点一滴地获取。只要我们有欲求,有愿望,有畏惧,或者说只要我们活着,我们就是不自由的。医生、炼金术士、烟火制造师、占星家,无论自己情愿与否,他都曾经穿上过时代的号衣;他也曾经听任时代在自己的理解力上留下某些印记。出于对虚假的憎恶,但也是由于自己天性中某种令人不快的尖刻,他曾经卷入过意见的纷争,以一个愚蠢的"不"来回应一个无聊的"是"。这个保持警觉的人吃惊地发现,那些威胁过他的生命或者烧掉他的著作的人,无论他们是共和派还是王侯公卿,在他看来这些人所犯的罪行格外丑恶,他们的迷信也格外愚蠢;相反,对某个戴主教冠、王冠或者教皇冠的蠢人,他也曾夸大他们的功业,因为此人的恩典有可能让他将自己的思想转化为行动。出于企图安排、改变或者主宰事物的至少一部分本质的愿望,他曾经追逐过这个世界上的权贵,营造过空中楼阁,寄望于虚无缥缈的云烟。他列数自己有过的幻想。在苏丹的宫廷里,他赢得了权倾一时而又不幸的首相易卜拉欣的友谊,他设想改善阿德里亚诺波利斯周边沼泽地的卫生状况,他以为易卜拉欣能让他的计划善始善终;他想过要在苏丹的近卫军医院里实行一番合理的改革;在他的关照下,人们已经开始四处收购希腊医生和天文学家们的珍贵手稿,这些手稿从前流传到博学的阿拉伯人手中,在这些芜杂的故纸堆中,有时也包含着有待重新发现的真理。尤其是在一位迪奥斯科里季斯[1]的手稿中，包含了更古老的克拉特乌斯[2]的残章，它们在苏丹身边的同行犹太人哈蒙手中……然而，易卜拉欣血腥的倒台让一切化为乌有，经历过无数次起伏沉浮之后遭遇的这又一次变故，令泽农心生厌恶，以致他几乎忘记自己曾经着手实施过这些不合时宜的计划。风闻他是鸡奸者和巫师，巴塞尔那些胆怯的市民吓坏了，最终拒绝给他一个教席，而他不过耸耸肩而已。（他曾经一度是鸡奸者和巫师，然而词语与事实并不相符；它们反映的不过是芸芸众生对事物的看法而已。）尽管如此，在很长一段时间里，每当提及这些人，他的口中仍然不免泛起一丝苦涩的滋味。在奥格斯堡，他后悔自己到达太晚，未能从富格尔家族手中得到矿区医生的职位，否则他可以就近观察那些在地下工作，受到土星和水星强烈的金属性影响[3]的工人们的病症。他在那里隐约看到了某些可能采用的治疗方法以及前所未有的化合物。当然，他看到这些抱负曾经还是有用的，它们将他的想法从一个地方传送到另一个地方：不过，最好还是不要过早接近静止的永恒。时过境迁之后回首眺望，这些往日的躁动仿佛是一阵沙暴。

　　肉体享乐这个复杂的领域同样如此。他偏爱的是那些最隐秘和最危险的欢愉，至少在基督教的天下，在他偶然降生的这个时代是如此；也许，他之所以寻求这类快感，正因为突破它们的隐秘性和禁忌对习俗造成了猛烈冲击，让他得以深入一个在可

---

[1] 迪奥斯科里季斯，古希腊名医，生活在公元一世纪，曾游历讨欧洲大部分地区，他在旅行中积累了丰富的临床经验，加深了对各地植物的认识。他撰写的《药物论》介绍了大量地方植物和医药传统，在其后的 1500 年间一直被奉为权威经典。
[2] 克拉特乌斯，生活在约公元前 100 年的希腊植物学家，受到迪奥斯科里季斯的推崇。
[3] 炼金术认为，行星与特定的金属之间存在着某种关联，与土星相应的金属是铅，与水星相应的是水银，因而行星的运动对这些金属在地下的形成会发生影响。

见的、合法的表面之下翻腾的世界。或许，这样的选择也只不过属于一些天生的欲望，简单而又无法解释，就像人们想吃一种水果而不是另一种：对他而言都无关紧要。重要的是，他的放纵如同他的野心，说到底都是昙花一现，似乎他的天性就是要迅速耗尽激情可以传授或者给予他的东西。这种奇怪的黏液，讲道者称之为淫荡（因为它的确是充沛的肉体在消耗自身的力量）[1]，可谓恰如其分，然而要对它进行检验却异常困难，因为它由多种不同物质组成，而这些物质又会分解为并不简单的其他成分。其中有爱情的成分，也许比人们所说的要少，然而爱情本身也并非一个纯粹的概念。人们所谓的这个低下的世界，与人性中最细腻的部分相通。如同最粗鄙的野心仍不失为精神的梦想，是精神想努力控制或改变事物的愿望，肉体在它大胆的时候也像精神那样好奇，像精神那样令人沉醉；淫荡的醇酒既从身体的汁液中，也从心灵的汁液中汲取力量。他对一个年轻肉体的渴望，往往与自己不切实际的计划联系在一起，那就是有朝一日培养出完美的弟子。其中还掺杂着另外一些感情，那是所有男人都可以承认自己体验到的感情。莱昂的胡安修士和蒙彼利埃的弗朗索瓦·龙德莱是英年早逝的兄弟；他对自己的仆人阿莱伊和吕贝克的杰拉德，则怀有父亲对儿子一般的关切。他曾经认为，这些动人心魄的激情，是他作为人的自由不可分割的一部分；现在，他却因为没有这些激情而感到自由。

　　同样的思考也适用于曾经与他有过肌肤之亲的几个女人。他不太想去追溯这些短暂的依恋产生的原因，与其他这类关系

---

[1] 在法语中，"淫荡"（luxure）一词与"繁盛，充沛"（luxuriance）一词的拼写法相近。

相比，这几段感情留下的印记之所以更为深刻，也许是因为它们形成的方式不那么自然。是面对一个躯体特别的线条而突然产生的欲望，是想得到往往只有女人才能给予的那种深沉的休憩，还是自己无法免俗？要不然，是出于一种比爱恋或恶念隐藏得更深的隐秘思虑，想试验秘术所传授的关于一对完美男女的功效，在自身实现古代的雌雄同体？还不如老老实实地说，在这些日子里，偶然是以女人的面孔出现的。三十年前，在阿尔及尔，出于同情对方被踩躏的青春，他买下了一个出身名门的姑娘，她是不久前在瓦朗斯附近的海滩上被海盗掳走的；他打算一有可能就将她送回西班牙。然而，在柏柏里海边逼仄的屋子里，他们之间产生了一种近乎婚姻的亲密关系。这是他唯一一次面对一位处女。他们的第一次交欢留给他的记忆，与其说是一次胜利，不如说是一个需要他抚慰和包扎伤口的生灵。几个星期里，这位郁郁寡欢的美貌女子与他同寝共食，她对他心存感激，就像人们对教堂里的一位圣人。他并无惋惜地将她托付给一位法国教士，后者正准备与一小群被释放还乡的男男女女一起在旺德尔港登船。他给了她一小笔钱，让她可以从比较轻松的路途回到故乡甘迪亚……后来，在布德的城墙下，有人分给他一个年轻而粗野的匈牙利女子，作为他应得的战利品；他接受了，不想表现得过于与众不同，因为在这个军营里他的名字和外貌已经让他显得很特别，何况无论他内心如何看待教会的教条，他还是因自己身为基督徒而低人一等。如果这个姑娘不是那么热切地要扮演猎物的角色，也许他并不想滥用自己作为战胜者的权利。在他看来，他从未如此尽情地享用过夏娃的果实……那天早上，他跟苏丹的军官们一起进城去了。他刚回到军营，就得知自己离开期间上头下达过一道命令,要求清除妨碍军队行动的奴隶和一切辎重;尸体和包袱还漂浮在河面上……此后很长一段时间里,每每想到这个炽热的躯体转瞬之间就变得冰凉,他对任何肉体的结合都感到厌恶。随后,他转身回到灼热的平原上,那里布满盐的雕塑和有着长长鬈发的天使……

在北方,他从极地边缘长途跋涉归来,弗罗索的女主人以高贵的方式接待了他。她身上的一切都是美好的:身材颀长,面色光洁,她用灵巧的双手包扎伤口,为发烧的病人拭去汗水,她在森林里柔软的地上行走时步态悠闲,需要涉水过河时她轻轻撩起粗布裙摆,露出赤裸的双腿。她得到拉普兰地区女巫们传授的技艺,她带泽农去过沼泽地边上的茅屋,有人在那里施行烟熏疗法,还有伴随着歌谣的神奇的水疗……晚上,在她的弗罗索小庄园里,她铺上白色的桌布,用黑麦面包、盐、浆果和干肉招待他;她到顶楼上他的房间里去,落落大方地上床,仿佛是他的妻子。她孀居,准备圣马丁节前后在附近为自己挑一个自由的农夫作丈夫,以免她的庄园落到兄长们手中。假如泽农想在这个像一个王国一样辽阔的地区行医,想在火炉旁撰写他的著作,想在夜晚登上塔楼瞭望星空,一切只取决于他……然而,这样的日子过了十天左右,在那里,这些夏日不过是连在一起的没有阴影的一天,他又走上了去乌普萨拉的路,宫廷在这个季节迁居到那里。他指望还能在君王身边待下去,将年轻的埃里克培养成自己的国王弟子,那是哲学家们的终极梦想。

然而努力去追忆这些人,这件事本身已经夸大了他们的重要性,也高估了肉体冒险的意义。阿莱伊的面孔有时会浮现在眼前,但也不比通往波兰的路上那些冻僵的素不相识的士兵的面孔浮现得更加频繁,由于缺乏时间和办法,他没有尝试救助他们。他厌恶圣灵桥那个通奸的小市民女子,她那掩盖在花边褶皱下面的滚圆的肚子,贴在紧张发黄的脸孔周围的鬈发,以及她那些可怜而又笨拙的谎言。她在极度焦虑之中向他暗送秋波,不知道征服男人还有其他方法,令他不胜反感。然而,他却为她冒了失去好名声的风险;他要赶在嫉妒的丈夫回来之前快速行动,将人类交合产生的可悲的残骸掩埋在花园里的一株橄榄树下,花高价收买女佣,让她照顾女主人和洗涤沾满血污的床单,这一切在他和这个不幸的女人之间建立起一种共谋的亲密,他熟悉她胜过情人熟悉自己的情妇。弗罗索夫人给予他的一切都是有益的,但也不比萨尔茨堡那个麻脸的面包店老板娘给予他的帮助更有用。那是他逃离因斯布鲁克之后,一天晚上坐在她的店铺的挡雨披檐下面;一路上路况很差,又加风雪兼程,他已经精疲力竭,冻彻骨髓。她透过橱窗的护窗板审视这个蜷缩着坐在外面小石凳上的男人,也许以为他是乞丐,就递给他一个热乎乎的圆面包,然后谨慎地栓紧门扇上的铁钩。他并非不知道,这个老板娘是出于戒心而行善,这种戒心有时候也可能让人扔出一块砖头或者一把铁锹,因此她仍然属于那些宽厚的面容。说到底,友善或者恶意也与肉体的欢愉一样微不足道。那些陪伴他或者从他的生命中穿过的人,虽然丝毫没有失去各自的特点,却由于相隔久远而混为无名的一团,如同森林里的树木,远远望去分不清彼此。康帕努斯议事司铎与炼金术士里默混在一起了,尽管他对此人的理论深为厌恶;他甚至与故世的让·米耶也混在一起了,后者要是还活着,也是八十岁的人了。身披水牛皮的亨利表弟,穿着皮袍的易卜拉欣,埃里克王子,还有谋杀者洛伦佐,他曾与后者一起在里昂度过了几个难忘的夜晚,这些人不过是同一个真实的事物——人——的不同面目罢了。无论欲望是理性的还是疯狂的,在欲望之中性别特征并不如我们以为的那样重要:女性也可能成为一位同伴;杰拉德有着女孩子般的温柔。一生中,我们与一些人相遇然后分手,他们就像那些永远不会第二次看见的幽灵的面孔,但是他们有着近乎可怕的特性和特征,在我们闭上眼睛进入梦乡之前,他们在黑暗中凸显出来,有时像彗星一样转瞬即逝,有时则在内心的注视之下消失。比精神或感官的规律更为复杂和更不为人知的数学法则,主宰着这些幽灵的来来往往。

然而相反的情形也同样真实。尽管我们也许会将从前的事情抛在身后,尽管一个拐弯处可能会遮挡未来的事件,但是发生过的事情实际上是一些固定点,人也一样。所谓回忆,就是不时将目光投向成为我们内心世界的那些人,然而这些人并不依赖于回忆而继续存在。在莱昂,堂·布拉斯·德·维拉为了使他更方便地协助自己进行炼金术试验,让他披过一段时间雅各比派见习修士的僧衣。一个与他年龄相仿的僧侣,胡安修士,曾经是跟他同床共枕的伙伴,在那座人满为患的修道院里,新来者往往不得不两三人共享一床草垫和被盖。泽农初来乍到,就在挡不住风雪的屋子里染上了顽固的咳嗽。胡安修士尽力照顾这位同伴,为他从伙夫那里偷来肉汤。完美之爱[1]一度存在于两个

---

[1] 原文为拉丁文。

年轻人之间,然而胡安修士不喜欢泽农那些亵渎和否定的言辞,他柔软的心对圣约翰怀有格外的虔敬。后来,堂·布拉斯被他的修士们当作危险的犹太教神秘派巫师而遭到驱逐,他一边高声诅咒,一边沿着修道院的斜坡下山时,胡安修士选择了陪伴这位落魄的老人,虽然他既非他的家人,也不是他的弟子。相反,对于泽农来说,修道院里的这次政变却是一个机会,让他与一个令人厌恶的职业彻底决裂,重新穿上世俗的服装去别处学习不那么虚无缥缈的知识。年轻读书人不在乎他的老师是否遵守了犹太教的仪式,在他看来,正如一代又一代学子当中私下流传的一个大胆的说法所言,基督教的律法、犹太教的律法和穆罕默德的律法,不是别的东西,不过是三种骗局而已。堂·布拉斯很可能已在路上或者某个教区裁判所的黑牢里一命呜呼;而他从前的学生用了三十五年时间,才在他的疯狂里辨认出某种无法解释的智慧。至于胡安修士,如果他还活在世上某个地方,也快六十岁了。他们的样貌,连同这几个月身披修士服度过的生活,曾经被有意地抹掉。然而,胡安修士和堂·布拉斯还在四月凛冽的风中,在崎岖不平的路上艰难行走,甚至无需回忆,他们就在眼前。弗朗索瓦·龙德莱走在灌木丛生的石灰质荒地上,跟他的同窗一起讨论未来的设想,他也是那个赤身裸体躺在大学阶梯教室的大理石桌面上的弗朗索瓦,而讲解手臂关节的龙德莱博士,看上去与其说是在跟学生们讲话,不如说是在跟死者本人说话,是跨越时光在跟年老的泽农辩论。一个自我包含万千生灵[1]。任何东西也不会改变这些固定在自己位置上的雕塑,它

---

[1] 原文为拉丁文。

们永远坐落在一个平静的表面上,也许那就是永恒。时间只不过是将它们连接在一起的一条线索。有一种联系还是存在的:我们没有为一个人做到的事情,却为另一个人做到了;我们没有帮助堂·布拉斯,却在热那亚对约瑟夫·哈-柯恩施以援手,尽管此人仍然将你视为一条基督徒狗。任何事情也没有完结:他曾经从一些老师和同行那里得到过某种想法,或者由于他们,他才形成了另一种相反的想法,而这些人还在闭目塞听地继续他们无法调和的争辩,每个人都固守自己的世界观,像魔术师坐在自己的圆圈里。达拉兹想寻找一个比自己的颈静脉更靠近自己的神,他跟堂·布拉斯会一直争论下去,对后者而言上帝是一个非显现的一,而让·米耶则对上帝这个词嗤之以鼻。

差不多五十年来,泽农将自己的头脑当成一个楔子,用它来尽量扩大团团围住我们的墙上的缝隙。裂缝越来越大,或者不如说,在他看来是墙体本身不再那么坚固了,然而它仍然不透明,仿佛是一堵烟雾的墙,而不是石头的墙。物品不再是有用的器物。就像棕毛从床垫里钻出来,物品露出了它们的本质。一片森林占据了房间。这条矮凳是按照从地面到一个坐着的人的臀部之间的距离来制作的,这张桌子是用来写字或者吃饭的,这扇门将封闭在一个立方体里的空气向一个相邻的立方体里的空气打开,它们失去了某个工匠当初赋予它们的存在理由,就像教堂的油画上那些圣巴托罗缪[1]一样,它们只不过是剥了皮的树干或树枝,上面还有幽灵般的树叶和看不见的小鸟,它们还在早

---

[1] 圣巴托罗缪,基督教圣徒,相传在亚美尼亚被活剥皮而死。

178

已停息的风暴中簌簌作响,身上还有刨子留下的汁液凝结而成的颗粒。这条毯子和这件挂在钉子上的衣服,还散发着油脂、奶和血的气息。在床边敞着口的这双鞋,曾经随着一头躺在草地上的牛的呼吸而起伏,而补鞋匠涂抹在上面的油脂里,有一头被放尽了血的猪在轻声尖叫。如同在屠宰场或者执行绞刑的围墙里,残暴的死亡无处不在。我们在旧纸片上记录下那些自以为值得传之永远的思想,一只被杀死的鹅就在用来写字的羽毛里叫喊。一切都是他物:贝尔纳会的修女们为他浆洗的这件衬衫,曾经是一片比天空还要蓝的亚麻田,也曾经是浸泡在运河深处的一团纤维。他的口袋里有几枚铸有已故查理皇帝头像的金币,在他自以为拥有它们之前,它们曾经无数次被交换、施舍、偷窃、称量和克扣;然而早在亚当出生之前,金属本身已经与大地融为一体,与这种静默的存在相比,它们在那些吝啬或者挥霍的手中传递的时刻终究不过是过眼云烟。砖墙终有一天会重新变为泥土。方济各会修道院的这所附属建筑,他栖身其间可以免遭寒风冷雨,但它已不再是一所房屋,不再是人的地理位置,不再是为身体更为精神所提供的坚固庇护所。它至多不过是一间林中的茅屋,一顶路边的帐篷,是扔在我们和无限之间的一块破布。瓦片让雾气和无法理解的星辰透进来。屋子里挤满了几百个死去的人和跟死人一样失落的活人。曾经有几十双手在这里铺地砖、烧砖头、锯木材、敲钉子、缝纫和粘胶。那个纺织这件粗呢外套料子的工人,即使仍然健在,要找到他跟追忆一个逝去的人同样困难。曾经有人像蚕茧里的蛹一样在这里居住,在他自己之后还会有人继续居住。隔墙后面,在一根遭过虫蛀的小梁里,有一只老鼠和一只烦人的昆虫,它们隐藏得很好,简直让人

179

无法看见,他将这里称作自己的房间,它们却会用不同的眼光来看这些虚虚实实的空间……他抬起头。天花板上有一根在别处用过的大梁,上面刻着一个年份:1491。当年作为纪念而刻上的这个日子,已经对任何人失去意义,那时还没有他,也还没有那个生出他的女人。他将数字颠倒过来:耶稣降生之后的1941年。他试着想象这个跟自己的存在毫不相干的年份,关于它我们只知道一点,那就是它将会到来。他行走在自己的灰尘上面。橡树的种子跟时间一样:它感觉不到人手刻出的这些日期。旋转的地球对儒略历[1]或者基督纪元一无所知,它形成的圆圈无始无终如同一个光滑的圆环。泽农想起来,在土耳其人那里现在是穆罕默德历973年[2],但是达拉兹背地里却按照库斯鲁[3]纪年来计算。从年份过渡到日子,他想到此刻太阳正在佩拉的屋顶上升起。房间朝一侧倾斜了;帆布带像缆绳一样吱吱作响;床自西向东滑动,看上去与天空的运动正好相反。以为能够安稳地待在比利时国土上的一个角落里,简直大错特错;他所处的空间上的那个点,一个小时之后就是大海和波浪的位置,再晚一点则是美洲和亚洲。在圣科姆济贫院的深渊里,这些他不会去到的地方叠加在了一起。泽农本人则像风中的灰烬一样飘散。

融化和凝固[4]……他明白这种思想的断裂,这种事物内部的断层意味着什么。年轻时,他就在尼古拉·弗拉梅尔[5]的著

---

[1] 由儒略·恺撒在公元前45年订立。
[2] 穆罕默德历的第一天对应现行公历622年7月16日,以纪念那一天穆罕默德从麦加逃到麦地那。
[3] 库斯鲁一世(531—579)是古代波斯萨珊王朝的统治者,他统治时期帝国达到极盛。
[4] 原文为拉丁文。
[5] 见26页注[2]。

作中读到过关于**黑功**[1]的描写,尝试对外形进行融解和煅烧,是实现大功的最困难的阶段。堂·布拉斯·德·维拉经常郑重其事地向他断言,一旦条件具备,无论你是否愿意,这一过程都会自动进行。年轻读书人曾经冥思苦想过这些格言,他觉得它们是从不知哪一部阴森森的,但也许是确凿的天书里摘录下来的。炼金术里的这种分离如此危险,以至于秘术哲学家们谈及时语焉不详;它如此艰巨,以至于无数人穷尽一生也无法获取。从前泽农却将它混同于一种轻而易举的反叛。后来,他抛弃了这些跟人类的幻想一样古老的乱糟糟的胡思冥想,在炼金术老师们传授给他的东西里,他只保留了几个实用的配方,他选择对物质进行融化和凝固的方式,是用事物的本身来作试验。如今,抛物线的两条边相接了;哲学之死[2]完成了:在探寻过程中被酸液烧灼的操作者既是主体又是客体,是易碎的蒸馏釜,也是容器底部的黑色沉淀。人们以为能够限制在实验室之内的经验扩展到了一切。因此,炼金术探险中随后的步骤会不会不是别的,而是梦幻? 有一天他是否也会经历**白功**的苦行般的纯粹,然后还会经历以精神和感官相结合的胜利为特征的**红功**? 从裂缝的深处诞生了一只喀迈拉[3]。他出于大胆而说是,就像从前出于

---

[1] 原文为拉丁文。这里的"黑功",以及下文的"白功""红功"都是欧洲中世纪炼金术的术语,分别指以炼成点金石为目的的"大功"的不同阶段。"黑功"是第一阶段,即在坩埚中对物质进行融化和煅烧,以提炼出纯粹的成分;随后的"白功"是对前一阶段提炼出的物质进行清洗和净化;最后"红功"指的是物质的炽热状态,以及炼金术士因获得对物质和自身的深入认识而达到的身心陶醉。

　　在实现"大功"的过程中,"黑功"是最艰巨、最危险的步骤。在本书中,作者用"黑功"来象征主人公泽农一生的求索;无论对外部世界还是对人自身的认识,泽农都不甘心接受任何现成的概念,他不惜冒着生命危险,用毕生的观察、实践和思考来努力获得接近于真理的知识。这一炼金术语也是本书书名的原文,其寓意正在于此。

[2] 原文为拉丁文。

[3] 见 103 页注[1]。

大胆而说不。突然,他停下来,猛然勒紧自己的缰绳。大功的第一阶段已经耗尽了他的一生。就算有一条路,而且人可以从这条路上通过,他既没有时间,也没有精力走得更远了。或许,这种思想的腐烂、本能的死亡、外形的扭曲是人的本性几乎无法承受的,经历了这些过程之后,随之而来的也许就是真正的死亡,倘若这样,他倒想看看究竟是通过哪一条路径;或许,精神从那些引起眩晕的领域回来之后,又会回到惯常的套路之中,只不过它所具备的官能就像清洗过之后那样更加自由了。倘若能看见这一切的效果该多好。

他开始看见效果了。施诊所的活计不再让他感到疲劳,他的手和眼光从未像现在这样有把握。他用精湛的技艺为那些每天早上耐心等待济贫院开门的穷人看病,就像他从前给王侯们治疗。他再也没有丝毫野心或畏惧,这让他可以更自由地运用自己的方法,并且几乎总是获得好的结果:这种完全的专注里甚至没有掺杂怜悯。他天性中的硬气和警觉似乎随着年岁加强了;他不像从前那样怕冷;他看上去对冬天的霜冻和夏天的潮湿毫不在意;他在波兰患上的风湿也不再折磨他了。从前他在东方染上过间日虐,如今也不再感觉到它的后遗症了。院长指派了一名修士到济贫院来帮忙,无论是这位修士每天从食堂给他送来的食物,还是在客栈里点的廉价饭菜,他都毫不在意地吃下去。肉、血、内脏,一切曾经跳动过和生存过的东西,在他生命中的这段时期都令他心生厌恶,因为动物跟人一样死于痛苦,而他不愿意消化垂死的滋味。在蒙彼利埃的一个屠户的店铺里,为了验证动脉的跳动和心脏的收缩是否一致,他亲手杀过一头猪,从此以后,他认为再也没有必要用两个不同的词语来指称我们屠宰的牲畜和杀死的人,来指称咽气的动物和垂死的人。在食物方面,他越来越偏爱面包、啤酒、稀粥,它们还保留着某种来自土地的厚实的滋味,他也喜欢水分充足的绿色植物,清新的水果,还有肥美的地下根茎。他在饮食上的这些节制,客栈老板和伙夫修士以为是出于虔诚的意愿,因而赞叹不已。然而,有时他也专心致志地咀嚼一节肠或者一块带血的肝脏,为的是向自己证实,他拒绝吃这些东西是出自头脑,而非一时的口味。他一向不在意自己的衣着:出于无心或者不屑,他不再添置新衣物。在肉欲方面,作为医生,他仍然跟从前一样告诉病人做爱有助于恢复元气,就像在一些别的情形下也许会劝他们喝点儿酒。在他看来,对于我们当中的很多人而言,这些热烈的秘密仍然是前往火的王国的唯一途径,我们也许只是它的一些微弱的火星;然而这种美妙的上升稍纵即逝,他不免暗自怀疑,一个如此受制于此类事情的常规,如此依赖于生殖器官的行为,对于哲学家而言,这种体验之所以值得去实践,只是为了随后将之放弃。至于贞洁,不久前他认为这是一种需要反对的迷信,如今却成了他的安详的表现之一:他品味着当我们对某些人不再有欲望之后,而获得的对他们的冷静的认识。然而有一次,他在一次偶遇中受到诱惑,重新尽情享受这种游戏,并且对自己的力量感到惊讶。还有一天,修道院里的一个无赖在街上兜售施诊所里的油膏,他对此人大为光火,然而与其说他的怒气是本能的,不如说是故意的。还有一次,他做完一个圆满的手术之后,甚至感觉到虚荣心如同一股轻烟飘过,就像我们任由一只狗在草地上摇头摆尾。

一天早上,他像往常一样出门采草药,途中发生的一件无关紧要甚至滑稽的事情,引起了他的思考;这件事对他产生的影响,就像某个神秘的圣迹对于一位虔诚的信徒那样,仿佛是一个令人豁然开朗的启示。天刚蒙蒙亮他就出城往沙丘的边缘走去,他随身带了一只放大镜,那是他让布鲁日的一位眼镜匠根据他的特殊要求制作的,用来仔细察看采集来的植物的侧根和种子。时近正午,他趴在沙地上的一个低洼处,头枕在胳膊上睡着了,放大镜从他的手中滑落,掉在一丛干草上。醒来时,他以为看见一个动物贴在自己的脸上,它出奇地灵活,是一只昆虫或者软体动物在阴影里晃动。它的外形是球形;它的中间部分是闪亮而潮湿的黑色,周边是一圈略呈粉红的暗哑的白色;外围长着像流苏般的细毛,附着在一个柔软的褐色外壳上,上面有沟壑,微微鼓胀。这个脆弱的东西里有一种几乎令人惊骇的生命。他的视觉甚至还没有来得及形成想法,他就立即意识到,他看见的东西不是别的,是被放大镜反射并放大了的他自己的眼睛,草和沙子就像镜子后面的锡汞,形成了放大镜背后的底色。他坐起来,陷入沉思之中。他刚才看见的自己是通灵者;他摆脱了惯常的视角,近距离地注视这个器官,它既微小又巨大,既贴近而又陌生,活跃然而易受伤害,它具备的能力虽不完善却无比神奇,他依赖它来看宇宙万物。他从刚才看见的图像里并不能引出任何理论上的结论,然而它却不可思议地增加了他对自我的认识,以及他关于构成自我的无数物体的概念。如同某些版画上的上帝之眼,这只人的眼睛成了一种象征。要紧的是赶在天黑之前,将这个世界经它过滤的那一点点东西采集起来,加以验证,如果可能的话,修正其谬误。在某种意义上,眼睛与深渊构成了

184

平衡。

他从黑暗的行列里出来。事实上,他已经不止一次从中走出来了。他还在继续往外走。那些讨论精神历险的著作弄错了,它们认为这种历程是由前后相继的阶段构成的:相反,所有的阶段都缠绕在一起;一切都可资无穷无尽的一再论说。精神的追寻一直在绕圈。从前在巴塞尔,还有其他很多地方,他经历过同样的黑夜。同样的事实被重新认识过多次。然而经验是可以累积的:天长日久,步伐越来越稳健;眼睛在某些幽暗之中可以看得更远;头脑至少可以注意到某些规律。就像一个沿着山岳的斜坡在攀登,或者也许在下山的人,他在原地上升或者下降;至多不过在每一个弯道上,同一个深渊时而在左边,时而在右边展开。空气变得越来越稀薄,在刚才以为已是地平线尽头的山峰后面,又出现了新的山峰,我们只能根据这些情况来度量我们在上升。然而上升或者下降的概念本身就是错误的:星辰在下面跟在上面一样闪耀;与其说他在深渊的最深处,不如说他在深渊的中央。深渊同时既在天球之外,也在颅顶之内。似乎一切都发生在一连串无穷无尽的封闭曲线的深处。

他又开始写作,却并不打算将他的著作公之于世。在所有古代医学论著中,他一向最为推崇希波克拉底的《论流行病》第三卷,因为书中对临床病例及其征候,疾病逐日发展的情况以及结果作了精确的描述。关于那些来圣科姆济贫院接受治疗的病人,他也有一本类似的记录。这本由一名在虔诚的菲利浦二世统治时代,在佛兰德斯行医的医生撰写的日志,也许会让某位生活在他之后的医生从中受益。有一段时间，他专注于一个更加大胆的计划，那就是撰写一本《个人之书》[1]，巨细靡遗地记录下他所知道的关于一个人的一切，这个人就是他自己，他想记下他的体质，他的举止，他的公开的或隐秘的、偶然的或故意的行为，他的思想，以及他的梦幻。然而这个计划过于庞大，他将它缩减为仅仅记录这个人生命中的一年，后来又减少到一天。无限丰富的素材还是令他不得不有所遗漏，而且他很快意识到，在他所有打发时间的方式中，这是最危险的一种。于是他放弃了。有时为了消遣，他写一些所谓的预言，实际上是用讥诮的笔法描写那个时代的一些谬误和骇人听闻的事件，只不过在它们的外面包裹上一桩新鲜事或者一个奇迹的不同寻常的表面。偶尔为了打趣，他从这些稀奇古怪的谜语中挑出几则，给圣多纳西安教堂的管风琴师看看。自从泽农替他的妻子切除了一个良性肿瘤之后，他们就成了朋友。然而管风琴师和他的老婆费尽心思，也猜不透这些谜语的意思，他们只好笑一笑，看不出其中别有用意。

这些年里一样东西占据了他的不少心思，那是一株西红柿苗，是有人从新大陆带回来的唯一一株样本，他费了很大力气才得到这个稀罕的植物品种的一根插条。他将这株珍贵的植物放在配药室里，这让他重新回到从前关于汁液运动的研究上；他将一只盖子放在花盆上，以防浇在泥土上的水分蒸发，他每天早上记录仔细称量的结果，这样就能计算出这株植物每天有能力吸收多少盎司液体；然后他试着用代数的方法，计算这种吸收能力

---

[1] 原文为拉丁文。

可以在一根枝干或者一根茎的内部将液体提升到怎样的高度。他就这个问题与六年前在鲁汶留宿过他的那位博学的数学家通信。他们交换公式。泽农急切地等待回音。他又开始考虑出发旅行了。

修道院院长的病

　　五月的一个星期一,也就是圣血节那天,泽农跟往常一样坐在雄鹿客栈阴暗的角落里,随便吃一点东西。面朝大街临窗的那几张桌子和座位异常抢手,从那里可以看见仪式行列经过。布鲁日一家著名妓院的老鸨就坐在其中一张桌子旁,这位老鸨因身材肥硕而被称作"倭瓜",同座的还有一个脸色苍白的小个子男人,据说是她的儿子,以及她门下的两位佳丽。一个患肺痨的女子有时来找泽农开一剂方子治她的咳嗽,泽农从她的数落中知道了这个倭瓜。这个青楼女子不停地谈论老板娘的卑鄙勾当,不仅侵占她的财物,还偷走她的细布衣裳。

　　刚才在教堂门口充当人墙的一小队瓦隆卫队士兵进来吃饭。长官看中了倭瓜的位置,命令这帮人走开。儿子和妓女们立刻照办,然而倭瓜心性高傲,不肯挪动。一个卫兵上来使劲将她拽起来,她抓住桌子,桌上的盘子都掀翻了;长官上前给她一个巴掌,在她蜡黄的胖脸上留下一道铁青的印记。她叫喊着,撕咬着,死死抓住凳子和门框,仍然被卫兵们拖出来推到门外;其

188

中一个为了逗众人发笑,得意地用刀尖刺她。长官坐在夺来的座位上,向清扫地板的女佣倨傲地发号施令。

没有人打算起身。有几个人为了讨好,发出卑怯的冷笑;大部分人只不过扭过头去,要么低声发几句牢骚,仍只顾埋头吃饭。泽农看着这一幕,恶心得几乎呕吐。所有人都看不起倭瓜;就算有人愿意起来反抗士兵的粗暴,这也不是合适的时机,倘若谁替这位胖女人打抱不平,只能得到一阵讪笑。后来听说老鸨因妨碍公共治安而遭了一顿鞭打,随后被送回住处。一个星期过后,她又跟往常一样开门迎客了,逢人就展示她的伤痕。

院长步行走完了仪式行列,他感到有些疲惫,回到房间休息。泽农前去看望他时,发现他已经知悉刚才发生的事情。泽农向院长讲述了自己亲眼见到的情况。教士叹了一口气,放下盛着汤药的杯子。

"这个女人是女人中的败类,"他说,"我丝毫不会责怪您袖手旁观。但是,倘若一位女圣徒遭遇这样的凌辱,我们就会抗议吗?这个倭瓜固然是那一类人,然而今天她却应该得到公正的对待,或者说上帝和天使们站在她的一边。"

"上帝和天使们没有站出来为她说话,"医生含糊应道。

"我并非怀疑《圣经》上那些神圣的奇迹,"教士怀着热忱说,"可是直到如今,我已年过六十,朋友,我从未见过上帝直接参与尘世的事务。上帝有他的使者。他只通过我们这些可怜的凡人来行事。"

他走到橱柜前,从抽屉里找出两页纸,上面有密密麻麻的字迹,他交给戴乌斯博士。

"看看吧,"他说。"我的教子德·威塞姆先生是爱国者,他告诉了我一些暴行的真相。这些事情，要么我们知道得太晚，那时感情已经寂灭，要么当时就知道，却被谎言削弱了。我们的想象力太弱了，我的大夫。我们有理由为一个遭到不公正对待的老鸨忧虑，因为这些残暴的行径发生在我们眼前，然而发生在几十里之外的骇人听闻的事情，却不会妨碍我喝下这杯锦葵汤药。"

"院长大人的想象力足以让他的双手颤抖，将汤药洒出来，"塞巴斯蒂安·戴乌斯指出。

院长用手帕拭干自己的灰色羊毛长袍[1]。

"将近三百名被宣布为反抗上帝和王公的男女在阿尔芒蒂耶尔遭处死，"他似乎不情愿地喃喃自语。"请读下去吧，朋友。"

"在我那里看病的穷人们早已知道在阿尔芒蒂耶尔发生冲突之后的事情，"泽农一边说，一边将信还给院长。"至于这封信连篇累牍讲述的其他暴行，都是街谈巷议的主要话题。这些消息不胫而走。您认识的那些达官贵人在他们舒舒服服的家里，听到的充其量只是些模糊的传闻。"

"当然如此，"院长怀着忧愤答道。"昨天，做完弥撒之后，我跟教会的同僚们在圣母院前面的广场上，我斗胆提及了公共事务。这些圣人中没有一个赞成特别法庭[2]的目的，更不用说其手段，至少他们也有气无力地抗议这个法庭血腥的过激措施。

[1] 方济各会修士着灰色会服，又称灰衣修士。
[2] 在教皇保罗四世的鼓动下，菲利普二世增加了尼德兰的主教职位。这些新任主教全部赞同宗教裁判所，他们掌管特别法庭（les tribunaux d'exception）以镇压针对西班牙和天主教会的反抗。特别法庭的措施极端严厉：对男子处以火刑，对女人则进行活埋；财产充公；等等。此外，新主教还从各修道院的收入中提成，而这些收入传统上一部分归修道院院长和僧侣们所有，一部分用于救济周边的穷人和病人。这些政策引发了普遍的不满，造成大量尼德兰人逃亡英国、法国和瑞士。

圣-吉尔教堂的神甫不在此列:他宣称我们完全可以烧死自己的异端,无需外国人来教我们如何行事。"

"他遵循良好的传统,"塞巴斯蒂安·戴乌斯微笑着回答。

"难道我不是同样热忱的基督徒和虔诚的天主教徒吗?"院长大声说。"我们一辈子在一条华美的大船上航行,不可能不憎恨那些啮噬船体的老鼠。然而,无论是施刑者,还是那些像赶去看戏一样趋之若鹜之辈,还是遭受刑罚的人,火焰、镣铐和坟坑只能让他们的心肠变硬。而那些固执己见的人就这样显得像义士。没有人在乎,大夫先生。暴君想方设法以替上帝复仇的名义,大肆屠杀我们的爱国者。"

"倘若院长大人认为这些死刑能够有效地帮助教会恢复统一,是否就会表示赞成呢?"

"不要诱惑我,朋友。我们的教父方济各[1]是为试图平息世俗的争端而丧生的,我只知道他会赞同我们佛兰德斯的贵族们为达成和解而作出努力。"

"同样是这些老爷,特伦托主教会议上宣布将异端革出教门,他们还以为能请求国王撤销这个布告呢,"医生怀疑地回答道。

"为什么不呢?"院长高声说。"军队看守的这些布告凌辱了我们的公民自由。一切不满者都被贴上新教徒的标签。上帝原谅我!他们甚至可以怀疑这个老鸨本人也有信奉福音主义的倾向……至于主教会议,您跟我一样明白,王侯们隐藏在内心的意愿对那些磋商有多大的影响。查理皇帝关心的首先是帝国的统

---

[1]指方济各会的创办人阿西西的方济各(1182—1226)。

一，这也自然。菲利普国王考虑的是西班牙至高无上的地位。唉！一切宫廷政治不过是诡计和反诡计，滥用词语和滥用武力，我倘若不是早年就察觉到这一点，也许不会发现自身有足够的虔诚，让我放弃俗世转而侍奉上帝。"

"院长大人也许遭遇过重大的挫折，"戴乌斯博士说。

"非也！"院长说。"我是颇受主子器重的朝臣，我虽不才，在谈判中却屡屡表现不俗，我也是幸运的丈夫，有一位虔诚而善良的妻子。在这个多灾多难的世界上，可以说上天对我格外眷顾。"

他的额头上渗出汗珠，医生看出这是身体衰弱的症候。他转头看着戴乌斯博士，神色凝重：

"您的意思不会是在您那里求医的老百姓对所谓的宗教改革运动抱有同情吧？"

"我既没有说过，也没有注意到过类似的情形，"塞巴斯蒂安谨慎地说。"院长大人并非不知道，如果有些人持有会招惹麻烦的见解，他们一般都懂得保持沉默，"他语带讥诮地补充道。"的确，福音书所宣扬的节俭对一部分穷人不乏吸引力。但他们中的大多数都是老老实实的天主教徒，即便只是出于习惯。"

"出于习惯，"教士痛苦地重复道。

"对我而言，"戴乌斯博士等院长的情绪平静下来，才用冷峻的语气说下去，"在这一切之中，我看见的主要是人类事务永无休止的混乱。天性善良的人们憎恶暴君，却无人否认国王陛下是尼德兰的合法统治者，他从一位祖先[1]那里得到尼德兰，而

---

[1] 当指菲利普二世的姑祖母奥地利的玛格丽特，也可能指后者的母亲勃艮地的玛丽。

192

这位祖先是佛兰德斯的继承人和偶像。且不论将一个民族像一只橱柜那样作为遗产留给后代是否合理；我们的法律就是如此。那些为了蛊惑人心而自命为叫花子[1]的贵族不过是些雅努斯：对于国王而言，他们原本是附庸，现在却是叛徒；对于老百姓而言，他们是英雄和爱国者。另一方面，王公之间的阴谋诡计和城市里的纷争愈演愈烈，致使很多审慎之辈宁愿忍受外国人的盘剥，也不愿承受破产之后的乱局。西班牙人野蛮地迫害所谓的改革者，然而大多数爱国者是虔诚的天主教徒。这些改革者以清苦的习俗自矜，然而他们在佛兰德斯的领袖，布雷德洛德先生却是一个酒色之徒。女总督一心要保住她的地位，答应取消宗教裁判所，但又宣布成立另外的司法机构，以便将异端分子送上火刑堆。教会出于仁慈，坚持让那些在最后时刻[2]忏悔的人只被简单地处死，却因此助长了让那些不幸的人发伪誓以及滥用圣事。而在福音派信徒方面，一旦有可能，他们就杀害再浸礼派信徒可怜的残余。列日的教权[3]原本应该支持教廷，却一面公开出售武器给国王的军队，一面私下贩卖给叫花子，从中牟利发财。人人都憎恶为外国人卖命的雇佣军，尤其是这些人因为薪

---

[1] 在西班牙统治下，佛兰德斯贵族的政治和经济利益受到很大损害，与此同时反对西班牙人的叛乱分子也不满这一阶层拥有的特权。在此困难的处境之下，佛兰德斯贵族成立了"和解联盟"。1566 年 4 月，大约 400 名佛兰德斯贵族觐见女总督帕尔马的玛格丽特，由他们的领袖，即下文提到的布雷德洛德伯爵向女总督呈交了请愿书，希望恢复佛兰德斯的自由和传统习俗，要求宗教裁判所的法官和西班牙军队离开佛兰德斯。女总督对佛兰德斯贵族抱有同情，然而她也必须忠实于同父异母弟弟菲利普二世的政策。玛格丽特处于两难之间，无法自持。据说，此时她的顾问德·贝尔莱蒙伯爵（le Comte Charles de Berlaymont）低声对她说："夫人，难道您害怕这些叫花子吗？"这句话传开后，佛兰德斯贵族于是自称"叫花子"（les Gueux）以示挑战，并以褡裢和饭钵为结盟的标志。

[2] 原文为拉丁文。

[3] 列日公国由一位亲王兼主教统治，与组成尼德兰的 17 个省保持独立，因此可以进行赢利的武器交易。

酬菲薄就试图从市民身上得到补偿,然而强盗团伙纵横乡野,趁火打劫,市民们不得不要求长矛刀戟的保护。这些市民十分珍视自己的特权,原则上不满贵族和王权,然而异端分子中的大部分都是在下层民众中招募的,任何市民都憎恨穷人。在人声鼎沸里,在刀光剑影里,不时也在金币清脆的声音里,我们最少听到的,是那些被毒打、被酷刑折磨的人发出的叫喊。世界就是这个样子,院长先生。"

"在做大弥撒时,"院长忧伤地说,"我(按照惯例)要为女总督和国王陛下的福祉祈祷。为女总督,还说得过去:夫人算得上一位善良的女人,她在劈柴和木墩之间寻求妥协。但是我应该为希律王祈祷吗?应该请求上帝让格兰维尔红衣主教^[1]在他的隐居之地安享天年吗?何况他的退隐是假装的,而且他从那里继续烦扰我们?宗教迫使我们尊重合法权威,对此我并无异议。然而权威也是可以下放的,越到下层,它的面孔就变得越来越粗俗鄙陋,几乎看得出我们的罪行留下的奇形怪状的痕迹。难道还要我为瓦隆卫队的灵魂得救而祈祷吗?"

"院长大人总是可以请求上帝让那些统治我们的人明白事理,"医生说。

"我更需要他让我自己明白事理,"院长沉痛地说。

---

[1] 格兰维尔红衣主教(Cardinal de Granvelle,1517—1586)是菲利普二世的亲信,积极推行后者的专制政策。他在佛兰德斯执行菲利普二世从马德里发出的秘密命令,并非服从当地女总督帕尔马的玛格丽特的指令。他先被任命为梅赫伦大主教,随后又被任命为红衣主教,从而成为佛兰德斯政治和精神领域的实际掌权者。由于格兰维尔推行的镇压政策,他遭到佛兰德斯爱国者们的强烈憎恶,以致1564年菲利普二世不得不撤销他在佛兰德斯的职务。格兰维尔表面上退隐到他位于弗朗什孔泰地区的领地,然而他继续从那里对佛兰德斯事务发号施令。方济各会修道院院长前面提到的古代犹太国王希律王,指的就是格兰维尔红衣主教。院长之所以使用这一隐喻,一方面由于希律王的残暴,另一方面也是以替外国统治者为虎作伥的希律王来影射格兰维尔。

这场关于公共事务的谈话让院长过于激动,泽农于是将话题转向济贫院的必需品和垫款。然而,泽农准备告辞时,院长要他留下,并示意他出于谨慎关上房门:

"我不必建议您多加小心,"院长说。"您看见了,无论地位高低,谁也无法避免遭到怀疑或凌辱。但愿无人知晓我们的谈话。"

"除非对我的影子说话,"戴乌斯博士说。

"您与这个修道院息息相关,"院长提醒道,"要知道在这个城里,甚至在这几堵围墙之内,有不少人乐意控告方济各会修道院院长是叛逆或者异端。"

这样的谈话后来频频继续。院长看上去对此非常渴望。在泽农看来,这位深受敬重的人跟他自己一样孤独,而且处境更加危险。每次会面,泽农都在院长的脸上越来越清楚地看见一种难以确定的疾病的迹象,这种疾病在暗中侵蚀他的力量。也许时代的苦难在院长心中激起的焦虑和悲悯,是这种无法解释的体质衰弱的唯一缘由;相反,焦虑和悲悯也有可能是结果,显示出身体为了承受世间的痛苦而受到过度损害,相比之下,几乎所有人都有着一种健壮的无动于衷。泽农说服院长每天服用一点掺酒的补药;院长为了让他高兴而接受了。

医生也喜欢上了这些彬彬有礼却又几乎完全排除了谎言的交谈。尽管如此,他离开后却隐隐有一种欺诈的感觉。又一次,如同人们在索邦神学院只能讲拉丁文,为了让人理解,他不得不采用一门扭曲自己思想的外国语,尽管他娴熟地掌握这门语言的音调和措辞;这次,他要说的是一种恭敬的基督徒的语言,即便说不上虔诚,要谈论的话题是正大光明的,然而因时局而变得警觉。又一次,更多出于敬重而非审慎,他考虑到院长的看法,接受从某些前提出发,而在他自己内心深处,他是不会以这些前提为基础建立起任何东西的;他将自己的忧虑搁置一旁,迫使自己只展示出思想的唯一一种面目,而且总是同一种面目,那就是反射出他的朋友的那一面。这种虚假是一切人际关系中所固有的,并且已经成为他的第二天性,然而,它存在于两个无私的人的自由交流之中,仍然令他感到不安。他们在院长的修室里长时间讨论的话题,在戴乌斯博士独处时的沉思中几乎没有什么位置,如果院长得知这一点,一定会非常吃惊。并非因为泽农对尼德兰的苦难漠然置之,而是他经历了太多血雨腥风,面对人类疯狂的这些新的表现,他不再像方济各会修道院院长那样深感痛切。

至于他真正的危险,在他看来,眼下外界的混乱让它们变小了,而不是增大了。没有人会想到籍籍无名的塞巴斯蒂安·戴乌斯。信奉魔法的人们为了自己的技艺而发誓处于地下状态,而他得以隐名埋姓则由于势所必然;实际上他隐身不见了。

那年夏天的一个晚上,宵禁时分,他照例巡视一遍门户之后,回到自己的阁楼上。按照规定,济贫院在敲晚祷钟时关门。只有一次,在一场瘟疫期间,圣约翰医院人满为患,泽农决定在楼下的大厅里铺上草席,让发烧的病人留医。负责清洗地板的吕克修士带着他的抹布和木桶刚刚离开。突然,泽农听见有人将一把沙砾扔在他的窗玻璃上,这种摩擦声让他想起很久以前,晚上敲钟后他去找科拉斯·吉尔的时光。他穿衣下楼。

原来是羊毛街上的铁匠的儿子。这个约斯·卡塞尔向他解释说,他有一个住在圣皮埃尔的表兄,牵了一匹马来叔叔家钉马蹄,结果因马尥蹶子而折了腿;他的情况很不好,躺在铁匠铺后面的一间堆房里。泽农带上需要的物品,就跟着约斯上街了。他们在一个十字路口碰上夜间巡查的哨兵,约斯解释说,他的父亲不小心被铁锤砸伤了两根手指,他请外科医生去为父亲看病,哨兵没有多问就放行了。约斯的谎话让医生多了一个心眼。

伤员躺在临时搭成的一张床上;这是一个二十岁上下的乡下人,像一头金发的狼,汗水将头发黏在脸颊上,剧痛和失血让他几乎昏厥过去了。泽农给他服了一剂补药,检查了他的小腿;有两处地方,骨头已经从血肉模糊的皮肉里露出来。这个事故丝毫不像马尥蹶子所致;看不出任何马蹄的痕迹。在这种情况下,保险的做法应当是截肢,然而伤员看见医生将锯子的刀刃放在火上烤,猛然吓醒,尖叫起来;铁匠父子也一样忧心忡忡,他们担心一旦手术失败,要面临处理一具尸体。于是泽农改变主意,决定先使骨折复位。

小伙子也没有因此少受罪:要用很大力气才能将小腿拉直以便让骨头复位,他如同遭受酷刑一般大喊大叫;医生不得不用剃须刀割开伤口,伸手进去翻找碎骨头。幸好铁匠有一壶烈酒,可以让他用来清洗表面。父子两人忙着准备绷带和夹板。堆房里热得透不过气来,因为父子俩事先小心地塞严了门窗缝隙,以免叫喊声被人听见。

泽农离开羊毛街时,对手术的结果忐忑不安。小伙子生命垂危,仅仅凭着年轻人的生命力还留下一线希望。医生接下来每天都来,有时一大清早,有时相反则等到济贫院关门之后,他用一种醋来冲洗皮肉,清洗上面的脓血。后来他还在皮肤上涂抹玫瑰露,以防止皮肤过分干燥和创口发炎。为了不引起注意,他尽量避免夜深人静时来来回回。尽管铁匠父子一口咬定马驹蹶子的故事,谁都知道在这件事情上最好保持沉默。

差不多过了十天,一个脓肿形成了;皮肤变成海绵状,伤员的发热从来没有退去过,这时又像火苗般一下子蹿上来。泽农严格控制他的饮食;汉在谵妄时要东西吃。一天夜里,肌肉收缩的力量过大,小腿甚至连夹板都挤裂了。泽农承认自己出于软弱的怜悯,没有将夹板绑得足够紧;于是要重新拉直小腿,让骨折复位。疼痛有可能比第一次治疗更加剧烈,但这一次泽农给病人喷了鸦片剂,让他觉得轻松一点。七天后,脓血从排脓管流完了,大量出汗之后,发烧也退去了。泽农走出铁匠铺,心情轻快,他感觉自己得到了一份运气,舍之,一切技能皆无济于事。在三个星期里,通过其他操劳和工作,他仿佛不断地将自己的全副力气用于治愈这个病人。这种持续的专注,近乎院长所谓的祷告状态吧。

然而伤员在谵妄中道出了一些实情。约斯和铁匠最终也心甘情愿地承认这件连累人的事情,并道出了来龙去脉。汉来自泽维科特附近一个贫穷的农庄,那里离布鲁日三法里远,最近发生了尽人皆知的血腥事件。一切起因于一位牧师,他的布道令全村群情沸腾;这些乡下人不满神甫在什一税上丝毫不肯手软,手持铁锤闯进教堂,捣毁了祭坛上的雕像和从迎神行列中抬出来的圣母像,抢走圣母的绣花衬裙、长袍和黄铜的光环,还掳走圣器室里可怜的宝物。一位名叫胡里安·巴尔加斯的上尉带领一支小分队,立即前来制服了这场骚乱。有人在汉的母亲那里发现一幅缀有小粒珍珠饰带的缎子，于是她按惯例遭到强奸，随后又被毒打一顿，尽管对于前者她已不再是合适的年龄。其余妇女和孩子遭到驱赶，在田野里四散逃离。巴尔加斯上尉正在广场上对村里的几个男人执行绞刑，突然前额上中了一发火枪子弹，落马坠地。那是有人从一个谷仓的天窗开枪；士兵们在干草堆上一通乱打乱扎，没有找到任何人，最终放了一把火。他们在确信凶手被烧死之后，将队长的尸体横搭在马鞍上，连同几头充公的牲畜，一并带走撤退了。

汉从屋顶上跳下来，落地时摔断了腿。他咬紧牙关，拖着身体逃到水塘边，躲在一堆稻草和污物下面，担心火势蔓延到他可怜的藏身之所，直到士兵们离去。傍晚，邻近一个农庄的农民们过来，看看在这个被洗劫一空的村子里还能捞到点儿什么，他们发现他在呻吟，他再也控制不住了。这些顺手牵羊的人倒有一副好心肠；他们决定将汉藏在大车的篷布下面，送他去城里的叔叔家。他到达那里时已经晕厥过去了。皮特和他的儿子庆幸没有人看见马车驶进羊毛街上的院子里。

人们以为汉死在着火的谷仓里了，这让他免遭追捕，但是他的安全取决于农民们是否保持缄默，他们随时有可能主动，更有可能被迫开口。皮特和约斯冒着生命危险收留一位叛乱者兼破坏圣像者，而医生所冒的风险也并不更小。六个星期过去，病人可以撑着拐杖蹦蹦跳跳地走路了，但是伤疤的粘连仍然令他痛楚难忍。铁匠父子请求医生让他们摆脱这个小伙子，再说他并不是那种讨人喜欢的人：长期隐居令他变得牢骚满腹，动辄发怒；大伙儿也听够了他没完没了地讲述自己唯一的功绩，而铁匠呢，本来就对汉喝光了他珍贵的葡萄酒和啤酒怀恨在心，一听说这个无赖还求约斯给他找个姑娘,不禁火冒三丈。泽农认为汉在安特卫普这样的大城市里更容易藏身,一旦彻底康复,还可以去埃斯科河对岸找到亨利·托马斯左恩和索努瓦带领的反叛者小分队,他们的大船到处埋伏在泽兰的海岸线上,出其不意地攻击国王的军队。

他想到了老格利特的儿子,他是赶大车的车夫,每个星期都会带着包裹行囊走这条线路。泽农告诉了他一部分真相,他答应带走小伙子,将他交到可靠的人手中;然而这趟出门还需要一点钱。尽管皮特·卡塞尔急于看见侄儿一走了之,却再也不愿在他身上多花一个子儿;泽农一无所有。他犹豫了一下,然后去见院长。

院长在与他的修室相连的小教堂内做完弥撒。在弥撒到此结束[1]并祈求赐福之后,泽农请求与院长谈话,不加掩饰地向他讲述了整个事件。

"您冒了很大的风险,"院长严肃地说。

"在这个混乱的世界上,有些指令还算得上清楚,"哲学家说。"我的职业是治病救人。"

院长表示同意。

"没有人会为巴尔加斯哭泣,"他继续说。"您是否还记得,先生,您刚抵达佛兰德斯时,大街小巷遍布蛮横的士兵?与法国的战争已经结束两年了[2],国王还以种种借口,将这支军队强

---

[1] 原文为拉丁文,是弥撒结束时的惯用语。
[2] 1559 年 4 月,西班牙国王菲利普二世与法国国王亨利二世签署《卡托-康布雷西和约》,结束了长达半个多世纪的意大利战争。根据和约,法国放弃了在意大利的大部分利益,并承认西班牙对佛兰德斯拥有全部主权。

加于我们。两年啊！这个巴尔加斯，他的残暴在法国人当中早已臭名昭著，后来又在我们这里继续施行。如果我们称颂《圣经》里的少年大卫，就没有理由不为您救治的年轻人鼓掌。"

"要承认他的枪法很准，"医生说。

"我愿意相信上帝在引导他的手。然而亵渎就是亵渎。这个汉承认他参与了捣毁圣像吗？"

"他承认，但是在他的吹嘘中，我看到的更多是悔意，"塞巴斯蒂安·戴乌斯谨慎地说。"我也从同样的角度去理解他谵妄时吐露的某些话语。几场布道并没有让这个年轻人完全忘记他从前听过的圣母经。"

"您认为他的悔恨不可靠吗？"

"院长大人以为我是路德派信徒吗？"哲学家带着一丝微笑问道。

"没有，我的朋友，我担心您没有足够的信念成为异端。"

"人人都怀疑当局在村庄里安插了真真假假的牧师，"医生立即接着说下去，小心翼翼地将有关塞巴斯蒂安·戴乌斯的信仰是否正统的话题转到其他事情上。"我们的统治者挑起过激的反应，以便更随心所欲地加以严惩。"

"我当然懂得西班牙议会的伎俩，"教士有一点不耐烦地说。"但是，我是否应该对您解释我的顾虑呢？我比任何人更反对将一个不能理解神学的精妙之处的可怜虫活活烧死。然而，在这些针对圣母的暴力行为中，让人嗅到了地狱的气息。倘若这些暴行针对的是某个叫作乔治的圣人，或者叫作卡特琳的圣女，倒也罢了，他们触动的不过是老百姓的恻隐之心，而我们渊博的学者们甚至还怀疑这些人是否实有其人……是否因为我们的修会特别尊崇这位高贵的女神(我年轻时代读过的一位诗人这样称呼她),并肯定她没有亚当的罪孽,还有我那可怜的妻子,她怀着感激和谦卑拥有这个美丽的名字,是否因为我回忆起她而过于动情……任何触犯信仰的罪行,也不像冒犯这位马利亚那样令我愤慨,她怀抱着世界的希望,她从创世之初就是我们在天上的保护人……"

"我自以为懂得您的意思,"塞巴斯蒂安·戴乌斯说道,他看见院长的眼里噙着泪水。"一个粗汉竟敢对您心目中神圣的善最纯粹的形式动手,这种行为令您痛心。犹太人(我与这个民族的一些医生有过交往)也这样跟我谈起过他们的舍金纳[1],她象征着上帝之爱……的确,对于犹太人而言,她是一张看不见的面容……既然要赋予不可言说者以人的外形,我看不出何尝不能将一些女性的特征借用给它,否则我们会缩减一半事物的本质。假如森林里的野兽能够感知某些神圣的秘密(谁知道生灵的内部是怎么回事?),想必它们会想象在具有神性的公鹿身边,有一只纯洁的母鹿。这个想法会令院长不快吗?"

"它如同没有瑕疵的羔羊的形象。马利亚不也是纯洁的白鸽吗?"

"然而这些象征也有它们的危险,"塞巴斯蒂安·戴乌斯若有所思地接着说下去。"我的炼金术同行们使用的譬喻中,有圣母的奶,黑乌鸦,宇宙的绿狮,以及金属的交配,他们用这些形象来指称这门技艺的步骤,这些操作的毒性和精微超乎人类的语言。其结果是粗俗之辈执著于这些幻影,而那些比较明智的人

---

[1] 舍金纳(Shechina),犹太教中指神的临在,也是对神的一种称呼,是神的不同名称中唯一的阴性形式。

则相反,他们蔑视这门深奥的知识,认为它陷入了梦幻的泥沼……我不想作更多比较了。"

"困难是无法解决的,朋友,"院长说。"如果我对那些可怜人说,圣母的金头饰和蓝色长袍只不过是上天的辉煌差强人意的象征而已,而上天本身也不足以表现看不见的善,他们就会得出结论,说我既不信仰圣母,也不信仰上天。这难道不是一个更糟糕的谎言吗?被象征的事物等同于符号。"

"还是来谈谈我治疗的那个小伙子吧,"医生坚持道。"这个汉以为自己打击的是神圣的仁慈自古以来就派遣给我们的保护人,院长大人不会这样认为吧?他打碎的不过是一块用天鹅绒装饰的木板,一位布道者告诉他那就是偶像。但是,我敢说,院长固然有权利对这种大逆不道的行为感到义愤,汉却认为这样做符合他从上天得到的平庸的良心。这个乡下人并没有侮辱世界的救星,正如他打死巴尔加斯时不会想到是在为比利时家国复仇。"

"然而他两者都做了。"

"我在想,"哲学家说,"是您和我在试图为一个二十岁的乡下人的过激行为寻找一个意义。"

"医生先生,您很在乎让这个小伙子免遭追捕吗?"院长突然问道。

"除了事关我自身的安危,我也不愿意让人将我的杰作扔进火里,"塞巴斯蒂安·戴乌斯用开玩笑的口气答道。"但是院长不会想到这些。"

"那就好,"院长说,"您可以更安心地等待事情的结果。我也不想破坏您的作品,塞巴斯蒂安朋友。这只抽屉里有您需要的东西。"

泽农取出藏在衣物下面的钱袋,很俭省地挑了几枚银币。他将钱袋放回原位时,钩到一段粗糙的织物,颇为费劲才解开。这是一件粗毛苦修衣,上面黑色的斑斑点点已经干结。院长扭过头,似乎有点难为情。

"院长大人的身体状况不足以让您以如此严苛的方式修行。"

"相反,我愿意加倍严苛,"教士抗议道。"塞巴斯蒂安,您要做的事情太多,也许没有时间去思考百姓的苦难。市井之间流传的消息完全属实。国王刚刚在皮埃蒙特集结了一支军队,由阿尔巴公爵[1]指挥,此人是米尔贝格的征服者,在意大利被视为铁腕人物。这支两万人的队伍此时正带着辎重翻越阿尔卑斯山,接下来就会扑向我们那些不幸的省份……也许不久我们就该怀念胡里安·巴尔加斯上尉了。"

"他们要抢在冬天道路被封住之前赶到,"泽农说,他从因斯布鲁克逃走后曾经翻山越岭。

"我的儿子是国王的中尉,要是他不在公爵的军队里,那才是奇迹,"院长说,他的语气是在被迫承认一个痛苦的事实。"我们全都被裹挟到邪恶之中了。"

他又是一阵剧烈的咳嗽,这种情况已经发生好几次了。塞巴斯蒂安·戴乌斯握住他的脉搏,又承担起医生的职责。

---

[1] 阿尔巴公爵(1508—1582),西班牙贵族。他忠实地执行菲利普二世的命令,镇压新教运动,1547 年在米尔贝格一役战胜萨克森选帝侯。帕尔马的玛格丽特离开尼德兰之后,1567—1573 年间由他继任尼德兰总督。阿尔巴公爵集结一支庞大的军队,从意大利出发,1567 年 8 月到达布鲁塞尔。他对尼德兰反对西班牙统治的叛乱采取高压政策,他成立的"平乱议会"因手段强硬也被称为"血腥议会"。

"也许忧虑可以解释院长为何脸色不好，"他静了一会儿说。"但是，我有责任找出几天来您不断咳嗽以及日益消瘦的原因。明天我想用自己发明的一件工具来检查您的咽喉，院长大人是否应允？"

"悉听尊便，朋友，"院长说。"咽喉的疼痛大概是夏天多雨所致。但是您也看见了，我并没有发烧。"

当天晚上，汉就作为助手跟车夫一起离开了。轻微的跛腿并不妨碍他担任这个角色。带路的人将他放在安特卫普富格尔家族的一个代理人那里，此人暗中支持新思想，他住在港口，安排汉给装香料的箱子敲钉子和起钉子。临近圣诞节，听说小伙子的腿伤已经完全复元，他被雇佣到一艘开往几内亚的黑奴贩运船上当木匠。这类船上总需要一些工人，这些人不仅能够修补船只受损的地方，也能建造或移动舱壁，或者制作铁颈圈和镣铐，遇上发生暴动还能开火。报酬不错，即便加入托马斯左恩上尉和他的海上叫花子队伍，也只能领取一份不稳定的军饷，相比之下，汉宁可选择这份活计。

冬天又到了。院长由于长期嗓音嘶哑，主动放弃了主持将临期[1]的布道。塞巴斯蒂安·戴乌斯让他的病人答应每天下午在床上躺一个小时，以节省体力，或者至少在椅子上坐坐，院长最近才同意在自己的修室里安放一把椅子。按照规定，这个房间里既无壁炉，也无火炉，泽农费了不少口舌才说服院长放置了一只火盆。

---

[1] 基督教的礼拜仪式中，圣诞节之前的四个星期称为将临期。

一天下午，泽农看见院长戴着眼镜核查账目。修道院的总务皮埃尔·德·哈梅尔站在旁边，聆听院长的指示。泽农与这位修士交谈的次数不到十次，但他感到两人之间有一种相互的敌意；皮埃尔·德·哈梅尔退下之前吻了院长的手，还以那种既傲慢又卑屈的态度行了一个屈膝礼。当天的消息格外令人沮丧。埃格蒙特伯爵和他的同伴霍恩伯爵以叛国罪被指控[1]，在根特监禁了将近三个月之后，他们的同僚拒绝对他们作出判决，而判决也许会给他们留下一条生路。城里对这起拒绝判决的事件议论纷纷。泽农不知道院长是否已经有所耳闻，避免先提起这桩极不公正的事情。相反，他向院长讲述了汉的故事的滑稽结局。

"伟大的庇护二世从前谴责过黑奴贩运船的交易，然而谁会在意？"教士带着疲乏的神情说。"的确，发生在我们身边的不公正更迫在眉睫……谁知道城里的人们对伯爵遭遇的卑劣对待有何想法？"

"人们比任何时候更加同情他将信仰附加在对国王的承诺之中。"

"拉莫拉尔[2]有高贵的心灵，但缺乏判断力，"院长平静的语气出乎泽农的意料。"一个好的谈判者不会信赖别人。"

他顺从地喝下医生倒给他的收敛性滴剂。后者看着他喝药，内心感到悲哀：这是一剂无关痛痒的药方，他并不相信它的

---

[1] 埃格蒙特伯爵（comte d'Egmont，1522—1568）和霍恩伯爵（comte de Hornes，1524—1568）是尼德兰贵族的领袖，尽管他们要求尼德兰获得一定程度的独立和自由，但始终忠实于西班牙王室和天主教教会。阿尔巴公爵成立"平乱议会"之后，随即逮捕了两位伯爵，并于 1568 年 6 月 6 日以叛国罪在布鲁塞尔大广场将他们斩首。这一事件成为八十年战争的导火索，最终导致尼德兰北方各省宣布独立。
[2] 指埃格蒙特伯爵。

功效,然而却找不到一种更灵验的特效药来治疗院长的咽喉炎。院长没有发热,这让医生排除了肺痨的假设。也许是咽喉里的一块息肉造成了嗓音嘶哑和持续咳嗽,并且令呼吸和吞咽越来越困难。

"谢谢,"院长说,一边将空杯子还给他,"今天陪我多坐一会儿吧,塞巴斯蒂安朋友。"

他们起先闲聊了一些别的事情。泽农坐得离修士很近,以免他抬高声音说话。后者突然回到最令他挂心的话题上:

"一桩触目惊心的极不公正的事件,就像拉莫拉尔最近遭遇的那样,会引发一连串的不公正,这些不公正同样黑暗,却不为人知,"他缓了一口气接着说道。"伯爵的看门人在他的主人被捕后不久也被抓了,人们用铁棍打断了他的骨头,想让他招认一些事情。今天早上我的弥撒是特意为两位伯爵做的,在佛兰德斯,也许没有一户人家不为他们祈祷,希望他们在人世或者另一个世界得救。然而谁会想到为这个可怜人的灵魂祈祷,何况他并没有什么好招认的,他对主人的秘密一无所知。他浑身上下没有剩下一处完好的骨头和皮肉……"

"我明白您的意思,"塞巴斯蒂安·戴乌斯说。"院长大人赞美的是一种谦卑的忠诚。"

"不完全是这样,"院长说。"这位看门人是一个渎职者,据说,他靠损害主人的利益大发其财。他手中好像有一幅画,公爵想买下来送给国王陛下,这幅画描绘的是我们佛兰德斯的鬼怪场面,上面有一些奇形怪状的妖魔正在折磨被罚入地狱的人。我们的国王喜爱绘画……这个卑微的小人物是否说了什么也无关紧要,伯爵的案子反正已成定局。但是我想,这位伯爵将会有尊严地死去,他会在蒙着黑布的断头台上被斩首,他可以从民众的悼念中得到慰藉,他将被恰如其分地视为一位比利时民族的爱国者,他临死前会得到行刑的刽子手的道歉,他会在监狱神甫的祷告声中升天……"

"这下我明白您的意思了,"医生说。"院长大人认为,无论哲学家们如何高谈阔论,地位和头衔还是会给人带来某些实在的好处。身为西班牙的重臣并非等闲之事。"

"我没有解释清楚,"院长喃喃地说。"正因为这个人卑微,无能,或许还无耻,他有的只是一副可以承受痛苦的躯体,一颗上帝本人倾注了自己鲜血的心灵,我才会关注他临终的痛苦。我听说三个小时之后,人们还能听见他的叫喊。"

"请注意,院长大人,"塞巴斯蒂安·戴乌斯说,他将自己的手按在修士的手上。"这个可怜人忍受了三个小时的痛苦,然而院长大人将有多少个日日夜夜脑子里浮现出他临终的场景?您对自己的折磨,甚于刽子手对这个不幸的人。"

"不要这样说,"院长摇头道。"这个看门人的痛苦和拷打他的人的狂暴充斥着这个世界,古往今来都一样。这并不妨碍它们是上帝永恒的目光注视过的一个瞬间。每一种痛苦和每一种恶行在本质上都是无穷的,朋友,它们在数量上也是无穷的。"

"院长大人就痛苦所说的话,也可以就欢愉而言。"

"我知道……我有过自己的欢愉……每一种纯洁的欢愉都是伊甸园的残余……然而欢愉不需要我们,塞巴斯蒂安。唯有痛苦需要我们的悲悯。当众生的痛苦终于向我们显现的那一天,我们就再也不可能有欢愉了,如同好心的撒玛利亚人在客栈里,受伤的人在他的身边流血,他就再也无法心安理得地饮酒作乐[1]。我甚至再也无法理解圣人们在世间的安详以及他们在天国的真福……"

"如果说我在虔诚的语言里明白了什么,院长正在穿越他的幽暗之夜。"

"朋友,请不要将这种沮丧归结为在完美之路上经受的某种虔诚的考验,何况我并不认为自己走在这条路上……我们不如来看看人类的幽暗之夜。唉! 我们抱怨世界的常态时,总担心自己弄错! 然而,先生,我们让有些人的身体忍受折磨,在他们的过失之外又增添了绝望和亵渎,我们如何竟然敢将这样的灵魂给上帝送去? 为何我们要让执拗、无耻和怨恨混入关于教理的讨论中,而这样的讨论,就像桑齐奥在教皇房间里描绘的圣体之争[2],原本只应在天上进行? ……因为,说到底,假如国王去年屈尊俯就倾听了我们的贵族们的抗议;假如,在我们还是孩童的时候,教皇利奥发善心接见了一位无知的奥古斯丁会修士[3]……在我们的一切机构一向所需的东西之外,我想说的是改革,他还想要什么……这个乡下人对教会的奢靡感到愤慨,我本人参观儒勒三世的宫廷时也有过同样的感觉;他责备我们的教会拥有过多的财富,他说得不错,而且这些财富并非完全用于为上帝效力……"

"院长并没有用他的奢华令我们目眩,"塞巴斯蒂安·戴乌斯微笑着插话。

---

[1] 见《新约·路加福音》第 10 章 25—37 节。
[2] 指 1510 年前后拉斐尔在梵蒂冈创作的一幅油画。
[3] 指路德。

"我拥有足够的舒适,"院长说着,将手伸向灰色的火炭。

"请院长大人不要出于心灵的高贵而过多考虑到对手,"哲学家想了一下说。"我憎恶只信奉一本书的人[1]:路德所鼓吹的对《圣经》的崇拜,比很多被他视为迷信的活动更糟糕,宣讲靠信仰就可以得到救赎是贬低了人的尊严。"

"我承认,"院长吃惊地说,"不过,毕竟我们全都像他一样尊崇《圣经》,我们的全部功绩在救世主脚下都是微不足道的。"

"诚然,院长大人,也许正是这样让一个无神论者无法理解那些激烈的争辩。"

"不要影射那些我不愿意听到的事情,"院长低声说。

"我不说了,"哲学家说。"我只是注意到,德国的那些新教领主们像玩球戏一样对待起来反抗的农民们的脑袋,他们跟公爵的雇佣军不相上下,路德玩弄王公的把戏,跟格兰维尔红衣主教如出一辙。"

"他选择了教会,跟我们所有人一样,"院长疲惫地说。

外面下着漫天大雪。医生站起身来准备回施诊所,院长提醒他不太会有病人冒着这样的严寒天气来看病,护理修士在那里就可以了。

"让我对您坦承一些不会对教会人士说出的话,就像您会告诉我一个关于尸体解剖的大胆推测,却不会对一个同行说,"院长艰难地接着说下去。"我坚持不下去了,朋友……塞巴斯蒂安,基督降临以来,差不多一千六百年快要过去了,而我们如同躺在枕头上那样在十字架上沉睡……似乎救赎已经一劳永逸地

---

[1] 原文为拉丁文。这是伊拉斯谟指责路德的一句话:路德认为一切真理都包含在《圣经》之中,人的救赎完全取决于是否信仰上帝的恩宠,而不是人在一生中的作为。

完成了，我们只需要在这个世界上得过且过，要不然，至多不过完成自己的得救。的确，我们在宣扬**信仰**；我们带着它招摇过市；如果需要的话，我们为它祭献成千上万的生命，包括我们自己的。我们兴高采烈地迎接**希望**；而我们往往只不过用昂贵的价格将它兜售给虔诚的信徒。但是，谁会关心**慈悲**，除了几个圣人[1]？而且，我一想到他们行善的方式是如此狭隘就会颤抖……然而，到了我这个年纪，身为修道士，过于柔软的悲悯之情常常令我觉得是自己天性中的瑕疵，应该与之抗争……我想，如果我们当中有一个人愿意殉难，不是为了信仰，信仰已经有了太多见证人，而仅仅是为了慈悲，如果他在广场上登上绞刑架或者站在柴堆上，或者至少站在最丑陋的受害者身边，也许我们就生活在另一片土地上，另一片天空下了……那样的话，最可恶的无赖或最恶毒的异端与我相比，也不会比我在耶稣基督面前更加卑微。"

"院长的梦想与我们炼金术士所谓的旱路或者捷径很相像，"塞巴斯蒂安·戴乌斯沉重地说。"简而言之，就是以我们的微薄之力一下子将一切转化……这是一条危险的道路，院长先生。"

"不要有任何惧怕，"病人说，带着一丝羞愧的微笑。"我只不过是个可怜的凡人，勉勉强强管理着六十名僧侣……难道我会甘愿将他们带进一场连我自己也不明就里的磨难之中？上天的大门不会为随便哪一个献祭的人打开。如果要作出牺牲，也应当以另外的方式。"

---

[1] 方济各会修道院院长在这里提到的"信仰""希望"和"慈悲"，亦即"信、望、爱"，是所谓的基督教"神学三德"。

“圣体饼准备好的时候，它就会自己发生，”塞巴斯蒂安·戴乌斯说，他想到了炼金术士们秘密的警示。

院长惊异地看着他：

“圣体饼……”他虔诚地说，咀嚼着这个美好的词语。“有人断言你们炼金术士将耶稣基督当作点金石，将弥撒圣祭当作大功。”

“有人这样说，”泽农说，一边将滑落到地上的毯子拉回院长的膝盖上。“但是我们从这些类比中能得出什么结论呢，除了人的思想有某种倾向之外？”

“我们怀疑，”院长的声音突然颤抖起来，“我们怀疑过……多少个夜晚，我推开这样的念头：上帝只不过是凌驾于我们之上的一个暴君或者无能的君主，否认他的存在的无神论者也许是唯一一个没有亵渎神明的人……后来，我看见一线光亮；疾病是一扇窗户。我们以为上帝是万能的，我们以为自己的苦难是他的意志，我们是否弄错了呢？实现他的统治是否取决于我们呢？不久前我说过，上帝有他的使者；我想得更远，塞巴斯蒂安。也许他只是我们手中的一点点火苗，他靠我们来添加柴禾让火焰不至于熄灭；也许我们是他能够到达的最远的尖端……上帝是万能的，这个观念令不幸的人们感到激愤，倘若有人请求这些人来帮助弱小的上帝，有多少深陷绝望的人会赶来相助？”

“这样的想法与教会的信条大相径庭。”

“不，朋友；首先我发誓弃绝那些进一步撕裂没有接缝的长袍[1]的做法。万能的上帝在精神世界里统治着我们，我希望如

[1] 耶稣被钉在十字架上时穿的长袍，没有绗缝的痕迹，象征教会的统一。见《新约·约翰福音》第19章23节。

此,然而我们在一个肉体的世界里。在这片**他**走过的土地上,我们是怎样看见**他**的呢? 难道不是一个躺在干草上的无辜的孩子,就像国王的军队洗劫过的我们肯彭兰的村庄里,那些躺在雪地上的婴儿[1]? 难道不是一个连一块枕着休息的石头都没有的流浪汉[2],一个受尽折磨在十字路口被绞死的人,他也在想为什么上帝将他抛弃[3]? 我们中的每一个人都很弱小,如果想到**他**比我们更无力,更沮丧,是靠我们**他**才得以降生,是我们将**他**从众生中拯救出来,我们就会得到些许安慰……对不起,”他咳嗽着说。“我对您说的这些话,是我再也不能在讲坛上布道的内容。”

他向后仰,硕大的头颅靠在椅背上,似乎一下子倒空了思想。塞巴斯蒂安·戴乌斯向他友好地俯过身去,一边抓住他的无袖长袍:

“我会去思考院长愿意对我说出的这些想法,”他说。“告辞之前,我是否也可以向您透露一个假设作为交换呢? 时下的大多数哲学家假设有一个世界的心灵[4],它可以感知,也多多少少有意识,一切事物都具有它的一部分;我自己梦见过石头无声的沉思……然而,我们仅仅知道的那些事实却似乎指出,痛苦,以及与之相应的欢愉,善,以及我们所谓的恶,公正,还有我们认为的不公正,最后还有以这种或那种形式表现出来的理解力,我

---

[1] 据《新约·马太福音》第 2 章,犹太王希律惧怕预言中的救世主降生,下令屠杀伯利恒所有两岁以下的男性婴儿。佛兰德斯画家勃鲁盖尔根据这一题材创作了《屠杀无辜婴儿》一画,但将故事的背景移植到了佛兰德斯。
[2] 《新约·路加福音》第 9 章 58 节,耶稣用这句话来比喻自己流浪的处境。
[3] 《新约·马太福音》第 27 章 46 节,耶稣被钉在十字架上时大声喊:“我的神! 我的神! 为什么离弃我?”
[4] 原文为拉丁文。

们借助它来分辨这些对立面,所有这一切只存在于一个血的世界之中,也许还有汁液,有肉体,神经网像放射的闪电一样分布于其中,还有(谁知道呢?)茎,它向着阳光生长,阳光是它至高的善,它因缺水而衰败,因寒冷而收缩,有时则全力抵抗另一些植物不公平的践踏。其余的一切,我想说的是矿物世界和精神世界,如果它们存在的话,也许是没有知觉和安安静静的,在我们的欢欣和痛苦之外,或者在它们之内。我们经受的磨难,院长先生,可能只是宇宙万物中一个微不足道的特例,这样也许可以解释那种恒定不变的物质的无动于衷,而我们虔诚地将这种物质称之为上帝。"

院长克制住一丝震颤。

"您的话令人惊骇,"他说。"但是,倘若果真如此,我们生活的世界比从前任何时候更是被人碾碎的小麦和流血的羔羊。您安心回去吧,塞巴斯蒂安。"

泽农穿过连接修道院和圣科姆济贫院之间的拱廊。雪被大风卷起,落在地上堆成一团团白色。泽农回到住处,径直走进放书架的小房间,那里堆放着他从让·米耶处继承的书籍。老头儿有一本安德烈亚斯·维萨里[1]二十年前发表的解剖学著作,跟泽农一样,维萨里曾竭力反对盖伦体系的套路,以期获得一种对人体更加全面的认识。泽农与这位名医有过一面之缘,此人后来成为宫廷里的红人,最终在东方因黑死病丧命;维萨里的工作仅限于他的医学专长,虽有为数不少的学究找他的麻烦,然而

---

[1] 维萨里(Andréas Vésalius, 1514—1564),佛兰德斯医生,人体解剖学的奠基人,他于1543 年在巴塞尔发表《人体构造论》,纠正了盖伦的多处错误。

除了这些迂腐的学究,他不用惧怕来自其他方面的迫害。他也偷过尸首;他对人体内部的认识来自从绞刑架下和火刑堆上拣来的骨骼,要不然,更加大逆不道的是,借对达官贵人作防腐处理之机,从他们身上偷偷拿走一只肾,或者一只睾丸里的东西,然后塞进一团纱布,随后谁也看不出来有人在这些王公贵族身上动过手脚。

泽农将对开本书放在灯下,翻找一幅插图,上面有食道、咽喉连同气管的切片。在他看来,这幅图是擅长演示的大师最不完善的图画之一,然而他也并非不知道,维萨里跟他自己一样,往往不得不在已经腐烂的尸体上过快地操作。他将手指放在怀疑院长生了一块息肉的部位,这块息肉迟早会令病人窒息。在德国,他曾经有机会解剖过一个死于同样疾病的流浪汉;回想起这件事情,以及借助窥喉镜[1]所作的检查让他作出诊断,在院长令人费解的症状背后,有一小块肉在起破坏作用,它将逐渐吞噬邻近的组织。野心和暴力,它们与院长的天性原本毫不相干,却似乎悄悄潜伏在他身体的这个角落,最终从那里将这个善良的人摧毁。如果他丝毫没有算错的话,让-路易・德・贝尔莱蒙,布鲁日方济各会修道院的院长,匈牙利的玛丽王太后[2]的前林务长官,《克雷皮和约》[3]的全权代表,将在几个月之后死去,扼死他的是在他自己咽喉深处形成的一个结,除非这块息肉在生长过程中折断静脉,将这个不幸的人淹没在自己的血泊之

---

[1] 原文为拉丁文。
[2] 即奥地利和匈牙利的玛丽(1505—1558),查理五世的妹妹,她在 1530—1555 年间任尼德兰女摄政王。
[3] 1544 年 9 月,由于交战双方均面临严重的财政困难,弗朗索瓦一世与查理五世在法国北部小镇克雷皮签署停战和约,查理五世放弃勃艮第公爵领地,弗朗索瓦一世则放弃意大利和佛兰德斯。

中。出现意外的可能性从来不容忽视,除非出现这种意外,突如其来的死亡以速度战胜疾病本身,这位圣徒的命运已经被贴上封条,如同他已经死去。

疾病在身体深处,柳叶刀和烧灼剂都无能为力。唯一可以延长这位朋友生命的办法,就是用谨慎的饮食控制来维持他的体力;当咽喉变得日益狭窄,令修道院的日常饭食难以下咽时,要想办法弄到半流体的食物,既清淡又营养,让他可以不太困难地吞咽;还要注意避免对他使用医生们惯常的放血或者催泻,那些做法在大多数情况下只不过野蛮地耗尽人体的元气。有朝一日需要平息过于剧烈的疼痛时,鸦片制剂会很有效。不过在此之前,最好还是继续哄他服用一些无关痛痒的药品,以免让他感到自己在病中被弃置不顾而陷入极度的焦灼。眼下,医生的技艺已无更大用武之地。

他吹灭灯。雪停了,冰凉死寂的白色充满整个房间;修道院的斜屋顶像玻璃一样闪闪发光。只有一颗黄色的星辰在金牛座南方闪烁着暗淡的光芒,它离璀璨的毕宿五和清透的昴星团不远。泽农早已放弃勾画占星图,他认为我们与这些遥远的星体之间的关系过于模糊,不足以进行确切的演算,即便这里或那里出现一些奇怪的结果让人不得不接受。然而,他双臂支在窗框上,陷入了阴沉的想象。他并非不知道,根据他和院长两人的生辰天宫图,土星目前的位置足堪令人生畏。

肉欲的迷乱

　　几个月以来,泽农有了一个十八岁的年轻方济各会修士当助手,替代被打发走的那个私卖香膏的醉鬼。西普里安修士是乡下人,十五岁那年进了修道院,他只会说他的村子里的粗俗的佛兰德斯语,他的拉丁文几乎不够用来在弥撒时应答。经常有人撞见他在哼唱小曲儿,想必是他从前放牛时学来的。他还留有一些小孩子的弱点,比方说背地里将手伸进装满糖的罐子,里面的糖是用来配制糖浆的。但是,贴膏药或者缠绷带时,这个懒洋洋的小伙子却身手敏捷无人能及;任何伤口,任何脓肿都不会令他畏惧,也不会令他恶心。来施诊所的孩子们喜欢他的微笑。有些病人走路步履不稳,泽农不敢让他们独自穿城而过,就差他将他们送回家;西普里安仰面朝天,享受着街上的喧嚣和热闹,在济贫院和圣约翰医院之间跑来跑去,借进或借出药品,给某个不能眼看着让他死去的叫花子弄一个床位,或者,实在没有办法时,说服街坊里某个虔诚的妇人收留这个穷光蛋。初春时节,他惹了一桩祸,修道院园子里的花儿还未绽放,他就偷了山楂花去装饰放在拱廊下的圣母像。

他无知的头脑里装满了从村妇们的闲谈中听来的迷信：你得提防他在病人的伤口上贴一张他花一个铜板买来的能治病的圣人画像。他相信在空旷的街上有狼人在吠叫，他到处都看得见男男女女的巫师。按他的说法，倘若没有一个撒旦的门徒悄悄参与，神圣的祭礼就无法完成。轮到他独自一人在空荡荡的小教堂里为弥撒值班时，他就会疑心主祭，要不然就想象暗处有一个看不见的魔法师。他声称一年中有某些日子，教士不得不制造巫师，办法是将洗礼祷文倒着念；他还以自己的洗礼为例，说他的教母看见神父先生颠三倒四地拿着经书，就一把将他从洗礼盆里抓了出来。保护自己的办法就是避免接触，或者，如果怀疑有巫术的人碰到你，就要想办法将手放到比他碰到你的更高的地方。一天，泽农不经意碰到他的肩膀，过了一会儿，他想方设法碰了碰他的脸。

一天早上，就是复活节之后第一个星期天的次日，他们一起在配药室里。塞巴斯蒂安·戴乌斯整理账本。西普里安无精打采地捣小豆蔻种子，不时停下来打哈欠。

"你在站着打瞌睡，"医生突然说。"要我相信你祷告了一个通宵吗？"

小伙子笑了笑，一脸狡黠的神情。

"天使们在夜里聚会，"他朝门口瞟了一眼说。"细颈瓶里盛着酒传来传去；池子备好给天使们沐浴。他们在美人面前跪下，美人拥抱和亲吻他们；美人的女仆解开她长长的发辫，她们两人都像在天堂里那样赤身裸体。天使们脱下羊毛外套，穿着上帝给他们的皮肤相互欣赏；大蜡烛亮闪闪，然后又熄灭了，每个人

218

都听从心的欲望。"

"简直是无稽之谈！"医生轻蔑地说。

但是他心里突然涌起一阵暗暗的忧虑。他知道这些天使般的称谓和这些温柔淫荡的画面：它们属于一些已经被遗忘的邪教，人们吹嘘说在佛兰德斯，早在五十多年前已用铁血手腕将它们摧毁了。他还记得自己是小孩子的时候，在羊毛街的壁炉台下面，听见人们低声议论这些信徒通过肉体相互认识的聚会。

"这些危险的蠢话你是从哪里听来的？"他厉声说道。"做些别的好梦吧。"

"这可不是在讲故事，"小伙子说，好像受到冒犯的样子。"如果哪一天先生愿意，西普里安拉着他的手，他就会看见和触摸到天使。"

"你在说笑吧，"塞巴斯蒂安·戴乌斯斩钉截铁地说。

西普里安又开始捣他的小豆蔻。他时不时拿一粒黑色种子凑到鼻子跟前，嗅嗅好闻的香料气味。谨慎的做法最好是权当小伙子没有说过这些话，然而泽农的好奇心占了上风：

"你们所谓的这些夜间聚会，是在什么地方，又是什么时候进行的呢？"他生气地说。"晚上离开修道院可不是件容易的事情。有些修士，我知道，会翻墙……"

"那是些蠢人，"西普里安说，脸上带着不屑的神情。"弗洛里安修士找到一条通道，天使们就从那里来来往往。他喜欢西普里安。"

"守住你的秘密吧，"医生狠狠地说。"谁能保证我不告发你们呢？"

小伙子轻轻摇了摇头。

"先生才不会做对天使们有害的事情呢，"他厚着脸皮暗示，好像他们是同谋。

一记敲门声打断了他们的谈话。泽农去开门，自从在因斯布鲁克得到警报以来，他还从没有这样心惊肉跳过。敲门的是一个受狼疮之苦的小姑娘，她每次来总是戴着黑色面纱，并非她的疾患令她害羞，而是泽农注意到光线会加重她的病情。给这个不幸的姑娘看病让泽农感到轻松。接着又有病人到来。几天里，医生和护士之间再也没有谈论过危险的话题。但是，从此以后泽农用一种不同的眼光来看待这位小修士。在僧衣下面，活跃着一个不安分的身体和诱惑人的灵魂。与此同时，他感到自己藏身之所的地面裂开了一条缝隙。他想找机会了解更多情况，这一点，他对自己也不愿意承认。

接下来的星期六，机会到了。济贫院关门后，他们坐在一张桌子前清洗用具。西普里安的双手灵巧地摆弄着锐利的钳子和锋利的手术刀。突然，他双臂支在这一堆铁家伙中间，轻轻哼唱起一首古老而复杂的曲子：

> 我称呼也被称呼，
>
> 我饮也被饮，
>
> 我食也被食，
>
> 我跳舞，人人都唱歌，
>
> 我唱歌，人人都跳舞……

"这又是一支什么小曲儿？"医生蓦地问道。

实际上，他已经听出这是一部被禁的伪经里的经文，他从前好几次听到炼金术士们念诵过,这些人认为它们具有玄奥的法力。

"这是圣约翰的颂歌,"小伙子天真地说。

他在桌子上方俯下身来,用轻柔的语气继续倾诉:

"春天到了,鸽子在叹息,天使们的沐浴很暖和。他们手牵着手,轻轻唱歌,担心被坏人听见。昨天,弗洛里安修士还带来一把鲁特琴,他轻轻弹奏柔和的音乐,让人听了直想掉泪。"

"参与你们这场冒险的人多吗?"塞巴斯蒂安·戴乌斯不由自主地问。

小伙子掰着手指数道:

"有吉兰,他是我的朋友,有见习修士弗朗索瓦·德·布尔,他眉清目秀,嗓音清亮动听。马修·阿兹时不时会来,"他继续数,又说出了医生不认识的两个修士的名字,"弗洛里安修士很少错过天使们的聚会。皮埃尔·德·哈梅尔从来没来过,但是他喜欢他们。"

这位修士一向给人留下严峻的印象,泽农没有料到会听见他的名字。他们两人之间一直有着某种敌意,总务起先反对圣科姆济贫院的修缮计划,后来又几次三番试图削减济贫院的银钱。一时间,他竟以为西普里安向他吐露的这些奇怪的事情,不过是皮埃尔设下的一个陷阱,想诱他落网。但是小伙子接着说:

"美人也并不总是来,只有坏女人们不让她害怕的时候才来。她的黑女仆拿一块布包着贝尔纳会的修女们祝圣过的面包带来。在天使们中间,大家用身体来做那些温柔的事情时,没有害羞,没有嫉妒,也没有反抗。不管谁提出要求,美人都会用亲吻来安慰他,但她疼爱的只有西普里安。"

"你们怎么称呼她?"医生问,他这才第一次察觉到说不定实有其人,此前他一直以为自己听到的只不过是一派胡言,是一个自从不得不放弃跟放牛的村姑在柳树下逗乐以来,再也没有机会接触姑娘的小伙子编造的欢爱场面。

"我们叫她夏娃,"西普里安轻声说。

窗台上的火盆里有几块熔化眼药胶的火炭,正在燃烧。泽农抓住小伙子的手,将他拖到小小的火苗跟前。他将小伙子的手指放在火苗上方,按住好一会儿。西普里安连嘴唇都发白了,但是他咬紧牙关,不敢叫出声来。泽农的脸色也差不多一样苍白。他放开他的手。

"这团火在你整个身体上燃烧,你如何忍受得了?"他低声对他说。"去找一些不像你们的天使聚会那么危险的乐子吧。"

西普里安自己用左手够到架子上的一只罐子,将里面的百合油涂抹在烧伤的部位上。泽农一声不响地帮他包扎了手指。

这时,吕克修士进来了,他拿着一个给院长送东西的托盘,每晚要给院长送去一杯镇定剂。泽农接过来,独自去了院长那里。翌日,发生过的事情仿佛只是一个噩梦,但是他看见西普里安在大厅里,忙着给一位受伤的孩子洗脚。他仍然缠着绷带。后来,泽农每每看见烧伤的手指留下的疤痕都会扭过头去,每一次心里都会涌起同样难以承受的焦灼。西普里安似乎想方设法让伤疤几乎是俏皮地出现在他的眼皮底下。

在圣科姆济贫院的单人房间里,焦灼不安的来回踱步取代了关于炼金术的沉思,这是一个看见危险的人在寻找出路。渐渐地,就像物体在薄雾中显现出来,在西普里安的胡言乱语中,

222

事实渐露端倪。天使们的沐浴以及他们淫荡的聚会毫无困难地得到解释。布鲁日的地下是纵横交错的通道,其间一个个货栈相接,一个个地窖相连。在方济各会修道院的附属建筑与贝尔纳会女修道院之间,只有一所废弃的房屋相隔;弗洛里安修士懂得干点儿泥水活,也会画画儿,他在翻修小教堂或者内院时,可能发现了从前的蒸汽浴室或洗衣池,于是那里便成为这些疯子的密室和温柔乡。弗洛里安是一个二十四岁的浪荡子,早年在各地游荡,为城堡里的贵族或市区住宅里的市民画像,以此换取借宿之地和口粮。安特卫普的骚乱[1]驱散了他突然出家投奔的修道院,秋天以来人们将他安置在布鲁日的方济各会修道院里。他性情开朗,手脚灵巧,相貌俊秀,总有一群学徒簇拥在身边,在梯子上上下翻飞。所谓的贝甘和圣灵兄弟会[2]早在世纪初已遭灭绝,这个疯疯癫癫的头脑想必在某个地方遇见了他们的残余,像传染病一样,他从他们那里染上了这套花哨的语言和天使般的称谓,随后又教给西普里安。当然也有可能,年轻的乡下人从他村子里的迷信中学到了这套危险的切口,这些迷信如同被遗忘的瘟疫留下的病菌,继续在壁橱深处悄悄酝酿。

　　自从院长生病以来,泽农注意到修道院里出现了不守规矩

---

[1] 1566 年 8 月,安特卫普发生大规模的破坏圣像骚乱,民众捣毁了几乎全城的教堂和修道院。

[2] 贝甘(les Béguins)最早出现于 12 世纪末期,指的是荷兰、比利时一带不发愿的修士,他们组成半宗教半世俗的团体。贝甘的修行方式在 13 世纪风行一时,但从 14 世纪起即遭到教会的压制。在小说中的时代,贝甘被视为异端,他们受到"圣灵会"的影响,有意通过所谓"原罪之前"的活动,如裸体等,来迎接圣灵的到来。他们认为一切纯洁的灵魂(即"天使")都是圣灵,伊甸园的大门会向他们敞开。

和混乱的势头:据说,只有一部分修士马马虎虎地参加夜课;一群人默默地抵制院长根据主教会议的建议[1]实行的改革;让-路易·德·贝尔莱蒙以身作则,奉行严肃清苦的修道生活,那些最放荡不羁的修士对他恨之入骨;相反,头脑僵化之辈却认为他过于宽厚,因而嗤之以鼻。已经有人针对下一任院长的选举开始暗中谋划。群龙无首的局面无疑让天使们更加胆大妄为。令人难以置信的是,像皮埃尔·德·哈梅尔这样谨慎的人居然听任他们冒着死亡的风险举行夜间聚会,更疯狂的是,竟然听任他们让两个姑娘卷入,然而,也许是皮埃尔对弗洛里安和西普里安难以回绝吧。

塞巴斯蒂安·戴乌斯起先以为,这些姑娘本身不过是大胆的绰号而已,或者仅仅是痴人说梦。随后他想起来,街坊中很多人在议论一位名门闺秀圣诞节前夕搬到贝尔纳会女修道院里居住,她的父亲是佛兰德斯议会的首席法官,到巴利亚多利德[2]述职去了。她的美貌和昂贵的饰品,以及她的小女仆黝黑的面庞和耳环,都成为街谈巷议的内容。德·洛斯小姐和她的黑女仆一起出门,上教堂或者去花边店和糕饼铺买东西。说不定西普里安某次外出时,与这两位美人交换了眼神,随后还有过攀谈,要不就是弗洛里安在维修祭坛的壁画时,想法为自己或者为朋友说服了她们。两位大胆的姑娘完全可能趁着夜色溜出来,穿过迷宫般的走廊,去赴天使们的夜间聚会。在天使们充斥着《圣经》图像的想象中,她们就是书拉密女[3]和夏娃。

---

[1] 特伦托主教会议特别强调修士应遵守修道院的戒律。
[2] 西班牙城市,16世纪成为西班牙王室青睐的居住地。1560—1601年间,菲利普二世将宫廷安置于此。
[3] 见16页注[2]。

西普里安透露情况后，没过几天，泽农去长街上的糕饼铺买肉桂滋补酒，在院长服用的药剂里，要掺入三分之一这种酒。伊德莱特·德·洛斯在柜台前挑选油炸糖糕和松糕。姑娘看上去还不到十五岁，像芦苇般纤细，金黄色的长发浅得近乎白色，眼睛犹如清泉。这头浅色的头发和澄澈的眼睛，让泽农回忆起自己在吕贝克形影不离的年轻伙伴。同伴的父亲是博学的埃吉狄乌斯·弗里德霍夫，他是布莱滕街上富裕的金银器商人，也深谙炼金术，那时，泽农正与他一起醉心于贵金属的铆合和鉴定成色的试验。那个喜欢思考的孩子既是一位可人儿，又是一个勤勉的弟子……杰拉德迷上了泽农，甚至愿意跟随他远行法国，而父亲也同意他就此开始在德国的漫游；然而哲学家担心，这个从小锦衣玉食的孩子难以承受旅途的艰辛以及其他危险。他们在吕贝克朝夕相处的这段日子，在泽农漂泊不定的一生中，仿佛回暖的深秋时节，如今追忆起来，它们不复是干枯的记忆，如同不久前他思考自己的一生时关于肉欲的回忆那样，而是如醇酒般醉人，却切不可任自己陶醉其中。这些经历，无论他是否愿意，令他与那帮疯狂的天使相类。然而在伊德莱特小小的脸蛋周围，另一些回忆也在翻卷：德·洛斯小姐身上的某种大胆和任性，让他想起了遗忘已久的那位雅奈特·弗贡尼埃，鲁汶的大学生们的宠儿，那是他作为男人的第一次征服；在他看来，西普里安的骄傲也就没有那么幼稚和无聊了。他的记忆紧绷，向着更远的地方延伸；然而线折断了；黑姑娘笑了起来，一边嚼着糖衣杏仁，伊德莱特出门时，就像她对任何路人都会做的那样，冲着这个头发灰白的陌生人莞尔一笑。她宽大的裙幅挡住了铺子狭窄的店门；糕饼师素来喜欢女人，他指给客人看，小姐懂得如何用一只手将裙子笼住,露出脚踝,让织物漂亮的闪光波纹贴在自己的大腿上。

"一位展示身段的姑娘想让人明白,她想吃的是别的东西,而不是奶油面包,"他轻佻地对医生说。

这是男人之间常开的玩笑。泽农尽责地笑了。

夜间的来回踱步又开始了:箱子与床之间是八步,天窗与门之间是十二步。他在地板上行走的方式,已俨然是一个囚犯。一直以来,他早已明白自己的某些激情被视为一种肉体的异端,会令他难逃异端分子的命运,那就是火刑。人们习惯于他们所处时代的严刑峻法,就像习惯于由人类的愚蠢而引发的战争,习惯于处境的不平等,道路的崎岖不平以及城市的混乱。一个人可以因为爱过杰拉德而被烧死,就像一个人可以因为阅读俗语《圣经》而被烧死,也是不难理解的事情。这些法律在本质上是无效的,它们声称要惩戒的东西既不触及富人,也不触及这个世界上的权贵:教廷大使在因斯布鲁克为自己写的淫词艳赋沾沾自喜,而这些诗词可以让一个可怜的修道士被烧死;同时,从来没有人见过一位领主因为诱惑自己的小厮而被扔进烈火。这些法律严惩的是默默无闻之辈,然而,不为人知本身也是一个藏身之地:尽管有鱼钩、鱼网和火把,大部分鱼儿还是在黑暗的深水中继续它们不着痕迹的游踪,并不在意有些同伴正血迹斑斑地在一条船的甲板上挣扎。但是他也知道,只要有一个敌人的怨恨,一群人突发的愤怒或者疯狂,或者仅仅是一位法官荒唐的严厉,原本无辜的犯人就有可能丧命。漠然会变成狂怒,半同谋会变成憎恶。整整一生,他都在体验这种与其他恐惧纠缠在一起

226

的恐惧。然而,人们自己受之泰然的东西,发生在别人身上却难以容忍。

这个混乱的时期鼓励人们在一切事情上检举告发。小老百姓背地里被那些捣毁圣像者所吸引,他们责备教会拥有财富和威权,于是不顾一切投入到任何可以令教会声望受损的事端之中。在根特,几个月前,九个奥古斯都会修士被怀疑有鸡奸行为,且不论指控是否成立,他们在遭受闻所未闻的酷刑之后被烧死,为的是满足那些憎恨教会人士的乌合之众的激奋情绪;执法者由于害怕显得包庇一桩丑闻,就不听从明智的建议,难以做到仅仅执行律法所规定的惩戒。天使们的情形更加危险。与两位姑娘之间的恋爱游戏,在市井百姓眼中原本有可能冲淡这件事情的污点,相反却让这些不幸的人更加暴露在危险之下。德·洛斯小姐是众人关注的目标,人们会将低俗的好奇心集中在她身上;能否守住夜晚聚会的秘密,从此取决于妇人们的蜚短流长或者一次不该发生的怀孕。然而,最大的风险还在于那些天使般的称谓,蜡烛,有葡萄酒和祝圣过的面包的幼稚仪式,还有念诵那些伪经经文,而任何人,即便这些经文的作者,也从未理解过它们的含义,最后,还有赤裸的身体,其实这种裸体与在池塘边戏耍的少年并无区别。这些出格的行为挨上几记耳光理所当然,但却会让这些疯狂的心灵和脆弱的头脑丢掉性命。这些懵懂无知的孩子发现了肉体的愉悦而欣喜不已,他们只不过借用从小耳熟能详的神圣的句子和图像,然而没有人会认为这是一件简单的事情。正如院长的疾病于他死亡的日期和性质已无大的改变,在泽农看来,西普里安和他的同伴们已经完蛋,如同他们已经在火焰里叫喊。

227

他坐在桌子前,在一本簿子的边缘胡乱画一些数字和符号,心里想自己撤退的路线格外脆弱。西普里安执意要让他成为一个知情人,甚至同谋。只要稍加审讯,他的真实姓名和身份就会几乎不可避免地暴露,因无神论被拘捕并不比因鸡奸罪被拘捕更轻松。他也没有忘记自己曾经给汉疗伤,还设法帮助他逃脱追捕,这件事情随时有可能让他作为反叛者被送上绞架。谨慎的做法是离开,而且越快越好。然而,他不可能在目前这个时刻离开院长的病床。

让-路易·德·贝尔莱蒙在慢慢死去,与人们对这种疾病一般进程的认识相一致。他已经骨瘦如柴,由于他从前体魄健壮,这种变化更加触目惊心。吞咽变得越来越困难,塞巴斯蒂安·戴乌斯请老格利特做了一些清淡的食物,比如酱汁和糖浆,她是按照从前在利格尔家的厨房里备受青睐的古老配方调制的。尽管病人努力想从中得到些许乐趣,却终究不过用嘴唇碰碰而已,泽农怀疑他一直在捱饿。院长已几乎完全失声;他只保留跟下属和医生进行最必要的交谈。其余时候,他就在床头的纸条上写下自己的愿望或命令,但是,正如有一次他向塞巴斯蒂安·戴乌斯指出的那样,已经没有什么要紧的事情需要写或者说了。

医生要求人们尽量少向院长报告外面的事件,不愿意让他听到在布鲁塞尔甚为猖獗的平乱法庭犯下的暴行。然而消息似乎透过滤网传到了他的耳朵里。将近六月中旬,负责照料院长洗漱的见习修士正在跟塞巴斯蒂安·戴乌斯讨论上一次给院长洗麸皮浴的日期,这种沐浴可以清洁他的皮肤,似乎还能让他在一段时间里感到舒服一点。院长转头看着他们,面色灰暗,含混不清费力地说：

"那是六号，星期一，两位伯爵被处死的日子。"

几滴眼泪顺着他苍白的面颊无声地流下来。泽农后来听说，让-路易·德·贝尔莱蒙已故的妻子与拉莫拉尔是亲戚。几天后，院长托医生送一封慰问信给伯爵的遗孀巴伐利亚的萨宾娜，据说，忧虑和痛苦已将这位夫人推到死亡的边缘。塞巴斯蒂安·戴乌斯带着这封信准备交给信使，正在走廊上晃荡的皮埃尔·德·哈梅尔走到两人中间，他担心院长的不慎之举连累修道院。泽农轻蔑地将信递过去。总务看完信后还给他：信中除了向这位高贵的夫人表示吊唁，许诺祈祷，并无任何危险的内容。何况，国王的军官对萨宾娜夫人也敬重有加。

泽农对那件事情放心不下，思前想后，他相信为了避免最坏的情况发生，只需将弗洛里安修士打发到别处去翻修教堂。西普里安和见习修士们失去了领头人，想来不敢继续举行他们的夜间聚会，另一方面，叮嘱贝尔纳会的修女们对两位姑娘严加看管也并非不可能。调走弗洛里安取决于院长一人，泽农打定主意向院长略微透露一点情况，只要能让他立即采取措施就足矣。他等待某一天病人的情况稍好一点再说。

时机到了，七月初的一个下午，主教亲自前来探望院长。主教大人刚刚离开；让-路易·德·贝尔莱蒙身着修士服躺在床上，殷勤待客作出的努力仿佛让他暂时恢复了一点生机和体力。塞巴斯蒂安看见桌上有一只几乎没有动过的托盘。

"请您谢谢这位好心的妇人，"修士说，他的声音不像平时那么虚弱。"的确，我几乎没有吃东西，"他用近乎愉快的声音补充道,"但是一位修士守斋戒并非坏事。"

"想必主教会同意院长破例,"医生同样用开玩笑的口吻说。

院长微微一笑。

"主教大人学识渊博,我也相信他心地善良,尽管我属于反对国王任命他的人之列,因为这一任命无视我们古老的习俗。我很乐意向他推荐了我的医生。"

"我并没有谋求另一个职位,"塞巴斯蒂安·戴乌斯快活地说。

院长已面露倦色。

"我不想抱怨,塞巴斯蒂安,"他耐心地说,就像他每次谈论自己的病情时那样,感到有些尴尬。"我的疼痛完全可以忍受……然而有一些令人难过的效果。因此,我在犹豫是否接受圣体仪式……不能有一声咳嗽或者打嗝……假如有某种姑息剂可以缓解这个咽峡炎的话……"

"咽峡炎是可以治愈的,院长先生,"医生撒谎道。"我们寄希望于这个晴好的夏天……"

"也许吧,"院长心不在焉地说。"也许吧……"

他伸出瘦削的手腕。负责看护的修士暂时不在一旁,塞巴斯蒂安·戴乌斯趁机说,他刚才偶然碰见了弗洛里安修士。

"是的,"院长说,也许他执意要显示自己还记得名字。"我们准备让他翻新祭坛上的壁画。资金短缺,无法购买新颜料……"

他似乎信赖这位初来乍到的会画画的修士。与修道院回廊里流传的风声相反,泽农认为让-路易·德·贝尔莱蒙仍然保持着清醒的头脑,但可以说他的能力只存在于内心了。突然,院长示意他俯下身来,似乎要悄悄告诉他一个秘密,然而话题已不再是画匠修士了。

"……我们有一天谈论过祭献,塞巴斯蒂安朋友……然而没有什么可牺牲的……一个到了我这样年纪的人,活下去还是死去已无关紧要……"

"院长活下去对我很重要,"医生坚定地回答。

但是医生已经放弃求助了。一切补救措施都有可能导致检举。一个人疲惫之下,一不小心可能会说出这些秘密;甚至有可能,这位筋疲力尽的人会表现出一种与自己天性不符的严厉。再说,书信事件证明,院长已经不再是修道院的主人。

泽农又尝试了一次,想吓唬西普里安。他跟他谈起根特的奥古斯都会修士的惨剧,对此,这个护理修士大概也有所耳闻。结果与他期待的并不相同。

"奥古斯都会的修士是些傻瓜,"年轻的方济各会修士简洁地说。

然而三天之后,他神色忧虑地走到医生旁边:

"弗洛里安修士丢失了一个护身符,他从一个埃及女人那里得到的,"他心慌意乱地说。"看来会发生很大的灾祸。如果,先生,用他的法术……"

"我不是兜售护身符的商贩,"塞巴斯蒂安·戴乌斯反驳道,掉头走开了。

次日,星期五到星期六的夜间,哲学家正在书堆里埋头工作,一件轻飘飘的东西从敞开的窗户落进来。这是一根榛树条。

泽农靠近窗户,看见一个灰色的影子,只能隐约辨别出面孔、双手和赤脚,那个人在楼下,做出召唤的姿势。过了一会儿,西普里安离去了,消失在回廊下面。

泽农颤抖着回到桌前坐下。一阵强烈的欲望将他攫住,但他事先知道自己不会退让,如同另一些时候,尽管作了更为有力的抵抗,我们事先知道自己会沉沦。他当然不会跟随这个失去理智的家伙去参与某种夜间的放荡或者魔法。然而,在这种没有片刻安闲的生活里,眼看着缓慢的毁灭在院长的肉体甚至他的心灵里完成,他有一种愿望,想在一个年轻而温暖的身体旁边,忘却寒冷、堕落和黑夜的威力。西普里安如此执拗,是因为他想争取到一个被认为有用的,而且有着神秘法术的人吗?难道这是又一个例子,亚西比德[1]永远试图引诱苏格拉底?炼金术士的脑子里涌起另一个更加荒谬的想法。为了从事比研究肉体本身更科学的研究,他压制住自己的欲望,难道这些欲望在他身外变成了这种孩子气的、有害的形式?光亮已经熄灭[2]:他吹灭了灯。徒劳地,他作为解剖学者而非情人,尝试带着蔑视去想象这些耽于肉欲的孩子们的游戏。他反复对自己说,蒸馏出亲吻的嘴,不过是用来咀嚼的洞穴,而刚刚咬过的嘴唇,它的印痕若留在酒杯边缘未免令人嫌恶。徒劳地,他想象挤压在一起的白色毛毛虫,或者被蜂蜜黏住的可怜的苍蝇。无论怎样,伊德莱特和西普里安,弗朗索瓦·德·布尔和马修·阿兹,他们是美的。废弃的蒸汽浴室的确是一个有魔力的房间;肉欲的烈焰如

---

[1] 亚西比德(公元前450—公元前404),希腊将军和政治家。他由伯里克利抚养成人,是苏格拉底的学生。
[2] 原文为拉丁文。

232

同炼丹炉的火焰同样可以转化一切,值得为它冒火刑堆的危险。赤裸的身体发出闪闪白光,如同磷光一样显示出石头暗藏的功效。

到了早上,终于有了疏导的方法。一个劣等酒馆深处最糟糕的放荡,也胜过天使们的胡闹。楼下,在灰色的大厅里,当着一个每星期六前来治疗静脉曲张伤口的老妇人的面,他狠狠地训斥西普里安碰倒了装着绷带的盒子。在那张眼皮略微浮肿的脸上看不出丝毫异样。夜间的劝诱也许只是一场梦。

但是,从那一小群人里发出的信号如今充满了敌意和讥诮。一天上午,哲学家走进配药室时,看见一幅画显眼地放在桌上,笔法灵巧,不像出自西普里安之手,他只会勉勉强强用鹅毛笔签自己的名字。在这堆乱糟糟的图形里看得出弗洛里安的奇思妙想。这是一幅时常在画家们笔下看到的那种极乐园,正派人从中看到的是对罪孽的讽喻,而另一些较为狡黠的人,相反,看到的则是大胆的肉体狂欢。一个美人,被情郎们簇拥着,正跨进一只浅口盆准备沐浴。两个情人只露出赤裸的脚,从脚的姿势,可以猜到他们在帘子后面拥吻。一个年轻人正用温柔的手分开爱人的膝盖,后者长得像他的兄弟。一个小伙子正在磕头,从他的嘴和隐秘的缝隙里,开出一丛丛柔嫩的花朵,冉冉升天。一个黑女人在托盘上玩一颗硕大的覆盆子。这些隐含寓意的乐趣变成了一种巫术游戏,一种危险的玩笑。哲学家若有所思地撕掉了这张纸。

两三天后,又一个猥亵的玩笑在等着他:有人从壁柜里翻出几双旧鞋,那是地上有泥泞和积雪时,用来套上穿过花园的;这

233

些鞋摆在显眼的地方,在地板上交叠在一起,呈现出一种淫荡的混乱。泽农一脚将它们踢开;玩笑非常粗俗。更令人担忧的是,一天晚上他在自己房间里发现的一样东西。这是一块卵石,上面用铅笔潦草地画了一张面孔,以及女人或者雌雄同体人的性器官;石头边缘还裹了一绺金发。哲学家烧掉那簇头发,鄙夷地将这种魅术玩具扔进一只抽屉。这类纠缠停止了;他从未降低过身份跟西普里安提起这些事情。他开始相信天使们的疯狂会自动过去,因为很简单,一切都会过去。

世道的苦难让圣科姆济贫院人满为患。除了常来的病人,还有一些人很难再见到第二次:这些乡下人带着出逃前匆匆收拾的乱七八糟的家什,或者他们从着火的房子里抢救出来的东西,烧焦的被褥,露出羽毛的压脚被,锅盆碗盏和缺口的罐子。女人们背着用肮脏的布包裹起来的孩子。军队循例将造反的农庄洗劫一空,这些被驱赶出来的乡下人几乎都遭遇过殴打,他们忍受着伤痛,然而他们最主要的病痛只不过就是饥饿。有些人从城市里穿过,他们像随季节迁徙的羊群,不知道下一站又会如何;这个地区遭到的破坏没有那么严重,另一些人就去投奔还有牲畜和住处的亲戚。泽农在吕克修士的协助下,设法弄来面包,分发给最穷的人。还有一些人不太唉声叹气,但是他们显得更焦虑不安,通常独自一人或者三三两两赶路,可以认出他们是来自内地城市的手艺人,很有可能是血腥议会追捕的对象。这些逃亡者穿着光鲜的城里人的衣服,然而他们破烂的鞋子,浮肿和打泡的双脚,泄露了这些原本不习惯走路的人经历过长途跋涉;他们闭口不提去向,但是泽农从老格利特那里得知,几乎每天都有拖网渔船从海岸线上一些僻静的地方出发,视各人的财力和

234

风向而定,将这些爱国者带往英国或泽兰。泽农给他们看病时并不多问。

塞巴斯蒂安·戴乌斯几乎不离开院长身边了,两名修士也终于学会基本的照料方法,可以信赖他们。吕克修士性格稳重,忠于职守,除了眼前的活计,他不会想更远的事情。西普里安也不乏温厚的善意。

靠鸦片制剂来给院长镇痛已经无济于事。一天晚上,院长拒绝服用镇定汤剂。

"请您理解我,塞巴斯蒂安,"他焦虑地低声说,也许担心医生会反对。"我不想在……他见他们睡着了[1]的时候打盹……"

哲学家点头表示同意。从这时起,他在垂死者身边的角色就是让他咽下几勺汤水,或者在看护修士的帮助下将病人扶起来,这个高大的身躯已经骨瘦如柴,离坟墓不远了。深夜里回到圣科姆济贫院,他和衣而卧,时刻准备应付有可能发生的窒息,令院长再也无法醒来。

一天夜里,泽农仿佛听见一阵急促的脚步声,沿着走廊的石板路一直走近他的房间。他匆忙起身,打开门。没有看见任何东西,也没有一个人。然而他还是朝院长的修室跑去。

让-路易·德·贝尔莱蒙已经坐起身来,用枕头支撑着身

---

[1]原文为拉丁文。耶稣被捕前感到焦虑不安,三个门徒陪伴他到一荒僻处祷告,他嘱咐门徒保持警醒,但他三次祷告回来时,发现他们都睡着了。见《新约·马太福音》第26章40节。

体。他大大睁开的眼睛转向医生,后者从眼神中看见无限关切之意。

"离开这里吧,泽农!"他一字一顿地说,"在我死后……"

一阵咳嗽打断了他的话。泽农心慌意乱,本能地转过头,看看坐在凳子上的看护修士是否听见。但是这个老头儿在打盹,脑袋轻轻摇晃。院长筋疲力尽,重又歪着倒在靠枕上,陷入某种激动的麻木中。泽农朝他俯下身来,心跳不已,试图唤醒他,希望再得到一句话或者一个眼神。他怀疑自己的感觉,甚至怀疑自己的理性。过了一会儿,他在床边坐下。说到底,院长一直以来就知道他的名字并非不可能。

病人一阵阵微微颤栗。泽农帮他久久地按摩双脚和双腿,就像从前弗罗索夫人教他做的那样。这种疗法胜于一切鸦片制剂。后来他自己双手抱头,也在床边睡过去了。

早上,他下楼去食堂取一碗热汤。皮埃尔·德·哈梅尔也在那里。院长的喊声几乎迷信般地唤醒了炼金术士的全部警觉。他将皮埃尔·德·哈梅尔拉到一边,突如其来地对他说:

"我希望你已经制止了你的朋友们那些疯狂的游戏。"

他正要提到修道院的声誉和安全,总务让他免了这种可笑的举动。

"我对这件事情一无所知,"他狠狠地说。

他走远了,凉鞋踏得很响。

当天晚上,院长第三次接受临终涂油圣事。小小的修室以及毗连的小教堂里,挤满了手持蜡烛的修士。有些人在哭泣;另一些人只是出于礼节而参加仪式。病人已经陷入半昏迷,他似

236

乎专注于尽可能减少呼吸的痛苦,对那些黄色的小火苗视而不见。念完临终经后,修士们鱼贯而出,只留下两名修士念诵玫瑰经。刚才待在一边的泽农,这才回到他平时的位置。

用语言,即便最简短的语言来交流的时刻已经过去了;院长仅仅靠示意来要一点水,或者要挂在床角落的尿壶。在泽农看来,这个分崩离析的世界里,如同一件埋在瓦砾下面的珍宝,还有一个精神仍然存在,他可以超越语言与之保持联系。他继续握着院长的手腕,这种微弱的接触似乎足以传递给院长些许力量,也足以从他那里换取到些许安宁。医生不时想到一个古老的说法,一个垂死者的灵魂会像一粒包裹在雾里的火星一样漂浮在他上面,他看了看昏暗的四周,然而他看见的很可能只是一支燃烧的蜡烛投射在窗玻璃上的反光。凌晨时分,泽农将手抽了回来;是时候让院长独自一人朝着最后几道门走去了,或者相反,会有几张不可见的面孔陪伴着他,那一定是他在临终之际呼唤的人。过了一会儿,病人好像快要醒来似的挣扎了几下;他左手的手指似乎在摸索胸前的某样东西,也许从前让-路易·德·贝尔莱蒙的金羊毛[1]就佩戴在那里。泽农瞥见枕头上有一块圣牌,线绳已经松开了。他将它放回原处;垂死者将手指压在上面,露出满足的神情。他的嘴唇在无声地嚅动。泽农侧耳倾听,终于听见一段经文的结尾,他无疑已经念诵过上千遍:

"……此刻和在我们死去的时辰[2]。"

又过了半个小时;他请两位修士负责料理遗体。

---

[1] 金羊毛骑士团由勃艮第公爵菲利普三世于 1430 年创立,目的是将勃艮第各属地(包括佛兰德斯)的贵族聚集在他的周围,成员宣誓效忠领主和天主教信仰。该骑士团的领主权后随勃艮第公国并入西班牙哈布斯堡王朝。
[2] 原文为拉丁文。这是圣母经的末尾,祈求马利亚的帮助。

他站在教堂的侧道上参加了院长的葬礼。仪式吸引很多人前来。他认出了站在第一排的主教，以及旁边靠在拐杖上的一位老者，老者行动不便却依然健硕，他不是别人，正是帕托洛梅·康帕努斯议事司铎，高龄赋予他一种气度和镇定。修士们戴着风帽，看上去全都一样。弗朗索瓦·德·布尔手持香炉；他的确有一张天使的面孔。一位女圣人的光环或者衣服上的亮点，在翻新的祭坛壁画上闪闪发光。

新任院长是一个相当沉闷的人，但极其虔诚，据说管理有方。皮埃尔·德·哈梅尔为他的当选颇为卖力，有传闻说，新院长可能会采纳总务的建议，近期内下令关闭圣科姆济贫院，因为总务认为花费过大。也许，也因为有人风闻济贫院救治过平乱议会追捕的逃犯。然而，针对医生本人却并无丝毫微词。泽农也无所谓：他已经拿定主意，等院长的葬礼结束就一走了之。

这一次，他什么东西也不带走。他会将书留下，何况他已经很少翻阅这些书籍。至于他自己的手稿，它们没有珍贵到足以让他带在身边，留下来也不会招惹麻烦，不如任它们迟早有一天被送进修道院食堂的火炉。眼下正是热天，他决定扔掉长袍和冬天的衣服；在他最好的衣服外面，随便套上一件外套就足够了。他用布将工具随便包裹一下，跟一些稀罕且昂贵的药一起放在包里。最后时刻，他将那两支挂在马鞍上的老手枪也装进了包里。他只带走最必不可少的东西，然而每一个细节无不经过深思熟虑。他不缺钱：为了这趟旅行，泽农积攒下来修道院发给他的微薄津贴，除此之外，院长去世前几天，担任看护的老修士给他送来一个包裹，里面有从前他替汉取过钱的那只钱袋。

院长后来似乎未曾动用过。

他起初的想法是搭乘格利特儿子的大车,一直坐到安特卫普,然后从那里去泽兰或者盖尔德,这两个地区已经公开起来反抗王权。但是,如果他离开之后有人对他产生怀疑,最好不要让老妇人和她的车夫儿子受到任何牵连。他决定步行至海岸,然后在那里弄到一只船。

泽农离开前不久,最后一次跟西普里安交谈了几句,小伙子在配药室里哼唱着小曲。他那副欣欣然的样子激怒了泽农。

"我希望你们在服丧期间不会再去寻欢作乐吧,"他出其不意地说。

"西普里安已经不太将夜间聚会放在心上了,"年轻修士带着一副孩子气的神情说,他谈论自己的语气似乎在说别人。"他跟美人单独见面,而且在大白天。"

不用多问,他就解释说他在运河边发现了一个荒废的花园,他撬开铁栅栏,有时就在那里与伊德莱特相会。黑女仆藏在一堵墙后面放哨。

"你有没有想过要照顾一下美人?你的性命可能取决于产妇的唠叨。"

"天使们既不会怀孕,也不会生育,"西普里安的语气里有一种故作镇定,人们鹦鹉学舌时,往往会用这样的语气。

"啊!去你的吧,这套贝甘的语言,"医生气愤地说。

出发前一天晚上,他同往常一样,跟管风琴师和他的老婆一起吃晚餐。吃完饭,管风琴师照例带他去听几只曲子,接下来的

239

星期天他将在圣多纳西安教堂的大管风琴上演奏。封闭在音响管子里的空气,飘散在空荡荡的教堂中殿里,比任何人的声音更和谐,更有力。整整一夜,泽农最后一次躺在圣科姆济贫院单人间的床上,一遍又一遍地在心里弹奏一首罗朗·德·拉苏斯[1]的经文歌,乐声与他关于未来的计划相交织。不必太早动身,日出时城门才会打开。他留了一张字条,解释说住在附近的一个朋友病倒了,要他赶紧前去,他很可能一个星期之内就会回来。总该为可能回来留一条后路。他小心翼翼地溜出圣科姆济贫院时,街上已经洒满夏日灰色的晨曦。正在打开店铺护窗板的糕饼师,是唯一一个看见他出来的人。

---

[1] 罗朗·德·拉苏斯(Roland de Lassus, 1532—1594),出生于比利时瓦隆地区的作曲家,早年负笈意大利,后定居慕尼黑直至去世。他创作了大量经文歌。

沙丘上的漫步

　　他到达默门时,守门人刚收起狼牙闸门,放下吊桥。卫兵们很客气地跟他打招呼;他们看惯了他早早出城去采草药;他的包袱也没有引起注意。

　　他沿着一条运河大步疾走;这正是菜农们进城来卖菜的时间;他们中有很多人认识他,还祝他出门顺利;一个男人正准备去济贫院医治他的胃下垂,听说今天医生不在,未免有点沮丧;戴乌斯博士向他保证一星期之内就会回来,然而这样说谎令他觉得十分艰难。

　　即将到来的是一个晴好的白天,阳光渐渐从薄雾中透出。一种鲜活的惬意几乎令赶路人满怀喜悦。似乎只需迈着坚定的步伐朝海岸线上的某个地方走去,在那里找到一艘船,就可以抖抖肩膀,将几个星期以来让他心绪不宁的焦虑和烦恼抛在身后。清晨埋葬了死亡;自由的空气驱散了谵妄。在他身后只不过一法里的布鲁日,好像已经属于另一个时代,另一个星球。他惊讶

241

于竟然默许自己禁锢在圣科姆济贫院近六年之久，深陷修道院日复一日的琐务之中，这种生活比真正的教士身份更糟糕，而当他二十岁时，夸大了高墙之内不可避免的种种勾心斗角的程度，避之唯恐不及。在他看来，在这么长时间里放弃这个敞开大门的世界，无异于羞辱了生命无限丰富的可能性。精神活动在事物的背面劈开一条道路，固然可以将人引向美妙的深度，却让活着的体验本身成为不可能。长久以来，他已经失去在当下的现实中勇往直前的幸福，让偶然重新成为他的命运，不知道今晚将在何处过夜，也不知道一个星期之后何以为生。变化是一次复活，甚至是一次灵魂转世。双腿交替行走的动作足以令心灵愉悦。他的双眼全神贯注地指挥自己的步伐，一边享受着草地的清新。他的听觉怀着满足记录下一匹小马驹沿着灌木篱笆奔跑发出的嘶鸣，还有一辆小推车发出的毫无意义的吱呀声。一种彻底的自由从出发中诞生。

他离达默镇不远了，过去这是布鲁日的港口，在这条海岸线被泥沙淤积之前，远洋大船可以在这里停靠。那些繁忙的时光一去不复返了；几头奶牛在从前卸羊毛货箱的地方游荡。泽农还记得，他听见工程师布隆迪尔请求亨利-鞠斯特垫付一部分必要的款项，以对付泥沙的侵蚀；灵巧的工程师原本有可能拯救这个城市，而短视的富人拒绝了他的请求。这些吝啬之辈的行事方式从来如此。

他在广场上停下来买了一只圆面包。镇上居民的住宅半开着门。一个肤色白里透红，戴着娇艳的圆锥帽的妇人放开她的卷毛狗，小狗欢快地跑开，嗅嗅青草，然后停下来，摆出撒尿时特有的忏悔姿态，继而又蹦蹦跳跳玩耍起来。一群叽叽喳喳的孩子走去上学,他们身穿鲜艳的服装,浑圆可爱如同红喉雀。然而他们是西班牙国王的臣民,总有一天要去砸碎那些法国混蛋的脑袋。一只猫跑回家,嘴里露出一只鸟儿伸展的四肢。烤肉铺里散发出面饼和油脂的香味,与隔壁生肉铺寡淡的气味混合在一起;老板娘正用水哗哗地冲洗门口溅上血污的地板。在镇子外面一个长满青草的小山丘上,照例矗立着一副绞刑架,吊在上面的尸首经受长时间日晒雨淋之后,就像那些被抛弃的旧物一样,几乎有了几分温婉;微风友好地吹拂褪色的破衣衫。一队弓箭手出城去射杀斑鸠;这是一群志得意满的市民,他们一边交谈,一边相互拍打肩膀;每人都斜挎一只皮包,里面很快就会装进一个片刻之前还在天空欢唱的生命。泽农加快步伐。很长一段时间,在两片草地之间一条蜿蜒的小路上,只有他独自一人。整个世界似乎只有浅色的天空和汁液饱满的青草,后者像波浪一样贴在地面不停晃动。一时间,他想起了炼金术里的青绿色[1]这个概念,它是不知不觉迸发的生命在事物本质上静静的生长,是一丝纯粹状态的生命,随后他放弃了一切概念,重又全身心投入到清晨的单纯之中。

一刻钟之后,他赶上一个小个子针线商贩,此人背着包袱走在他前面;他们相互打了个招呼;小贩抱怨生意难做,内地很多村子都被大兵们洗劫一空了。这里,至少还算平静,没有什么大乱子。泽农继续赶路,又是独自一人了。接近正午时分,他在一个斜坡上坐下来吃面包。从那里,已经看得见远处一线灰色的大海在闪光。

---

[1] 原文为拉丁文,本意是"绿色、青绿",含有"新鲜、活力"之意。

一个挂着长竹竿的行路人走来,在他旁边坐下。这是一个盲人,他也从自己的裆裤里拿出东西来吃。医生怀着钦佩看着这位白眼人灵巧地取下肩上的风笛,解开皮带,将乐器小心翼翼地放在草地上。瞎子高兴地说天气真好。他在客栈和农庄的院子里为跳舞的姑娘小伙们奏乐,以此谋生;今晚他在希斯特过夜,星期天要在那儿演奏;然后他准备朝斯勒伊斯方向走:感谢上帝,幸亏总有年轻人,让人到处都能挣到钱,有时还能找到乐子。先生,您相信吗? 时不时会碰上喜欢盲人的女人;可千万不要自己夸大失去眼睛的不幸。这个瞎子跟他的很多同类一样,喜欢用"看见"这个词:他看见泽农正当盛年,而且很有学问;他看见太阳还在中天;他看见正从他们身后小路上走过的是一位行动稍稍不便的女人,她挑着一根扁担,上面吊着两只木桶。何况这些吹嘘并不全错:是他第一个察觉一条游蛇从草丛里滑过。他甚至想用手中的棍子杀死这个脏东西。泽农施舍给他一个里亚,起身离开,瞎子在后面一连声千恩万谢。

道路绕过一个很大的农庄;这是本地区唯一一个农庄,已经可以感到沙子在脚下沙沙作响。这个庄园看样子很富裕,一块块田地之间由矮矮的榛树林相连,围墙沿运河而建,院子里有一株枝繁叶茂的椴树,刚才那个挑扁担的女人卸下了担子,正坐在长凳上歇脚,两只木桶就放在身边。泽农犹豫了一下,然后走过去。这个地方叫作乌德布鲁日,曾经属于利格尔家;也许现在仍然是他们的家产。五十年前,他的母亲和西蒙·阿德里安森成婚前不久,曾经来这里替亨利-鞠斯特收取这一小块土地的田租;这是一趟愉快的出行。他母亲坐在运河边,脱掉鞋袜,双脚伸进水中,它们看上去比平时更加白皙。西蒙吃东西时,碎屑撒在灰白的胡须上。少妇替孩子剥了一只水煮鸡蛋,将宝贵的蛋壳递给他。游戏就是顺着风向在一个个紧邻的沙丘上奔跑,将这个轻飘飘的物品托在掌心,它会从手中逃脱,在前面飞舞,然后像小鸟一样停留一会儿,始终要设法重新抓住它,这样一来,一系列绵延不尽的曲线和断断续续的直线让奔跑变得复杂起来。泽农有时觉得,他一生都在玩这个游戏。

他在变软的地面上已经走得不那么快了。道路在沙丘之间起伏,只能从留在沙子上的车辙看出痕迹。他碰见两个很可能是驻扎在斯勒伊斯的士兵,暗自庆幸自己带了武器,因为在荒僻之地遇到的任何士兵都很容易变成土匪。然而这两个士兵只不过用条顿语嘟嘟嚷嚷地问候了一声,他们听见泽农用同样的语言回答,显得十分高兴。在一处高地上,泽农终于看见了希斯特村,以及防波栅和停泊在栅内的四五艘小船。还有一些船在海上摇晃。这个海边小村子有着城市的一切主要便利,只不过缩小了而已:一个市场,刚刚捕捞上来的鱼想必就在这里叫卖,一个教堂,一个磨坊,一个有绞架的广场,低矮的房子和高大的谷仓。约斯跟他提起过出逃者们的接头地点美鸽客栈,那是沙丘脚下的一所破房子,在人字鸽舍里随便插了一把笤帚充当招牌,意味着这个破败的客栈也是一间乡下妓院。在这样的地方,要小心看管好自己的行李和随身携带的钱财。

在小院子的啤酒花里,一个酩酊大醉的顾客在呕吐啤酒。一个女人从二楼天窗里伸出乱蓬蓬的脑袋,冲着醉汉大嚷大叫,然后缩回头,可能独自睡回笼觉去了。约斯将自己从一个朋友那里得到的口令告诉了泽农。哲学家走进去,向大家问好。客厅被烟熏得像地窖一样黑。老板娘正蹲在壁炉前煎鸡蛋,一个

男孩子在帮她拉风箱。泽农在一张桌子旁坐下,他感到尴尬,因为要说出一个现成的句子,就像集市上露天舞台的演员那样。他说:

"要达到目的……"

"……就要想尽办法,"老板娘转过身来说道。"你从哪里来的?"

"是约斯让我来的。"

"他给我们送来的人可不少,"老板娘夸张地眨眨眼说。

"不要弄错了我的目的,"哲学家不满地说,他瞥见客厅紧里面有一个戴着羽毛饰帽子的中士,正将手中的酒一饮而尽。"我有合法证件。"

"那你来我们这里干什么呢?"俊俏的老板娘抗议道。"你不用担心米洛,"她用拇指指着士兵继续说道。"他是我妹妹的相好。他同意。你要来点儿什么吃的吗?"

这个问题几乎是一道命令。泽农同意吃点儿东西。煎鸡蛋是给中士的;老板娘端来一碗味道还过得去的杂烩。啤酒不错。原来那位士兵是阿尔巴尼亚人,他是跟随公爵的最后一批军队翻过阿尔卑斯山来的。他说的佛兰德斯语里夹杂着意大利语,老板娘似乎不太费劲就能听懂。他抱怨整个冬天都冻得瑟瑟发抖,而得到的报酬跟在皮埃蒙特听到的许诺根本不是一回事,在那边,人们为了诱惑部队开过来,声称到处都有可供抢劫和绑架的路德派教徒,实际上并没有那么多。

"就是这样,"老板娘用宽慰的语气说。"我们挣的钱永远没有旁人以为的那么多。玛丽肯!"

玛丽肯下来了,头上裹着一条披巾。她在中士旁边坐下。

他们两人用手在一个盘子里抓东西吃。她从煎鸡蛋里挑出大块的肥肉,送到中士嘴里。拉风箱的男孩子不见了。

泽农推开面前的碗,准备付钱。

"这么着急干什么?"俊俏的老板娘漫不经心地说。"我男人跟尼克拉斯·邦贝克过会儿要回来吃晚饭。在海上只能吃冷菜冷饭,这些可怜人!"

"我想马上看见船。"

"肉二十个里亚,啤酒五个里亚,中士的通行证要五个杜卡托,"老板娘客气地解释道。"过夜另算。明天早上之前,他们不会出海。"

"我已经有通行证了,"旅行者抗议道。

"只有米洛满意了才算通行证,"老板娘接着说。"在这里,他就是菲利普国王。"

"可我还没有说要搭船呢,"泽农反驳道。

"少来讨价还价!"阿尔巴尼亚人吼起来,他在大厅尽头抬高了声音。"我可不会白天黑夜辛辛苦苦站在防波栅上,看着谁要走,谁不走。"

泽农按要求付了钱。他事先在一只钱包里放了正好需要的一小笔钱,以免别人以为他还有更多藏在身上。

"那艘船叫什么名字?"

"跟这儿一样,"老板娘说。"美鸽。可不能让他弄错了,嗯,玛丽肯?"

"那可不,"姑娘说。"要是坐上了四季风,他们会在雾里迷路,径直朝着维尔福德开去啦。"

这句俏皮话让两个女人觉得非常好笑,甚至连阿尔巴尼亚人也差不多听懂了,哈哈大笑起来。维尔福德是内地的一个地方。

"你的包裹可以留在这里,"老板娘好心地提醒。

"还不如立即送到船上去,"泽农说。

"这可是个信不过人的家伙,"他出门时,玛丽肯嘲讽地说。

在门口,他差一点跟前来为年轻人跳舞伴奏的瞎子撞个满怀。后者认出他来,诌媚地向他致意。

走去港口的路上,他碰上一队士兵,他们正朝客栈走去。其中一个问他是否刚从美鸽过来;得到肯定的答复后,就放他过去了。毫无疑问,这里是米洛的地盘。

海上美鸽是一艘圆形船身的大船,落潮时停泊在沙滩上。泽农几乎不用湿脚就可以走过去。两个人正在整理船帆缆绳,刚才在酒馆的炉子前拉风箱的男孩子跟他们在一起;一条狗在绳索之间跑来跑去。远处的一个水洼里,有一堆鲱鱼血淋淋的头尾,看得出打渔的收获已经搬运到别的地方去了。那两人中的一个看见旅行者过来,跳到地面上。

"我就是扬斯·布吕尼,"他说。"约斯让你去英国吗? 我得知道你想付多少钱。"

泽农明白了,男孩子是被打发过来报信的。他们想必已估计过他的富裕程度。

"约斯告诉我是十六个杜卡托。"

"先生,那是人多的时候。前几天,我有十一个人。超过十一个,就不行了。每个路德派教徒十六个杜卡托,就是一百七十六个。我可不是说一个人……"

"我根本不是新教徒，"哲学家打断他的话。"我有一个妹妹嫁给了伦敦的一个商人……"

"我们有的是这样的姐姐妹妹，"扬斯·布吕尼开玩笑地说。"大伙儿一下子都要冒着晕船的风险去拥抱家人，真让人看了感动。"

"告诉我你的价钱吧，"医生坚持道。

"老天爷，先生，我不愿意让你放弃跑一趟英国。我一点儿也不乐意出这趟门。既然我们在战争期间……"

"还没有呢，"哲学家说，一边抚摸跟随主人跑到沙滩上来的狗。

"反正是半斤八两，"扬斯·布吕尼说。"出门是允许的，因为还没有禁止，但是又不完全允许。玛丽女王[1]，就是菲利普的老婆，她那时候还过得去；说句冒犯你的话，他们跟在这里一样烧死异端分子。如今，一切都乱套了：女王[2]是个私生子，背地里跟人生孩子。她自称处女，可只是为了跟圣母对着干。在那个国家，神甫被人开膛剖肚，大伙儿在圣器里拉屎。那可不好看。我宁肯在海岸边打渔。"

"也可以在离海岸远的地方打渔呀，"泽农说。

"打渔的时候，我想什么时候回家就回家；如果我去英国，那可是出一趟远门……刮风，你知道吗，或者风平浪静……如果碰上爱管事儿的人来盘查我的货物，去程刚好被逮个正着，还有，回程……甚至有一回，"他压低嗓门补充道，"我还给德·拿骚先

---

[1] 指英国女王玛丽(1516—1558)，1553 年登基。
[2] 指英国女王伊丽莎白一世(1533—1603)，玛丽的同父异母妹妹。

生[1]带过火枪药。那天我开这艘小船出海，天气实在不好。"

"还有别的船只，"哲学家漫不经心地说。

"那可得看，先生。通常圣巴布跟我们一起干活儿；它受了一处损伤：一点儿办法也没有。圣博尼法斯也遇到了麻烦……海上有些船，那当然，但鬼知道它们什么时候才回来……假如你不着急的话，可以去布兰肯贝赫或者文代讷看看，不过你会发现价钱跟这里一样。"

"那条船呢？"泽农指着一只小船问，上面一个小个子男人稳稳地坐在船尾，正在烧饭。

"四季风？要是你愿意的话，就过去吧，"扬斯·布吕尼说。

泽农坐在一只废旧的咸鱼桶上，想了想。狗将脑袋放在他的膝盖上。

"不管怎样，你天亮就出发吧？"

"那是去打渔，好先生，去打渔。当然啦，假如你有五十块杜卡托的话……"

"我有四十块，"塞巴斯蒂安·戴乌斯坚定地说。

"四十五块成交。我不想敲诈顾客。假如你没有比去伦敦看妹妹更要紧的事情，为什么不在美鸽待上两三天？……心急火燎逃亡的人，随时都会来……那样你只付自己的份子钱就行了。"

"我宁愿马上出发。"

"我料到了……这样可靠一点，因为假如风向变了的话……

---

[1] 指路易·德·拿骚(Louis de Nassau, 1538—1574)。他与他的几个兄弟一起参与了尼德兰贵族反抗西班牙统治的斗争。

你跟她们客栈里的那个家伙说好了吗?"

"你指的是他们向我勒索的五个杜卡托吗……"

"那不关我的事儿,"扬斯·布吕尼不屑地说,"那些娘儿们跟他商量好,让人在陆地上不会有麻烦。哎,尼克拉斯,"他朝同伴喊道,"来了一个搭船的人!"

一个红头发宽肩膀的男人从舱口伸出一半身子。

"这是尼克拉斯·邦贝克,"老板大声说。"还有米歇尔·索滕斯,他回家吃饭去了。你跟我们一起去美鸽吃饭吗? 包裹就放在这里吧。"

"夜里我要用,"医生说,一边护住扬斯想拿过去的包。"我是外科医生,我带了工具在身边,"他补充说,想解释包袱的重量,要不然容易引起猜测。

"外科医生先生还带着武器呢,"老板讥诮地说,他用眼角注意到医生的口袋微微张开,露出金属枪托。

"这是个谨慎的人,"尼克拉斯·邦贝克说,一边从船上跳下来。"到处都有坏人,甚至在海上。"

泽农紧紧跟随他们,朝客栈走回去。走到市场的转弯处,他拐到一边,让人以为他只是去小便一下。另外两个人继续走路,兴奋地讨论着某件事情,狗和孩子在他们身边转着圈来回跑。泽农绕过市场,很快又来到沙滩上。

夜幕降临了。两百步开外的地方,有一座摇摇欲坠的小教堂沉陷在沙了里。他走进去看看。上一次涨潮留下的水注淹没了中殿,殿内的塑像已经被盐腐蚀了。院长也许在这里沉思和祈祷过吧。泽农在门厅里安顿下来,头枕在包上。从这里看得

251

见右边几只船黝黑的船身，四季风的船尾还有一只点亮的灯笼。旅行者想象自己到了英国要做的事情。首先，要避免被人当作一个装扮成避难者的教皇派分子。他看见自己在伦敦街头游荡，希望在海军里谋到一个外科医生的职位，要么在一个医生的诊所里找到一个类似他在让·米耶身边的位置。他一句英语也不会说，然而一门语言很快就可以学会，何况拉丁语到处都行得通。如果运气还算好的话，也许可以在一位对媚药感兴趣或者需要治疗痛风的大贵族府上找到差事。一份丰厚然而并不总是兑现的薪俸，视爵爷或殿下当天的情绪，是坐在餐桌上首还是下首的座位，与那些对走方郎中怀有敌意的本地庸医之间的争吵，这一切他都习惯了。在因斯布鲁克和其他地方，这一切他都见过了。还要记住，只要一谈起教皇，就要用诅咒的语气，就像在这里提起让·加尔文，还要认为菲利普国王滑稽可笑，就跟英国女王在佛兰德斯一样。

四季风的灯笼靠近了，一个人提着它摇摇晃晃地走过来。秃头的小个子老板在泽农面前停下，泽农坐起身来。

"我看见先生到门廊下面休息。我家就在旁边；如果老爷担心不清净……"

"我在这里很好，"泽农说。

"我不想显得太好奇，但是能否问问他们向老爷要多少钱去英国？"

"你应该很清楚他们的价码。"

"我丝毫也不怪罪他们，老爷。季节很短：先生要知道，过了诸圣瞻礼节，出海就不总是那么容易了。但是，他们至少应该诚实……您总不会以为，为了这点儿钱，他们会将您一直送到雅茅

252

斯吧？不，先生，他们会在海上将您转交给那边的渔民，到时候您还得重新付钱。"

"这种办法跟其他办法一样，"旅行者无所谓地说。

"先生难道一点儿也没有想过，对于一个不再年轻的人来说，孤身一人跟三个身强力壮的汉子一起出发，是不是撞大运？一记船桨很快就会落下来。他们会把衣服卖给英国人，神不知鬼不觉。"

"你是来建议我搭乘四季风去英国吗？"

"不是的，先生，我的船不够大。即便是弗里斯兰也嫌远。但是，假如只是想换个地方，先生一定知道，听说泽兰不在国王的控制之中。自从德·拿骚先生亲自任命索努瓦为首领，那里到处都是叫花子……我知道哪些村子给索努瓦先生和德·多兰先生供应粮草……老爷以什么为业呢？"

"我治病救人，"医生说。

"在这些先生的舰队里，您有机会医治漂亮的枪伤和刀伤。只要懂得顺风行驶，几个钟头就可以到达那边。我们甚至可以半夜之前就动身；四季风不需要很大的吃水深度。"

"你怎么避开斯勒伊斯的巡逻队呢？"

"我认识人，先生。我有朋友在里面。但是老爷要把好衣服脱下来，装扮成穷水手……万一有人上船的话……"

"你还没有跟我谈你的价钱呢。"

"老爷觉得十五块杜卡托太多了吗？"

"价钱并不贵。你有把握在黑暗中不会朝着维尔福德开去？"

小个子秃头扮了一个痛苦的鬼脸。

"该死的加尔文派教徒,滚蛋! 圣母的仇人! 是美鸽让您相信这一套的,是吧?"

"我说的是别人告诉我的话,"泽农简短地回答。

小个子骂骂咧咧地走开了。走出十来步,他又转身回来,他手上灯笼旋转起来。愤怒的面孔又变成一副卑躬屈膝的表情。

"看得出先生消息很灵通,"他换了甜腻的口吻说,"但是不要随便听信别人的编派。请老爷原谅我刚才有点儿急躁,可是,德·巴滕堡先生被捕的事儿,跟我没有一点儿关系。那个人甚至不是这里的船夫……再说,获利也不能相提并论:德·巴滕堡先生是个大人物。先生在我的船上,就跟在圣母的庇护下一样安全……"

"够了,"泽农说。"你的船可以午夜就起航;我可以在附近你的家中换衣服,你的价钱是十五块杜卡托。让我安静吧。"

但小个子不是那种可以轻易让他打消念头的人。他不肯罢休,直到向这位老爷保证,如果大人感到过于疲惫,可以去他家里休息,他要价很低,而且可以明天夜里才出发。米洛队长睁一只眼闭一只眼;他跟扬斯·布吕尼又不沾亲带故。剩下泽农独自一人,他思忖为何这些恶棍生病时,他会尽心尽力医治他们,而他们身强力壮时,他却恨不能将他们杀死。灯笼又回到四季风的船尾,泽农站起身来。黑夜掩盖了他的动作。他将包裹夹在胳膊下面,往文代讷方向走了大约一公里。到处都会是一个样子。没有办法知道这两个小丑中的哪一个在撒谎,或者说不定两个人说的都是实情。也有可能两人都在说谎,只不过卑鄙的程度不同罢了。谁爱怎么想就怎么想吧。

希斯特就在很近的地方,但一座沙丘挡住了村子里的灯光。

泽农给自己挑了一个避风的低洼处,离涨潮可以到达的界线很远,虽然在黑暗中,潮湿的沙子也能让人感觉到潮水在上涨。夏天的夜晚很温和。等到清晨再改变主意总还来得及。他展开外套盖在身上。星星在薄雾中若隐若现,只有天顶附近的天琴座闪闪发亮。大海拍打出永无休止的涛声。泽农一夜无梦。

天亮之前,他冻醒过来。天空和沙丘已经染上一抹浅白。上涨的潮水几乎碰到了他的鞋子。他打了个寒战,但是这种寒意本身已经预示着即将到来的是一个晴好的夏日。泽农轻轻揉搓一夜未动变得有些僵硬的腿脚,望着没有轮廓的大海催生出转瞬即逝的波浪。自世界形成之初就有了的声音仍在咆哮。他任一把沙子从指缝里流下来。小石子[1]:随着这些原子的流逝,开始并终结一切关于数量的思考。将岩石粉碎成这样的沙粒所需的世纪,比《圣经》里记载的天日还要多。从他年轻时代起,古代哲学家的思考已经让他学会从高处审视这区区六千年,它们是犹太人和基督徒所认同的令人肃然起敬的全部古代世界,是他们根据短短的人类记忆来衡量的时间。德拉努特的农民指给他看过泥炭层里巨大的树干,他们想象这些树干是大洪水的海潮带到这里来的,然而,除了这场人们将一位喜爱葡萄酒的长老与之联系在一起的洪水[2],还有过其他洪水,正如除了所多玛滑稽可笑的灾难[3],还有其他火灾造成过毁灭。达拉兹曾经谈起,无以数计的世纪只不过是一次无尽的呼吸持续的时间。泽农计算,明年二月二十四日,如果他还活着的话,该五十

---

[1] 原文为拉丁文。
[2] 见《旧约·创世记》第6—9章,"喜爱葡萄酒的长老"指挪亚。
[3] 见《旧约·创世记》第18—19章。

九岁了。然而这五六十年如同这把沙子:从它们生发出令人眩晕的巨大数字。在不止十五亿个瞬间里,他在地球上某个地方生活过,与此同时,天琴座在天顶附近旋转,大海在拍打世界上所有的沙滩。五十八次,他看见过春天的青草和夏天的丰沛。到了这个年纪,生与死已无关紧要。

　　他从沙丘高处看见美鸽扬帆起航时,太阳已经很烈了。这原本应该是一个出门的好天。大船渐行渐远的速度比想象中要快。泽农在他的沙窝里重又躺下来,让热乎乎的沙子消除夜晚在身体上留下的僵硬,透过合上的眼皮来观察自己红色的血液。他像考虑别人的事情一样,权衡着自己的运气。以他的一身装备,他可以迫使四季风掌舵的家伙将他送到"海上叫花子"[1]占据的某个海滩;反之,假如此人想掉头转向国王的船舰,他可以一枪让他脑袋开花。从前在保加利亚的森林里,他用手枪毫不手软地干掉了一个突袭他的阿尔诺特人;就像他挫败贝洛丹的埋伏之后,他更加感觉自己是个男人。然而,今天想到要让这个骗子脑浆四溅,只令他感到嫌恶。以外科医生的身份为索努瓦先生或德·多兰先生效力,倒是个好主意;当初他让汉去投奔的正是他们,然而那时这些爱国者还是半海盗,他们还没有借助近来的骚乱获得现在的权威和财富。在路易·德·拿骚身边获得一个职位并非没有可能:这位绅士的扈从里一定缺少高明的医生。这种游击队员或海盗的生活,与他从前在波兰军队或土耳其舰队里的经历不会有太大区别。万不得已,他甚至还可以在公爵的部队里卖弄一段时间手艺。即便到了战争令他作呕的

---

[1] "海上叫花子"(les Gueux de Mer)是反抗西班牙统治的游击队伍,他们在海岸线上神出鬼没,得到渔民、海盗和英国舰队的帮助,给西班牙军队造成很大困扰。

那一天,希望仍然是有的,还可以步行到世界的某个角落,最狂暴的人类愚行暂时还没有在那里肆虐。这一切并非不可行。但要知道,说不定他一直待在布鲁日也会平安无事。

他打了个哈欠。他对这些选择已经失去了兴趣。他脱掉灌进沙粒变得沉重的鞋子,心满意足地将双脚伸进温暖的、流动的沙层,向更深处探寻,觅到大海的清凉。他脱掉衣服,在上面仔细放好他的行囊和笨重的鞋子,朝大海走去。潮水已经开始回落:到水深齐膝处,他穿行在波光粼粼的水中,任自己随着波浪起伏。

独自一人赤裸着身体,周遭境况跟衣服一样从他身上脱落下来。他重新变成秘术哲学家们的那位亚当·卡德蒙,位于世界的中心,所有其他地方与生俱来和未曾言说的一切,在他身上变得清晰起来并得以宣示。在这天地苍茫之间,任何东西都没有名字:他尽量不去想那只正在捕食的,在浪峰上摇摆的鸟是一只海鸥;而那只有着与人的四肢大异其趣的肢体,在水塘里晃动的奇怪动物是一只海星。潮水还在回落,在海滩上留下贝壳,它们的螺旋线跟阿基米德螺线一样纯粹;太阳在不知不觉中上升,沙滩上的人影变得越来越短。泽农满怀崇敬之情想到,那些被荒谬地看作最偶像崇拜的东西,是可能存在的至善最恰当的象征物,而这个火球,则是离开它就会衰亡的生灵们唯一可见的神。然而,这个想法会让他在穆罕默德或基督统治的任何广场上被处死。同样,这只海鸥是最真实的天使,它比任何等级的天使更是存在的证明。在这个没有幽灵的世界里,残暴本身也是纯粹的:在波浪下跳动的这条鱼,转瞬之间就将是捕食的鸟儿嘴里一块血淋淋的食物,但是鸟儿不会给自己的饥饿寻找恶意的借口。狐狸和野兔，诡计和恐惧，潜伏在他睡过觉的沙丘上，然而猎杀者不会援引法令，声称它们是从前一只具有远见卓识的狐狸宣布的，或者是从一只狐狸神那里继承的；受害者也不会认为自己是因为罪过而受到惩罚，不会在垂危之际表白自己对主人的忠诚。波涛的猛烈并无愤怒。死亡，在人类社会里总是显得猥亵，但在这种孤寂中是清白的。再跨出一步，越过流体与液体之间，沙粒与海水之间的界线，只要一个海浪拍打的力量比平常大一点，他就无法站稳；这种短暂和没有见证的临终痛苦，会减弱死亡的意味。也许将来有一天，他会后悔没有这样死去。但是，这种可能性跟去英国或去泽兰的打算一样，是因前一天的恐惧，或者因未来的危险而产生，它们在没有阴影的此时此刻烟消云散，它们是经思考而形成的计划，并非生存面临的必要之举。过渡的时刻尚未来临。

他回到放衣服的地方，费了一点功夫才找到，衣服上已覆盖了一层薄薄的沙子。大海退潮在短短的时间里改变了距离。他在潮湿的沙滩上留下的脚印，转眼就被波浪吞没了；在干燥的沙地上，风抹掉了一切痕迹。洗涤过的身体忘却了疲劳。蓦地，另一个海边的早晨与这个早晨联系在一起，似乎沙与水这段短暂的间奏十年以来一直在持续：他在吕贝克的时候，曾经跟金银器商人的儿子一起去特拉沃河的入海口采集波罗的海琥珀。马匹也洗浴了，卸下马鞍和鞍褥，它们在海水里濡湿之后，重又变成为自己而存在的生灵，不再是平常温和的坐骑。一块残缺的琥珀里，有一只被树脂粘住的昆虫；泽农像透过天窗一样，观看这只被封闭在地球的另一个年代里的小动物，那是一个他根本无法涉足的年代。他摇摇头，像要避开一只讨厌的蜜蜂：现在他常常回到自己过去那些逝去的时光，不是出于遗憾或者怀旧，而是因为时间的藩篱似乎崩塌了。特拉沃明德的那一天在记忆里固定下来，就如同固定在一种几乎不会消亡的物质里，那是一段美好的生活留下的弥足珍贵的纪念物。如果他再活十年，今天也有可能成为那样的一个日子。

他毫无乐趣地重新穿上人类的外壳。昨天剩下的一块面包，半满的水壶里来自一个蓄水池的水，提醒他即便走到尽头，他的归宿还是在人中间。对人要有所戒备，但也要继续从他们那里得到帮助，并且反过来帮助他们。他在肩上调整好挎包的位置，用鞋带将鞋子吊在腰带上，这样可以再享受一会儿赤脚行走的乐趣。他走在沙丘上，绕开希斯特，觉得那里是沙滩漂亮的皮肤上的一处溃疡。在最近的一处高地上，他回望大海。四季风仍然停泊在防波栅下面；还有几只船已靠近港口。海天相接之处，一叶风帆像翅膀一样纯洁；也许那是扬斯·布吕尼的船。

他避开现成的小路，走了差不多一个钟头。他走在两个山丘之间的凹地上，山丘上长着锋利的青草，他看见一行六人迎面走来：一位长者，一个女人，两个成年人和两个拿着长棍的年轻人。老人和女人在坑坑洼洼的地上行走艰难。这几个人都是城里人的装束。他们看上去似乎不想惹人注意。不过，泽农跟他们说话，他们还是作了回答，看来这位说法语的彬彬有礼的过路人并无恶意，他们很快放下心来。两位年轻人来自布鲁塞尔；他们是信奉天主教的爱国者，想设法加入奥兰治亲王[1]的部队。

---

[1] 纪尧姆·奥兰治-拿骚亲王，又称沉默者威廉一世(1533—1584)，是上面提到的路易·德·拿骚的兄长。

其他几个人是加尔文派教徒;老人是图尔奈的小学教师,在两个儿子的陪伴下逃往英国;用手巾替他擦拭额头上汗水的是他的儿媳。长途步行让可怜的老人不堪承受;他坐在沙地上歇一会儿,喘一口气;其他人围着他坐下来。

　　这家人跟布鲁塞尔的两个年轻人是在埃克洛碰上的:他们在别的时候可能会是敌人,但同样的危险和同样的逃亡让他们成为同伴。两个年轻人用崇拜的口吻谈起德·拉·马克先生,后者发誓要将胡须留下去,直至替两位伯爵报仇雪恨;他跟家人一起落草为寇,毫不留情地杀死落到自己手中的西班牙人,尼德兰需要的就是像他那样的人。布鲁塞尔的逃亡者还告诉泽农关于德·巴滕堡先生以及跟随他的十八位绅士被抓捕的细节,是运送他们去弗里斯兰的船夫背叛了他们。这十九个人被关押在维尔福德的城堡里,随后被斩首。小学教师的两个儿子听到这个故事,脸色吓得苍白,担心他们在海边不知会碰到什么情况。泽农宽慰他们:只要给看守港口的队长付了买路钱,希斯特看上去是个可靠的地方;普通逃亡者不太会像国家重臣那样被人出卖。他问图尔奈人是否随身带了武器;他们带了:连女人手中也有一把刀。他建议他们最好不要分开:只要在一起,他们不用害怕渡海途中遭到抢劫;不过,在客栈里和在船上睡觉时最好警醒一点。至于四季风船上那个人,倒是可疑,不过布鲁塞尔的两个壮小伙可以制服他,一旦到了泽兰,应该很容易找到反叛者的队伍。

　　小学教师颇为费力地站起身来。他们问起泽农的情况,泽农解释说他在这一带行医,也有过渡海的打算。他们不再多问;他们对他的事情不感兴趣。分手时,他送给小学教师一小瓶药水,可以帮助他缓解急促的呼吸。他们一再道谢后告别。

他眼看他们朝着希斯特走去,突然决定跟上他们。几个人同行,可以减少旅途的风险;到了另一边,最初几天甚至还可以相互帮助。他跟着他们走了一百来步,然后放慢脚步,拉开自己与那一小队人之间的距离。想到又要面对米洛和扬斯·布吕尼,他心里事先已涌起一阵难以忍受的厌倦。他突然停下来,朝偏斜方向的内地走去。

他又想到老人发青的嘴唇和短促的呼吸。在他看来,这位小学教师是人类疯狂的一个好样本,他抛弃自己贫寒的地位,漂洋过海,投入血雨腥风,只是为了高声宣称自己信仰大部分人命中注定会下地狱;但是,除了这些疯狂的教理,在焦虑的人与人之间,一定还存在着某种出自他们天性最深处的厌恶和仇恨,有朝一日,当宗教不再成为人们相互灭绝的理由,这种厌恶和仇恨就会寻找其他发泄的途径。布鲁塞尔的两个爱国者看上去理智一点,然而这些为自由甘冒生命危险的年轻人,却得意地声称自己是菲利普国王的忠实臣民;按照他们的说法,只要除掉公爵,一切就会好起来。世界的疾病比这个要根深蒂固得多。

他很快又到了乌德布鲁日,这一次他进了农庄的院子。那个女人还在:她坐在地上,扯青草喂两只关在大篮子里的小兔崽。一个穿短裙的小男孩围着她转。泽农问她要一点牛奶和吃的东西。她苦笑着站起来,请他自己将放在井里降温的牛奶罐子取出来;她患风湿的双手摇不动手柄。泽农转动辘轳时,她进屋里拿出来一点白奶酪和一块糕饼。她道歉说奶质不好,牛奶呈淡蓝色,很稀薄。

"老奶牛差不多干枯了,"她说。"它好像产奶产累了。带它到公牛旁边，它再也不肯。过不了多久，我们也只好吃掉它了。"

泽农问这里是不是利格尔家的农庄。她看着他，神情突然变得戒备起来。

"您该不是他们的收租人吧？我们在圣米迦勒节[1]之前什么也不欠。"

他让她放心：他喜欢采草药，在回布鲁日的路上。不出所料，这个农庄是菲利贝尔·利格尔的产业，他是德拉努特和奥德诺弗的主人，佛兰德斯议会里的要人。就像这位农妇对他解释的，富人总有一长串名字。

"我知道，"他说，"我是这个家里的人。"

她一脸狐疑。这位徒步旅行者身上没有任何华丽的东西。他提起很久以前，自己来过一次这个农庄。一切都跟他记忆中差不多，只不过显得小了。

"如果您来过，那时我也在，"女人说。"五十多年了，我没有离开过这里。"

他记得在草地上吃过饭后，他们将剩菜留给了农民，但他记不起来他们的样子了。她走过来，在长凳上他的旁边坐下来；他唤起了她的回忆。

"那些年头主人有时会来，"她继续说。"我是以前这里佃农的女儿；那时有十一头奶牛。秋天，我们要去布鲁日给他们送咸黄油，满满一车的黄油罐子。如今，大不一样了；他们什么也不管了……再说，我这双手，不能在冷水里干活了。"

她的双手放在膝上，变形的手指交缠在一起。他建议她每

---

[1] 9 月 29 日。

262

天晚上将手放进热沙子里。

"沙子,这里可不缺,"她说。

孩子仍然像陀螺一样在院子里转圈,发出含混不清的声音。也许他有点儿呆傻。她唤他,孩子朝她小跑过来,一股柔情立刻奇迹般地照亮了她愁苦的脸。她仔细揩干净孩子嘴角的唾沫。

"这是我的耶稣,"她温和地说。"他母亲在地里干活,带着要她喂奶的两个孩子。"

泽农问起父亲的情况。他是圣博尼法斯的老板。

"圣博尼法斯碰到了麻烦,"他做出知情的样子说。

"现在没事了,"女人说,"他要替米洛干活。他得养家糊口:我的全部儿子只剩下两个了。我嫁过两次人,先生,我,"她接着说,"我们三个人一共生了十个孩子。其中八个都躺在公墓里了。受这么多苦一点用也没⋯⋯起风的日子,小儿子在磨坊主那里打短工,这样我们总有面包吃。他打扫磨坊时还可以捡些碎末。这里的土地太薄,种不了小麦。"

泽农看着破败的谷仓。门框上方有一只猫头鹰,想来是从前有人按习俗用石头砸下来,然后活活钉死在上面的;残存的羽毛在微风里颤动。

"为什么你们要折磨这只对你们有益的鸟?"他用手指着被钉死的猛禽。"这些鸟会吃偷吃小麦的老鼠。"

"我一点儿也不知道,先生,"女人说,"但这是风俗。再说,它们的叫声预告有人会死。"

他没有答话。她显然有事情想问他。

"这些逃跑的人,先生,他们乘圣博尼法斯⋯⋯当然,这对大家都有好处。就在今天,我就卖过东西给六个人吃。再说,有些人的样子让人看了难受……可我们还是在琢磨,究竟这是不是一桩体面的买卖。那些逃跑的人,不会无缘无故……公爵和国王总该知道他们在干些什么吧。"

"你不一定要打听这些人是谁,"过路人说。

"那倒也是,"她摇着头说。

他在草堆上拣了几株青草,从栅条伸进篮子,兔子嚼了起来。

"如果您喜欢这几只动物,先生,"她用殷勤的语气说。"它们很肥,很嫩,肉质刚好……本来我们准备星期天享用的。一只才五个苏。"

"我?"他吃惊地说。"那星期天晚餐你们吃什么呢?"

"先生,"她说,露出哀求的眼神,"不是只有吃饭……这些钱连同刚才您吃东西的三个苏,我让儿媳妇去美鸽打点儿烧酒。时不时得暖暖心窝子。我们会为您干杯的。"

他给她一块弗罗林,她根本没有零钱找。这在意料之中。无关紧要。高兴让她变得年轻了:说到底,也许她就是当年那个十五岁的姑娘,西蒙·阿德里安森给她几个苏,她行了一个屈膝礼。他拿起包,说了几句客套话,向门口走去。

"不要忘了它们,先生,"她说着将篮子递给他。"您太太会高兴的:城里没有这么好的。还有,既然您是他们的亲戚,请您让他们冬天之前来替我们修一修。一年到头里面都在漏雨。"

他走出来,胳膊上挎着篮子,像个去赶集的农民。道路很快进入一片小树林,然后又来到一片休耕地。他坐在一条水沟边上,将手小心地伸进篮子。久久地,几乎带着快感,他抚摸着这

264

些动物,它们皮毛温润,脊背灵活,心脏在柔软的两胁下面有力地跳动。这些小兔崽甚至不怯生,它们继续吃着东西;他寻思在它们活泼的大眼睛里,反射的是怎样一幅世界和他自己的形象。他揭开盖子,让它们朝田野里跑去。他看着它们消失在灌木丛里,为它们获得自由而感到欣喜,这些淫荡而贪婪的兔子,它们是地下迷宫的建筑师,它们生性胆怯,却与危险周旋,它们除了腰身灵活矫健,毫无装备,它们仅凭借永不枯竭的繁殖力而坚不可摧。如果它们能够避开湖泊、棍棒、石貂和雀鹰,就能继续欢蹦乱跳一段时间;冬天,它们的皮毛将在雪下变白;到了春天,它们又可以重新以青草为生。他将篮子一脚踢进沟里。

接下来一路无事。那天晚上,他在一处树丛下过夜。第二天,他很早就来到布鲁日的城门口,跟往常一样,看守的士兵们尊敬地向他问好。

一到城里,暂时抑制下去的焦虑重又浮上心头;他不由自主地侧耳细听路人的谈话,但是没有听到任何不同寻常的内容,无论是关于几个年轻修士,还是关于一位漂亮的贵族女子的风流韵事。也没有任何人议论一位替反叛者治病,还用假名字作掩护的医生。他到达济贫院正是时候,吕克修士和西普里安修士在对付络绎不绝的病人,可以让他们歇口气。他出门前留的纸条还在桌上;他将它揉成一团;是的,他在奥斯坦德的朋友好些了。这天晚上,他在客栈要了一份比平时精细的饭菜,吃得也比平时慢一点。

捕鼠器

一个多月平安无事地过去了。据说济贫院要在圣诞节之前关闭,但这一次塞巴斯蒂安·戴乌斯先生会公开地离开,前往他曾经生活和执业过的德国。泽农私下打算去吕贝克,但他没有跟别人提起这些信奉路德教的地方。他将很高兴与睿智的埃吉狄乌斯·弗里德霍夫会面,并见到已经成年的杰拉德。也许,他有可能得到圣灵医院理事的职位,富裕的金银匠从前已差不多许诺给他了。

他后来跟在雷根斯堡的炼金术士同行里默联系上了,后者告诉他一个出乎意料的好消息。有一册从巴黎欢快的火苗里逃生的《理论赞》流传到了德国;维滕贝格的一位博士将作品译成了拉丁文,这本书的出版再次为哲学家赢得了一些声誉。跟当初的索邦大学一样,教廷圣职部对此颇为不快,但是,这些天主教徒眼中有异端嫌疑的文章里,维滕贝格的这位博学之士和他的同道们相反则发现了其中运用的自由检验;书中有一些警句,借用感受到圣迹的人因热忱而产生的效果来解释奇迹,在他们看来既可以用来反击教皇派的迷信,也可以同时用来支撑他们自己关于救赎信仰的理论。《理论赞》在他们手中成了一件被稍微扭曲的工具,然而,一本书一旦问世并对人们的思想产生影响,这些偏离也就不足为奇了。甚至有人提议,如果找到泽农的行踪,将延请他到这所萨克森大学里担任自然哲学教席。荣誉并非没有危险相伴,谨慎的做法应当是谢绝这个职位,另觅其他较为自由的工作,但是经过长时期的内省之后,与有识之士的直接接触令人向往,此外,看见一部以为已经死去的作品又跳动起来,让哲学家的全部神经感受到复活的愉悦。同时,自从多莱突然遭难以来就被淡忘了的《物质世界论》,又由巴塞尔的一位书商重新出版,那里的人们好像忘记了从前的偏见和尖刻的争吵。泽农是否亲临现场变得不那么必要了:他的思想已不胫而走。

他从希斯特回来后,再也没有听见有人议论天使小团体。他处处小心避免与西普里安单独相处,以使他的隐情无从倾泻。为了避免给所有人带来灾难,塞巴斯蒂安·戴乌斯曾想让前院长采取的某些措施都已自动实现了。弗洛里安修士很快就要出发去安特卫普,他从前待过的修道院被毁坏圣像者烧毁,如今正在重建;他要绘制那里回廊门拱上的壁画。皮埃尔·德·哈梅尔要去外省的各个分支审查账目。新的管理机构已经下令翻修修道院的地下室;有几处地方被认为可能会导致崩塌,这样一来便取缔了天使们的秘密庇护所。夜间聚会几乎可以确定已经停止了;此后即便有引起麻烦的不慎之举,也不过属于修道院内司空见惯的那些偷偷摸摸的罪过。至于西普里安与美人在废弃的花园中的幽会,季节对他们已很不相宜,再说,伊德莱特说不定又找到了一个比年轻修士更体面的情郎。

也许由于所有这些原因,西普里安的情绪十分低落。他不再哼唱乡下的小曲,干活时也脸色阴沉。塞巴斯蒂安·戴乌斯起初以为,这位年轻助理跟吕克修士一样,是因为济贫院即将关闭而难过。一天早上,他发现小伙子的脸上挂着泪痕。

他将他叫到配药室,关上门。只有他们两人面对面,跟复活节后的第一个星期天翌日一样,那天西普里安说出了危险的自白。泽农先开口:

"不幸落到美人头上了?"他冷不丁地说。

"我见不到她了,"小伙子答道,声音都哽咽了。"她跟黑姑娘一起闭门不出,自称生病了,为的是掩盖她的负担。"

他解释说,他只能从一个勤杂修女那里得到一点儿消息,此人一来被小礼物收买了,二来眼看她负责照料的美人那副样子,也未免心软。但是这个女人头脑简单甚至到了愚蠢的地步,难以通过她来传话。从前的秘密通道没有了,再说,现在两个姑娘连影子都害怕,更不敢夜里偷偷跑出来了。的确,弗洛里安修士是画匠,他倒是有办法进入贝尔纳会女修道院的小礼拜堂,但这件事他撒手不管了。

"我们吵架了,"西普里安消沉地说。

女人们预计伊德莱特会在圣阿加特节[1]前后分娩。医生算了一下,还有差不多三个月。那时,他早已到吕贝克了。

"不要绝望,"他说,想尽量帮年轻修士打消极度沮丧的心情。"在这些事情上,女人们很聪明,也很有勇气。假如贝尔纳会的修女们发现了这桩倒霉事,走漏风声对她们没有任何好处。

---

[1] 2月5日。

很容易将新生儿放在一个转柜[1]里，然后托付给慈善机构。"

"这些瓶瓶罐罐里全都是粉末和草根，"西普里安情绪激动地说。"如果没有人去帮她，她会害怕得死去。要是先生愿意……"

"难道你不明白已经太迟，而且我根本没有办法接近她吗？不要在一团混乱之外，再添上一桩血淋淋的不幸。"

"乌尔塞勒的神甫就扔下修士服，跟他相好的姑娘逃到德国去了，"西普里安突然说。"难道我们就不能……"

"跟一个这样地位的姑娘，在这种状态下，还没有离开布鲁日领主辖区，你们就会被认出来。不要再想这件事了。但是，一个年轻的方济各会修士沿路乞讨，却不会引起任何人疑心。你独自离开吧。我可以给你几个杜卡托路上用。"

"我不能，"西普里安抽泣着说。

他伏在桌子上，埋头哭泣。泽农无限同情地看着他。肉体是一个陷阱，这两个孩子掉进去了。他怜爱地摸了摸年轻修士的光头，走出房间。

霹雳猝不及防地降临了。临近圣吕西节[2]时，他在客栈里听见邻座议论纷纷，那种兴奋的窃窃私语从来不会意味着好事，因为几乎总是事关某人的不幸。一位贵族小姐掐死了她在贝尔纳会女修道院里生下的孩子，孩子是早产儿，但可以存活。多亏这位小姐的摩尔小女仆，这桩罪行才暴露，她惊恐万状地从女主

---

[1] 修道院用来与外界之间传递物品的可以转动的圆柱形柜子。
[2] 12月13日。

269

人的房间里跑出来,像疯子一样在街上乱窜。好心人也是出于善良的好奇心,收留了黑姑娘;人们难以听懂她絮絮叨叨的话,但最终还是明白了一切。接下来,修女们再也无法阻止夜间巡逻队将寄宿在她们那里的客人带走。在人们愤愤不平的惊呼中,掺杂着对贵族女子热烈的激情,对修女们的小秘密的粗俗玩笑。在小城市平淡的生活里,时下重大事件的声音传到这里也已经减弱,这件丑事与老生常谈的焚毁教堂和吊死新教徒相比,来得有趣得多。

泽农走出客栈时,看见伊德莱特躺在巡逻队的大车里,从长街上走过。她的脸色十分苍白,是产妇的那种苍白,但是两颊和眼睛却是灼热的。有些人怜悯地看着她,但大多数人却激奋地冲着她叫骂。糕饼铺老板和他的老婆就在这些人之列。街坊里的小人物们借此报复这个漂亮娃娃的华美衣衫和挥霍无度。倭瓜的两位姑娘碰巧也在那里,她们的态度比其他人更加激烈,仿佛这位小姐败坏了她们的行当。

泽农回到住处,心情沉重,仿佛刚才看见的一幕是一只母鹿被扔给一群猎狗。他在济贫院里找西普里安,但是年轻修士不在,泽农也不敢在修道院里打听他,担心引起别人的注意。

他还希望伊德莱特被法官或书记员盘问时,能够灵机一动,给自己编造一个想象中的情郎。但是这个整夜咬住自己的手,害怕呜咽引起别人警觉而没有哭出声的孩子,终于用尽了自己的勇气。她放声大哭,一切都说了出来,既没有隐瞒跟西普里安在河边的幽会,也没有隐瞒天使聚会中的游戏和嬉笑。起先令记录这些自白的书记员,随后令热切地追踪这件事的公众最为惊骇的是,这些年轻人在蜡烛头的照明下,吃祝圣过的面包,啜饮祭坛上偷来的葡萄酒。某种无以名之的亵渎似乎加重了肉体的罪过。次日,西普里安被捕了;随后是弗朗索瓦·德·布尔,弗洛里安,吉兰修士和另外两名卷入事端的见习修士。马修·阿兹也被捕了,但是随即被释放,一份判决称抓错了人。他的一位叔父是布鲁日领主辖区的市政长官。

圣科姆济贫院本来已经半关闭,人们也知道医生下星期即将离开前往德国,但是几天里,好事者们蜂拥而至。吕克修士不客气地关上大门;他拒绝相信关于这件事的一切。泽农给他们看病,但是不屑于回答问题。有一天,格利特的来访让他感动得几乎落泪:老妇人只是摇摇头,说这件事真让人难过。

他留下格利特待了一整天,请她帮他浆洗缝补衣服。他气冲冲地让吕克修士提前关上济贫院的大门;老妇人在窗前缝补或熨烫衣服,她有时友善地一言不发,有时带着安详的智慧说几句话,这让他安静下来。她跟泽农讲起他不知晓的亨利-鞠斯特生活中的一些小事,他的刻薄吝啬,他不顾女仆情愿还是不情愿的调情:不过他也算得上一个好人,他心情好的时候喜欢开玩笑,甚至时常赏赐下人。她记得很多亲戚的名字和长相,而泽农对他们一无所知:就这样,她说得出在亨利-鞠斯特和希尔宗德之间,一长串未成年就死去的兄弟姐妹的名字。有一阵子,他想象着这些早夭的生命,这些同一棵树发出的幼芽,如果他们活下来会是什么样子。有生以来第一次,他认真聆听一个人跟他详细讲述他父亲的情况,他知道他的名字和故事,但在他的童年时代,关于这个人,他听到的只是含沙射影的怨言。这位年轻的意大利骑士,他的高级教士身份不过是为了装装样子,为了满足他自己和家族的野心,他曾经呼朋引伴,身着大红色天鹅绒披风和金马刺在布鲁日招摇过市,他曾经在一个女孩子那里寻欢作乐,那个女孩子跟今天的伊德莱特一样年轻,只不过没有那么不幸,这段恋情的结果就是五十八年以来的这些著作、经历、思考和计划。这个世界里的一切,都比我们平时以为的更加奇异,而这是我们唯一可以进入的世界。最后,格利特收拾好剪刀和针线盒,告诉泽农他的衣服已经备好,可以出门了。

她离开之后,泽农烧热炉子准备洗澡的热水和蒸汽,他仿照过去在佩拉用过的蒸汽浴,在济贫院的一个角落里安装了一套设备,但是他很少使用,因为病人们往往不愿接受这样的治疗。他洗浴了很长时间,剪了指甲,仔细刮了脸。从前有过好几次,出于在军队里或者长途旅行的需要,要么在别的地方是为了更好地乔装改扮,要么至少为了不违背风尚而引人侧目,他曾经留过胡须;但他一向更喜欢没有胡须的干净面孔。热水和蒸汽让他回想起从拉普兰地区探险归来,到达弗罗索时那一次隆重的洗浴。希格·乌勒夫斯达特按照当地贵妇的习俗,亲自侍奉他。她做这些女仆的活计时,有着王后般的尊严。他仿佛又看见了黄铜箍边的大桶和绣花浴巾的图案。

第二天,他被捕了。西普里安为了免遭酷刑,招认了向他询问的一切,甚至还要多得多。结果,一纸传票押回了正在奥登纳德的皮埃尔·德·哈梅尔。至于泽农,年轻修士的供词注定会毁掉他:据他说,医生从一开始就是天使们的密友和同谋。有可能是他将媚药交给弗洛里安,以便让后者出面替西普里安引诱伊德莱特,后来又准备提供黑药水让她堕胎。被控的犯人还编造在医生和他之间,有着法律所不允许的亲密关系。泽农后来

272

思考过这些与事实完全背道而驰的证词：最简单的假设是小伙子在慌乱之中，试图通过加害于人来替自己开脱；要不然，也许，他曾希望从塞巴斯蒂安·戴乌斯那里得到帮助和抚慰，最后竟以为真的得到了。人总是要落入某个陷阱的：这一个跟其他的一样。

　　无论怎样，泽农已经作好准备。他束手就擒，没有抗拒。到了书记室，他说出自己的真实名字，令所有人大吃一惊。

第三部

牢狱

这丝毫也不卑鄙,也非卑鄙所致,

如果一个人,为避免更残酷的命运,

憎恶他自己的生命,寻求死亡……

对于心灵高贵的生命,宁愿死去,

也不愿承受无法回避的苦难

令他失去品行和风度。

这样的人很多,死亡治愈了他们极度的焦虑!

然而众人毁谤向死亡求助,

殊不知死亡如此甜美。

朱利安·德·美第奇

起诉书

　　他在城里的监狱里只待了一夜。第二天他就被转移了，还受到一定礼遇，他的房间朝向旧法院书记室的院子，窗户铁条和门锁都很结实，但是它具备了一名要犯能指望的差不多全部舒适。这里前不久关押过一个被控贪污的市政长官，更早一些，关押的是一名被法国人重金收买的爵爷；不会有更好的拘押地点了。然而，在黑牢里度过的一个晚上已经让泽农惹上了跳蚤，他费了好几天工夫才将它们清除干净。令他吃惊的是，人们同意他让人送来自己的衣物；几天之后，甚至连文具匣也还给他了。但是他想得到书籍的要求被拒绝了。很快，他得到允许，每天可以在院子里散步，地面有时结冰，有时泥泞，陪同他的是那个诡诈的狱卒。然而，有一种恐惧始终萦绕不去，那就是对酷刑的恐惧。这个以治病为业的人一直无法接受的是，竟然有人用一套方法来折磨自己的同类并以此为生。长久以来，他一直训练自己对此漠然置之，不是对痛苦——这种痛苦本身并不比外科手术中伤者的疼痛更难以忍受——而是对将痛苦故意强加于人的

278

暴行。他逐渐习惯了自己的恐惧。如果有一天他不得不呻吟，喊叫，或者像西普里安那样编造谎言嫁祸于人，那么，犯下过失的是那些成功地拆散了一个人心灵的人。但是这种令他无比担忧的恐惧并没有到来。显然是有强有力的保护人介入。然而，这并不妨碍对拷问架的恐惧仍然停留在他身上某个地方直到最后，让他不得不在每次有人开门时都要克制住惊跳。

几年前他来到布鲁日时，以为自己已经在人们的无知和遗忘中消失得无影无踪。他将自己的安全建立在这样的基础之上并不可靠。但是，他的一个幽灵大概潜伏在人们的记忆中继续生存；这场风波让这个幽灵浮现出来，比长期以来跟人们擦肩而过的他更加真实。模模糊糊的传闻突然之间凝固了，跟诸如魔法师，背教者，恶棍，外国密探等滑稽的形象结合在一起，无论任何地方，这些想象总是漂浮在愚昧无知的头脑里。任何人也没有在塞巴斯蒂安·戴乌斯身上认出泽农；但事后所有人都认出他来了。在布鲁日，任何人以前也没有读过他写的文章；这些文章如今也没有更多人翻阅过，但是，一旦知道它们在巴黎遭到禁止，在罗马受到怀疑，任何人都觉得有资格诋毁这些危险的天书了。当然，某些好奇并且稍微敏锐一些的人，可能早已猜到他的身份；并非只有格利特一人有记忆和眼睛。但是这些人保持缄默，这样看来他们是朋友而不是敌人，但也有可能他们在等待时机。泽农始终怀疑有人提醒过方济各会修道院院长，或者相反，院长在桑利斯让一位旅行者登上他的马车时，就已经知道与他交谈的这位哲学家写过一部颇有争议的作品，这本书正在广场上被焚烧。泽农倾向于相信第二种情形，这样可以让他在最大程度上对院长的勇气心怀感激。

不管怎样,他遭遇的灾难已经改变了面貌。在一桩有几个见习修士和两三个坏僧侣卷入的淫荡事件中,他不再是一个不起眼的配角;他重新变成了自己命运的主人公。他的罪状在不断增加,但是至少,他不再是被草率的司法程序匆匆打发的一个无足轻重的人物,而塞巴斯蒂安·戴乌斯很可能遭遇那样的情况。碍于棘手的审理权问题,他的案子可能会旷日持久。市政法官在终审时审理属于普通法的罪行,但是主教坚持在这个涉及无神论和异端的复杂案子上拥有最后发言权。一个由国王新近任命的人[1]提出这样的要求引起舆论一片哗然,何况这个城市迄今为止从未有过主教的职位,在很多人看来,此人是宗教裁判所巧妙地安插在布鲁日的帮凶。实际上,这位主教有意通过公正地处理这桩案子,出色地证明自己权力的合法性。帕托洛梅·康帕努斯议事司铎不顾高龄,为这件事殚精竭虑;他建议并且最终争取到让鲁汶大学的两位神学家前来参与旁听,被告曾获得这所大学的教会法学位;人们不知道这一安排是征得主教的同意作出的,还是与他的意愿相违。在某些思想过激的人中间还流行一种激进的意见,认为渎神者属于教廷圣职部在罗马的法庭直接管制,重要的是昭示其理论的背谬之处,最好将他严加看管押送到罗马,让他在圣母马利亚-絮尔-密涅瓦修道院的某个牢房里反省。相反,理智的人们则坚持应就地审判这位在布鲁日出生,然后化名回来的渎神者,他出现在一个虔诚的团体内部助长了混乱局面。这个泽农在瑞典国王的宫廷里待过两年,他也许是北方强国的间谍;人们也没有忘记,他从前还

---

[1] 方济各会修道院院长病重期间,这位主教曾经前来探视。院长在主教离开后,跟泽农的谈话中提到过他反对国王的这一任命。参见《肉欲的迷乱》一章。

在不信教的土耳其人的国家生活过；应当弄清楚是否如传言所说，他在那里有过背教行为。人们面临的是一桩有多重罪状的案子，这场诉讼有可能持续数年，成为城市体液中的固定性脓肿。

在这一片聒噪之中，导致塞巴斯蒂安·戴乌斯被捕的证词变得次要了。主教原则上反对关于巫术的罪名，他对春药之说不屑一顾，视作无稽之谈，但是某些市政法官对此深信不疑，而老百姓认为事情的关键就在于此。渐渐地，就像所有令无聊闲人一时兴味盎然的诉讼一样，这个案子呈现出大相径庭的两个方面：一方面是法律人士和教会人士眼中的案子，他们以审判为业；另一方面是市井之间编造的案子，他们想看到的是恶魔和受害者。负责调查的刑事长官从一开始就排除了案犯与信奉亚当和至福的天使小团体之间的亲密关系；另外六名犯人否定了西普里安的指控；这些人只在修道院的拱廊或者长街上匆匆瞥见过医生。弗洛里安自吹他引诱伊德莱特靠的是许诺亲吻，柔美的音乐和手牵手围成圆圈，他根本不需要曼德拉草根帮忙；伊德莱特的罪行本身也让堕胎汤剂的故事站不住脚，这位小姐虔诚地起誓，她从未请求过得到这种药，也从未需要加以拒绝；最后，更好的证词是，在弗洛里安看来，泽农是个已经上了年纪的家伙，的确，他沉浸于巫术，但是他出于险恶的用心而对天使们的游戏怀有敌意，他还试图让西普里安脱离他们。从这些前言不搭后语的供词中至多可以得出的结论是，这个自称塞巴斯蒂安·戴乌斯的人从他的助理口中对蒸气浴室里发生的伤风败俗的事情略知一二，只不过他没有尽检举之责。

医生与西普里安之间有着令人厌恶的亲密关系倒是说得过

去,然而街坊邻居对医生的风范和德行捧上了天;在这种罕见其匹的声誉中,甚至有着某种令人感到蹊跷的东西。鸡奸的说法刺激了法官们的好奇心,于是下令就此展开调查:反复搜寻之后,人们认为发现了被告刚到布鲁日时,跟让·米耶的一位病人的儿子过从甚密;出于对一户体面人家的尊重,调查没有深入下去,而那位以相貌英俊著称的年轻骑士早已负笈巴黎,即将在那里完成学业。这个发现可能会令泽农忍俊不禁:他们之间的交往仅限于交换书籍。就算有其他更见不得人的接触,也没有留下任何痕迹。然而哲学家在他的著作中经常宣扬要运用各种感官进行试验,要调动身体的一切可能性,那些最丑恶的乐趣可以从这一信条中得出推断。推测依然存在,但由于缺乏证据,人们又回到了言论罪。

另一些指控可能具有更迫切的危险性。方济各会的修士们指责医生将济贫院变成了躲避法律追究的逃犯们的据点。在这一点以及其他很多问题上,吕克修士极其有用;他的看法毫不含糊:这件事情从头到尾都弄错了。人们过于夸大了蒸气浴室里的放荡行为;西普里安只不过是个被漂亮姑娘弄得神魂颠倒的黄口小儿;医生无可指摘。至于反叛者或者加尔文派的逃亡者,如果他们中有些人进了济贫院的大门,他们的脖子上并没有挂着牌子,而忙碌中的人有比从他们嘴里套出话来更要紧的事情做。吕克修士作完他一生中最长的发言后退下了。他还帮了泽农另一个大忙。他在空无一人的济贫院里收拾东西时,碰巧看见了哲学家扔掉的那块画着人脸的石头,他将这件不适合乱放的物品扔进了运河。相反,管风琴师对被告不利;关于医生,他们要说的当然只有好话,但是塞巴斯蒂安·戴乌斯不是塞巴斯

282

蒂安·戴乌斯,这件事对他们,对他和他老婆,是一个打击。最不利的事情是他们提到那些滑稽的预言,这两个老好人曾经觉得那么好笑;人们在圣科姆济贫院存放书籍的房间壁柜里找到这些文章,泽农的敌人们知道如何利用它们。

正当抄写员们用粗细笔画誊写汇集起来的二十四条控告泽农的罪状时,伊德莱特和天使们的历险接近尾声了。德·洛斯小姐的罪行不容置疑,处以死刑;即便她的父亲出面也救不了她,而她的父亲跟另外一些佛兰德斯人一起正在西班牙被扣为人质,事后才得知噩耗。伊德莱特死得庄严而虔诚。为了不撞上圣诞节的节庆活动,死刑提前几天执行。公众舆论转变了:美人悔恨的神情和含泪的眼睛令众人深受感动,人们为这位十五岁的姑娘叹息不已。按照规定,伊德莱特因犯弑婴罪当被活活烧死,然而贵族出身使她获得被斩首的待遇。不幸的是,刽子手被她娇嫩的颈项吓得双手发软:他不得不三次重来,行刑之后,他在一片嘲骂声中落荒而逃,木头套鞋和从市场菜篮里捡来的白菜像冰雹和暴雨一样落到他头上。

天使们的诉讼持续时间长一些:人们试图从他们的坦白中得到线索,让一些秘密的邪教分支露出水面,也许还可以追溯到世纪初已遭灭绝的圣灵兄弟会,据说,这一邪教就宣扬和奉行类似的不轨行为。然而弗洛里安这个疯子宁死不屈;酷刑也无济于事,他宣称从未从一个名叫雅各布·凡·阿尔玛吉安的亚当派大师那里接受过异端学说,后者还是个犹太人,是大约五十年前死去的。他没有任何宗教理论,仅靠自己独自一人在肉体的欢愉中发现了纯洁的天堂。人们即便用尽世上的所有钳烙刑也不会令他改口。唯一一个逃脱死刑判决的是吉兰修士,他自始至终装疯卖傻,哪怕受刑时也一样,因而最终被当成疯子关押起来。另外五名犯人跟伊德莱特的结局一样感人。泽农通过他的狱卒收买了刽子手,让他们在火苗触碰到这些年轻人之前先将他们勒死。他的狱卒惯于做这类交易,这种小小的协商也是司空见惯的做法,恰好可以贴补一下行刑者们微薄的收入。这个计策对西普里安、弗朗索瓦·德·布尔和另外一名见习修士成功了,让他们避免了最坏的情形,当然,也并不能免除他们预先经受的恐惧。但是,这个安排对弗洛里安和另一名见习修士却落空了,刽子手没有来得及悄悄过去搭救他们;人们听见他们叫喊了差不多半个钟头。

总务跟他们是同伙,但是他已经死了。一从奥登纳德被带回布鲁日羁押,他就让城里的朋友送来毒药,既然不能将他活活烧死,人们便按惯例焚烧了死尸。泽农对这个阴险的人几乎没有好感,不过要承认皮埃尔·德·哈梅尔懂得将命运掌握在自己手中,像人一样死去。

泽农是从喜欢饶舌的狱卒那里得知所有这些细节的;这个滑头对两个死囚临时碰到的意外感到歉意;他甚至建议退还一部分钱,尽管这不是任何人的错。泽农耸耸肩。他又暂时抱定了一种无所谓的态度:重要的是保存自己的体力直到最后。然而这一夜他还是未能入睡。他在头脑中为这幕惨剧寻找一剂解毒药,他想西普里安或弗洛里安一定是为了拯救某个人而被扔进火堆的:这件事的残忍之处仍然在于人的麻木,而不是事实本身,从来都是如此。突然,他撞在一个回忆上:他年轻时曾经将液体火药的配方卖给海雷丁埃米尔,他们在阿尔及尔的一场海战中使用过[1]，而且此后可能还在继续使用。这个行为本身不足为奇：任何制造烟火的人都会这样做。这种烧死过成百上千人的发明甚至还被视为战争技术上的一个进步。战争是以狂暴抗击狂暴，是你死我活的战斗，这种暴力与以一位仁慈的上帝之名故意施以酷刑的残暴行为固然不能相提并论；然而，他仍然曾经发明和参与将凌辱强加于可怜的人的肉体，时隔三十年后他才感到悔恨，而海军将领和王公们不过对此微微一笑。还不如尽快走出这个地狱。

人们不能抱怨那几位神学家没有尽责，他们从被告的著作中梳理出了不恰当的，异端的，或者干脆是渎神的言论。他们从德国弄来了《理论赞》的译本；其余作品在让·米耶的书柜里。令泽农惊讶不已的是院长竟然有一册他的《未来事物之预言》。将这些论述，或者不如说将对它们的贬责汇集起来，哲学家饶有兴趣地勾勒出这个基督纪元 1569 年人类见解的地图，至少是他的思想曾经涉足过的那些晦暗的区域。哥白尼的体系没有被教会弃绝，然而在身着大翻领，头戴四方帽的人士中，最明智的那些人露出一副精明的神情摇摇头，断言那一天为时不远了。这一论断将太阳而不是地球置于世界的中心，可以容忍它作为一种谨慎的假设提出来，但它仍然伤害了亚里士多德和《圣经》，更伤害了人类将自己的居所放在万物中心的需求。一个观点若与按照常理看来的明显事实相去甚远，就会令普通人不快，这是自然而然的事情：不用走得更远，泽农凭自己就知道，地球在运动

---

[1] 参见《在因斯布鲁克晤谈》一章，泽农与亨利-马克西米利安的谈话中曾提及此事。

这一观点在多大程度上粉碎了我们每个人为了生存而形成的习惯;他想到自己从属的那个世界不再仅仅是人类寄居的地方,不免感到陶醉;但是这种空间的扩展却会令大多数人感到恶心。比起胆敢用太阳来取代地球在万物中心的位置,更糟的是德谟克利特的错误,即相信世界的无限性,它剥夺了太阳本身的独特地位,甚至否定一个中心的存在,这种理论在大多数人看来不啻是一种阴险的亵渎。哲学家满怀欣喜刺穿天球,奔向这些寒冷而又炽热的空间,但普通人远非如此,在那里他会感到茫然无措,而大胆者冒险证明这个空间的存在,却成为变节者。这些规则同样适用于纯粹观念这一更加危险的领域。阿威罗伊[1]的错误在于,他假设有一个冰冷的神性在一个永恒的世界内部起作用,这一假设似乎夺走了虔诚的人按照自己的形象制造一个神的可能,而将愤怒和善意留给人自己。奥利金[2]的错误在于灵魂的永恒,它对当下的经历不屑一顾而令人愤慨:人们固然希望一个由他来负责的幸福或不幸的永生在眼前展开,而不是一个永恒的期限从四面八方铺陈开来,在其中他是一切,却并不存在。毕达哥拉斯的错误是允许动物具有在本质上和物质上跟我们一样的灵魂,这一观点令无羽毛的两足动物更为震惊,后者坚持认为自己是唯一能够永生的生灵。伊壁鸠鲁的错误,就是假设死亡是一种终结,尽管这一假设最符合我们在死尸旁边和在墓地里的观察,却击中要害,它不仅伤害了我们想存在于世界上的贪婪,也伤害了我们相信自己配得上留在世界上的愚蠢的骄傲。所有这些观点都被认为冒犯了上帝;事实上,人们指责的主

---

[1] 阿威罗伊(1126—1198),阿拉伯医生、法学家和哲学家。
[2] 奥利金(185? —254?),希腊神学家。

要是它们动摇了人的重要性。它们的传播者有坐牢甚至更大的危险，也是自然而然。

从纯粹观念重新回到人类行为的曲折道路上，畏惧更甚于骄傲，成为卑劣行径的第一推动力。泽农鼓吹自由运用感官，他毫无蔑视地谈论肉体的愉悦，这种胆大妄为激起众人的恼怒，在这一领域，人们受到很多迷信观念的约束，更受到虚伪的约束。冒险进入这一领域的人，无论他是否比那些激烈的毁谤者更清苦，有时甚至更贞洁，都无关紧要：人们一致认为，世界上的任何火焰和酷刑都不足以惩罚如此恶劣的放荡行为，尤其是精神的大胆似乎加重了单纯的肉体大胆。在智者看来，任何国度都是故国，任何宗教都以各自的方式成为具有价值的信仰，这种无所谓的态度同样令这群思想的囚徒气急败坏；这位背教的哲学家不放弃他的任何一种真正的信仰，如果说对于所有这些人而言他都是一头替罪羊，那是因为每个人在私下，有时甚至在不为自己所知的情况下，有一天，都曾经希望过走出他至死都被封闭在其中的圆圈。起来反抗君主的叛逆者，在循规蹈矩的人们中间同样激起某种怀有妒意的愤怒：他的"不"触怒了他们无休无止的"是"。然而，在这些想法与众不同的妖魔中，最难对付的是那些具有一定操守的人：人们不能完全蔑视他们的时候，他们更加令人生畏。

论玄奥哲学[1]：某些法官坚持认为泽农从前或近期热衷于巫术活动，身陷囹圄的人为了节省体力，本来已经几乎不动脑子

---

[1] 原文为拉丁文，这是下面提到的阿格里帕·冯·内特希姆的一部主要著作的名称，1510年出版，作者在该书中试图用科学来为秘术正名。亨利希·康奈留斯·阿格里帕·冯·内特希姆（Heinrich Cornelius Agrippa von Nettesheim, 1486—1535），德国医生，炼金术士和哲学家。

了,但是法官的态度促使他去思考这个惹恼他们的问题,也是他一生中作为副业加以关注的问题。尤其在这一领域,博学之士与普通人的看法大相径庭。众人以为魔法师法力无边,对他既敬且畏:他们仍然出于嫉妒而竖起耳朵。在泽农的住处,人们找到的不过是阿格里帕·德·内特希姆的著作,这让他们相当失望,康帕努斯议事司铎和主教也有这本书,还有晚近出版的吉恩-巴蒂斯塔·德拉·波尔塔[1]的著作,主教大人案头也有一册。由于人们在这些问题上不肯放松,主教为了公正起见,坚持亲自审讯被告。愚人们认为巫术是超自然的科学,相反,这一体系令主教忧心忡忡,因为它否认神迹。泽农在这一点上差不多是真诚的。所谓的魔法世界由吸引力和排斥力构成,这些力量服从于尚未破解的规律,但并非不能为人的理解力所认识。在人们认识的物质中,似乎只有磁石和琥珀部分透露了没有任何人探究过的这些秘密,但有一天它们可能会令一切豁然开朗。魔法,以及它派生出来的炼金术,其重要价值在于假定物质的同一性,以至于某些炼金术士认为可以将物质视为光和闪电。人们就这样走上了一条通向远方的道路,然而一切配得上信徒这个名号的人都承认,这条道路充满危险。泽农曾经十分感兴趣的机械科学与这些探寻之间也有相通之处,因为它们努力将对事物的认识转化为对事物,进而间接地对人的作用力。在一定意义上,一切都是法术:关于植物和金属的科学是法术,它让医生得以对疾病和病人产生影响;疾病本身也是法术,它像着魔一样强加于人体,人体有时甚至不愿意被治愈;尖锐或低沉的声音也是法

---

[1] 吉恩-巴蒂斯塔·德拉·波尔塔(Gian-Battista della Porta, 1535—1615),意大利博物学家,物理学家和术士。

288

术,它们让心灵骚动不安,或者相反趋于平静;那些几乎总是比事物还要强大的词语,它们具有的狂暴力量更是法术,用这种法术解释《形成之书》[1]里的论断,而不必提及《约翰福音》[2]。环绕在君王身边以及从教堂的仪式中散发出来的威仪也是法术,黑色的断头台和行刑时阴森森的鼓点也是法术,它们让围观者比受刑者更感到迷惑和恐惧。最后,爱与恨也是法术,它将一个人的形象深深印在我们的脑海里,让我们任自己梦牵魂萦。

主教大人若有所思地摇摇头:一个按照这样的方式组织起来的宇宙,没有给上帝的个人意志留下位置。泽农表示同意,他并非不明白自己所冒的风险。随后,关于什么是上帝的个人意志,它通过哪些中介起作用,以及它对于神迹的发生是否必要,大家交换了一些看法。比方说,主教认为《物质世界论》的作者对圣方济各的伤痕的解释中,没有任何令人不快之处,在泽农看来,这些伤痕是强大的爱所产生的极致效果,这种爱会在任何地方将爱着的人塑造成与被爱者相似的形象。招致哲学家获罪的不慎之举在于,他认为这一解释是排他的,而不是包容的。泽农否认他这样说过。出于某种辩证论者的礼貌,不过是站在对立面,主教大人随即巧妙地提醒泽农,虔诚的尼古拉·德·库萨红衣主教[3]过去并不赞成围绕显示神迹的雕塑和流血的圣体饼表现的热情;这位令人尊敬的学者(他也推测宇宙是无限的)似

---

[1] 《形成之书》(Sepher Yetsira),犹太教神秘派的经典之一。该书在公元二至五世纪之间写成,但全书直到 1562 年才初次面世,书中论述了词语以及组成词语的字母具有神异的能力。

[2] 中文《圣经》和合本《新约·约翰福音》开篇第一句是:"太初有道,道与神同在,道就是神。"此处所谓"道",即"言语""词语"(le Verbe, la Parole)。

[3] 见 36 页注[1]。

乎预先接受了蓬波纳齐[1]的理论,对后者而言,神迹完全是想象力的效果,跟帕拉塞尔苏斯和泽农希望巫术的幻象产生的效果一样。但是,虽说虔诚的红衣主教从前尽量容忍胡斯派信徒的谬误,如今他也许会对如此大胆的观点保持缄默,因为丝毫不想显得要给异端分子和渎神的人提供保证,这些人比起他那个时代为数更多了。

泽农只能表示同意:如今的风气肯定比从前任何时候更不利于言论自由。他用辩证论者的礼貌回敬主教,补充道,认为幻象完全出自想象并不意味着它是"想象的"这个词汇通常的意思:存在于我们身上的神灵与魔鬼都是十分真实的。主教听见这两个复数名词中的第一个,皱了一下眉头,然而他是文人,懂得对阅读希腊和拉丁作者的人应当网开一面。医生已经接着说下去了,他描述自己一直以来密切观察病人产生的幻觉:最真实的人也会在幻觉里出现,有时还会有真正的天界和真实的地狱。回到法术的话题以及其他类似的理论,需要与之抗争的远远不只是迷信,而是愚钝的怀疑主义,它卤莽地否认不可见和不可解释的事物。在这一点上,主教毫无保留地表示与泽农意见一致。最后,他们谈到了哥白尼的幻想:在被告看来,这个完全假设的领域并无神学上的危险。人们至多可以将他的理论斥为假说,因为他将一种与《圣经》相悖的模糊不清的理论当作最合理的解释。尽管主教并未将哥白尼与路德和加尔文相提并论,后两人宣布了一个对约书亚的故事加以嘲笑的体系,但他认为,对于虔诚的基督徒而言,哥白尼的体系不如托勒密的体系易于接受。

---

[1] 蓬波纳齐(Pietro Pomponazzi, 1462—1525),意大利哲学家和炼金术士。

在这个问题上,他还以倾斜线为基础,提出了一个相当正确的数学上的异议。泽农承认很多问题尚有待证实。

回到他的住处,也就是说监狱,泽农很清楚这场牢狱之灾的结局将是难逃一劫,他对琐细的论辩感到厌倦,设法让自己尽量减少思考。最好用一些机械的活动来占据脑子,以免自己陷入恐惧和愤怒:现在是他自己成了需要支撑和不要感到绝望的病人。他的语言知识派上了用场:他掌握学校里讲授的那三四种书面语言,一生的经历又让他差不多熟悉了五六种不同俗语。他常常感到遗憾,自己将这些不再使用的词语像包袱一样背负在身上:知道十几种用来指称真理或正义概念的声音或符号,未免有一点滑稽。这堆乱麻成了一种消遣的方式:他列出清单,划分群组,比较字母表和语法规则。他想设计一种有逻辑的语言,跟音乐记谱法一样清晰明了,能够有序地表达一切可能存在的事实,这个游戏让他玩了好几天。他自己发明密码语言,好像他要向某人传达秘密消息。数学也很有用:他推算监狱的屋顶上星辰偏斜的位置;他重新仔细计算那株植物每天吸收和蒸发的水量,而它想必早已在配药室里枯死了。

他又想了很久飞行器和潜水器,还有如何用模仿人的记忆的机械来记录声音,他曾经跟里默一起画过装置图,后来自己有时也在练习簿上勾画。然而,给人的四肢加上这些人为延展的部分,也让他产生怀疑:只要潜水者在水下仅仅依靠自己的手段就会窒息,那么钻进一个铁质或者皮革的罩子里进入大洋深处又有何用? 只要人体仍然是像石头一样坠落的沉重的一团,那么借助脚踏板和机器上天又有何用? 尤其是,这个世界已经过多地充斥着人的谎言，即便找到办法来记录人的声音又有何用？他在莱昂烂熟于心的炼金术图表上的片段突然从遗忘中跳出来。他时而仔细考察自己的记忆，时而考察自己的判断，迫使自己一点点重新回忆起几次外科手术的步骤：比方说他曾经两次尝试过输血。第一次试验出乎意料地成功了，然而第二次却导致了突然死亡，死的不是献血者，而是受血者，似乎从不同的人身上流出的两种红色液体之间，确乎存在着不为我们所知的爱和恨。也许可以用同样的融合和排斥来解释不同夫妻的不育或多育。后一个词语让他不由自主地想起被巡逻队带走的伊德莱特。他精心筑就的防线被突破了：一天晚上，他坐在桌前，茫然地看着蜡烛的火苗，他突然想起被扔进火刑堆的那些年轻修士，恐惧、怜悯、焦灼，以及由一种愤怒变成的仇恨，让他泪流满面却又为此感到羞愧。他不再明白自己究竟为什么人，为什么事如此痛哭。牢狱让他变得虚弱了。

在病人床头，他时常有机会听到讲述梦境。他也做过自己的梦。人们几乎总是仅仅满足于从这些幻影中获取一些往往真实的预兆，因为它们透露了做梦者的秘密，然而泽农心里想，头脑得到释放之后的这些游戏，尤其能够告诉我们的是心灵感知事物的方式。他列数梦中看见的物质的特性：轻，不可触知，不连贯，完全摆脱了时间的束缚，人的外形不稳定，以至于每个人在其中都是好几个人，而好几个人又会变成一个人，对模糊记忆近乎柏拉图式的感觉，对一种必需几乎无法忍耐的感受。这些幽灵般的类别与秘术术士们声称他们所了解的死后的存在十分相似，仿佛对于灵魂来说，死亡的世界会继续夜晚的世界。尽管如此，生活本身在一个行将与之告别的人眼里，也获得了梦境的奇异的不稳定性和古怪的秩序。他从一个世界到另一个世界，就像从他受审的书记室大厅到重重上锁的囚室，就像从他的囚室到白雪覆盖的院子。他看见自己在一个窄小的塔楼门口，那是瑞典国王陛下在瓦斯泰纳给他安排的住处。埃里克王子前一天在森林里追赶过一头高大的驼鹿，此刻它站在他面前，一动不动，就像那些耐心等待救援的动物。做梦的人感觉到他有责任藏匿和拯救这头野兽，却不知道如何才能让它跨过这个人类居所的门槛。驼鹿的黑色皮毛闪亮而潮湿，好像它是涉水而来。还有一次，泽农坐在一只小船上，通过一条江水的入海口。那天天气晴朗，有风，成百上千条鱼在艄柱旁游弋，时而被水流卷走，时而抢在水流前面，从淡水游向咸涩的水，这场迁移和出发充满欢欣。但是做梦也变得无用了。事物自动染上了只有在梦境中才会有的色彩，使人想起炼金术术语里纯粹的绿色、紫红色和白色；有一天，一只橙色的苹果光彩夺目地摆放在他的桌子上，像一只金球般久久地闪闪发光；它的气味和滋味也传递着讯息。好几次，他以为听见了一种庄严的音乐，像管风琴的声音，如果管风琴的声音可以无声地传播的话；是精神而不是听觉在接收这些声音。他的手指掠过一块覆盖着青苔的砖头略微粗糙的表面，他感到自己在探索大千世界。一天早上，他跟看守吉尔·隆博一起在院子里转圈时，他看见高低不平的石板地上有一层透明的冰，一股水在冰下流动，跳跃。这股细细的水流寻找并找到了自己的流向。

至少有一次，他做了一个白日梦。一个十岁左右的孩子，俊美而忧伤，出现在房间里。他一身黑衣，像是来自我们在梦里寻访过的那种魔幻城堡，倘若不是他突然地、悄无声息地出现在眼前,既没有看见他进门,也没有看见他走动,泽农简直要以为他是真实的了。这个孩子跟他长得很像,然而却不是在羊毛街长大的那个孩子。泽农在自己的过去里搜寻,但是他的过去里只有很少几个女人。他十分小心地对待卡希尔达·佩雷兹,不想让这个可怜的姑娘怀着他的骨血回到西班牙。布德城墙下的女俘,在他占有她之后不久就死去了,而他也只是因为这个原因才想起她。其余的女人几乎都是些荡妇,是旅途中的偶然让他碰上了她们;这些皮肉之欢令他觉得索然无味。然而弗罗索夫人与众不同:她深爱他,甚至希望给他提供一个长久的栖息之地;她想要一个他的孩子;他永远无法知道这个超越肉体欲望的心愿是否实现了。那一股精液有可能穿越黑夜,最终成为这个生灵,并通过这个既是他又不是他的生命延续,也许还会繁衍他的本质?他感到无比疲累,以及不由自主的一丝骄傲。如果真是这样,他与之息息相关,正如他在其他地方已经通过自己的著作和行为与这个世界息息相关;只有直至时间的尽头,他才能走出迷宫。希格·乌勒夫斯达特的孩子,白夜的孩子,可能中的可能,用他惊奇然而深沉的眼睛凝视着这个筋疲力尽的男人,似乎有问题想问他,那是泽农根本答不上来的一些问题。很难说究竟他们中哪一个注视另一个人的目光里含着更多怜悯。幻影突然消失了,如同它的出现一样突然;也许只是想象中的孩子不见了。泽农迫使自己不要再想这件事;也许这不过是囚徒的幻觉而已。

夜间看守是一个叫赫尔曼·摩尔的人,个子高大粗壮,寡言少语,在走廊尽头保持警觉地打着盹,他唯一的嗜好似乎就是给门闩上油,擦亮。但吉尔·隆博是个快活的滑头。他当过流动商贩,打过仗,因而见多识广;他喋喋不休的唠叨让泽农得知城里在议论和发生的事情。跟所有身份尊贵或者贵族出生的囚犯一样,泽农每天有六十个苏的拨款,这笔钱正是由这位狱卒掌管。他给泽农弄来很多饭菜,很清楚犯人几乎不会碰,这些肉酱和腌肉最后都会到隆博夫妇和他们的四个孩子的饭桌上。哲学家已经看到了一些监狱里的地狱景象,丰盛的食物和隆博老婆替他认真浆洗的衣物并不会令他感到惬意,但是在他与这个乐天的家伙之间却建立起了某种情谊,当一个人为另一个人送来食物,陪他散步,为他剃须和倒便盆时,这种情形时有发生。就神学和司法文体而言,这个家伙的思考倒不啻为一剂轻松的解毒药:看看世界这个乱七八糟的样子,吉尔不敢肯定是否果真有仁慈的上帝。伊德莱特的不幸遭遇让他掉了一滴眼泪:没办法让这么漂亮的小姑娘活下去,真是可惜。他觉得天使们的冒险很可笑,同时宣称人人都可以按自己的方式寻开心,各有所好,旁人不便多嘴。说到他,他喜欢妓女,这种乐子没那么危险,可是昂贵,有时还会闹得家里鸡犬不宁。至于时局,他才不在乎呢。泽农跟他玩牌;吉尔总是赢。医生还给隆博一家看病。三王来朝节[1]时,格利特给泽农送来一大块糕饼,被这个无赖一眼看中,据为己有带回去给家里人吃。再说,他这样做倒也不错,不管怎样囚犯可吃的东西已经太多。泽农永远不知道格利特向他表达过这份腼腆的忠诚。

碰到合适的时机,哲学家就很好地为自己辩护。最后受理

---

[1] 1月6日,按照习俗这一天要吃糕饼。

的某些罪状荒诞不经:他可以肯定在东方从未接受过穆罕默德的信仰;他甚至没有行过割礼。在异教徒苏丹的舰船和军队与皇帝交战的时期,要洗刷他曾经为前者效力的罪名却不那么容易;泽农强调,身为一个佛罗伦萨人的儿子,当时他在朗格多克定居和行医,他将自己视为法国国王的子民,而后者与奥斯曼帝国保持着良好的关系。这个理由不太可靠,但是关于这趟东方之行,却有一些对被告十分有利的传说流传开来。据说泽农可能是皇帝派往柏柏尔的密探之一,他只是出于谨慎才守口如瓶。哲学家对这个以及另一些更加离奇的说法,一概不予否认,显然有一些陌生朋友在散布这些传闻,他不想让他们气馁。在瑞典国王身边的两个年头对他更为不利,因为时间相距不远,也无法利用任何传说的烟雾加以美化。关键是要弄清楚他在这个所谓的改革的国家里,是否像天主教徒一样生活。泽农否认发誓弃绝过信仰,但并未补充说他去听过牧师的布道,何况他也尽可能少去。称他替外国人充当间谍的指责重又浮上水面;被告说,假如他有意向某人打听或者传递消息,就不会在像布鲁日这样孤陋寡闻的城市定居下来;他的理由招致人们对他侧目而视。

然而,泽农用一个假名字回到他出生的城市居住了这么长时间,正是这一点让法官们蹙紧额头:他们觉得其中大有深意。一个被索邦大学定罪的渎神者,在他的外科医生兼剃头匠朋友——何况此人缺乏基督徒的虔诚——家里藏身几个月,事情还说得过去;然而,一个曾经当过御医的高手,却长期担任济贫院医生,过着贫苦的生活,未免奇怪得令人生疑。在这一点上,被告也无话可说:他也不明白自己为何在布鲁日勾留如此之久。出于某种得体的考虑,他没有提及自己与前院长之间越来越深厚的情谊;再说,也只有他自己会认为这是一个理由。至于与西普里安之间不可告人的关系,被告只不过平静地予以否认,但是任何人都看得出来,他的言语中缺乏应有的充满道义的愤慨。没有人再提起在圣科姆济贫院收治逃亡者的罪名;方济各会的新院长明智地认为,整个事件已经让他的修道院受到重创,坚持不再让人围绕济贫院的医生重新引发关于背叛的谣言。皮埃尔·勒·科克是佛兰德斯的检察官,他将巫术产生的不良影响这个老话题重新摆上桌面来讨论,指出让-路易·德·贝尔莱蒙对医生的迷恋可以说是巫术作用的结果。直到那时为止表现一直相当温和的囚犯,不禁勃然大怒。泽农向主教阐述过在某种意义上一切都是法术之后,对有人如此诋毁两个自由思想之间的交往感到怒不可遏。最尊敬的主教大人没有指出这一显而易见的矛盾。

在教理方面,尽管被告身受强大的蜘蛛网钳制,他仍然表现出了最大程度的灵活。世界的无限性问题令参与旁听的两位神学家格外忧虑;他们讨论了很长时间,究竟无限和无边际是不是一样的意思。在灵魂的永恒性问题上,双方的交锋持续了更长时间,灵魂究竟是部分继续存在还是暂时继续存在,对于基督徒而言,后一种情形无异于纯粹而简单的死亡;泽农讥诮地提醒他们亚里士多德关于灵魂的不同部分的定义,阿拉伯学者们后来在此定义上进一步作了巧妙的辨析。是否假设植物灵魂或动物灵魂,理性灵魂或心智灵魂,以及最终预言灵魂的不朽性呢?或者某个潜伏在这一切灵魂之下的实体的不朽性呢?有一次他指出,他的某些假设总的来说与圣波拿文都拉[1]的形式质料说有

---

[1] 圣波拿文都拉(Saint Bonaventure, 1221—1274),意大利神学家,红衣主教,曾担任方济各会总会长。

相通之处,意味着灵魂具有某种形体。人们否认了这个推论,但是康帕努斯议事司铎出席了这场辩论,他回忆起从前是自己教给这位学生经院哲学的精微之处,不禁从这场争辩中体味到一丝骄傲。

正是在这一场开庭中,人们根据法官的意见朗读了泽农四十年前的笔记本。朗读的段落很长,法官认为需要足够了解才能作出判决,那是泽农摘抄的一些著名的异教徒或无神论者的言论,以及早期教会圣师们相互矛盾的著作。不幸的是让·米耶仔细保存了这些学生时代搜集的东西。这些老生常谈的论据令被告和主教差不多同样不耐烦,却令那些对神学所知甚少的人大为震惊,毕竟《理论赞》里的大胆论调过于晦涩难懂。最后,在一片不祥的沉寂中,人们又朗读了《滑稽预言》,前不久泽农还将它们当作无伤大雅的谜语,逗得管风琴师和他的老婆开怀大笑。如同人们在某些画家笔下看见的那样,这个滑稽的世界蓦然变得阴森可怖。人们带着疯狂唤起的不安,聆听了蜜蜂的故事,有人将剥掉蜡的蜜蜂献给失去眼睛的死者,蜡烛在他们面前无用地燃烧,但他们仍然没有耳朵听求情,没有手可以给予。有一些故事让帕托洛梅·康帕努斯听到后脸色变得煞白:每逢春分,欧洲的民众和国王们要为一个从前在东方被处死的反叛者哭泣和悲叹;骗子和疯子们毫无证据地自称是一个隐形的不能说话的天主的代理人,并以他的名义作出威胁或许诺。让人们笑不出来的景象还有:每天无数被掐死或刺穿的无辜婴儿[1],无人理会他们悲惨的哀哭;一些人在鸟的羽毛上沉睡,被带往梦

---

[1] 指希律王为了杀害刚刚出生的耶稣而下令屠杀的婴儿。

中天国;摆放在残留着葡萄园血渍的木板上的死人骨头,它们决定活人的命运;更让人笑不出来的是一些两头被戳破的口袋挂在高跷上,将污秽的话语吹向四面八方,而口袋里在消化泥土。在这些胡言乱语之中,人们看到不止一处对教会显而易见的亵渎之意,除此之外,人们还感觉到一种更加彻底的拒绝,它将一种恶心的滋味留在嘴里。

对哲学家本人来说,听人朗读这些故事也如同一次苦涩的反刍。令他极度忧伤的是,由于他描绘了人类可怜的生存状况的荒诞景象,听众们对他的胆大妄为感到愤慨,而不是针对这种处境本身,尽管他们有能力改变其中一小部分。主教建议放下这些无聊的废话,但是神学博士希罗尼姆斯·凡·帕尔梅特对被告明显表示憎恶,他又回到泽农搜集的那些语录,认为被告从古代作者的著作中抽取出渎神和有害的言论,这种狡猾的用心比一个直接的断语更为险恶。主教大人认为这种观点未免过其其辞。博士的面孔涨得通红,变得气势汹汹,他高声责问为何要妨碍他就品行和教理上的舛误表述自己的意见,即便是一个乡村法官对这些错误也不会有片刻迟疑。

这次开庭期间,发生了两件对被告十分不利的事情。一个长相粗俗的高个子女人情绪激动地出场。她就是让·米耶从前的女佣卡特琳,泽农将林中老河岸的房子改建为贫病收容所后,她很快厌倦了在那里操持家务,如今在帮倭瓜洗碗碟。她指控医生用万灵药毒死了让·米耶;她一心想坑害泽农,竟不惜承认自己在这件事情上是帮手。这个丑恶的男人借助有毒的汤剂,事先点燃了她的情欲,以至于她的身心都成为他的奴隶。她滔滔不绝地讲述自己与医生之间肉体接触的惊人细节;不由得让人相信,这段时间以来她与倭瓜的姑娘和顾客们密切往来,令她见识大长。泽农坚决否认自己毒死了米耶老头,但是承认与这个女人有过两次交往。卡特琳大叫大嚷比手划脚的供述立刻激活了法官们已经昏昏欲睡的兴致;拥挤在大厅门口的听众更加轰动;关于这个巫师的一切恐怖传闻一下子得到了证实。但是,泼妇豁出去一发不可收拾了;人们让她闭嘴,她便对法官破口大骂,于是被拖出大厅,送去疯人院,让她在那里尽情发狂。然而法官们仍然困惑不解。泽农没有保留外科医生兼剃头匠的遗产,证明他没有私心,也排除了一切犯罪动机;话又说回来,悔恨也有可能让他作出这种举动。

正当人们讨论这个问题的时候,法官们收到一封匿名信,鉴于眼下的时局,这份检举更加可怕。信显然是老铁匠卡塞尔的邻居发出的。信中肯定地说,医生在连续两个月的时间里,每天都去铁匠铺照看一个伤员,此人不是别人,正是打死巴尔加斯上尉的凶手;就是这个医生,很可能还巧妙地帮助了杀人犯逃亡。对泽农来说,约斯·卡塞尔本来有可能说出很多情况,幸而前不久他加入到德·兰达斯先生的麾下,眼下正在盖尔德为国王效力。剩下老皮特独自一人,他锁上门告老还乡了,他在一个村子里有些财产,但谁也不知道究竟在什么地方。泽农明智地加以否认,他在法官中意外地找到了一个同盟者,此人从前已经记录过打死巴尔加斯的凶手死在谷仓里了,这件事情已经过去很久,他无意让人指责自己虚报情况。检举信的作者没有露面,约斯的邻居们接受盘问时,回答也都含糊其辞:任何头脑清楚的人都不会承认,自己事隔两年之后才检举这样一桩罪行。然而指控是严重的,并且加重了在济贫院里帮助逃亡者的罪名。

对泽农而言,这场诉讼已经变得跟他和吉尔玩的牌戏一样,无论出于心不在焉还是无所谓,他总是会输的。如同那些花花绿绿的硬纸片会让玩牌的人破产或致富,法律游戏里每一个棋子的价值都是任意的;跟在牌戏里完全一样,有时要百般警惕,有时要洗牌或放弃出牌,有时要防守,有时要说谎。如果要说出真相,或许会令所有人不安。真相与谎言几乎没有区别。在他说出实情的地方,这种真实里包含着虚假:他没有弃绝过基督教或者天主教信仰,但是如果有必要的话,他也会心安理得地那样做;如果他像自己曾经希望的那样回到德国,他有可能成为一个路德派信徒。他理直气壮地否认了与西普里安有肉体关系,然而曾经有一个晚上,他渴望过这个如今已灰飞烟灭的身体;在一定意义上,这个不幸的孩子所作的证词,不像西普里安自己招供时以为的那么不真实。再也没有人指责他建议伊德莱特服用堕胎药,他也如实地否认这样做过,然而他忍住没有说出来的是,如果伊德莱特及时哀求他,他会向她施以援手,他懊悔没有这样做,让她避免令人叹惋的结局。

另一方面,他的否认表面上看似谎言时,比如他为汉疗伤一事,其实纯粹的真相也与谎言无异。与检察官怀着愤慨、爱国者们怀着敬佩所想的不同,他为反叛者提供的帮助并不证明他会投身于他们的事业:这些激愤的人当中没有一个能理解,这不过是医生冷静的职责。与神学家们的交火虽然不乏趣味,但他深知,有些人在寻找、掂量、剖析,为自己明天能够与今天有不同的想法而自豪,而另一些人则相信或者强调自己相信,并以死刑胁迫他们的同类与他们一样相信,在这两类人之间不存在任何长久的和解。在这些答非所问的辩论中,他始终感到一种令人烦闷的不真实感。最后几次开庭中,有一次他竟然睡着了;吉尔在旁边用胳膊肘碰碰他,他才重又正襟危坐。事实上,一个法官也在打瞌睡。这个法官醒来时以为死刑判决已经宣布,所有人都笑了起来,被告也不例外。

不仅在法庭上,在城里也是,一开始意见分歧的情况就相当复杂。主教的态度不明朗,不过他显然代表温和的立场,或者说宽容。主教由于职务的原因[1]是王权的支持者之一,很多有职位的人都仿效他的态度;泽农几乎成了正统派的被保护人。然而某些对囚犯不利的罪名十分严重,以至于对他表现温和也不无危险。菲利贝尔·利格尔留在布鲁日的亲戚朋友们犹豫不决:不管怎样,被告终究是家里的人,但是他们拿不准为了这个理由究竟应该加害他还是捍卫他。相反,那些深受银行家利格尔的狠毒手腕所折磨的人,则将泽农纳入他们的怨恨之中:这个名字就让他们咬牙切齿。市民中很多人是爱国者,这是老百姓中最好的一部分人,他们认为泽农帮助过他们的同党,本来会帮助这个不幸的人;其中有些人的确也这样做了,但在这些满怀热忱的人当中,大部分倾向于福音教义,他们比任何人更痛恨稍有无神论嫌疑或者放荡名声的人;此外,他们憎恨修道院,在他们看来这个泽农与布鲁日的修道士们关系密切。只有几个人,他们是哲学家素不相识的朋友,出于各自不同的理由对他怀有好感,他们设法暗中帮助他而不招致司法机关的注意,因为他们几乎全都有理由对后者多加小心。这些人不放过任何施放烟幕的

---

[1] 原文为拉丁文。

机会,指望利用这种混乱局面为囚犯争取一点好处,至少也要让那些迫害他的人显得可笑。

康帕努斯议事司铎回忆了很久,二月初,就在卡特琳闯入公堂那次致命的开庭前不久,主教离开之后,法官先生们在书记室门前逗留片刻交换意见。皮埃尔·勒·科克是阿尔巴公爵在佛兰德斯的代理人,他指出大家在琐事上浪费了差不多六个星期,而本来简简单单依法惩治就可以了。然而他也庆幸,这件案子与时下任何重大事件无关,本身毫无重要性,但正因如此,它为公众提供了一个极为有用的消遣:布鲁日的市井小民在本地有泽农先生可以关注,他们对布鲁塞尔平乱议会里发生的事情就不会那么感兴趣了。再说,眼下人人都在指责所谓司法部门的专断,让大家看看在佛兰德斯人们还懂得在司法上尊重形式,也不是一件坏事。他压低声音补充道,最尊敬的主教大人审慎地运用了合法权威,那些对这种权威有异议的人大错特错了,但是也许还是应该对职务和人加以区分:如果主教大人想继续插手审判事务,他最好摆脱自己的某些顾虑。老百姓执意要看到烧死这个家伙,而夺走在一条大猎犬眼前晃悠的骨头是很危险的。

帕托洛梅·康帕努斯并非不知道,呼风唤雨的检察官在布鲁日人继续称之为利格尔银行的地方欠了大笔债务。第二天,他给侄子菲利贝尔·利格尔和他的妻子玛尔塔夫人写了一封急件,请他们敦促皮埃尔·勒·科克找到某种对囚徒有利的折衷之道。

一幢豪华宅邸

福雷斯泰尔的豪华宅邸是菲利贝尔和他的太太新近按照意大利式样修建的；一切都令人赞叹，一溜房间铺着亮闪闪的木地板，高大的窗户朝向园林。这个二月的早上，外面正下着雨和雪。从意大利学艺归来的画家们在宴会大厅的天花板上描绘了历史故事和神话传说中的动人场景：亚历山大的宽厚，提图斯的温和，沐浴金雨的达那厄和正在升天的该尼墨德斯。一间佛罗伦萨式书房镶嵌着象牙、碧玉和乌木，显示着三界作出的奉献，房间里还装饰着扭曲的小柱子和裸体女人，镜子让它们变得更加繁多；秘密的抽屉由弹簧打开。然而精明的菲利贝尔不会将他的国事文件存放在这些如同人的思维活动一样复杂的暗道里；至于情书，他从来没有写过，也没有收到过，他的激情，原本就相当有节制，给了那些不用写信给她们的漂亮女子。壁炉上的圆雕饰象征着神学三德，炉火在两根冰冷而闪亮的壁柱间燃烧；在这一派富丽堂皇之中，只有从附近森林里采来的粗壮的树桩是唯一未经工匠之手打磨、刨削和上光的天然物品。长条几上摆放着几卷书,露出小牛皮或软羊皮烫金的书脊;它们是没有人去碰的虔诚作品;玛尔塔很早以前就舍弃了加尔文的《基督教原理》,菲利贝尔很客气地向她指出,这本异端书籍过于招人非议了。菲利贝尔自己拥有一整套家谱,一只抽屉里还有一册漂亮的阿雷蒂诺[1],趁着女宾们谈论首饰和花坛里的花,他时不时拿出来给他的客人们看看。

　　前一天接待过宾客,房间刚刚收拾好,重又变得井井有条,无可挑剔。阿尔巴公爵和他的副官朗斯洛·德·贝尔莱蒙视察了蒙斯地区,他们答应返程途中来这里进晚餐和过夜;公爵感到十分疲乏,不愿费力走上高大的楼梯,人们在楼下的一个房间里替他安置了一张床,用饰有战利品的银质长矛支起挂毯充当帐篷,为他挡住穿堂风;可惜尊贵的客人睡得很不好,这张充满英雄气概的床此时已踪迹全无。晚餐桌上的谈话既重大又谨慎;宾主谈到了公共事务,听他们的语气,是那些参与其中而又懂得不越雷池的人;出于涵养,双方没有在任何事情上坚持己见。对于下日耳曼和佛兰德斯的局势,公爵表现出满怀信心:骚乱已经平定;西班牙王室不用担心有人来夺走米德尔堡和阿姆斯特丹,里尔和布鲁塞尔也一样可靠。他终于可以说如今请释放[2]了,并请求国王找一个人来替代他。他上年纪了,脸色显示他的肝脏有疾病;他的胃口不好,主人也只好挨饿。朗斯洛·德·贝尔莱蒙倒是照吃不误,一边还大谈行军打仗的细节。奥兰治亲王被打败了;只是不能按时发军饷给士兵,他们难以管束,令人头

[1] 阿雷蒂诺(1492—1556),意大利作家。
[2] 原文为拉丁文,整句话是"主啊! 如今可以照你的话,释放仆人安然去世",见《新约·路加福音》第 2 章 29 节。

305

疼。公爵皱了皱眉头,谈起别的事情;他认为此时展示王国的财政伤口实在失策。菲利贝尔对财政赤字高到何等地步了如指掌,他也丝毫不想在饭桌上谈论银钱事务。

菲利贝尔很不情愿一大早就不得不起来表示殷勤,客人们在灰蒙蒙的晨曦中刚离开,他就回到楼上去了,考虑到他痛风的腿脚,他喜欢在床上工作。相反,他的太太每天清晨即起,对她来说,这个时辰没有任何不同寻常。玛尔塔迈着均匀的步子走在一个个空荡荡的房间里,随处调整一下橱柜上佣人略微移位了的一件金质或银质摆设,或者用指甲刮一刮靠墙的高几上几乎看不出来的一滴蜡。过了一会儿,一位秘书从楼上给她送来已拆封的康帕努斯议事司铎的来信。菲利贝尔附了一张语带讥诮的便条,告诉她信中有关于他们的表兄,她的哥哥的消息。

玛尔塔在壁炉前坐下,一扇绣花隔热屏遮挡住熊熊的火焰,她读完了这封长信。她瘦削的双手从镶花边的袖口里露出来,写满密密麻麻黑色字体的信纸在她手中窸窣作响。她很快停下来陷入了沉思。她还是新娘子刚刚来到佛兰德斯时,帕托洛梅·康帕努斯就告诉她有一个同母异父的兄长;议事司铎甚至建议她为这个蔑视宗教的人祈祷,殊不知玛尔塔回避祈祷。在她看来,她的母亲已经名誉扫地,这个不合法的儿子碰到的事情又增添了母亲身上的一个污点。她不难猜到,那位因治疗鼠疫患者而在德国声名鹊起的哲学家医生,就是她在贝内迪克特床头接待过的那个身穿红衣服的人,他曾经奇怪地向她询问他们死去的父母的情况。许多次,她想起这位令人生畏的过路人,她还梦见过他。他跟临死前的贝内迪克特一样,看见了赤裸的她:

他看出她身上有着怯懦这一致命的恶习，而所有人都对此视而不见，以为她是一个坚强的女人。她一想到泽农的存在，就犹如芒刺在背。他一直是她未能成为的那个反叛者；他在世界各地漫游，而她自己的道路只将她从科隆带到了布鲁塞尔。现在，他落入了这座黑牢，这个她曾经可鄙地为自己害怕过的地方；在她看来，他面临的惩罚是合情合理的：他自由自在地度过了一生；他冒的风险也是他自己的选择。

一阵冷风吹来，她转过头：她脚下的炉火只能暖和这个大厅的很小一部分。似乎幽灵走过时，才会让人感到这种刺骨的寒意：对她而言，这个行将走到生命尽头的人从来就是一个幽灵。然而，玛尔塔身后什么也没有，只有这个华丽而空荡荡的大厅。同样奢华的空虚主宰了她的一生。唯一算得上甜美的回忆就是上帝从她手中夺走的那个贝内迪克特——假如说有上帝的话，而她甚至不懂得将她照料到最后时刻；年轻时福音信仰曾令她满怀热忱，她早已将它扑灭掩藏起来：如今只剩下无边的灰烬。二十多年来，确信自己会被罚入地狱的念头没有离开过她；这是她从自己不敢高声承认的教理中记取的全部内容。但是想到自己要下地狱这件事本身，到后来也有了某种陈旧而冷漠的意味：她知道自己要下地狱，就像她知道自己是一个富人的妻子，她将自己的财富与他的财富结合起来；就像她知道自己是一个莽撞的年轻人的母亲，这个孩子只不过擅长跟一群纨绔子弟比剑饮酒；就像她知道玛尔塔·利格尔终有一死。她不用费力就做到品行可嘉，因为她从来没有过爱慕者需要打发；他们的独生子出生之后，菲利贝尔微弱的热情就不再向她表达了，因此她甚至连允许的乐趣也不必履行。只有她一人知晓有时在自己内心掠过的欲望；但是，与其说她制服了这些欲望，不如说她蔑视它们，就像人们蔑视一时的身体不适。在儿子的眼中，她是个通情达理的母亲，但是她不能战胜这个年轻人天生的蛮横，也没有得到他的爱；人们说她对待下人心肠坚硬到了残忍的地步，但是，总得让这群无赖尊重自己吧。在教堂里她的态度令所有人肃然起敬，但在内心里她却对这些把戏嗤之以鼻。如果说她只见过一次的这个兄长在六年时间里使用一个假名，掩盖自己的恶习，施展伪装的德行，这些事与她一生的所作所为相比，实在不值一提。她拿着议事司铎的信，上楼找菲利贝尔去了。

跟每次一样，当她走进丈夫的房间，看见他有失检点和损害健康的行为时，总会轻蔑地抿紧嘴唇。菲利贝尔陷在一堆松软的枕头里，这对他的痛风很不利，他触手可及的糖果盒也一样。他刚好来得及将一本拉伯雷的书塞进被子，那是他放在身边，在两次口授文件之间用来消遣的读物。她在离床远远的一张椅子上坐下来，上身挺得板直。夫妻两人就前一天的来访交谈了几句；菲利贝尔称赞玛尔塔安排的晚餐尽善尽美，只可惜公爵几乎没有碰。两人都对他的脸色很差表示怜悯。秘书正收拾文件准备到隔壁房间去誊写，看在有旁人在场的份上，胖子菲利贝尔用尊敬的语气指出，人们大谈公爵下令处死的那些反叛者的勇气（再说这些人的数字被夸大了），但是对这位军政大员的坚定不拔，人们却谈得不够，他对君主可谓鞠躬尽瘁死而后已。玛尔塔点头表示赞同。

"在我看来，时局并不像公爵以为或者说像他愿意让人以为的那么稳定，"门一关上，他就换了生硬的语气说道。"一切取决于他的继任者的手腕。"

玛尔塔没有答话，而是问他是否有必要捂在这么多床羽绒被下面出汗。

"我需要夫人在别的事情上，而不是关于枕头给我提出好建议，"菲利贝尔跟玛尔塔说话，一向用这种略带嘲讽的语气。"您读了我们的舅父的来信吗？"

"这是一件丑事，"玛尔塔犹豫地说。

"凡是司法部门干预的事情莫不如此，即便事情原本不是这样，司法部门也会让它们变成这样，"议员说。"议事司铎对这件事相当挂心，大概他认为一个家庭里有两名成员被公开处死，未免太过分了吧。"

"任何人都知道我母亲死在明斯特，她是骚乱的受害者，"玛尔塔说，她的眼睛因愤怒而发黑。

"重要的是让大家知道这些就够了，我本人还曾经向您建议，不妨请人将这一情况镌刻在教堂的墙上，"菲利贝尔微带挖苦接着说。"但眼下我要跟您谈的是这位无可指摘的母亲的儿子……的确，在我们的账簿上，我的意思是在杜切家继承人的账簿上，登记着佛兰德斯检察官的大笔欠款，假如我们划掉几项记录，他可能会觉得很愉快……但是金钱并不能解决所有问题，至少没有那么容易，跟议事司铎一样穷的那些人可不这样认为。依我看，这件事差不多已成定局了，也许勒·科克自有他的理由不予理睬。您对此事很关切吗？"

"您想想，我不认得那个人[1]，"玛尔塔冷冷地说，相反，她

---

[1] 这是耶稣被捕后，他的门徒彼得出于胆怯，否认自己认识耶稣时所说的话。见《新约·马太福音》第 26 章 72 节。

清清楚楚记得,在富格尔家幽暗的门厅里,这个陌生人取下鼠疫医生按规定佩戴的口罩时的情形。但是,这个人知道的她的情况,比她知道的他的情况要多,这也是实情。不管怎样,这个回忆属于只对她一个人有意义的那些过去的角落,菲利贝尔无权进入。

"要知道我对这位表兄和您的哥哥并无丝毫反感,我还希望他能来这里帮我治疗痛风呢,"议员一边在靠枕中间坐稳,一边接着说。"但是他怎么会想到钻到布鲁日来,就像一只野兔钻到一群狗的肚皮底下,还用一个只能骗骗傻瓜的假名字……我们只需要有一点审慎和一点小心就够了。去发表那些令索邦大学和教皇不快的看法有什么好处呢?"

"缄默是沉重的负担,"玛尔塔突然说,好像控制不住自己。

议员看着她,诧异中带着讥讽。

"好极了,"他说,"那我们就来帮这个人摆脱麻烦吧。不过请注意,假如皮埃尔·勒·科克同意,那样就成了我欠他,而不是他欠我,万一他不同意的话,我还得咽下一个不字。也许德·贝尔莱蒙先生会感激我,让一个受到他父亲保护的人避免了可耻的结局,但是,假如我没有弄错的话,他对布鲁日发生的事情不太感兴趣。亲爱的夫人,您有何建议呢?"

"任何事后不会让您埋怨我的建议,"她用生硬的语气说。

"那就好,"议员高兴地说,眼看一场争吵的风险正在远去。"我患痛风的手无法握管,劳驾您代我给我们的舅父写封信,请他为我们祈祷……"

"不用提正事吗?"玛尔塔提醒道。

"我们的舅父足够精明,他懂得避而不谈的意思,"他低下头来表示同意。"要紧的是不要让信使空手而归。您一定为四旬斋[1]准备了食物，不妨送去一些（鱼肉酱就很合适），再送几幅料子给他的教堂。"

夫妻两人交换了一个眼神。她佩服菲利贝尔的审慎，就像别的女人钦佩自己丈夫的勇气或刚毅。眼看一切顺利，他却不小心多说了一句：

"只怪我父亲当初将这个私生子外甥视如己出。假如放在一个普通人家里养大，也不用上学……"

"谈起私生子的话题，您倒是过来人，"她狠狠地讽刺道。

他尽管微笑，因为玛尔塔已经转身朝门口走去。他跟一个贴身女仆生的这个私生子（何况也有可能不是他的），与其说让他们的夫妻关系变得更糟，不如说变得更容易。她永远只会提起这一件事来抱怨，对其他更重要的事情却不置一词，甚至（谁知道呢？）视而不见。他叫她回来。

"我还有一件好事要告诉您，"他说。"今天早上，我还收到了比我们舅父的来信更好的东西。这是将斯滕贝亨的地产提升为子爵领地的批准函。您知道我用斯滕贝亨替换了伦巴第，因为对银行家的儿子和孙子来说，这个封号有可能让人发笑。"

"利格尔和富勒克尔在我听起来已经很好，"她带着冷冷的骄傲说，按习惯将富格尔这个名字法国化了。

"它们有点儿太容易让人想到一袋袋金币上面的标签，"议员说。"我们生活的这个时代，要想在宫廷里出人头地，有个漂亮的名字是必不可少的。在狼群里要嗥叫，亲爱的夫人，跟孔雀

---

[1] 复活节之前为期四十天（六个星期日除外）的斋戒期。在此期间，信徒不能饮酒，只能吃鱼。

311

一起则要尖叫。"

她一出去,他就将手伸进糖果盒,塞了满满一嘴。她对封号不屑一顾的态度,并没有让他信以为真:所有女人都喜欢炫目的玩意儿。但是某种东西稍稍破坏了糖衣杏仁的味道。可惜不能为这个可怜的家伙做点什么而不给自己惹上麻烦。

玛尔塔从主楼梯下来。不管她情愿不情愿,这个崭新的封号在她耳边愉快地嗡嗡作响;无论怎样,他们的儿子总有一天会为此感激他们的。相形之下,议事司铎的信变得不那么重要了。写回信是一件苦差;她不禁感到一丝苦涩,说到底,菲利贝尔总是为所欲为,而她呢,整整一生只不过是为一个富有的男人充当富有的女管家。奇怪的是,此时此刻,她感到自己抛弃不顾的这位兄长竟然比她的丈夫和独生子更亲近:贝内迪克特,她的母亲,还有他,他们属于一个将她永远封闭在其中的秘密世界。在一定意义上,她在他身上将自己罚入地狱。她让人去叫总管,要向他吩咐交给信使的礼物,信使正在厨房里好吃好喝。

总管正好有一件小事想跟夫人谈谈。夫人知道,德·巴滕堡先生被处死后,他的财产就充公了。这些财产仍在保管中,要等支付完欠个人的债务后,剩下的才会卖给国家。不能说西班牙人没有按规矩办事。但是,多亏受尽酷刑的人从前的门房,总管听说有一批壁毯没有列入清单,可以单独处理。这些漂亮的欧比松壁毯全都取材于《圣经》故事:金牛犊崇拜,圣彼得否认耶稣,所多玛火灾,替罪羊,扔进烈火的希伯来人。细心的总管将写在小纸片上的清单放回贴身小钱袋。夫人刚好说过想更换一下该尼墨德斯大厅的挂毯。不管怎样,时间长了,这些挂毯还会越来越值钱。

她想了想，颔首赞同。这些壁毯不是菲利贝尔过于迷恋的那些世俗题材。她相信自己从前在德·巴滕堡先生的府邸里见过，它们看上去非常华贵。这桩生意不容错过。

议事司铎探监

泽农被判决的当天午后,哲学家得知帕托洛梅·康帕努斯议事司铎在法院书记室的会见室里等候他。吉尔·隆博陪他来到楼下。议事司铎要求狱卒让他们单独会面。为保险起见,隆博离开时将门锁上了。

年迈的帕托洛梅·康帕努斯沉甸甸地坐在桌子旁边的一张高靠背椅上;他的两支手杖放在身边的地上。为了表示对他的敬重,人们在壁炉里烧了熊熊的一炉火,火光为这个阴暗的二月下午增添了一点光线。议事司铎宽阔的脸庞上布满细小的皱纹,在这样的光线下几乎呈粉红色,但泽农注意到他的双眼红肿,还尽量控制住嘴唇的颤抖。两人都在犹豫应该如何打招呼,议事司铎似乎想站起来,然而他的高龄和行动不便让他无法完成这个礼节,而且他也拿不准对一个犯人表示这样的礼貌是否欠妥。泽农站在离他几步远的地方。

"尊敬的父亲^[1]," 他说,用的是学生时代他对议事司铎的称呼,"感谢您在我羁押期间对我大大小小的帮助。我很快就知道了这些关照来自何方。我没有想到您会来看我。"

"你怎么不早一点露面!"老人带着慈爱责备道。"你对我的信任总不及对那个剃头匠外科医生……"

"您对我的不信任感到吃惊吗?"哲学家辩驳道。

他认真地搓着冻僵的手指。尽管他的房间在楼上,冬天里仍然阴冷潮湿。他在靠近炉火的一张椅子上坐下来,伸出双手。

"我们的火^[2]," 他轻声说,这句炼金术用语是帕托洛梅·康帕努斯议事司铎第一个教给他的。

议事司铎浑身打了一个寒颤。

"在众人为你所做的事情里,我的贡献甚微," 他说,尽力让自己的声音平静下来。"也许你还记得,不久前在主教大人和方济各会修道院前院长之间,有过一场严重的纷争。但是这两个圣人最终惺惺相惜。已故院长临终前向最尊敬的主教大人推荐了你。主教大人坚持让你受到公正的审判。"

"我为此感谢他," 囚犯说。

议事司铎在这个回答中察觉到一丝讥讽。

"你要知道判决不是主教大人一人作出的。他从始至终一直强调宽容。"

"难道这不是惯例吗?"泽农有些尖刻地答道。"教会厌恶血腥^[3]。"

---

[1] 原文为拉丁文。"optime pater"直译意为"卓越的父亲",这是修士对本会上级修士的称呼,也是过去学生对老师的称呼。
[2] 原文为拉丁文。
[3] 原文为拉丁文。

"这一次是真诚的,"受到伤害的议事司铎说。"然而,不幸的是,无神论和渎神的罪行昭然若揭,而你愿意事情是这个样子。在普通法方面,感谢上帝,没有任何情况证明对你不利,但是你跟我一样知道,对市井小民而言,十个猜测就抵得上一个让人确信无疑的事实,甚至对大多数法官也是如此。那个可怜的孩子,我甚至不愿意想起他的名字,他的指控一开始就对你造成重创……"

"您不会想象我用偷来的蜡烛照亮,在蒸气浴室里跟他们一起嬉笑玩闹吧?"

"没有人这样想,"议事司铎郑重地说。"不要忘记还有其他形式的同谋。"

"奇怪的是,在我们基督徒看来,所谓肉体的放荡是格外严重的罪恶,"泽农沉思着说。"没有人会带着愤怒和厌恶去惩罚粗暴,残忍,野蛮,不公正。明天没有人会意识到,那些良民百姓来观看我在火苗里惊跳是猥亵的举动。"

议事司铎用一只手掩住自己的脸。

"请原谅,父亲,"泽农说。"这是不得体的[1]。试图展示事物的本来面目是不恰当的,我再也不这样做了。"

"我是否可以说,在你是受害者的这场冒险中,令人震惊的是邪恶奇异地结合在一起,"议事司铎声音很低地说。"各种形式的堕落,孩子气的胡闹也许是故意亵渎,对一个无辜新生儿施行的暴力,最后还有针对自己施行的暴力,这个皮埃尔·德·哈梅尔犯下的是一切暴行中最恶劣的一种。我承认,起先我以为

---

[1] 原文为拉丁文。

这件骇人听闻的事情即便不是教会的敌人们编造的,也被他们无限夸大了。然而一个自杀的基督徒和修士,是一个坏基督徒和坏修士,这桩罪行肯定不是他犯的第一桩……想到你渊博的学识与这一切纠缠在一起,我就感到痛心疾首。"

"那位可怜的姑娘对她的孩子犯下的暴行,与野兽为了从陷阱里逃脱而不惜折断自己的腿脚如出一辙,是人的残忍让它掉进去的,"哲学家苦涩地说。"至于皮埃尔·德·哈梅尔……"

他谨慎地打住了,他意识到这个死者身上唯一一让他觉得可以称道的,正是他自主的死亡。身为一无所有的死囚,泽农还剩下一个要小心保留的机会和一个要守住的秘密。

"您来这里不是为了在我面前重审一遍几个倒霉鬼的案子,"他说。"让我们更好地利用这些宝贵的时光吧。"

"让·米耶的女管家也害你不浅,"议事司铎以上了年纪的人特有的执拗,忧伤地接着说。"没有人敬重这个坏家伙,何况我以为他早已被人遗忘了。但是怀疑下毒这件事让大家又开始议论他。我无意鼓吹谎言,但当时你最好还是否认跟这个恬不知耻的女佣之间有过任何肉体关系。"

"我惊叹自己一生中最危险的行为之一,大概就是两次跟一个女佣同床,"泽农嘲弄地说。

帕托洛梅·康帕努斯叹息了一声:他钟爱的这个人似乎对他严阵以待。

"你永远无法知道,你遭遇的灾难令我感到何等沉重,"他试探地说,想换一种方法。"我说的不是你的行为,我知之甚少,而且愿意相信你清白无辜,尽管听告解的经验让我明白,最坏的行为也有可能跟你那样的德行结合在一起。我说的是致命的精神

317

反抗，它可能会将完美本身转化为邪恶，而它的种子也许是我无意间在你身上种下的。世界变样了，在我学习文学和技艺的时代，科学和古典文学显得多么有益啊……当我想到是自己第一个向你讲授你不屑一顾的《圣经》，我自问一位比我更坚定或更博学的老师是否……"

"不要难过，尊敬的父亲，"泽农说。"让您忧虑的反抗在我自身，或者在这个时代里。"

"你画的飞行炸弹和风力战车的草图让法官们发笑，它们让我想起了魔术师西门[1]，"议事司铎抬起忧虑的眼睛看着他说。"但是我还想到了你年轻时关于机械的那些胡思乱想，它们制造的只是混乱和骚动。唉！就在那一天，我请女摄政王答应给你一个职位，本来你可以从此大展宏图……"

"这个职位也很可能通过别的途径将我带到同一个点上。关于一个人生活的道路和目的地，我们知道的并不比候鸟的迁徙更多。"

帕托洛梅·康帕努斯似乎沉浸在梦境中，他又看见了那个二十岁时的读书人。他要拯救的是这个人的身体，或者至少是他的灵魂。

"不要比我自己更看重这些机械上的突发奇想，它们本身并非有益的或有害的，"泽农轻蔑地说。"它们跟玻璃工匠的发现一样，让他从纯科学里得到一点消遣，但有时也激活或丰富了后者。实践出真知[2]。即便在医生的技艺，这个我潜心钻研过的领域里，伏尔甘或者炼金术的发明都在起作用。但是我承认，既

---

[1] 见《新约·使徒行传》第 8 章 9—24 节。
[2] 原文为拉丁文。

然人类直到世界末日也许仍然是这个样子,让疯子们有能力颠倒事物的进程,让狂热的人有能力飞上天,未见得就是好事。至于我,在法庭将我置于的这种境地里,"他补充道,他的干笑令帕托洛梅·康帕努斯感到害怕,"我不禁要责怪普罗米修斯将火种交给了凡人。"

"我活了八十岁,也没有料到法官们的恶意竟至于如此地步,"议事司铎气愤地说。"希罗尼姆斯·凡·帕尔梅特高兴地看到有人命令你去探索你的无限世界,而勒·科克这个败类,竟出于嘲讽,提议派遣你驾驶飞行投弹器去跟纪尧姆·德·拿骚作战。"

"他笑错了。只要人类拿出修建卢浮宫和大教堂的干劲,这些梦想总有一天会实现。恐怖之王将带领他的蝗虫大军从天而降,大玩屠杀游戏……啊,残忍的野兽!地上,地下和水中,什么也不会留下,一切都遭到蹂躏,损坏或摧毁……张开吧,永恒的深渊,趁现在还来得及,吞噬狂热的种族吧……"

"请问?"议事司铎警觉地说。

"没什么,"哲学家心不在焉地答道。"我在背诵我的《滑稽预言》中的一段。"

帕托洛梅·康帕努斯叹了一口气。虽说这个人的头脑算得上坚强,但焦虑已令他不堪承受。眼看死期临近,他开始胡言乱语了。

"显然你已经对人的完善失去了信念,"他忧伤地摇着头说。"人们是从怀疑上帝开始的……"

"人类的成就受到时间,需要,运气,以及愚蠢地不断增长的人口数量的制约,"哲学家说,语气平静了一点。"人将会杀死人类。"

泽农陷入良久的沉默。这种沮丧在议事司铎看来是个好兆头，没有什么比一颗无所畏惧的心灵更让他害怕的了，那样的心灵过于自信，不为悔恨和恐惧所动。他小心翼翼地重提话头：

"我是否因此可以认为，如同你对主教所说的，对你而言，大功是为了完善人的心灵，除此之外别无其他目的？倘若果真如此，"他继续说下去，声音里含有一种身不由己的失望，"你应该离我们比我和主教大人敢相信的更近，还有我从来只是远远观望的那些神奇的秘术，不正是神圣的教会每天向信徒们传授的内容。"

"是的，"泽农说。"一千六百年来都是这样。"

议事司铎拿不准这个回答里是否包含一丝讥讽的意味。但是时间宝贵。他顾不得了。

"亲爱的孩子，"他说，"你以为我来是为了跟你展开一场不再合时宜的辩论吗？我来这里有更好的理由。主教大人向我指出，你的情况并不是真正意义上的异端，就像我们这个时代那些可恶的邪教信徒，他们与教会开战，而你是理论上的渎神，其危险终究只不过在博学之士眼中才显著。最尊敬的主教大人向我保证，你的《理论赞》理当受到谴责，它将我们神圣的教理贬斥为普通概念，甚至等同于在最坏的偶像崇拜者中间散布的那些概念，然而此书也同样可能充当一本新的《护教论》：只需用同样的命题展示，人的天性中与生俱来的直觉在我们基督教的真理中达到了最高境界。你跟我一样知道，一切不过是个方向问题……"

"我明白您这一席话的用意，"泽农说。"假如明天的仪式代之以一场收回前言的仪式的话……"

"不要抱太大希望，"议事司铎谨慎地说。"我们要给你的不是自由。但是主教大人态度强硬，争取将你软禁[1]在一个由他选择的修道院里；你未来的舒适程度取决于你向正当事业作出的保证。你知道所谓终身监禁，最终几乎总能找到出来的办法。"

"您的救援来得太晚了，尊敬的父亲，"哲学家喃喃地说。"还不如早些给那些指控我的人戴上嘴套。"

"我们不敢自诩哄骗了佛兰德斯的检察官，"议事司铎说，他在富有的利格尔夫妇那里作了无谓的尝试，不得不咽下这苦涩的滋味。"这样一个人下手判刑，就像一条狗扑向猎物。我们势必让事情按照程序进行，即使稍后再运用留给我们的权力。你从前接受过下级神职[2]，这使得你划归教会裁决，但是也保证你会得到粗暴的世俗法庭不能提供的保护。的确，我直到最后一刻都在胆战心惊，担心你出于挑衅而说出某些不可弥补的招认……"

"然而，假如我出于悔罪而这样做，你们势必就会钦佩我了。"

"倘若你不将布鲁日的法庭和苦行重罪法庭混为一谈，我会感激你的，"议事司铎不耐烦地说。"这里重要的是，可悲的西普里安和他的同伙们所说的话相互抵触，我们摆脱了那个洗碗碟的女人的诬陷，并将她关进了疯人院，还有那些不怀好意地指控

---

[1] 原文为拉丁文。
[2] 本书《深渊》一章中提到过："在莱昂，堂·布拉斯·德·维拉为了使他更便于协助自己进行炼金术试验，让他披过一段时间雅各比派见习修士的僧衣。"

你为杀死西班牙上尉的凶手看病的人,他们也没有露面……仅仅与上帝相关的罪行属于我们的管辖权。"

"您认为治疗一个伤者属于滔天大罪吗?"

"我的意见并不中肯,"议事司铎闪烁其词。"如果你愿意听的话,我的看法是,我们对同类的一切帮助都应该被认为是值得嘉许的,但是如你的情况那样,其中卷入了一场反叛,就永远不值得赞扬。已故院长的想法有时不对,想必他会过分赞同这种给予反叛者的仁慈。至少我们庆幸没有人能够拿出证据。"

"假如不是您的关照让我免遭酷刑,他们会毫不费力地得到证据的,"囚犯耸耸肩说。"我已经向您表示过感谢了。"

"我们得到一句格言的保护:法律禁止世俗之人对神职人员用刑[1],"议事司铎带着获胜的神情说。"然而不要忘记,在某些方面,比如风化问题上,你仍然受到强烈怀疑,如果有人提出新的要求[2],你也许还要出庭应审。对于这个世界上的权力,你愿意怎么想就怎么想,但是要知道,只要反叛者与异端纠缠在一起,教会与秩序的利益就会继续合二为一。"

"我明白这一切,"囚犯低下头说。"我的不可靠的安全将完全取决于主教的良好意愿,然而他的权力有可能减弱,他的观点也有可能改变。没有什么可以证明,半年之后,我离火苗不会跟今天一样近。"

"难道这不是你一生都在害怕的事情吗?"议事司铎说。

"当年您向我传授文学和科学基础知识的时代,有个认罪的人在布鲁日被烧死,不知道他犯下的罪行是真是假,一个佣人向

---

[1] 原文为拉丁文。
[2] 原文为拉丁文。

我讲述了他遭受的折磨,"囚犯这样回答。"为了增加这出戏的趣味,人们用一条长链子将他系在柱子上,这样他浑身着火以后可以跑来跑去,直到扑倒在地上,或者不如直截了当地说,扑倒在火炭上。我常常想,这个可怕的场景所包含的寓意,就是一个基本上自由的人的状态。"

"你不认为我们全都如此吗?"议事司铎说。"我的一生是平静的,我敢说,也是清白的。但是我活了八十岁,也不可能不知道什么是束缚。"

"平静,是的,"哲学家说,"清白,不是。"

两个人都不由自主地用上了一种几乎是争吵的语气,使这场谈话渐渐变得如同当年师徒二人之间的辩论。议事司铎决定忍受一切,暗自祈望能想出一些有说服力的词语。

"我又犯错误了[1],"泽农终于用平静一些的声音说。"但是,请不要吃惊,父亲,您的好意看上去像一个陷阱。我见过几次最尊敬的主教大人,我并不认为他是一个虔敬之人。"

"主教对你的爱不会比勒·科克对你的恨更多,"议事司铎忍住泪水说。"只有我……但是,你是他们之间较量的一颗棋子,除此之外,"他的声音平静了一点,继续说,"主教大人也并非没有常人的虚荣,如果能够将一个不信神的人拉回上帝身边,让他说服同类,主教也会引以为荣。对教会而言,明天的仪式所取得的胜利,比你的死更有意义。"

"主教应该知道,倘若由我来捍卫基督教的真理,恐怕会适得其反。"

---

[1] 原文为拉丁文。

"这就是你不明白的地方,"老人又接着说下去。"人们很快就会忘记一个人收回前言的理由,但是他写的东西会留下来。有人认为你在圣科姆济贫院的居留形迹可疑,然而你的一些朋友已经指出,这是一位基督徒谦卑的苦行,你对过去的荒唐生活感到后悔,故而改名换姓,默默地一心行善。上帝原谅我吧,"他勉强微笑一下补充道,"我没有以圣阿历克西为例,他装扮成穷人回到自己出生的宫殿里生活。"

"圣阿历克西每时每刻都冒着被他虔诚的妻子认出来的风险,"哲学家开玩笑地说。"我的心灵还没有坚强到这个地步。"

帕托洛梅·康帕努斯皱了皱眉头,这种漫不经心的态度再次令他感到不快。泽农在这张衰老的面孔上看到一种痛苦的表情,不禁心生怜悯。他轻声接着说:

"看样子我难逃一死,我只剩下几个钟头以最安详的方式[1]度过……假如我做得到的话,"他友善地点点头接着说,议事司铎觉得他简直疯了,然而他是在跟站在因斯布鲁克街头朗读佩特罗尼乌斯的那个人说话[2]。"但是您让我跃跃欲试,父亲:我看见自己满怀真诚地向读者们解释,那个乡下人傻笑说在他的小麦地里有耶稣基督的无限性,他是一个很好的笑料,而那个爱开玩笑的人肯定是个糟糕的炼金术士,还有教会的仪式和圣事跟我的特效药一样有效,有时甚至更有功效。我不会对你说我信,"他止住议事司铎表示高兴的动作,接着说,"我要说的是,对我而言,简单的不已不再是一个回答,但这也并不意味着

---

[1] 原文为拉丁文。
[2] 指亨利-马克西米利安。参见《在因斯布鲁克晤谈》一章末尾,泽农与亨利-马克西米利安之间的最后一段对话。

我准备说出一个简单的是。将不可接近的万物本源禁闭在一个按照人的模样打制出来的人身上，在我看来仍是一种亵渎，然而我却不由自主地感到，无以名之的神存在于这个明天即将灰飞烟灭的肉体之内。我是否可以说就是这个神迫使我对您说不？然而，精神的任何看法都建立在任意的基础上：为什么这些不是呢？任何强加于普通民众的教理都为人类的愚昧提供了保证：万一明天苏格拉底取代穆罕默德或基督，情况也是一样。但如果是这样的话，"他将一只手放在额头上，突然感到一阵疲惫袭来，"为何要放弃肉体得救和皆大欢喜呢？我觉得自己翻来覆去考虑这些问题已经有几百年了……"

"让我来引导你吧，"议事司铎几乎带着柔情说。"明天你的收回前言里有多少虚伪的成分，唯有上帝是法官。你不是自己的法官：你以为是谎言的东西，也许是你在不为自己所知的情形下宣示的真正的信仰。真理有秘密的办法可以潜入一颗对它不再设防的心灵。"

"不如说是伪善吧，"哲学家平静地说。"不，尊敬的父亲，我为了生存有时也撒过谎，但是我越来越丧失撒谎的能力了。在你们和我们之间，一边是希罗尼姆斯·凡·帕尔梅特的想法，是主教和您本人的想法，另一边是我的想法，不时有些相似之处，往往也会有折衷，但是永远不会有恒定的关系。这些想法如同以一个共同的平面——人的理解力——为起点画出的弧线，它们马上分开，随后交会，然后重新分离，有时它们在各自的轨迹上相交，或者相反在一部分轨迹上重合，但是没有人知道它们会不会在我们视野之外的某一点上再次交会。声称它们是平行线是不准确的。"

"你说我们，"议事司铎似乎带着惊惧低声说。"然而你只是一个人。"

"的确，"哲学家说。"幸好我没有一份名单可以提供给某人。我们中的每个人都是自己唯一的老师和唯一的信徒。每一次经验都是从零开始。"

"已故的方济各会修道院院长，尽管性格过于随和，却是一个好基督徒，不愧为修士的典范，他不会知道你选择生活在什么样的反叛的深渊里，"议事司铎几乎带着怨恨说。"你一定对他说了很多谎言，而且经常说。"

"您弄错了，"因犯说，他对这个想救他一命的人投以几乎含有敌意的目光。"我们在矛盾之外相会。"

他站起来，仿佛要告辞的是他。老人的悲伤变成了怒火。

"你的固执是一种渎神的信仰，你以为自己是它的殉教者，"他气愤地说。"你似乎想迫使主教洗手[1]……"

"这个词不恰当，"哲学家指出。

老人俯下身想拾起两支充当拐杖的手杖，他将椅子弄出了声响。泽农弯下腰，将手杖递给他。议事司铎费力地站起来。脚步声和座椅的声音惊动了在走廊里保持戒备的狱卒赫尔曼·摩尔，他以为谈话结束了，已经在转动锁孔里的钥匙，然而帕托洛梅·康帕努斯提高嗓门，对他喊道再等片刻。半开的门又关上了。

"我有辱使命，"老教士说，他突然变得谦卑了。"你的执着令我害怕，因为它证明你对自己的灵魂毫不在乎。无论你是否

---

[1] 议事司铎在此不恰当地借用了"彼拉多洗手"的典故。参见《新约·马太福音》第 27 章 17—26 节。

知道,仅仅是虚假的羞耻心就让你宁死也不愿在收回前言之前接受公开谴责……"

"还有点亮的蜡烛,用拉丁语回答主教大人的拉丁语演说,"囚犯讥讽道。"我承认,那一刻钟会很难度过……"

"死亡也是,"老人悲伤地说。

"坦白地说,在一定程度的疯狂,或者相反,一定程度的智慧看来,被烧死的是我还是随便什么人都无关紧要,"囚犯说,"这场火刑是发生在明天还是两百年后,也无关紧要。我不敢自诩面对酷刑机器时还能保持如此高贵的感情:我们很快就可以看到,我内心是否真正有哲学家们描述的这种高傲而不屈的心灵[1]。然而,也许人们过于看重一个临死的人表现出的坚定程度了。"

"我来这里只是让你变得更加顽固,"年迈的议事司铎痛苦地说。"然而,离开你之前,我还是要向你指出一个法律上的好处,这是我们特意为你保留的,可能你并没有察觉。我们并非不知道,你过去从因斯布鲁克逃走是有人悄悄向你通风报信,告诉你当地宗教裁判所发出了逮捕令。我们对此事保持沉默,如果事情暴露,你就会处于逃犯[2]的灾难境地,你与教会之间的和解,即便不是不可能,也会变得非常棘手。因此你不要害怕作出某些无用的屈服……你眼前还有整整一夜可以考虑……"

"这件事再次证明,我一辈子受到的监视比我以为的还要严密,"哲学家神色黯然地说。

他们朝着狱卒已经重新打开的门慢慢走去。议事司铎将自

---

[1]原文为拉丁文。
[2]同上。

己的脸凑近囚犯。

"至于肉体的痛苦，"他说，"我可以向你保证，无论如何你用不着害怕。主教大人和我早已将一切安排妥当……"

"我感谢你们，"泽农说，他不无心酸地想起，自己为弗洛里安和另一位见习修士做的同样的事落空了。

老人感到沉重的疲惫。让囚犯逃走的念头从他脑子里掠过；太荒唐了；不应该想到这些。他本想给泽农祝福，但是担心对方不领情，同样的理由让他不敢拥抱他。泽农做了一个动作，想亲吻从前的老师的手，然而他忍住了，担心这个举动含有某种卑屈的意味。老人尝试为他所做的一切，没有赢得泽农对他的爱。

天气不好，议事司铎是乘轿子来法院书记室的；冻僵的轿夫们等候在门外。赫尔曼·摩尔坚持先让泽农回到楼上的囚室，然后才让人将访客送到门口。帕托洛梅·康帕努斯眼看狱卒陪同自己从前的学生走上楼梯。书记室的门房一扇接一扇打开门又关上，再搀扶教士坐上轿子，替他放下皮帘子。帕托洛梅·康帕努斯头倚在一个靠枕上，热切地念诵临终经，然而这种热情不过是下意识的；词语在他的嘴唇上滚动，他的思想却跟不上。议事司铎路经大广场。如果犯人在夜里想不出个结果，第二天死刑就会在这里执行，帕托洛梅·康帕努斯很了解这种魔鬼般的骄傲，不太相信泽农会改变主意。他想起来，上个月所谓的天使们是在城外被烧死的，在圣十字门附近，肉体的罪行被视为如此可恶，以至对它们的惩罚本身也应该以几乎秘密的方式进行；相反，一个顽固不化的渎神者和无神论者的死，从任何方面看，都是对民众有教益作用的场面。老人有生以来第一次觉得，这些显示祖先们智慧的安排似乎值得质疑。

那天是封斋前星期二的前夕[1]；兴高采烈的人们涌向街头，按习俗胡言乱语和胡作非为。议事司铎知道，在这种情形下，宣布酷刑的通告会让这些下等人愈发兴奋。有两次，胡闹的人拦住轿子，揭开轿帘往里看，失望地发现里面坐着的不是一位大惊失色的美妇人。其中一个傻瓜戴着醉鬼的红脸面具，冲着帕托洛梅·康帕努斯一阵乱喊乱叫；另一个一言不发，从门帘中间伸进去一张铁青的幽灵面孔。在他后面，一个戴猪头的狂欢者吹奏着一支长笛小曲。

刚到家门，老人收养的侄女维维安就快步迎上前来。克林威克神甫去世后，议事司铎就让她当自己的女管家，维维安总是在他们温暖的屋子里带雨篷的过道上一边等候，一边从门孔里观望叔父是否快要回来吃晚餐了。她变得肥胖而又愚蠢，就像从前的戈德利埃芙姨妈，但她也有过自己对这个世界的希望和失落：很晚她才与一位叫做尼古拉·克林威克的表兄订婚，这位表兄是卡斯特附近一位富裕的小领主，还身兼一份好差事，担任佛兰德斯法官管辖区的司法长官；不幸的是，这位条件如此优渥的未婚夫，竟在婚礼前不久穿过融冰的迪克布希水塘时落水身亡了。这个打击让维维安从此一蹶不振，但她跟从前的姨妈一样，仍然是个精细的管家和灵巧的厨娘；她做的熟酒和果酱无人可以匹敌。议事司铎这些天劝说她为泽农祷告，她不肯，她已经不记得他了；不过议事司铎还是说服她，让她时不时为一位可怜

---

[1] 四旬斋从圣灰星期三开始，此前有为期三天的狂欢活动，至封斋前的星期二(le Mardi gras)达到鼎盛。

的囚犯准备一篮子食物。

他没有吃她为晚餐烹制的烤牛肉,就径直上楼在床上躺下了。他冷得发抖;她赶紧在长柄手炉里装上热乎乎的灰土为他暖床。他躺在绣花被子下面,很久才睡着。

泽农最后的时刻

囚室的铁门在他身后重重地关上,泽农沉浸在思索里,他拉出凳子,坐在桌子前。天色仍然很亮,就他的情形而言,炼金术寓意上黑暗的牢狱是一座相当明亮的监狱。从窗户上密密的铁条望出去,积雪覆盖的院子里泛起铅灰色的白光。吉尔·隆博跟夜间看守交班时,像往常一样将囚犯的晚餐留在托盘里;这一天的晚餐比平时更加丰盛。泽农推开托盘:将这些食物转化为他不再使用的乳糜和血液,似乎是荒谬的,甚至近乎猥亵。不过,他心不在焉地倒了几口啤酒在锡杯里,喝下这种苦涩的液体。

对他来说,自上午判决宣布以来开始的某种死亡的盛典,随着他跟议事司铎的谈话结束了。他原以为已经固定下来的命运重新摇晃起来。他已经回绝的提议在接下来的几个小时里仍然有效:一个最终可能说"是"的泽农也许潜伏在自己意识深处的某个角落里,即将过去的夜晚可能会让这个怯懦者占上风。只需千分之一的机会就够了:如此短促的未来,对他已成定局的未来,竟然因此获得了一种不稳定的因素,那就是生命本身,而且,他在病人身边也观察到过这种奇怪的情形,死亡因此保留了某种具有欺骗性的不真实。一切都摇摆不定:一切都将摇摆不定直至最后一息。然而,他的决心已定:他不完全是从勇气和牺牲的崇高迹象,更是从某种外形笨拙的拒绝中看到这一点,这个外形将他整个封闭起来,隔绝了外界的一切影响,也几乎隔绝了感觉本身。他在自己的结局里安顿下来,他已经是永恒的泽农[1]。

另一方面,在他赴死的决心背后,还深藏着另一个更隐秘的,他小心翼翼向议事司铎遮掩的决心,那就是死于自己之手。然而这里仍然为他保留了一个巨大的,令人精疲力尽的自由:他可以按照自己的心愿遵循或者放弃这个决定,要么去做那个了结一切的动作,要么相反,接受由火引起的死亡[2],这与炼金术士的长袍不小心碰到炼丹炉的火炭而引火烧身的临终痛苦相比,没有太大区别;究竟是选择死刑还是自主的结局,直到最后仍然悬在他的思考本体的一根细微的神经上,这一选择不再是在死亡与某种生命之间摇摆,就像究竟是接受还是拒绝收回前言那样,但是它关乎方式、地点和确切的时间。由他决定,是在大广场上的一片嘘声中死去,还是在这几面灰墙之间安静地死去。然后,由他选择延迟还是提前几个小时完成这一至高的行动,由他选择,如果他愿意的话,看见太阳在 1569 年 2 月 18 日这一天升起,还是在今天黑夜来临之前结束。他的手臂支在双膝上,一动不动,几乎是安详的,他望着眼前的一片空茫。如同一阵可怕的宁静降临在一场飓风的中心,时间和思想都静止不动了。

[1]原文为拉丁文。
[2]同上。

圣母院的钟声敲响了：他数着次数。激变骤然发生：极度的焦虑如旋风般带走了宁静。一些画面的碎片在这场风暴中翻卷，它们来自三十七年前阿斯托加的火刑[1]，来自不久前弗洛里安遭受酷刑的细节，来自他经过城市的十字路口时偶然碰见的法庭处决的丑陋陈尸。即将成为现实的消息似乎突然间在他身上触及到身体的理解力，将恐惧的份额分配给各种感官：他看到，感觉到，闻到，听到了明天集市广场上关于他死亡的种种细节。肉体灵魂原本谨慎地待在一边，没有参与理性灵魂的思考，这时突然从内部得知了泽农对它隐瞒的一切。他身上的某种东西像绳子一样断裂了；他的唾液干涸了；他手腕和手背上的汗毛竖了起来；他的牙齿打颤。他在自己身上从未体验过的这种迷乱，比这场厄运中的其他一切更令他惊恐：他双手按在下颌上，深呼吸以减缓心跳，终于成功地制服了这场身体的骚乱。这太过分了：他要在肉体或意志溃败之前结束，以防无力补救自己的过失。他的头脑重又变得清醒了，直至那时为止从未预见过的风险向他涌来，它们很可能会妨碍他理性的出路[2]。他朝自己的处境投以一瞥，就像外科医生在身边寻找工具并推算运气。

四点钟了；他的饭菜已经送来，给他的优待甚至还包括留下平时用的那根蜡烛。他从书记室回来后，掌管钥匙的狱卒已经替他上了锁，此人只有在熄灯后才会再出现，然后要等到天亮时才回来。要完成他的任务，看来可以在两段长的时间间隔中选择。但是这个夜晚不同于其他时候；主教或者议事司铎可能会

---

[1] 本书《深渊》一章中提到，泽农在莱昂地区的阿斯托加亲眼见到过四名犹太人被处以火刑。

[2] "理性的出路"指自杀，见 169 页注[1]。

不合时宜地送来一个口信,这样就不得不让人又来开门;人们出于一种粗暴的怜悯,有时会派遣一个僧侣或者一名善终会的成员来到犯人身边,他们肩负劝导死囚祷告的使命,以帮助他升天。也有可能人们预料到他的意图,随时会有人来缚住他的双手。他密切关注着周围的响动和脚步声;万籁俱寂,然而与从前任何一次匆匆出逃相比,时间都没有此刻那么宝贵。

用一只还在颤抖的手,他揭开放在桌上的文具匣的盖子。在肉眼看上去没有缝隙的两层很薄的木片中间,他藏匿的宝物仍在那里:一片柔韧的,薄薄的刀片,不足两寸长[1],起先他是放在紧身短上衣的夹层里带进来的,后来文具匣交给法官们仔细检查后又还给他,他才将刀片转移到这个隐蔽的地方。每天,他要无数次看见这件物品才感到放心,而从前他会不屑于将它从小溪里捡起。他在圣科姆济贫院的配药室里被捕时就被搜查过,后来还有两次,一次是皮埃尔·德·哈梅尔死后,另一次是卡特琳翻出毒药的事情之后,又有人搜查过他,看看是否能找到可疑的药瓶或药丸。他庆幸自己出于谨慎没有携带这些珍贵然而容易变质或破碎的药品,它们几乎不可能被存放在身上或者长时间藏在一目了然的囚室里,它们会不可避免地泄露他的自杀计划。他会因此失去霹雳般死去的权利,唯有那样的死才是慈悲的,但是,这段仔细磨过的刀片至少可以让他不用撕掉衬衫,去打成往往不管用的结,也不用拿一块打碎的陶片徒劳地费力。

一阵恐惧袭来,令他翻肠倒肚。他朝放在房间角落里的便盆走去,拉空肚子。被人体消化系统煮熟然后排出的物质的气

---

[1] 这里指的是法寸,法国古长度单位,一法寸约合 2.7 厘米。

味一时塞满他的鼻孔,让他又一次想起腐烂与生命之间的密切关联。他用一只稳定的手系紧裤带。木板上的水罐里盛满冰凉的水;他润湿了一下自己的脸颊,一滴水留在舌头上。永久之水[1]:对他而言,这是最后一次的水。他走四步回到床边,他在上面度过了六十个沉睡或失眠的夜晚:一连串思绪令人眩晕地穿过他的头脑,其中有一条旅行的螺线将他带回布鲁日,布鲁日缩小为一座监狱的场地,曲线最终在这个狭小的长方形里终止。一声低语从他身后的废墟中传来,它来自比其他经历更令人轻蔑、更被彻底抹杀的过去,那是胡安修士沙哑而柔和的声音,他在一个阴影笼罩下的修道院里,用带着卡斯蒂利亚口音的拉丁语说:我们去睡吧,我的心[2]。但是,现在不是睡觉的时候。他从未感到过自己的身体和心灵如此警觉:他动作的简约和迅捷不逊于他施行重大外科手术的那些时刻。他打开像毡子一样笨重的粗羊毛毯,在地上沿着床的长度将它叠成类似凹槽的形状,它至少可以承接并吸收一部分流出的液体。为了更稳妥,他将前一天穿过的衬衫拧成一条衬垫塞在门口。不能让血流沿着略微倾斜的地面过快地流到走廊上,以免赫尔曼·摩尔偶然从他的桌面上抬起头来,注意到地面有一个黑点。随后他脱掉鞋子,没有发出一点声响。这么多预防措施并非必需,然而寂静似乎是一种保障。

他在床上躺下,将头在硬硬的枕头上放稳。他脑子里闪过了一下康帕努斯议事司铎,这个结局会令他惊恐不已,然而是他第一个让泽农阅读古代作品,那些英雄们也是以这样的方式死

---

[1]原文为拉丁文。
[2]同上。

335

去的,但这个嘲讽只是在他头脑表面闪过,并未使他从唯一的目标上分心。除了具有作为医生更令人看重和更不可靠的那些品质之外,泽农一向对自己有着外科医生兼剃头匠的灵巧引以为傲,此时他以这样的灵巧迅速蜷起身子,轻轻抬起膝盖,在通常放血的位置之一,切开左脚外侧的胫骨静脉。然后,他很快坐起来,靠在枕头上,为了预防随时可能出现的昏厥,他在手腕上急切地寻找桡骨动脉,划下一道切口。划破皮肤引起的短暂而肤浅的疼痛几乎察觉不到。血流喷涌而出;液体像往常一样奔流,似乎它想迫切地逃离自己被禁闭于其中循环的幽暗迷宫。泽农垂下左臂,以便血液流得更快。还不能说胜券在握;可能会有人偶然进来,人们明天就会将血淋淋的、缠着绷带的他拖到柴堆上。然而,流逝的每一分钟都是一次胜利。他看了一眼已经被血染黑的毯子。此刻他明白了一种粗俗的说法,认为这种液体就是灵魂本身,因为灵魂和血液一起溜走。这些古老的谬误包含着简单的真理。他想,带着一丝微笑,此刻是完成从前关于心脏的收缩和舒张试验的好机会。但是,获取知识从此并不比回忆事件或者遇到过的人更重要;仍有片刻,他还跟个人这条细小的线联系在一起,但是卸下重负的个人与存在已经分不清了。他努力坐起来,不是因为这样做对他重要,而是为了向自己证明还有可能完成这个动作。他常常再次打开门,只是为了证实这扇门没有在自己身后永久地关上;他会转身朝一个刚刚分手的路人走回去,只是为了否定某一次出发的目的性;他以此向自己证明作为人的短短的自由。这一次,不可逆转的事情完成了。

他的心脏剧烈跳动;一种激烈而混乱的活动在他身体内横行,就像在一个溃败的国家里,但并不是所有战士都放下了武器；他突然对自己的身体生出一种怜惜之情，它一直很好地为他效力，总的说来，它还可以活上二十来年，他就这样毁掉它，却不能向它解释这样做是为了让它免遭更坏和更可鄙的痛苦。他口渴，但是毫无办法缓解这种渴。在他回到这个房间后的四五十分钟里，已经挤满了无数几乎无法分析的想法、感觉和动作，它们以闪电般的速度前后相继；同样，床与桌子之间几米宽的空间也扩展开来，像星体与星体一样遥远：那只锡杯好像漂浮在另一个世界的底部。但是这种渴很快就会终止。他的死，就像一个在战场边缘要求喝水的伤员的死，他以同样冷峻的怜悯看待这个伤员和自己。胫骨静脉的血只是间歇性地涌出了；他艰难地，就像要抬起巨大的重量，终于移动了一只脚，让它悬在床外。他仍然攥着刀片的右手被刀锋轻轻划破了，但是他感觉不到伤口。他的手指在胸口上抖动，似乎想摸索着解开上衣的领子；他想尽力抑制住这种无用的骚动，他做不到，然而这种抽搐和焦虑是好的迹象。一阵冰冷的颤栗穿透他的全身，好像要开始呕吐：这也是好的。钟声，雷鸣，叽叽喳喳还巢的鸟儿，透过这些在他耳朵里拍打的声音，他听见了外面清晰的水滴声：已经饱和的毯子再也吸不住流到地上的血。他试着计算红色的水洼越过纤薄的衬衣屏障，流淌到门的另一侧需要的时间。但是无所谓：他已经得救了。即便不走运，赫尔曼·摩尔马上过来开门，拉开门闩也要花不短的时间，还有惊讶，害怕，跑过长长的楼梯去搬救兵，这一切会给他留下足够时间逃走。明天要焚烧的不过是一具死尸。

正在流逝的生命仍然发出巨大的喧哗：埃尤布的一处泉水，在朗格多克的沃克吕兹从地下涌出的汩汩流淌的溪水，厄斯特松德和弗罗索之间的一股激流，它们来到他的脑子里却无需他再想起它们的名字。然后,在所有这些声音之中,他听见一个嘶哑的喘息声。他大口喘着气,但是这种沉重而浅表的呼吸再也不能填满他的胸腔;有一个人,不再完全是他,稍稍躲在他的左侧身后,正无动于衷地观察着这临终的痉挛。一个跑到终点时筋疲力尽的人就是这样呼吸的。夜已经降临,他不知道究竟是在他自身还是在房间里:无边的夜。夜也在晃动:黑暗让位于另一些黑暗,深渊接着深渊,厚重的晦暗接着厚重的晦暗。但是这种黑色不同于肉眼见到的黑色,它振颤出似乎从自身的缺失中发出的色彩:黑色转为青绿色,然后变成纯白;浅白色转变为鲜红的金色,然而原初的黑色依然存在,正如星辰的火焰和北极光仍然是在黑夜里颤动。有一刻在他看来是永恒的,一个绯红的球体在他自身或者外部跳动,将大海染成血红。就像极地区域夏天的太阳,耀眼的天球似乎犹豫不决,准备往天底下降一度,然后,几乎难以察觉地轻轻一跳,跃上天顶,最终消失在炫目的白昼里,而白昼同时也是黑夜。

他再也看不见了,但还能听见外面传来的声音。如同前不久在圣科姆济贫院,走廊里响起了急促的脚步声:管钥匙的狱卒刚发现地上有黑乎乎的一摊水。就在片刻之前,垂死者想到自己可能会被抓住,被迫再多活和多死几个钟头,他也许会被一阵恐惧攫住。然而一切焦虑都终止了:他自由了;这个朝他走来的人只会是一位朋友。他做了,或者以为自己做了一下努力,想站起来,但是他不太清楚究竟是自己获救了,还是相反,是他前去搭救别人。一阵转动钥匙和推开门闩的嘎吱声,对他来说从此仅仅是开门时发出的尖利的声音。这就是我们跟随泽农能走到的最远的地方。

作者按语

我们刚才读到的小说,最初是一个篇幅只有五十页左右的故事,题为《仿丢勒》。它跟另外两篇同样以历史为背景的中篇合成一个集子,以"死神驾辕"为题,1934年在格拉塞出版社出版。这三篇小说的标题(《仿丢勒》《仿格里科》《仿伦勃朗》)是事后才想出来的,让它们之间既统一,同时又形成反差,这些作品其实是一部长篇小说的三个独立的片段。这部长篇小说是在1921年至1925年间,即我的十八岁到二十二岁之间构思的,我还满怀激情地写了一部分。设想中的这部作品是一部广阔的小说长卷,时间跨度几个世纪,涵盖好几组人物,他们之间或者由于血缘关系,或者由于精神上的一致而联系在一起。最初只是简单地命名为"泽农"的四十来页内容,构成了这部小说的第一章。这部设想过于宏大的小说,在一段时间里与另一部作品最早的草稿齐头并进,那就是后来的《哈德良回忆录》。1926年前后,我暂时放下这两部作品,上面提到的三个片段组成《死神驾辕》,几乎未加改动于1934年发表,只有关于泽农的那个故事增添了新写的十来页内容,也就是今天的《苦炼》中亨利-马克西米利安与泽农在因斯布鲁克见面情况的一个缩影。

当年评论界给予《死神驾辕》很多好评;今天重读其中一些文章,仍然激起我的感激之情。但是一本书的作者自有理由比它的法官们更加严厉:他将缺点看得更清楚;只有他一个人知道自己原来想做什么,以及应该做什么。1955年,《哈德良回忆录》完成几年后,我重新拾起这三篇作品,打算稍加修改交付重印。

又一次,这个身兼医生、哲学家和炼金术士几重身份的人物吸引了我。1956 年写成的《在因斯布鲁克晤谈》一章,是重新回到这部作品的第一步成果;作品的其余部分在 1962 年至 1965 年间才最终完成。从前的五十来页中至多只剩下十二页左右,并且还经过修改,散落在今天这部长篇小说里,但是从泽农在布鲁日非法出生,到最终他在这个城市的一个监狱里死去,这一情节线索大致上保持原样。《苦炼》的第一部(《漫游岁月》)与 1921 年至 1934 年间写成的《泽农-仿丢勒》的构思相去不远;第二部和第三部(《静止不动的生活》和《牢狱》),则完全是从四十多年前那部作品的最后六页演绎出来的[1]。

我并非不知道,作者仍然在世的时候,由他本人来说明上述情况可能会令人不快。然而,我还是决定将这些情况向那些对一本书的成书过程感兴趣的读者说出来。在此我尤其要强调的是,《苦炼》跟《哈德良回忆录》都属这一类作品:作者早年就开始构思,后来随着世事变迁时拾时辍,但是他的整整一生都会与它们相伴度过。这两部作品之间唯一的区别,何况也纯属偶然,那就是后来的《苦炼》这本书的草稿,早于最后定稿三十一年就发表了,而《哈德良回忆录》最早的版本却没有这样的好运,或者说这样的噩运。至于其余的情况,这两部小说都以同样的方式经历了在很多年里不断夯实地基的过程,直到最后,两本书的写

[1] 1934 年出版的集子里,第一篇小说的题目并不妥当,何况那本集子里另外两篇的题目也一样,它们让这三篇作品显得是在着意模仿三位画家,但事实并非如此。之所以选择《仿丢勒》这个题目,是因为那幅著名的版画《忧郁》,画中一个阴郁的人物——想必就是人类的化身——坐在一堆工具中间苦闷地沉思。然而一位一丝不苟的读者向我指出,泽农的故事发生在佛兰德斯而不是德国。今天看来,这个意见比过去更有道理,因为当年尚未问世的第二部和第三部的故事完全发生在佛兰德斯,并且博斯和勃鲁盖尔关于世界的混乱和恐怖的主题充斥整部作品,它们在从前的初稿中不是这样。——原注

作都是一气呵成。我在别的地方谈到过,至少就我的情况而言,作者与人物之间保持长期关系令人受益良多,作者从少年时代起就选择或者想象的人物,随着我们自己的成熟才向我们展现出他的全部秘密。不过话说回来,这种方法很少得到遵循,不足以说明有必要交待上述细节,哪怕只是为了避免某些目录学上的混淆。

与自由塑造一个在历史上留下踪迹的真实人物相比,比如哈德良皇帝,创造一个像泽农这样的虚构的"历史"人物,似乎更可以不必借助史料。事实上,这两种创作手法在很多点上是可以相提并论的。就第一种情形而言,小说家为了试图按照原貌展示人物的全部丰富内涵,需要研究历史上留下的关于主人公的资料,这样的研究无论多么满怀热情,多么细致入微都不为过;在第二种情形下,为了赋予虚构人物以特定的、由时代和地域所规定的现实感,小说家只能利用过去的生活——即历史——留下的事件和日期,否则"历史小说"只不过是一场成功或者不成功的化妆舞会。

我们假设泽农出生在 1510 年,他九岁那年,年迈的达·芬奇在流放地昂布瓦兹去世;他三十一岁时,帕拉塞尔苏斯去世,我让泽农成为他的追随者,有时也是对手;他三十三岁时,哥白尼去世,后者直到临终之际才发表他的重要著作,但是他的理论长期以来以手稿形式在某些开风气之先的领域内流传,因此我在书中让年轻读书人在学校里了解到这些知识。我让多莱(Dolet)成为泽农的第一位出版商,他被处死那一年,泽农三十六岁;塞尔维(Servet)被处死的时候,他四十三岁,塞尔维跟他一样是医生,也跟他一样研究过血液循环。跟泽农差不多同时代的,有解剖学家维萨里(Vésale),外科医生昂布鲁瓦兹·帕雷(Ambroise Paré),植物学家塞萨尔潘(Césalpin),数学家兼哲学家哲罗姆·卡尔丹(Jérôme Cardan);他死的那年,伽利略五岁,康帕内拉刚刚一岁。他自杀的时候,乔达诺·布鲁诺差不多二十岁,三十一年后也将被烧死。我无意机械地拼凑一个综合性人物,任何一位懂行的小说家都不会那样做,然而很多缝合点将这位虚构的哲学家与先后生活在同一个世纪的这些真实人物联系在一起。跟他联系在一起的还有另外一些人,他们在同样的地方生活过,有过类似的经历,或者试图达到同样的目标。我在此指出的某些关联,有时是故意去寻找的,它们帮助我在创作过程中发挥想象,有时则相反,是事后才注意到它们可以充当佐证。

同样,泽农出生时的非法身份以及为了日后进入教会而接受的教育,不免容易让人想到伊拉斯谟,后者是教会人士与鹿特丹女市民的儿子,年轻时代曾经是奥古斯都会的修士。在乡下手工艺人的作坊里安装一台改良织机引起的纠纷,让人想起世纪中叶发生的这一类事情,先是 1529 年在但泽,一台类似机器的发明者据说被处死了,然后 1533 年,布鲁日的行政官员们禁止用一种新方法染羊毛,稍后在里昂,印刷技术的进步引发过事端。泽农年轻时性格中某些暴烈的方面可能会让人想到多莱,比如杀死贝洛丹的凶手,就会让人遥遥联想到杀死康柏因(Compaing)的人。年轻读书人的修士见习期,先是在根特跟随圣巴汶修道院的主教院长,我们在书中设想此人热衷于炼金术,泽农后来到了被迫改宗的犹太人堂·布拉斯·德·维拉身边,

346

这些经历一方面与帕拉塞尔苏斯相似,后者曾经跟随塞特加赫的主教和斯潘海姆的修道院院长学习,另一方面与康帕内拉相似,后者在犹太人亚伯拉罕的指导下学习过犹太教神秘派教义。泽农的游历,他身兼炼金术士、医生和哲学家的三重身份,甚至他在巴塞尔遇到的麻烦,与我们所了解或听说的帕拉塞尔苏斯非常接近,还有他在东方的经历,这是秘术哲学家们的经历中几乎不可或缺的内容,也同样是从这位瑞士德语区的著名炼金术士真实或传说的游历中得到启发。在阿尔及尔赎买女俘的故事,取自那个时代西班牙小说中司空见惯的情节;希格·乌勒夫斯达特,即弗罗索夫人的故事,是考虑到那个时代斯堪的纳维亚女人们享有擅长治病和"草药师"的声誉。泽农在瑞典宫廷的生活,一部分取材于泰乔-布拉赫(Tycho-Brahé)在丹麦宫廷的经历,其余则来自人们讲述的一位泰奥菲卢斯·荷莫代(Théophilus Homodei)博士的事迹,他是瑞典约翰三世的医生,比泽农晚了一代。泽农对汉施行的外科手术,模仿的是昂布鲁瓦兹·帕雷在《回忆录》中讲述的一个同类型手术。在一个更为隐秘的领域里,也许值得指出的是关于鸡奸行为的怀疑(有时也是事实,通常尽量加以掩饰,必要时则予以否认),列奥纳多·达芬奇、多莱、帕拉塞尔苏斯和康帕内拉都有过这样的经历,就如同我虚构的泽农的生活那样。同样,哲学家兼炼金术士出于审慎而寻求保护人,有时是在新教徒中间,有时就在教会内部,那时多多少少受到迫害的无神论者或者自然神论者都会这样做。尽管如此,在教会与改革派的论辩中,泽农跟那个世纪很多具有自由思想的人一样,比如布鲁诺(尽管他死于罗马教廷圣职部的判决)和康帕内拉(尽管他被宗教裁判所关押了三十一年),更倾向于站在天主教一边[1]。

在思想领域,这个泽农身上既打下了经院哲学的印记,同时又反抗它,他处于炼金术士颠覆性的活力论与即将赢得未来的机械哲学之间,处于将一个隐蔽的上帝置于万物内部的神秘主义和几乎不敢说出自己名字的无神论之间,处于医生的唯物主义经验论和犹太教神秘派弟子近乎通灵的想象力之间;塑造这样一个人物,我同样参照了那个时代实有其人的哲学家和科学家。泽农的科学研究大部分是根据达芬奇的《笔记》来想象的,比方说,他早于哈维(Harvey)进行了研究心脏肌肉功能的实验,就属于这种情况。他关于汁液上升和植物的"吸收能力"的实验,早于哈勒斯(Hales)的研究,是以达·芬奇的一条注释为基础,对泽农而言,他做这个实验也是为了试图验证同时代的塞萨尔潘提出的一种理论[2]。关于地表变化的假设同样来自《笔记》,但要指出的是,这一类思考受到古代哲学家和诗人的启迪,在当时的诗歌中俯拾皆是。泽农关于化石的见解,不仅与达·芬奇,也与弗拉卡斯托罗(Fracastor)早在 1517 年以及大约四十年后贝尔纳·帕利西(Bernard Palissy)表达的看法甚为接近。泽农的水力计划,他的"机械乌托邦",尤其是飞行器草图,以及发明可以在海战中使用的液体火药的配方,模仿的当然是达·

---

[1] 我无需在此讨论这种态度的理由,Léon Blanchet 在他的著作 *Campanella*(巴黎,1920 年)中已经作了令人叹服的分析,该书涉及十六世纪的很多哲学家。J. Huizinga 关于伊拉斯谟的著作,从完全不同的角度出发,以一个个案为例,论述了同样的原因导致的同样后果。我只想说,方济各会修道院院长没有看错,他在泽农对路德的批评中辨别出了以迂回的方式对基督教信仰本身的抨击。——原注

[2] 关于泽农的医学和外科实验,参看 *Les Dissections anatomiques de Léonard de Vinci*,E. Belt 著,以及 *Léonard de Vinci, biologiste*,F. S. Bodenheimer 著,收录于 *Léonard de Vinci et l'expérience scientifique au seizième siècle*,法国大学出版社,1953 年。关于塞萨尔潘理论的论述,以及文艺复兴时期植物学研究的总体情况,参阅 E. Guyénot 的著作 *Les Sciences de la vie aux dix-septième et dix-huitièmes siècles* 的第一部分,巴黎,1941 年。——原注

芬奇和十六世纪另外一些研究者的类似发明;它们代表的是一类人感兴趣的东西和进行的研究,这种情况在那个时代并不少见,但是也可以说,这些发明以隐蔽的方式穿越了文艺复兴时期,它们既与中世纪,也与现代社会更为接近,并且已经预示了我们的胜利和我们的危险[1]。对人类不要滥用技术发明的警示,今天看来仍不乏先见之明,这类警示在炼金术文献里比比皆是;我们在达·芬奇和卡尔丹的著作里也可以看到,只不过背景不尽相同。

在某些情况下,我们直接借用了与人物同时代的一些历史人物对一种感情或思想的表述,这样做是为了更好地证实某些观点的确属于十六世纪。一段关于战争的疯狂的思考取自伊拉斯谟,另一段来自达·芬奇。《滑稽预言》里的文字,除了有两行出自诺查丹玛斯的一首四行诗,其余借用的是达·芬奇的《预言》。关于物质、光亮和闪电的同一性的句子,是对帕拉塞尔苏斯两段令人费解的文字所作的概括[2]。关于魔法的讨论受到那个时代的作者的启发,比如阿格里帕·德·内特希姆(Agrippa de Nettesheim)和吉恩-巴蒂斯塔·德拉·波尔塔(Gian-Battista della Porta),小说中也顺便提到了这两个人的名字。书中引用的拉丁文炼金术用语,几乎全部来自当代三部重要的炼金术研究著作:Marcelin Berthelot, *La Chimie au Moyen*

---

[1] "液体火药"在很长时期内一直是拜占庭帝国的秘密武器,后来又为蒙古人的征战立下功劳。在西方,第二次拉特兰主教会议(1139 年)宣布禁用"液体火药",这项禁令一直得到遵守,部分原因在于西方国家的军火工程师几乎没有办法弄到石油这一必不可少的原料;它随后被普通火药所取代直至今天,因而成为被遗忘的"进步"之一。泽农的发明可能采用的是拜占庭的古老配方,并结合了新的弹道技术。关于这个问题,请看 R. J. Forbes 的著作 *Studies in Ancient Technology*,第一卷,莱顿,1964 年。——原注

[2] Paracelse, *Das Buch Meteororum*,科隆版,1566 年,B. de Telepnef 在 *Paracelsus* 一书中引用过,Saint-Gall,1945 年。——原注

Age，1893；C.G. Jung, *Psychologie und Alchemie*，1944（1952年修订版）；以及 J. Evola, *La Tradizione ermetica*，1948，这三本书从各自不同的角度出发，共同形成了一条有用的路径，通往仍然谜团重重的炼金术思想的领域。作为本书书名的"苦炼"这一术语，在炼金术著作中指的是将物质进行分离和分解的阶段，据说，这一阶段是"大功"当中最为艰巨的部分。今天人们还在讨论，这一表述究竟指的是对物质本身进行的大胆试验，还是可以象征性地理解为思想挣脱陈规和偏见的过程中经受的考验。想来它有时意味着两重意思的其中之一，有时则二者兼具吧。

在泽农的故事所覆盖的大约六十年时间里，一些事件完成了，它们至今仍然与我们相关：中世纪古老的基督教社会持续到1510年左右，分裂为在神学原理上和政治上敌对的两个阵营；变为新教的宗教改革失败，以及对不妨称之为其左翼的镇压；同样失败的还有天主教，它在长达四个世纪里禁锢在反改革运动的铁质紧身衣里；地理大发现越来越沦为对世界的分割；资本主义经济取得长足进展，这一进展与君主制时代的开始结合在一起。这些事件过于广阔，生活在当时的人难以窥见其全貌，它们间接地影响了泽农的故事，也许，它们对次要人物的生活和行为产生的影响更为直接，因为这些人更执著于那个时代的陈规陋习。帕托洛梅·康帕努斯是按照上一个世纪已经过时的老派教会人士形象来描绘的，对他而言人文主义传统是不成问题的。由于必然的原因，可惜的是，宽厚大度的方济各会修道院院长在十六世纪的历史里难以找到以公开身份与他对应的人，但是这个人物部分地参照了当时的某位教会人士，此人在成为神职人员或者进入修会之前，有过丰富的世俗经验。读者从他反对酷刑的言论中可以听出,有一条论据虽然深具基督教精神,却是从尚未成文的蒙田著作里借用的。博学而又具有政治头脑的布鲁日主教是根据反改革运动中的其他高级神职人员来塑造的,但是与我们对这些年里真正的布鲁日主教有限的了解并不相悖。堂·布拉斯·德·维拉的原型是一位叫作恺撒·布朗卡斯(César Brancas)的渊博的犹太教神学家,他是阿维尼翁新城圣安德烈修道院的院长,大约在 1597 年因"犹太教信仰"被他的僧侣们驱逐。我故意让胡安修士的形象显得模糊不清,他身上有皮埃罗·蓬齐奥修士(Fra Pietro Ponzio)的影子,此人是康帕内拉年轻时的朋友和弟子。

几位银行家和商人的肖像:皈依再浸礼派信仰之前的西蒙·阿德里安森,利格尔一家及其社会地位的上升,马丁·富格尔也是一个虚构人物,但我将他嫁接到十六世纪时将欧洲控制在自己股掌之间的真实家族上,这些人物与隐蔽在当时历史之下的财政史上的真实人物十分接近。亨利-马克西米利安属于一群有文学修养而又爱冒险的贵族,他们具备浅显的人文主义的智慧,无需向法国读者列举这些人的名字,可惜的是他们这类人到了世纪末叶就差不多绝迹了[1]。最后,那个时代的编年史作者和历史学家们几乎只对宫廷生活或者市民生活感兴趣,他们留下的关于普通人生活的资料非常稀少,而科拉斯·吉尔、吉尔·隆博、约斯·卡塞尔以及那些跟他们同样地位卑微的人物,就是尽量根据这些资料来构想的。我们也尝试用类似的想法来

---

[1] 佩特罗尼乌斯著作的第 99 节,即亨利-马克西米利安朗读的那一段,比原文多出了几行文字,我们认为这几行字不是好杜撰的 Nodot 在十七世纪添加的,而是文艺复兴时期某位热情的人文主义者,也许就是亨利-马克西米利安本人,为了自己的需要而添加的。*In summa serenitate* 是一部高贵的伪作。——原注

塑造书中的几个女性人物,一般说来,除了几位著名的王室贵妇,女性形象不如男性形象那样清晰。

然而在本书中出现的次要人物,有四分之一以上是按照原样取自史书或者方志:教廷大使德拉·卡萨、检察官勒·科克、龙德莱教授(他的确因让人当面解剖自己的儿子而在蒙彼利埃引起轩然大波)、医生约瑟夫·哈-柯恩,当然,在众多人物之中,还有海军元帅巴巴罗萨[1]和江湖骗子鲁吉耶利。明斯特悲剧中的主角:贝尔纳德·罗特曼、扬·马蒂斯、汉斯·博克霍尔德、克尼佩多林等,都是从当时的历史记录中抽取出来的,尽管关于再浸礼派反叛的情形全部是由敌对方记述的,然而被围困的城市里发生的狂热和过激行为在我们这个时代司空见惯,因此我们认为关于这场惨剧的大部分细节描写是可信的。裁缝阿德里安和他的妻子玛丽取自阿格里帕·多比涅[2]的《悲歌集》;锡耶纳的意大利美人以及她们的法国爱慕者们见于布朗多姆[3]和蒙吕克[4]的作品。奥地利的玛格丽特到访亨利-鞠斯特府上一事,跟亨利-鞠斯特本人一样是虚构的,然而这位贵妇与银行家之间的交易却实有其事,同样,她对自己的鹦鹉"绿衣情人"的爱怜以及对拉奥达米夫人的依恋都是真实的,一位宫廷诗人曾作诗悲悼这只鹦鹉之死,布朗多姆的书中也提到过拉奥达米夫人;小说里描绘奥地利的玛格丽特的肖像时,顺便提到几句关于女

---

[1] 即本书第一部《传闻》一章中提到的红胡子帕夏海雷丁。

[2] 阿格里帕·多比涅(Agrippa d'Aubigné, 1552—1630),法国贵族,作家,坚定的新教徒。著有七卷《悲歌集》(*Les Tragiques*),讲述自己在宗教战争期间的经历以及目睹新教徒遭迫害的惨剧。

[3] 布朗多姆(Brantôme, 1538—1614),法国作家,教士,朝臣,骁勇善战。他的回忆录包括《名媛传》《名仕和名将传》《风流贵妇传》等。

[4] 见127页注[2]。

性恋情的奇怪议论，也出自同一位作家书中的另外一页。女主人接驾时给孩子喂奶的细节，取自玛格丽特·德·纳瓦尔的《回忆录》，她访问佛兰德斯的时间比书中晚了一代人。洛伦扎齐奥在土耳其设立大使馆为法国国王效力，1541年他途经里昂时随从中至少有一名"摩里斯科人"，以及发生在这个城市的针对他的暗杀，都是当时的资料所提供的事实。鼠疫在十六世纪的欧洲常常爆发，几乎成为流行病，在巴塞尔和科隆发生的鼠疫也就不足为奇，然而之所以选择1549年这个年份，是出于小说叙事的需要，与莱茵河地区一次疫情的爆发无关。泽农在1551年10月提到塞尔维(1553年被判决并烧死)面临的危险，不是像人们以为的那样将事件提前了，而是考虑到这位加泰罗尼亚医生长期以来一直冒着风险，无论是天主教还是新教阵营，至少在将这位不幸的天才送上火刑堆这件事上，他们的意见是一致的。小说中影射明斯特主教有一位情妇，这件事没有事实依据，但是十六世纪萨尔茨堡一位有名的主教，他的情妇与这个人的名字相近。本书中除了两三处例外，虚构人物的名字全部取自历史档案和家谱，有时甚至取自作者本人的家谱。某些著名的人名，比如阿尔巴公爵的名字，是按照文艺复兴时期的拼写法来写的。

由世俗当局和教会当局搜集起来控告泽农的罪状，以及与这场诉讼相关的法律上的细节，我们借用的是十六世纪后半叶和十七世纪初的五六桩著名或无名的案件，加以适当的改动[1]，尤其是康帕内拉最早的几场诉讼，其中既有属于世俗问

---

[1] 原文为拉丁文。

题的指控,也有渎神和异端的罪名[1]。泽农的案子从头到尾都是虚构的,由于检察官勒·科克与布鲁日主教之间潜在的冲突,这个案子变得旷日持久和错综复杂;考虑到菲利普二世统治时期,佛兰德斯的城市对新设置的主教拥有的行政特权极为反感,他们之间的冲突虽然是虚构的,然而合情合理。神学家希罗尼姆斯·凡·帕尔梅特嘲讽地提出要将泽农送去探索无限世界,实际上,这是德国反改革运动的领头人加斯珀·肖普(Gaspar Schopp)在执行乔达诺·布鲁诺的死刑时所说的话;同样,还是这位肖普,开玩笑地提议让囚犯(这一次指的是康帕内拉)乘坐自己发明的飞行轰炸机去跟异端作战。最后几章中提到的布鲁日特有的刑罚,比如泽农向康帕努斯议事司铎描述的酷刑就发生在 1521 年,罪行原因不详,另外,杀婴罪应判处火刑,证实犯有法律所禁止的风化罪的犯人要在城外被烧死,这些细节大部分取自马尔科姆·莱茨(Malcolm Letts)的著作 *Bruges and Its Past*[2],这本书关于布鲁日司法档案方面的材料尤其丰富。封斋前星期二的情节,是根据此前差不多一百年发生在这个城市的一件事来想象的,即马克西米利安皇帝的顾问们被处决的事件。一位法官在法庭上打瞌睡,醒来后以为死刑已经宣判的情节,几乎原封不动地套用了当时流传的一则轶闻,当事人是"血腥法庭"的法官雅克·赫塞尔(Jacques Hessele)。

然而,我们也对某些历史事件略微作了改动,以便将它们纳入这部小说的背景。龙德莱博士对小小年纪就死去的儿子进行

---

[1] 关于半宗教半民事诉讼中的这些复杂问题,参看由 Luigi Amabile 汇编的极其丰富的诉讼笔录,*Fra Tommaso Campanella*,那不勒斯,1882 年,共三卷。——原注

[2] 布鲁日 Desclée de Brouwer 出版社和伦敦 A. G. Berry 出版社,1926 年。——原注

尸体解剖一事在时间上提前了,而且我们将这个儿子描写为接近成人的年纪,为的是让他成为"一部人体机器的好样本",从而引起泽农的沉思。事实上,龙德莱很早就以解剖方面的研究著称(他还解剖过自己的岳母),他只比我们虚构的这位学生略微年长。古斯塔夫·瓦萨经常住在乌普萨拉和瓦斯泰纳的城堡里,但是小说中安排他前往这些行宫的日期并提到国王亲临1558年秋天的一次朝会,主要是为了大致勾勒一下这位君王的行踪以及他繁重的国务。

"海上叫花子"的首领们最早进行活动的日期是真实的,但是这些支持者的战绩和威望也许被稍稍提前了。埃格蒙特伯爵的"看门人"的故事糅合了下述事实:被处死的是埃格蒙特的部下让·德·博萨尔·德·阿尔芒蒂耶尔(Jean de Beausart d'Armentières),遭受骇人听闻的酷刑的是拿骚伯爵的看门人皮埃尔·科尔(Pierre Col),他的确拒绝出让一幅博斯[1]的油画,但不是如小说中方济各会修道院院长所说的那样,是给阿尔巴公爵,而是给西班牙军队的司法长官和高级教士胡安·波雷阿(Juan Boléa);我们知道国王对博斯作品颇感兴趣,于是设想这幅画将进入他的收藏,这一细节虽属虚构,然而在我看来至少不是空穴来风。德·巴滕堡先生和他的随从们未能成功逃亡,后来在维尔福德被处决,这些情节在时间上略有紧缩。苏莱曼大帝统治时期,发生在奥斯曼帝国的宫廷阴谋的时间也有所改动。此外还有两三处,人物对话表现出的思想状态让小说在某些细

---

[1] 希罗尼姆斯·博斯(Hieronymus Bosch,1450—1516),法语拼写法为哲罗姆·博斯(Jérôme Bosch),佛兰德斯画家。菲利普二世非常喜爱博斯的作品,本书《修道院院长的病》一章中,院长在与泽农的谈话中提到埃格蒙特伯爵的仆人手中有一幅画,阿尔巴公爵想买下来送给国王,影射的就是一幅博斯的作品。

节上明显有失准确。二十岁的泽农在路上,称他要前去的西班牙是阿维森纳的国度,因为阿拉伯的哲学和医学一向是通过西班牙传入西方基督教世界的,泽农并不在意这位公元十世纪的伟人出生在布哈拉,卒于伊斯法罕。尼古拉·德·库萨在很长时间里,即便不是直到最后的话,对胡斯派异端的态度要比布鲁日主教所说的宽容得多,然而后者在与泽农讨论的时候,多多少少有意识地拉拢这位十五世纪主张基督教全体教会合一的高级教士,以便让他更符合反改革运动不那么宽容的观点。

从某些角度看来,我们在一个日期上所作的改动比较明显,那就是根特的一批奥古斯都会修士和布鲁日的几个方济各会修士因风化罪遭到起诉的日期,最终有十三名根特修士和两名布鲁日修士被处死。这两起诉讼发生在 1578 年,比我在小说中安排它们发生的时间晚了十年,人们认为反对修道院秩序的人那时已经被西班牙统治者收买了,他们在这两个城市一度短暂地处于上风[1]。我将这两桩案子的年代提前,是为了让第二桩风波成为泽农遇到的灾难的起因之一,地方政治的背景自不相同,但是一样阴沉。我试图描绘的,一方面是教会反对派褊狭的愤怒,另一方面是教会当局的担心,后者的害怕显得是在遮掩一桩丑闻,两者结合在一起同样导致了司法上的残忍行径。这并不意味着这些指控必然是诽谤性的。帕托洛梅·康帕努斯关于皮埃尔·德·哈梅尔自杀的思考是我杜撰的,这个犯人自杀的情形与我在书中描述的一样,但是发生在根特,他属于根特而不是布鲁日的那帮修士;这种自主的死亡在当时极为罕见,基督教道

---

[1] 关于这件事,以及前一段落中提到的几件事,参看 *Mémoires anonymes sur les troubles des Pays-Bas*,J. B. Blaes 编,布鲁塞尔,Heussner 出版社,1859—1860 年,两卷。——原注

德观将其视为几乎不可原谅的弥天大罪,这一行为甚至让人认为,犯人在违背这一律令之前必定也触犯过其他律令。除了真实的皮埃尔·德·哈梅尔,我将布鲁日那群修士减少为七人,他们全都是虚构的,西普里安迷上的德·洛斯小姐也是想象的。我们假设这些所谓"天使"与已经灭绝的异端残余之间有联系,这种联系为泽农所猜测,法官们也试图加以追踪,这些异端被人遗忘将近一百年了,诸如亚当派信徒或者圣灵会的修士和修女们被怀疑有类似聚众淫乱行为,某些学者认为在博斯的作品中可以找到他们的踪迹,但这种看法也许过于刻板。小说中提到他们只是为了呈现在十六世纪严苛的思想统治之下,古老的耽于肉欲的异端始终暗流汹涌,这一时期的另一些案子中隐约可见此类蛛丝马迹。此外,我们还会注意到,弗洛里安修士出于嘲弄而送给泽农的图画,不是别的,正是哲罗姆·博斯的《尘世极乐园》中两三组人物差不多一模一样的复制品,这幅作品如今在普拉多博物馆,它出现在菲利普二世收藏的艺术品目录中,标题是:"一幅世界多样性的图画[1]"。

---

[1] 原文为西班牙语。

357

《苦炼》创作笔记

组成这些"笔记"的是手写在"《苦炼》写作笔记"背面的一些注释，以及我从这些"写作笔记"中选摘出来的类似片段，后者大部分是用打字机写的。

玛格丽特·尤瑟纳尔曾经两次修改这些"笔记"。1987年5月，她还宣布需要改动某些"僵硬的"段落，然后才交付出版。遗憾的是她没有来得及完成这些最终的修订[1]。

这些"笔记"中的大多数是在1965年至1968年间写成的。但也有一些年代较晚，我们会看到作者有时注明了日期。我们阅读这些文字时，不要忘记玛格丽特·尤瑟纳尔打算对不止一处进行修改。然而，如今我们不得不接受"《苦炼》创作笔记"现有的样子。

伊冯·贝尔尼埃[2]

---

[1] 玛格丽特·尤瑟纳尔于1987年12月17日在美国缅因州荒山岛去世。
[2] 伊冯·贝尔尼埃，加拿大学者，参与整理了尤瑟纳尔的部分遗著。

《苦炼》的第一个版本——1923—1924 年间写成,1934 年修改的《死神驾辕》[1];这部文稿很不完善,尤其是相当单薄,内容很不充实,写作的意图也模模糊糊,特别是与泽农和纳塔纳埃尔[2]相关的部分。然而,尽管这部文稿有许多缺陷和含混不清的地方,今天在我看来令人赞叹的是,当年一位批评家仍看出了三部曲中每一部分的主题,并将它们命名为:精神,肉体,心灵。连我自己也未曾想到。

　　心灵,精神,肉体。当然是了不起的三部曲,人们立刻会想到兰波的《地狱一季》中的《圣诞节》,以及诗人的句子留在自己身后长长的震颤:"生命的国王,东方三王,肉体,心灵,精神……"是的。然而,我们很贴近一个人物时,就会发现这些明确划分的寓意与现实相去甚远。肉体,心灵与精神,交缠在一起;不仅如此,它们还是同一个有生命和有感知的实体获得的不同形式。毫无疑问,这三种成分在每个人身上所占的比例不同,就像每个人身上构成性别的比例各不相同。在泽农身上,主要是精神占上风,然而也可以说精神被心灵持续不断的、几乎狂暴的冲动所激励,此外精神的提升也离不开肉体的经验,以及对肉体

---

[1] 关于《苦炼》的成书过程,详见本书"作者按语"的开头部分,这里要补充的是收入《死神驾辕》的三篇作品后来的变化:第一篇《仿丢勒》是后来的《苦炼》(1968)的雏形;第二篇《仿格里科》稍加改动后成为《安娜,姐姐……》(1981);第三篇题为《仿伦勃朗》,作者后来几乎全部重写,仅保留了原来人物的名字和某些情节,成为《默默无闻的人》(1982)以及《一个美好的早晨》(1982)。

[2] 《默默无闻的人》的主人公。

的控制。

我们内在与外在的平衡在多大程度上依赖于感官：一个人闭上眼睛后，就不再能够保持单腿站立。人的感觉本身也笼罩在一种隐隐约约的眩晕中。我们以为十分坚实的这条中轴取决于外部世界在我们的两个瞳孔里的反射。

（这并不意味着泽农和我否定心灵。然而心灵也许是几乎任何人也未曾企及的一种现实。）

我越这样做，越觉得改写旧作的疯狂其实极其明智。每个作家只能孕育一定数量的生命。与其让这些人以新的面目出现，而新的人物只不过是将从前的人物改名换姓而已，我宁愿深化、发展和充实我已经习惯与他们一起生活的这些人，宁愿随着我更好地了解生活而学会更好地了解他们，去完善一个已经属于我自己的世界。"我从来不理解有人会满足于一个人"，我让谈论自己爱情经历的哈德良如是说。我也从来不相信我会满足于自己创造的人物。我一直关注着他们的生活。直到我生命的最后时刻，他们还会让我感到吃惊。

同样令人蔑视的还有文学上的权宜之计，那就是出于俗套，出于思想的空洞，或者出于对人物愚蠢的眷恋，让人物重新亮相，然而在让他出场的新章节里，在让他说出的新话语里，却没有在现有内容上增添任何东西。多少人物与漫画书里的主人公相像：人们使用这些人物到了令人作呕的地步[1]，他们利用的是懒惰的读者从已经熟悉的一个名字或者一种性格中得到的愉悦。狄更斯对自己创造的人物恋恋不舍，常常犯这种过错。司汤达从来不。这一怪癖在巴尔扎克那里根深蒂固，但是《人间喜剧》里的故事和感觉如此丰富，这些重复也因此充满活力，即便它们没有发展，也没有变化，最终仍然丰富了作品。普鲁斯特笔下也一样。事实上，德·夏尔吕先生在漫长的《追忆逝水年华》中在变化，但是这种变化沿着一条十分精准的曲线发生，似乎作者事先已经确定（但并不能因此认为这条曲线不准确）；实际上，除了这条发展的主线，德·夏尔吕先生的无数次进场和退场，就像为一个心爱的丑角预先安排的进场和退场一样单调；最终，夏尔吕一方面成了作者将实际上赋予自己的特征投射到上面的靶子，同时又是代他发言的同伴。这个永不枯竭的夏尔吕相当于在某些家庭里翻来覆去说的玩笑话，在一个特定的圈子或者团体内部，人们对这个话题永不厌倦，而普鲁斯特本人令人赞叹地呈现过这一机制。在一个不那么伟大的作家笔下，这些方法会令人恼怒，但在普鲁斯特那里，其结果只不过令我们对夏尔吕感到厌烦，就像我们对不断碰面的某个人感到厌烦。他存在，直到令我们厌烦。

总之，那些非常伟大，也许最伟大的作家，他们从来不屑于原封不动地让自己创造的人物重新出场。彼埃尔·别祖霍夫每次出场时都长高了或者长胖了；他从来不完全是同一个人。正如福楼拜所说，托尔斯泰谈论战略或者历史哲学时难免会絮絮

---

[1] 原文为拉丁文。

叨叨,但描写人物时从来不会。

　　沉思中的哈德良有时会在一定程度上接近于我们;另一方面,我们通过仍在使用的古代智慧的桥梁,也可以接近哈德良。《苦炼》里的人物只对他们自己负责,他们孤独,矛盾,既被他们接受的东西,也被他们拒绝的东西所限制,时代在他们身上打下印记,有时为了逃离这个时代,他们甚至不惜撞在囚禁他们的牢狱的墙壁上,然而他们要逃离的东西也在他们身上打下印记。泽农利用时代提供给他的辩证法手段,自觉地走出了他的时代,但是这种逃离的行为在安娜[1]身上是不自觉的,因为它与肉体生命之间有着深切的联系;在纳塔纳埃尔身上,我试图呈现这种奇异的自由,即心灵的自由,它无需借助词汇和描述。《苦炼》试图呈现的是另一种奇异的自由,即如果我们不拒绝它的存在,它就在我们自身逐渐发展起来,使我们得以摆脱某些桎梏,使我们无论身处什么样的境遇,都得以成为我们自己,即便习俗和必需已经让我们身受重创,变形,几乎扭曲。

　　要经历过放荡才能走出放荡,要经历过爱情——在这个词约定俗成的意义上——才能判断爱情;要通过历史,才能挣脱历史的陷阱——也就是说,人类社会自身的陷阱,历史只不过是它的一系列档案。到达那个没有人的时期。

　　除了深化主题,设计与行为相关的细节,删除幼稚的史实错

---

[1]《安娜,姐姐……》的女主人公。

误,在笨拙然而炽烈的《仿丢勒》和目前的《苦炼》之间,我要指出如下变化:

对加尔文改革的同情减少了;在《苦炼》中,同情只给予极左翼的新教徒西蒙。加尔文教义因其实践上和信仰上的僵硬而遭到嘲讽,尽管玛尔塔少年时代的信仰是高贵的,并且她随着抛弃这种信仰而变得鄙俗。

对路德改革的同情减少了,这一点表现在再浸礼派集团的愤慨以及泽农在哲学上的反感。在双方阵营(天主教和新教)的过激行为上加重了笔墨。

对泽农与教会之间关系的处理更加细腻。

对秘术和犹太教神秘派理论的兴趣。

1971 年,我在布鲁日的街上重新走泽农来来去去的每一条路。比如,他怎样变换线路去铁匠铺给汉看病。哪一个点上是他吃饭的客栈。他在哪一个街角看见成为阶下囚的伊德莱特。四月份整整一个月,我每天清晨出门散步,有时在阳光下,更多时候是在薄雾或细雨中。我带着瓦伦蒂娜,她漂亮,温和,毛发金黄,她冲着马匹大声叫喊(我不让她这样做),她在旧公署的院子里快活地奔跑,她在女修道院花园的黄水仙丛中蹦蹦跳跳——而如今(六个月之后,1971 年 10 月 3 日),她跟伊德莱特、泽农和希尔宗德一样死去了。如果我说,我的痛苦永远不会平息,哪怕是一个人的死也不会让我更加痛苦,没有人能理解我。

何地,何时,以及如何? 无论在哪里,无论什么日期,也无论以什么方式,我肯定自己临终之际身边有一位医生和一位教士——泽农和方济各会修道院院长。

萨尔茨堡面包店老板娘的店铺还在那里,泽农曾经在它的挡雨披檐下坐过,那条小小的石头凳子也还在。

那是 1964 年 6 月在萨尔茨堡,我在方济各会的教堂里(跪在石板地上)参加弥撒时,第一次看见方济各会修道院院长这个人物完整地浮现出来。在此之前,我只隐约看见过他的轮廓(关于院长的内容见《回到布鲁日》)。

开始写作《苦炼》(以另一个名字为题)时,我跟小说开头年轻的泽农和年轻的亨利-马克西米利安一般年纪。作品完成时,我比泽农和亨利-马克西米利安撞上他们的死亡时年纪稍长。

……这些人将十六世纪的思想,像蛇皮或树皮一样,拖在身后。

重复(曼特罗[1])。我写这本书的第二部和第三部时,常常会对自己无声或低声地反复念诵:"泽农,泽农,泽农,泽农,泽农,泽农……"二十次,一百次,甚至更多。我感觉由于反复念诵这个名字,现实渐渐凝固起来了。我对神秘主义的实践并不感到吃惊,信徒们以这样的方式呼唤神,成千上万次念诵他的名字,或者在民间法术里,情人们"呼唤"他们失去的对象。

---

[1] 曼特罗(mantra)是一个梵语词,意为"真言,咒语"。

一个这样塑造出来的人物，一个再也无法摧毁的人物——假设我们愿意摧毁他的话：这就是永恒的泽农[1]的另一层意义。

　　每一次对话都让人物形象变得更加鲜明。

　　1956 年参观明斯特——苏伊士运河事件那年秋天——几乎与过去的场面本身一样阴暗。

　　关于白夜的孩子那些句子，有一句取自泰奥菲尔的一首诗。

　　我的静止不动的生活差不多十年前开始（1978 年）。

　　从某些方面看，"牢狱"比"静止不动的生活"更为贴切，因为跨出那扇敞开的大门并不取决于我自己。

　　在他人身上观察到的疾病萦绕脑际。

　　我重读稿子时发现，泽农和亨利-马克西米利安都是在二月份死去的。我试了试改变后者去世的月份，但是做不到。设想中的那个场景就是意大利的冬末。

　　根据历史记录提供的线索来修正皮埃尔·德·哈梅尔自杀

---

[1] 原文为拉丁文。

的片段十分重要：他从城里的朋友那里得到毒药。这几个词试图指出的是，修道院的围墙之外存在着一个秘密活动的小团体，这位方济各会修士可能是其中一员。这个事实，自然而然，让我们对城市里（原始材料在根特，小说里在布鲁日）的隐秘生活有所了解，这种生活接近于我们所了解的我们这个时代的情形。

伊德莱特和她的"黑姑娘"（后者多少从博斯笔下的黑女人得到灵感）是想象出来的，然而是必要的，她们让"肉欲的迷乱"在这一章里不仅仅是有关同性恋的一段简单插曲；此外，也让一个少年和一个年轻姑娘之间青春期的爱情悲剧以及杀婴的惨剧，与所谓违背自然的爱情悲剧并置在一起。在这里受到质疑的是那个时代的普通人以及教会的整个伦理观。我想，这些年轻人和年轻姑娘的行为与今天的中学生没有太大区别，只不过后者不会陷入一桩丑闻，至少丑闻的后果不一定是致命的。

可能在这一点上，我们较之文艺复兴时代——或者不如说较之中世纪，文艺复兴很多时候不过是在中世纪上面覆盖了一层清漆——在智慧上取得了长足进步。然而虚伪并没有减少，如果不是变得更糟的话。另一方面，我们在感觉上确乎丧失了那些人还拥有的性行为的重要性和神圣感（因为遭诅咒的也是神圣的一种形式）。我们允许自己更加公开地（或者几乎公开地）进行肉体的行为，不是因为我们将它重新神圣化了，而是我们将它降格为一个毫不重要的生理现象。

泽农和亨利-马克西米利安都是（也是在重读稿子时发现的）以拒绝结束的：亨利拒绝了荣誉，在自己贫穷的军旅生活中沉陷,泽农拒绝了会救他一命的收回前言。两人都用了很长时间来认识到应该作出这一拒绝。

泽农为自己找了很多不好的理由——或者我们不妨称之为过渡的动机——此后才直面泽农在此[1],然后才是永恒的泽农[2]。

如同我们用发声的语言思考,泽农用中世纪的拉丁语思考。时不时,需要定调。

在泽农最早的对白里有这样一句话,这些"宝石中的每一粒都象征着大功的一个时刻",这是一个严重的错误。没有这样的宝石。1924 年版本里的这些"宝石",保留到 1956 年,直至 1967 年,在它们与如今的"金属"之间,是十年炼金术著作的阅读。

在 1924 年写作,1934 年发表的笨拙的,仍然幼稚的版本里,泽农的形象仍然是一个具有自由思想的哲学家,始终掌握着唯物的和逻辑的真理。这一构想接近于 1880 年代的激进派们想象中的乔达诺·布鲁诺,而且同样错误。主要的转变是 1958 年前后,在阿尔夫家的一个晚上发生的:我在聆听一系列巴赫的作品时,在头脑里完成了——比真实的写作提前六七年——泽农临死前几个小时与议事司铎之间的全部对话。音乐结束,我一离开晚会就将这段对话忘记得一干二净。但我知道有一天我会

---

[1] 原文为拉丁文,参见本书第一章《大路》末尾。
[2] 原文为拉丁文,参见本书最后一章《泽农最后的时刻》开头部分。

想起来的。

新版本的"纳塔纳埃尔"[1]也有过同样的经历,我在一个中转小站等候火车的不眠之夜里(不:是夜晚的几个小时里)静静地完成了构思。当时没有记录下来,也忘记了。

1954—1955 年冬天,在费昂斯,我经常和泽农一起熬夜,在那所十六世纪初的房子的厨房的大壁炉旁,火焰似乎在两根向房间里突出的壁柱之间自由跳跃。后来,从 1956—1957 年起,无数次在"怡然小居"[2]的壁炉前。

然而,我也可以随意将他留在任何地方。1964 年,我离开萨尔茨堡时,决定将他留在那家老面包店门口的石凳上。他等待着,相信我会回来,相信我会去那里找他,他跟一些活着的朋友一样有把握。

假如我要在一篇精心构思的文章里告诉读者这些事情,那么我应该指出——然而如何做得到? ——这些不是幻觉。直到现在为止,我从未有过幻觉。写作《哈德良》时,我常常想:"你随时可以接近他的思想本身,召唤幽灵又有何用?"

"泽农在监狱里听之任之,"O. 向我指出,"他不是一个英雄。"实际上,监狱表现的是最后时刻之前的考验,也是一段空闲。一切都是游戏。(对于作者也是:赫尔曼·摩尔[3]!)人们

---

[1]《死神驾辕》里的人物,多年后成为《默默无闻的人》(1982)的主人公。——原注
[2]尤瑟纳尔在美国缅因州荒山岛上的住所。
[3]摩尔(Mohr)这个名字与法语里"死亡"(mort)一词谐音。

想出各种玩法,等待火车出发。判决宣布之后,泽农才开始表现出英雄气概。

第二章开头,描写泽农父亲的一段,是 1924 年版本中保留下来的最糟糕的段落之一。是一个学历史的大学生对"历史小说"的理解。这种情况下,只有狭义上特定的"历史"真实。"他兴高采烈地与时任国王工程师的列奥纳多·达·芬奇没完没了地谈话",是十分愚蠢的;"他兴高采烈地与时任国王工程师的列奥纳多·达·芬奇谈论战马和战车",才是恰当的语气。始终要调整好手中望远镜镜片的准确焦距,才能将远处的东西拉近观察。

我的译者 G.[1] 有时要求我解释,为什么某个人物在某个时刻做某个动作,这时我就会犹豫不决,并寻找一个理由。我看见他做这个动作。

无数次,夜晚,难以入眠,我仿佛觉得自己将手伸给泽农,他累了在休息,躺在同一张床上。我很熟悉这只灰褐色的手,很有力,修长,手指扁平,干瘦,指甲很大,颜色很浅,剪得很干净。手腕骨头突出,手掌凹陷,布满纹路。我感觉得到这只手的力量,它准确的热度。(我从未握过哈德良的手。)将手伸给这个虚构人物的形体动作,我做过不止一次。对某些可能会读到这条笔记的白痴,我要立即补充的是,如果说我经常看到我的人物做爱

---

[1] 指格雷斯·弗里克(Grace Frick,1903—1979),她是尤瑟纳尔的伴侣和主要的英译者。

（有时我也会感受到某种肉体的快感），但是我从未想象过自己与他们结合。我们不会与自己的一部分睡觉。

方济各会修道院院长离得远一点，但是无比友善。

在二十岁时写的作品中增添一个新的事实（从 1956 年起），那就是强调精神历险不同寻常的复杂性。反驳自己的泽农，修正自己看法的泽农。有时，比帕托洛梅·康帕努斯议事司铎本人更是唯灵论者。

一个个人的（或者说个性化的）上帝的真实概念，它以各种俗套的形式几乎在任何地方展开，没有什么比形成这一概念更隐秘和更困难的了。（印度瑜伽修行者的自在者。）泽农在他死前两三个小时做到了（或者说，无论怎样，他隐约看见了上帝作为假设出现）。

不用我说，聪明的读者知道，泽农临终前最后时刻以为自己听见的走廊里的脚步声是谁的："我们在矛盾之外相会。"

格利特有一点像 W……；玛尔塔有一点像 X……；卡特琳有一点像 Y……；帕托洛梅·康帕努斯有一点像 Z……康帕努斯身上的某些特点很像我小时候熟悉的一位教士：卡尔里议事司铎。

亨利-马克西米利安的性情中有我父亲的性情。

在女人方面,泽农几乎总是受到诱惑多于充当诱惑者。喜欢青涩果子的女佣,雅奈特·弗贡尼埃,希格·乌勒夫斯达特,卡特琳。甚至那位匈牙利姑娘也是执意要"扮演猎物的角色"。如果这些女人不是自己到他的床上去,他就任由她们走开。

维维安是苏尔维琪[1]的漫画。

只要一个虚构人物不如我们自己重要,他就什么也不是。

我想象利格尔家族的祖上来自庇卡底——也许是十四世纪从阿拉斯来到布鲁日的。

脱离肉身是为了在他人身上重新显形。为此,利用他的骨头、他的肉和他的血,以及用一种灰色材料记录下来的成千上万个影像。

尽量只作最小的改动,试图利用康帕内拉遭受酷刑时骇人听闻的口供,连同那些令人作呕的细节,在记录上签字的是一位名叫普雷奇奥索的人,他是那不勒斯教会法庭的公证员和书记官。但是这些卑鄙的行为——今天也并不鲜见——很可能只是为读者提供又一个耸人听闻的场景而已,还会让人以为我写的是一部反教权的小说。没有什么比展示暴行最有节制的情形——手下留情,更能暴露它的可怕。一位有学识的彬彬有礼

---

[1] 苏尔维琪是易卜生的诗剧《皮尔·金特》中的人物,她耐心等待浪迹天涯的皮尔·金特归来。格里格为这部诗剧谱曲,《苏尔维琪之歌》是这部组曲中最有名的片段之一。

的主教和一位急切地想拯救自己学生的年迈的教士,最终仍然让一个人被判处火刑,并且认为这一判决是正常的。对于酷刑是同样的看法。在某种意义上,泽农免遭酷刑比他遭受酷刑更为恶劣,前一种情形是因为他得到特别保护,而后一种情形则是按照惯例。

在十七世纪的一份地方志里,看见过一位名叫克林威克的法官参与审讯一名还俗教士。再也没有找到这份材料。

几个要注意的问题:新教犯下的唯一一桩(然而是丑恶的)迫害知识分子的罪行——塞尔维(奥钦似乎侥幸逃脱)。死刑比人们以为的要少,如果排除摩尔或克兰麦由于政治原因而遭到的判决的话(但这份名单不包括在英格兰和苏格兰的)。尽管如此,恐怖和不安显而易见。与怀疑主义者和无神论者相比,路德派和加尔文派的异端分子面临更大风险。没有知识分子因为风化问题被判刑。达·芬奇被检举和盘问过,仅此而已;米开朗基罗跟阿雷蒂诺一样,遭到过恐吓者的攻击,仅此而已。然而,泰奥菲尔只是侥幸逃脱;在多莱的案子里,推测似乎起到了一定作用,在瓦尼尼的案子里,推测似乎是诽谤性的。在这一点上,还要注意的是对帕拉塞尔苏斯和(早年的)康帕内拉的攻讦。就康帕内拉而言,在最后三次诉讼中,非常鲜明的信念没有起到任何作用。没有知识分子因为法术被判刑。

为了求雨和毁坏收成而不怀好意地在田里撒尿,然后被活活烧死的女巫的故事,我是在一部关于中世纪和十六、十七世纪

374

巫术的著作中读到的,但是已经忘记作者和题目。我在目前
(1974 年 10 月)重读的阿尔都斯·赫胥黎的《卢丹的魔鬼》中又
看见了这个故事,这部作品提供了部分来源:1610 年事情发生在
多尔。我原来读到的书提供的细节更多。

哈德良去世时是六十二岁零六个月,但是他的疾病此前两
年半就发现了。从 130 年起,疾病就潜伏在他身上。因此,有六
年时间他的身体状况时好时坏,但总的说来不好,还有两年深为
病痛所苦,最后的死相当温和。(但是我们没有看见他的死,《回
忆录》刚好结束于他去世之前几天。)

泽农去世时是五十九岁差六天。直到最后仍然保持强健的
体魄。他的体质是干涩和神经质的;哈德良既是多血质,又是淋
巴质。疾病在他的面容上引起了一种说不出的浮肿,很早就这
样了。

两人都极具判断力,做得到投以冷峻的一瞥。

哈德良对医学的兴趣。

哈德良有时受到秘术吸引。然而与泽农相比,他在这方面
只不过是个"富有的爱好者"。

很不相同的两个人:一个是根据真实材料的片断来塑造的,
另一个是想象出来的,但也从现实中吸收了一些养分。两条力

线,一条从真实出发向想象发展,另一条从想象出发深入到真实,然后相交。中心点正是**存在**的感觉。

从星相学看:哈德良是宝瓶座,象征丰沛和天赋。泽农是双鱼座,象征秘密和冷淡,通过深渊的过程。哈德良的天空:土星—金星—木星。泽农的天空:土星—水星。

两人在肉欲方面都几乎只为男性的身体和气质所吸引。两人都有能力与女性交往和结下友情。哈德良比泽农在爱情上有更多闲暇。

"同性恋是对生活的一种看法",四十年前,爱德蒙·雅鲁[1]谈及《阿历克西》[2]时这样对我说,这一意见来自一个在行为举止方面,我认为,完全是异性恋的男人,更加令人惊异。尽管我写了《阿历克西》,当时要理解他想表达的意思仍然感到有些困难,有点像泽农只是到了后来才理解堂·布拉斯的话。

在一定意义上,对泽农而言,希格·乌勒夫斯达特是他的普罗蒂娜[3]。几乎平等的,可以信赖的同伴。但是泽农拥有过希格。

哈德良的同性恋行为有一套语汇和仪式;它植根于一种文

---

[1] 爱德蒙·雅鲁(Edmond Jaloux, 1878—1949),法国作家,也是上世纪20—40年代有影响的文学批评家。
[2] 《阿历克西》是尤瑟纳尔的第一部重要作品,1929年出版。
[3] 普罗蒂娜是哈德良的前任图拉真的皇后,与哈德良情谊甚笃。

化传统:它是罗马世界一种公开的放荡行为,尽管跟任何放荡行为一样受到道德家们的指责;它是拉丁诗人和希腊诗人笔下的诗兴;最后,它是一种纯希腊的(丝毫不是罗马的)哲学传统,醉心于希腊文化的哈德良十分有意识地追溯这一传统。必要时,他篡改一点自己的现实,为了将它纳入这些诗意的和豪迈的背景。这一切之中没有任何秘密。

泽农的性欲没有语汇。他激烈地摒弃他所属时代女性之爱的俗套,中世纪韵文故事风格的放荡无羁,或者彼特拉克式的细腻。另一方面,他的同性恋趣味无论在当时和在他周围如何常见,都为法律所明令禁止。这些秘密的,往往也是短暂的关系不需要词语。它们只在无意识和意识上留下更深的印记。安蒂诺乌斯是哈德良身边有名份的娈童,可以说他有一个社会地位。阿莱伊始终是一个仆人。泽农与杰拉德,弗朗索瓦·龙德莱,胡安修士(也许还有约斯·卡塞尔)之间的交往,与今天类似的关系毫无区别。对于失去社会声望的畏惧,跟从前对于火刑的畏惧一样,产生的效果差不多完全相同。

然而,无论火刑多么司空见惯,对有恋爱关系的那群人来说,当时仍然是少见的风险。我们可以相信,一个十六世纪的同性恋爱人害怕火刑,就像今天一个有同样倾向的美国人害怕被赶出外交使团——也许少一点吧。

总之,对泽农而言,一切小说因素都由于缺少表达方式被排除了,或者说获得了几乎看不见的形式。只有诗人(莎士比亚,米开朗基罗),并且仅仅是他们中最了不起或最大胆的那些人,在当时,才能够表达。在达·芬奇那里,相反,表达受到的限制扩展到所有人类情感。

我们所知的泽农的青年时代,比哈德良的青年时代要多。

泽农在《深渊》里的沉思部分地是传统上佛教的沉思(水,火,枯骨……)。就泽农的情形而言,炼金术思想中"赫拉克利特式的"大胆开辟了通往这些不同的形而上学和心理学的道路。严格说来,我本来可以让泽农重新创造这样的形而上学和心理学,正如帕斯卡从某些前提出发,重新创造了欧几里德的几何学,然而这样的做法对一部小说而言过于漫长,还会进一步提升我已经赋予泽农的不同凡响的思考能力。我宁愿设想他接受这种令人赞叹的相互渗透,实际上,在两个相互陌生的世界里这种情况几乎总会发生,有赖于一位穆斯林异端分子,而此人对印度教的某些方法有所了解,泽农得以接触到东方世界,就像我让泽农通过被迫改宗的堂·布拉斯了解犹太思想。

泽农时不时会说一些教会人士的玩笑话。

或许这里的主要区别在于时代,部分是真实的,部分也是主观的。无论我们做什么以求更贴近文本(留存到今天的文本相对而言并不多,这一事实也在起作用),我们仍然认为,尤其是仍然感觉到,古代世界比我们的世界更广阔,更辉煌,最坏的事情本身也因距离而获得了某种尊严:尽管我们作出一切努力来勾勒真实的人物,我们看到的哈德良仍然如同蒂施拜恩看见的罗

378

马原野里的歌德，他既与正在流逝的当下时刻，也与支撑他却没有束缚他的古老传统和谐一致。

哈德良相信人与人之间有可能进行理性的交流，他相信语言可以转达思想（正因为此我们可以让他几乎以演说的方式讲述自己的一生）；泽农知道任何谈话都有误解和谎言，甚至与友善的方济各会修道院院长的谈话也不例外。

卡特琳是一个鲍布[1]。

直到现在，我只读过阿普列乌斯[2]著作的前面五六章，其余部分主要是通过内容概要和评注来了解的，我怀着惊奇和赞叹，在一个英译本里读到第九章中那位祭司的话，他讲述的显然是死亡的过程："我接近死亡的边缘，踩到了珀耳塞福涅的门槛，我掉头回来，经历了一切狂风暴雨。午夜时分，我看见太阳发出灿烂的光芒，我明显地慢慢靠近上面和下面的众神……"这样，濒死的泽农，在只剩下听觉仍然持续片刻之前，最后看见的景象就是太阳在极地夏天的午夜里闪耀。当然，在我的书中，这幅景象是有意为之，因为泽农在瑞典拉普兰地区的旅行是他自己眼里最耳目一新的经历，并且意外地与回忆中一段短暂爱情的"白夜"联系在一起。阿普列乌斯从未看见过午夜的太阳，但我并不因此就对与他的巧合不感兴趣，甚至还更感兴趣。这是死亡，以

[1] 鲍布（Baubo）是出现在埃莱夫西斯秘仪行列中的淫荡的老妇人。——原注
[2] 阿普列乌斯（约124—约170），罗马哲学家，作家，著有多种修辞学和哲学著作，其中以《变形记》（又名《金驴记》）最为著名。

及战胜死亡的一种原型象征。

约斯·卡塞尔不仅有实际用途;就像科拉斯·吉尔,不管他在人物的生活中能够扮演什么样的肉欲角色,他也回应了某种别的东西,即智力对于普通人的魅力。在层层叠叠的文化之下,对现实的本来面目的兴趣;对简化生活的兴趣。

众所周知,达·芬奇奉行素食主义并对动物世界怀有深厚的温情。人们往往忘记,蒙田也有这种温情,而且用美妙的方式表达过。我研读《悲歌集》时,在多比涅那里也发现很多这样的痕迹。

泽农的热忱可以与乔达诺·布鲁诺的热忱相提并论。但是前者更加干涩。布鲁诺首先是通灵者,是诗人。

从某些角度看,康帕内拉落后于他的时代(也许,他生活在意大利南部的修道院里使然),但从哲学论辩的角度看,他与我想赋予泽农的语气非常接近。然而泽农不可能将他的思想浇铸在任何形式的乌托邦里。

泽农二十岁时拒绝的蒂埃里·卢恩给他的提议,正是康帕内拉差不多二十六岁时所拒绝的,他为此坐了三十一年牢狱:带领一小群人,武装起来进行社会和政治反抗。

布鲁诺和康帕内拉在骨子里是诗人,泽农一点儿也不是。

自杀。泽农自杀，不是出于原则或者由于某种特别的吸引力，而是他被挤压在一个不可接受的妥协和一种毫无意义的痛苦的死亡之间，我们任何人处于他的位置都会像他那样做，比如，K.洛维特的母亲面临被送往达豪的威胁时，就是这样做的。（而且以同样的方式，切开自己的静脉。）哈德良，为防备落入敌人之手，让人在自己胸前心脏的位置作了标记，他也会同样做，而且同样"睁开双眼"。

但是，哈德良在临终时刻回顾的是自己作为人的过去，而不是朝向已经将他带走的巨大的声音和光亮。

自杀。泽农，三岛由纪夫，蒙泰朗（1972 年 9 月 21 日去世，即五天前——我在 26 日星期二，1972 年，写下这些字）。被撕裂的，打开的身体，释放了灵魂。（三岛由纪夫死于 1970 年 11 月。他的最后一篇访谈死后发表在《费加罗》上，我记得其中提到了《哈德良回忆录》。）

泽农处于动力论和生机论思想的最边缘，在现代类型的物质主义和机械主义的边缘；我们走完很长一段路之后，回到了非常接近吉贝尔[1]和帕拉塞尔苏斯的精神概念，我们身后有十八、十九世纪的科学世界，我们与他在这些边缘上相遇。

亨利-马克西米利安似乎分割为两部分，他既纵情声色，又

---

[1] 吉贝尔（约 721—815），穆斯林炼金术士，原名 Jâbir ibn Hayyân，吉贝尔（Geber）是他拉丁化后的名字。

深情款款，一方面是酒馆和妓女，另一方面是他对所谓贞洁女人的柔情和热忱——他按照游戏规则（以及根深蒂固的偏见）认为她们是这样的，他属于有教养而又追逐声色的那一类人，这个世界在我们之前一直存在。（也许今天仍然存在……）饥荒期间他给短缺食物的美人送去火腿，这个情节显示他第一次向前迈出一步，超越了唯一的感官享受，唯一的虚荣，以及他所属时代的唯一的理想主义偏见。在一分钟里，他爱的是这位贵妇本人，是她本来的样子。

　　关于泽农那几段不为人知的生活，要说的话还很多：在莱昂，在圣灵桥，在阿维尼翁，在多莱和塞尔维之间来到里昂，在马赛登船前往阿尔及尔之际……又如，1541 年回到里昂，在热那亚和博洛尼亚短暂停留，在此我只一笔带过他与洛伦扎齐奥的会面，以及约瑟夫·哈-柯恩和鲁吉耶利的名字。再如另外两段语焉不详的经历，一段在德国，1542 年至 1551 年期间，只出现了他与玛尔塔的偶遇，提到阿莱伊，以及在巴塞尔遇到的麻烦，泽农的这段生活与帕拉塞尔苏斯的经历最为接近，他们都有过金钱上的起起落落，在孤独中默默无闻和几乎处于幻觉状态；然后，逃离因斯布鲁克之后，又来到德国和波兰，从 1551 年冬一直待到 1555 年抵达瑞典。小说中没有关于这段时期的任何信息和细节，只提到雷根斯堡的博尼法奇乌斯·卡斯特尔，受雇在波兰国王的军队里担任军医，回忆起沿途看见冻僵的奄奄一息的伤兵（这一段描写我是从一位美国医生的叙述里得到的启发，1944 年战场上的惨状纠缠了他整整一生），还有我自己也参加过的克拉科夫的弥撒。

然而我花了很多时间来想象这些时期,很想将它们写下来,哪怕让这本书的篇幅多出一百页……但是,那样做会不可补救地伤及不同事实和回忆的重要性级别,我们得到的会是一本平淡无奇的传记,其中什么也没有说,因为一切都说了。

　　因斯布鲁克是一段危机时期:自我最后的反弹。在布鲁日,转变差不多完成了。

　　回答格雷斯翻译《苦炼》时提的一个问题,关于《修道院院长的病》一章中瓦隆卫队的中士(雄鹿客栈)。不可能将这队士兵的头目换成上尉,因为客栈的等级和背景要与《在因斯布鲁克晤谈》形成呼应。中士一词的好处:我们立刻进入了一个平民环境。

　　从内部和从外部看到的人物。
　　院长始终是从外部看到的。只有他的话语透露出内心世界。
　　在泽农身上,即便没有任何虚伪的成分,内部和外部仍有巨大差异。《深渊》一章要透露的是人的内心世界。(《夏天的乐趣》一章部分地也是同样的效果。)《在因斯布鲁克晤谈》中,内心通过话语透露出来,但这样一来,即便是毫无约束地表达出来的思想,这些思想已经用语言形成了。在另外几章中,思考用这样的方式表达出来时,是一种从行动中诞生的思想,它本身部分地是外在的。在与院长的交谈中,话语本身被置于院长的参照背景上,甚至泽农与院长意见相左时也是这样,我们只能看到人物的一面,这是与时代形成的折射角和入射角。这种情形产生的奇特效果是天才让位于智慧。

细节：虚构那个偷窃膏药的无赖修士，原本只是为了让泽农有理由发火，后来刻画西普里安修士的性格时也用上了。

教会人士。我认为书中一共有五个：康帕努斯，堂·布拉斯·德·维拉，教廷大使，院长，圣巴汶修道院的主教院长。对他们加以区别极其困难，不是指这些人物的性格，他们各自的性格非常鲜明，而是要区分他们的级别，头衔，以及当有人跟他们说话时，他们的应答方式，才不至于让读者一头雾水。在一定程度上，我们也可以利用这种困难。那些泽农对他们的兴趣相对来说不算持久的人物，在他的记忆中留下的仅仅是头衔。他经常想到的那些人物有一个名字。为了避免混淆方济各会修道院院长和雅各比会修道院院长，即堂·布拉斯·德·维拉，后者在小说整个第一部中只有一个头衔，后来才有了名字。但是这个细节也意味着泽农想到他的时候越来越多了。关于书中几个女人的名字，也是同样的考虑。匈牙利女人和瓦朗斯姑娘没有名字[1]，因为她们在人物的记忆中没有扮演任何角色，而且更多由于时代而非性格的原因，泽农在一定程度上拒绝区分女人的个性特征。尽管弗罗索夫人在泽农眼里有鲜明的个性，但是她也没有名字，部分原因是对他而言，她首先是一位贵族夫人。

也许是在与女性人物的关系上，作家最难忠实地准确再现时代的习俗。可以仿效的例子之一是《丢勒日记》；另一个是蒙田。

---

[1] 但泽农回忆她们的时候，终于想起了她们的名字（伊洛娜和卡希尔达·佩雷兹），作者也一样。——原注

女人在文艺复兴时期男人的头脑里(除非这个人是柏拉图主义者或者彼特拉克式的文人,或者布朗多姆式的浪荡子,即便这样也还难说),就算不是配角,始终也只扮演一个极其有限的角色。

院长稍稍谈到了自己的妻子,他这样做的时候应该极其迟疑。他为提起这样谦卑的回忆感到难为情。

女佣卡特琳显然与关于童年的叙述中提到的那些女佣相呼应。

然而这些都不应该说出来。泽农本人不会费心去作这些比较。很重要的一个方法是:我们看见一个人物在生活中与一些人交往,但要避免必然让他回忆起同样这些人。这里显然有一种技巧,可以说是一个窍门,用来表现人物的不同侧面,呈现任何人生都具有的几乎无法穷尽的丰富性。然而也有一种内在的真实:记忆会在有意无意间有所遗漏,扔掉那些不是最根本的东西。无论维维安还是雅奈特·弗贡尼埃,都不应该再次提起她们的名字。

在技巧上无法做到充分描写与一个人物对应的所有人,然而这是任何人生的一个重要特征。因此我去掉了穆斯塔法这个人物,因为我们一下子又会回到与埃里克王子相关的那些段落同样的节奏。

细节的虚构。圣血节的仪式行列:这个细节只是为了说明在酒馆里吃饭的人为何要靠窗坐(塞维利亚回忆的影响);但是这次游行发生在五月的第一个星期一之后,这件事最终决定了小说结尾的进程。

　　另一方面,这个细节引出了瓦隆卫队士兵充当人墙的细节,还有院长步行走完仪式行列后感到疲惫的细节。最后,在此提到的圣血成为某种象征,象征流淌的鲜血。

　　描绘深渊里的焦虑异乎寻常地困难,这种焦虑不是情感上的,而是形而上学的。大部分读者也许以为这里没有什么好担忧的。然而,这也是部分地发生在帕斯卡身上的情况,大部分读者关注的是感情充沛的《耶稣的秘密》,或者是迎合他们好争辩精神的说理部分。但是人们谈起帕斯卡的"深渊"时,仿佛他的房间里突然出现了一个洞。几乎从未有人触及主旨。

　　另一个几乎无法克服的困难:表现内心的眼光而不是理智的观念,读者不要以为这是倒退而不是进步,尤其在法国,理智的观念高高在上,排斥几乎任何其他形式的思想。内心的眼光是缓慢的,几乎静止不动的,它会令有些人感到扫兴,这些人以为智力是某种快速的东西,甚至不惜以肤浅为代价。只有纪德,在《人间食粮》里触及到了某种非常深刻的东西,当他这样说的时候,也许他自己以为只是一个悖论:"智者是无缘无故感动的人。"要有勇气描绘一个沉浸于凝视微不足道事物的人物,这种凝视是神圣的,令人筋疲力尽;描绘一个人的头脑多么缓慢地,不可逆转地察觉到事物的奇异之处。

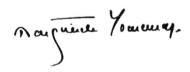

玛格丽特·尤瑟纳尔

《苦炼》题解

将尤瑟纳尔的小说 L'Œuvre au Noir 书名译为《苦炼》，是一个不得已的选择。该书名出自欧洲中世纪炼金术术语，指的是以炼成点金石为目的的"大功"(le Grand Œuvre，译介西方炼金术的中文书籍大多译为"伟大的工作")的第一个阶段，即在坩埚中对物质进行煅烧、融解和分离，使物质达到"腐化"状态，以提炼出纯粹成分的过程。如果直译字面意义，也许不妨将这个术语译为"黑功"(中文书籍多译为"黑化")。其后的"白功"(l'Œuvre au blanc，或译为"白化")，是对前一阶段提炼出的物质进行清洗和净化；最后"红功"(l'Œuvre au rouge，或译为"红化")指的是熔炉内的物质即将转化为点金石之前的炽热状态，也象征着炼金术士因获得对物质和自身的深入认识而达到的身心陶醉状态。尤瑟纳尔的这部小说以 16 世纪的欧洲为背景，讲述主人公泽农一生的经历。泽农身兼炼金术士、医生、哲学家几重身份，无论对世界还是对人自身，他都不甘心接受任何现成的概念，不惜冒着生命危险，用毕生的观察、实践和思考来努力获得接近于真理的认识。"黑功"是实现"大功"的过程中最艰辛、最危险的一个步骤，作者用这个炼金术术语象征泽农一生的求索。了解书名的本意至关重要，这是贯穿全书的一个隐喻。

今天的读者也许会觉得，泽农集炼金术士、医生、哲学家于一身显得有些不可思议，这就需要先了解一点炼金术的基本知识。欧洲炼金术是一种神秘哲学(philosophie hermétique)，兴起于希腊化时期的文化中心亚历山大城，从一开始就试图汇集各科学分支的知识,尝试解释宇宙万物的起源以及彼此之间的关联。根据炼金术学说,宇宙万物都是具有灵性的生命,金属也不例外。炼金术的任务就是配制一种药物或酏剂,使之作用于普通贱金属时,恢复这些金属固有的"体质",亦即将其转化为完美、高贵的金属——纯金。这种药物或酏剂也是可以恢复一切生命机体活力、甚至永葆生命存续的"万灵药"(la Médecine universelle),炼金术与医学之间的密切关系,由此可见一斑。

需要说明的是,炼金术既是一种操作实践,也是一种精神修炼。实践炼金术(l'alchimie pratique)的一整套术语,在奥义炼金术(l'alchimie mystique)中被赋予丰富的象征意义:贱金属象征着尘世的种种欲望,获取点金石的艰辛过程象征着精神所经受的一系列严苛考验;最终获得的金子也不再是一种物质,而是心灵的净化。所谓"点金石",其本意是哲人石(pierre philosophale),即实现了精神的转化和升华的人自身;"大功告成"象征着熔炉内的物质与炼金术士的精神实现了完美的结合,故炼金术士自诩"哲学家"并非虚妄之辞。至于在炼金术漫长的发展过程中,大量愚昧、贪婪、狡诈之辈为了"点石成金"或"长生不老"的庸俗目的而加入炼金术士的行列,让这一群体变得极其鱼龙混杂,则是另外的话题。

希腊化时代结束后,欧洲炼金术有过一段长时间的断层。罗马帝国时期,炼金术被视为巫术活动而遭到排挤,其后经拜占庭传入阿拉伯世界。希腊语和埃及语的炼金术文献被转译成阿拉伯语得以保存下来,炼金术在几代阿拉伯术士手中得到继承和发展。公元 8 世纪起,阿拉伯人统治伊比利亚半岛长达七百多年,炼金术通过西班牙传回欧洲腹地,这就是为何小说一开始,泽农指着比利牛斯山的方向,满怀憧憬地说那一边是"阿维森纳的国度"。事实上,尽管阿维森纳的著述主要是通过西班牙传入欧洲,这位阿拉伯哲人却从未踏上过欧洲的土地。炼金术著作大量回流到欧洲,主要是历次十字军东征的成果。此外,西西里岛因处于东西方交往的枢纽地位,也是炼金术传播到欧洲的重要中转站之一。从13世纪起炼金术在欧洲再度兴起,并在文艺复兴时期达到鼎盛,许多人文学者热衷此道,比如皮科·德拉·米兰多拉(1463—1494)曾致力于研究炼金术术语,帕拉塞尔苏斯(1493—1541)则醉心于探索炼金术的操作工艺。大自然成为一个巨大的实验室,世间万物处于永恒的相互作用之中,人体小宇宙完美地反映着大宇宙的构造和运行规律,正如炼金术格言所谓"如其在内,如其在外"。16世纪,在英国女王伊丽莎白一世和哈布斯堡的鲁道夫二世的宫廷里,炼金术士跟占星家们一样受到庇护,《苦炼》中也描写了泽农觐见法国王太后卡特琳·德·美第奇的场景。

让我们回到泽农的故事。泽农1510年出生在比利时布鲁日,那里是当时欧洲最重要的羊毛集散地和金融中心之一。泽农的母亲是布鲁日首屈一指的大商人利格尔的妹妹,她爱上了从佛罗伦萨来此短暂逗留的一名年轻教士。泽农是私生子,他从未见过自己的生父。泽农二十岁时决定离家出走,到大千世界去探寻知识。他在三十多年里游历了大半个世界后,改名换姓回到布鲁日,在方济各会修道院附属的济贫院里为穷人看病。最后,泽农因牵涉进一桩与他几乎无关的年轻僧侣的风化事件而被捕,他的真实身份暴露,经世俗司法当局与教会的联席审判,泽农被判火刑。1569 年 2 月,寒冬将尽的时候,泽农在临刑前夜结束了自己的生命,在他出生的城市里死去。

从 1517 年路德在维滕贝格发表关于赎罪券功效的《九十五条论纲》,到 1564 年加尔文在日内瓦去世,泽农生活的时代恰与如火如荼的宗教改革相并行。天主教与新教的对立,新教内部各派别之间的纷争,与宗教对立密切关联的政治冲突,地理大发现所引发的对世界的重新分割,技术革新和金融资本势力的上升……这些事件的广度和影响难以为当时的人们所窥见,它们构成了泽农一生的广阔背景。

《苦炼》分为三个部分,各有一段卷首语,不妨作为我们解读作品的门径。第一部《漫游岁月》的卷首语摘自皮科·德拉·米兰多拉的《论人的尊严》:

> 哦,亚当,我没有赋予你属于你自己的面孔和位置,也没有赋予你任何特别的天赋,以便由你自己去期望、获取和拥有你的面孔、你的位置和你的天赋。自然将另一些类别禁闭在由我订立的法令之内。然而,你不受任何界线的限制,我将你置于你自己的意志之手,你用它来确定自己。我将你置于世界的中央,以便让你更好地静观世间万物。我塑造的你既不属于天界,也不属于凡间,既非必死,也非永生,以便让你自己像一个好的画家或者灵巧的雕塑家那样,自由地完成自己的形体。

在皮科看来,人在"存在之链"中没有明确的位置,世界上其他物种(动物、植物、矿物)的改变皆是被动承受外部力量作用的结果，然而人可以通过学习、思考和运用知识的能力来提升自己在"存在之链"中的位置。上帝创造亚当，没有对他的形体、性情、能力作任何限制，而是让他凭借自由意志塑造自我，这是人的自由所在，也是人的尊严所在。

小说以泽农离开布鲁日，在路上与表弟亨利-马克西米利安的相遇开篇。16世纪的欧洲，对一个权贵之家的私生子而言，最好的出路是成为教士，"泽农是为教会长大的"，但是他很早就决定放弃这样的前途。亨利是泽农的舅舅利格尔的长子，身为欧洲最富有的家族之一的合法继承人，亨利却不屑于"靠丈量布匹度过一生"。表兄弟两人先后离家，泽农想寻求知识，亨利想寻求荣耀。他们在大路上相遇，亨利满怀豪情地宣称自己将要建立与亚历山大和恺撒齐名的功业，"要紧的是成为一个人"。泽农鄙夷俗世的虚荣，不无傲慢地回答："对我来说，要紧的是不仅仅成为一个人。"他接着说："如果一个人在死去之前连自己的牢狱都没有走上一圈，岂不荒唐？"牢狱之于囚犯，是他全部活动的疆界，泽农借用"牢狱"来比喻一个自由的人可能到达的最远的地方，意指人应当尽量抵达自己能力所至的极限，就像囚犯至少应当围绕自己的囚室走上一圈。这个出自年轻的泽农之口的比喻，日后将成为尤瑟纳尔记述自己一生中最后游历的书名《牢狱环游》(Le Tour de la prison)，作家的生命体验与虚构写作水乳交融，此其一端。表兄弟两人分手时，亨利问泽农为何步履匆匆，泽农答道："另一个人在别处等着我，我正朝他走去。"他见亨利迷惑不解，又补充道，那个人就是"泽农在此。我自己"。我们知道，对于欧洲各国来讲，"文艺复兴"一词蕴含的具体内容及其指称的历史时期都不尽相同。泽农的出生地佛兰德斯地处欧洲北部,进入文艺复兴的时间相对较晚,也就是说泽农年轻时代的16世纪早期,意大利已进入文艺复兴盛期,而北方文艺复兴才刚刚开始。泽农这些充满青春的热情与骄傲的话语,与皮科·德拉·米兰多拉的卷首语相呼应,宣示了文艺复兴早期人文主义者对人具有无限潜能、对人的自我完善抱有的坚定信念。

接下来的漫游岁月里,泽农到过根特和西班牙的莱昂,跟随有卡巴拉倾向的炼金术士学习,他在巴黎和蒙彼利埃的大学里学习过医学,发现教授们传授的知识不过陈陈相因。他的足迹遍及欧洲各国,曾在黑死病疫区因救治病人而扬名一时,他的行踪甚至远及阿拉伯、北非和北极地区。也许是为了在颠沛流离中获得短暂的安宁,也许他还未彻底放弃培养国王弟子这一哲学家的终极梦想,他也曾在土耳其苏丹和瑞典国王的宫廷里供职。他写过几部医学和哲学著作,其中包含一些令教会不安的言论,他数次面临教廷的缉捕而匆匆逃亡……

泽农和亨利在大路上分手二十年后,第二轮特伦托主教会议期间(1551—1552),他们在因斯布鲁克偶然相遇。亨利的军功与自己当初的期许相去甚远,泽农也显得苍老而憔悴。两人促膝长谈,亨利问泽农:"我看见你干瘦、疲惫、惊慌,穿一身连我的仆人也不屑穿戴的破衣衫。难道值得用二十年的努力来达到怀疑吗? 它在任何正常的头脑里都会自动冒出来。"泽农回答道:"你们的怀疑和信仰是浮在表面的气泡,但是在我们内心沉淀下来的真理,就像一次危险的蒸馏过程中留在曲颈甑里的盐,它存在于解释和形式的内部,对于人的嘴而言,它要么太烫要么太冷;对于文字而言,它过于精妙,而且比文字还要宝贵。"

第二部《静止不动的生活》描写泽农回到布鲁日后几年的定居生活,卷首语是一句炼金术格言:"走向隐晦和未知,要通过更为隐晦和未知的事物。"

尤瑟纳尔回顾自己的人生经历时,喜欢说生活像一场弹子球游戏,是一连串的偶然连环碰撞的结果。泽农的情形也大致相似。三十多年的风霜让泽农的外貌发生了巨大变化,他化名塞巴斯蒂安·戴乌斯博士回到布鲁日。泽农一生居无定所,原本以为故乡只是漂泊路上的一站,并未打算在此终老,然而种种始料不及的情况让他滞留下来。泽农回到布鲁日后的生活,表面看似局限在一个小小的城市里,甚至只在这个城市一个小小的街区,只在这个街区的几条街上来来往往,然而"这种静止不动的生活在原地沸腾;他感到一种几乎令人害怕的活跃像地下河一样涌动"。顺带不妨提及,这部小说的英译本是由尤瑟纳尔的伴侣格雷斯·弗里克在作者本人的紧密协作下完成的,英译本就以《深渊》(*The Abyss*)为书名。这一事实说明两个问题:一是书名原文在其他语言里确实难以找到恰切的对应表述,二是足见《深渊》一章在全书中的核心地位。

16 世纪佛兰德斯处于西班牙的统治下,尤其是菲利普二世继位后,对佛兰德斯争取民族自决的诉求实行高压政策,甚至对政治上的异己冠以异端罪名处以极刑。布鲁日方济各会修道院院长是一位虔诚的天主教徒,也是热忱的爱国者。对时局的共识,对人类苦难的深切同情,让院长和泽农之间建立起深厚的默契和信任,然而就在他们之间"几乎完全排除了谎言的交谈"之后,泽农却"隐隐有一种欺诈的感觉",因为这些谈话的内容在他"独处时的沉思中几乎没有什么位置"。并非泽农对佛兰德斯的苦难漠然置之,而是他亲历了太多血雨腥风,不再像院长那样深感痛切。更重要的原因,是另外的思考占据着泽农的内心。

他在济贫院的小阁楼里,重新检视一生中探究过的重要概念,无论这些概念属于观念世界还是属于物质世界;他用在东方游历途中从伊斯兰教僧侣那里学来的方法在自身进行胸腔扩张和收缩的试验,以期更好地认识精神与肉体之间的关系,看看所谓自由意志是否受制于物质基础;他追忆往事,尽力分辨其中哪些是属于自己这一特殊个体的成分,哪些与人的普遍境遇相关,他从自己的经历中看见曾经营造的空中楼阁,也看见时代的疯狂和残暴……概念坍塌了,时间不再与钟表和日历上的标记相关,甚至也不再与星辰的运动相一致,空间在倾斜、游移,事物渐渐显露出它们的本质:

一片森林占据了房间。这条矮凳是按照从地面到一个坐着的人的臀部之间的距离来制作的,这张桌子是用来写字或者吃饭的,这扇门将封闭在一个立方体里的空气向一个相邻的立方体里的空气打开,它们失去了某个工匠当初赋予它们的存在理由,就像教堂的油画上那些圣巴托罗缪一样,它们只不过是剥了皮的树干或树枝,上面还有幽灵般的树叶和看不见的小鸟,它们还在早已停息的风暴中簌簌作响,它们身上还有刨子留下的汁液凝结而成的颗粒。这条毯子和这件挂在钉子上的衣服,它们还散发着油脂、奶和血的气息。在床边敞着口的这双鞋,曾经随着一头躺在草地上的牛的呼吸而起伏,而补鞋匠涂抹在上面的油脂里,有一头被放尽了血的猪在轻声尖叫。如同在屠宰场或者执行

396

绞刑的围墙里,残暴的死亡无处不在。我们在旧纸片上记录下那些自以为值得传之永远的思想,一只被杀死的鹅就在用来写字的羽毛里叫喊。一切都是他物:贝尔纳会的修女们为他浆洗的这件衬衫,曾经是一片比天空还要蓝的亚麻田,也曾经是浸泡在运河深处的一团纤维。他的口袋里有几枚铸有已故查理皇帝头像的金币,在他自以为拥有它们之前,它们曾经无数次被交换、施舍、偷窃、称量和克扣;然而早在亚当出生之前,金属本身已经与大地融为一体,与这种静默的存在相比,它们在那些吝啬或者挥霍的手中传递的时刻终究不过是过眼云烟。

一切都是他物,一切都是过渡,包括人自身。正如炼金术的第一步"黑功"意味着物质的死亡,是物质实现最终嬗变的先决条件,泽农在深渊里的沉思中完成了"哲学之死":炼金术的操作者既是主体又是客体,是易碎的蒸馏釜,也是容器底部的黑色沉淀。泽农将从思想的腐烂、形体的扭曲中获得的经验扩展到一切,他感到自我"像风中的灰烬一样飘散"。走出深渊的泽农,精神经过彻底的涤荡,不知不觉间已过渡到"白功"阶段,官能变得前所未有地灵敏和准确。他用曾经为王侯们效力的精湛技艺,为络绎不绝前来济贫院求医的穷人诊疗,他的内心不再有任何野心和戒惧,他的专注里甚至没有掺杂怜悯。繁重的工作不再让他感到疲劳,天气的变化也不再干扰他的身体。从当年那个出发去寻找"泽农在此"的意气风发的少年,他变成了放弃自己名字的戴乌斯医生,以至于一天有人偶然问起他是否认识一个叫作泽农的人,他几乎不假思索就作出了否定的回答。

就在泽农最接近基督教意义上的圣徒时,他被捕了。修道院年轻僧侣之间由于肉欲的萌动而发生为教会和世俗法律所不允许的行为,在中世纪是屡见不鲜的现象。戴乌斯医生被怀疑是这些年轻修士的同谋,他被捕时说出了自己的真实姓名,"人总是要落入某个陷阱的:这一个跟其他的一样"。他的案情性质因此发生彻底转变,他由一个放荡小团体的无足轻重的从犯,变为一个极其危险的无神论者和渎神者。

第三部《牢狱》的内容是泽农在监狱里度过的生命中最后两个月。卷首语是朱利安·德·美第奇的一首诗:

这丝毫也不卑鄙,也非卑鄙所致,
如果一个人,为避免更残酷的命运,
憎恶他自己的生命,寻求死亡⋯⋯

对于心灵高贵的生命,宁愿死去,
也不愿承受无法回避的苦难
令他失去品行和风度。
这样的人很多,死亡治愈了他们极度的焦虑!
然而众人毁谤向死亡求助,
殊不知死亡如此甜美。

泽农被判火刑的当天下午,他当年的老师、年迈的帕托洛梅·康帕努斯议事司铎亲自前来探监。司铎见证了审判泽农的全过程,他无力拯救他钟爱的弟子的灵魂,只能寄望于拯救泽农的肉体。想挽救泽农性命的还有主教大人,尽管他的本意是希望通过此举显示教会的权威,从而与世俗权力抗衡。司铎告诉泽农,如果泽农愿意收回前言,他和主教会设法将他安置在一个修道院里,让他平静地度过余生。这时,泽农向司铎讲述了他小时候听佣人描述的火刑场景:"当年您向我传授文学和科学基础知识的时代,有个认罪的人在布鲁日被烧死,不知道他犯下的罪行是真是假,一个佣人向我讲述了他遭受的折磨。为了增加这出戏的趣味,人们用一条长链子将他系在柱子上,这样他浑身着火以后可以跑来跑去,直到扑倒在地上,或者不如直截了当地说,扑倒在火炭上。我常常想,这个可怕的场景所包含的寓意,就是一个基本上自由的人的状态。"泽农在死囚室里提起的这段童年回忆,包含着他对自由的深刻认识,司铎许诺的自由对他毫无吸引力。事实上,泽农也尝试过逃亡英国。然而走到离布鲁日仅几十公里远的海边,一路看见人类的欺诈、贪婪、狂热和盲从无处不在,泽农不免心生厌倦。他想,自己已经五十八次看见冬去春来,生与死已无关紧要,于是转身回到布鲁日。泽农向司铎表示拒绝悔过,但是"在他赴死的决心背后,还深藏着另一个更隐秘的,他小心翼翼向议事司铎遮掩的决心,那就是死于自己之手。然而这里仍然为他保留了一个巨大的,令人精疲力尽的自由"。

　　自杀行为被基督教视为弥天大罪,自杀者因主动舍弃肉身而永远无法实现灵魂与肉体的结合。但丁在《神曲》"地狱篇"第十三首里描绘的就是"自杀者的丛林",那是一个荆棘遍布的荒凉、可怖之境。泽农选择自杀不是对基督教教义的挑衅,也并非基于某种抽象的原则。小说中,尤瑟纳尔两次写到泽农对当时因异端思想而遭遇火刑的几位人文学者和思想家的态度。一次是在因斯布鲁克跟亨利的交谈中,泽农提到西班牙神学家塞尔维面临的危险,他坦言自己手中有关于血液循环的重要研究要做,不值得为了捍卫某一信条而被活活烧死。另一次是泽农刚回到布鲁日时,他住在从前的朋友让·米耶家里,这位外科医生兼剃头匠喜欢说一些针对教会和教会人士的玩笑话,泽农一方面觉得这些讥讽不免浅薄,同时"他又暗暗对自己说,在一个为信仰而狂热的时代,这个人粗俗的怀疑主义自有其价值"。

泽农为什么要选择自杀?因为他被挤压到了两种不可接受的境况之间:一方面是对他已经失去价值的妥协条件;另一方面是毫无意义的肉体痛苦,是近乎猥亵的被围观的死亡。小说末章详细描述了泽农在生命最后几个小时里的内心活动以及实施自杀的细节。就在泽农下定决心的同时,感官仿佛窥探到理性向自己隐瞒的秘密,突如其来地爆发骚乱。泽农在极度震惊中制伏了身体短暂的溃败,他意识到这种周密思考过的死亡仍然蕴含着无数未知的风险。此时,尤瑟纳尔无比冷峻、克制的笔触更凸显了泽农之死的惊心动魄:"他朝自己的处境投以一瞥,就像外科医生在身边寻找工具并推算运气。……他密切关注着周围的响动和脚步声;万籁俱寂,然而与他从前任何一次匆匆出逃相比,时间也没有此刻那么宝贵。"接下来,一切都迅疾而有条不紊地进行。泽农确定"不可逆转的事情完成了",他安心地感受自己如何渐次失去各种知觉,与生命脱离,就像哈德良"努力睁开眼睛走进死亡……"

夜已经降临,他不知道究竟是在他自身还是在房间里:无边的夜。夜也在晃动:黑暗让位于另一些黑暗,深渊接着深渊,厚重的晦暗接着厚重的晦暗。但是这种黑色不同于肉眼见到的黑色,它振颤出似乎从自身的缺失中发出的色彩:黑色转为青绿色,然后变成纯白;浅白色转变为鲜红的金色,然而原初的黑色依然存在,正如星辰的火焰和北极光仍然是在黑夜里颤动。有一刻在他看来是永恒的,一个绯红的球体在他自身或者外部跳动,将大海染成血红。就像极地区域夏天的太阳,耀眼的天球似乎犹豫不决,准备往天底下降一度,然后,几乎难以察觉地轻轻一跳,跃上天顶,最终消失在眩目的白昼里,而白昼同时也是黑夜。

一幅壮观的宇宙图景成为泽农弥留之际最后的视觉影像,其中次第出现的黑色、纯白、鲜红,不就是点金石炼成之前,物质在不同状态之间转化所呈现的色彩?

尤瑟纳尔在塑造泽农这一虚构人物时,从比他稍早或稍晚的历史人物,如达芬奇、伊拉斯谟、帕拉塞尔苏斯、塞尔维等人的思想和经历中借鉴了一些成分,书后的《作者按语》对此有详细的交代。作家在《苦炼》中呈现的不是欣欣向荣的文艺复兴,不是世人眼中因璀璨的艺术成就而被理想化的文艺复兴,而是一个被宗教和政治冲突所撕裂的时代,是个人在沉重的思想枷锁和战乱频仍之中艰难地寻求实现自我的时代。泽农用一生去实践的"黑功"不啻为一条追寻自由的崎岖之路,如同他在深渊里回首往事时承认:"二十岁时,他以为自己摆脱了使我们丧失行动能力和蒙蔽了我们理解力的成规或偏见,然而,他以为自己一开始就全部拥有的这份自由,后来却用了整整一生来一点一滴地获取。"泽农一生的上下求索,浓缩了从中世纪到文艺复兴时期几代人文主义者对知识和人性的探求，在这个意义上，泽农之死也是一曲文艺复兴终结的挽歌。

写作是尤瑟纳尔的炼金术。跟她的其他重要作品一样，《苦炼》经历了漫长的成书过程。尤瑟纳尔在《创作笔记》中写道："开始写作《苦炼》(以另一个名字为题)时，我跟小说开头年轻的泽农和年轻的亨利-马克西米利安一般年纪。作品完成时，我比泽农和亨利-马克西米利安撞上他们的死亡时年纪稍长。"泽农的故事从 1920 年代初开始酝酿，第一个版本 1934 年以《仿丢勒》为题问世，到 1968 年终于以《苦炼》为题出版，四十多年里作家本人和世界经历的一切丰富了小说的内涵。尤其从 1956 年尤瑟纳尔动笔重写《苦炼》到小说最终出版的年代，世界各地的动荡和冲突无不让作家感到历史在以某种方式重蹈对抗、暴力、混乱的覆辙。较之完成于二战结束百废待兴之际的《哈德良回忆录》所传达的对人文主义理想的信心，投射在《苦炼》之上的显然是一层幻灭的阴影。

作为译者，我与这本书相伴度过许多时光，何其有幸。难以忘怀十年前的深冬时节，数年来时拾时辍、如履薄冰的工作，进行至最后几章时竟变成无法减速的奋力冲刺。然而，原本急切地想抵达长跑的终点，接近尾声时却依依难舍。每天工作到夜深，徘徊不忍告别，如同不愿离开一个倾心交谈的知己，直至我"跟随泽农能走到的最远的地方"。

段映红

Marguerite Yourcenar

[法]玛格丽特·尤瑟纳尔(1903—1987)

出生于比利时布鲁塞尔,1987年在美国缅因州荒山岛辞世。1980年入选法兰西学院,成为该机构350年历史上第一位女性"不朽者"。

尤瑟纳尔深受自古希腊罗马以来的欧洲人文主义传统浸润,同时从早年起即对东方哲学和文学怀有浓厚兴趣。她的作品以渊博的学识、广阔的视野和深邃的哲思见长,包括诗歌、戏剧、随笔等,尤以小说著称。主要作品有小说《哈德良回忆录》《苦炼》《默默无闻的人》等,回忆录《世界迷宫》三部曲也享有盛誉。

尤瑟纳尔的语言优美洗练,深具古典韵味。

段映虹

北京大学法语系教授。译著有《文艺杂谈》《论埃及神学与哲学》《东方故事集》等。

图书在版编目(CIP)数据

苦炼/(法)玛格丽特·尤瑟纳尔著;段映虹译. —2 版. —上海:上海三联书店,2024.3 重印
ISBN 978 - 7 - 5426 - 7417 - 3

Ⅰ.①苦… Ⅱ.①玛… ②段… Ⅲ.①长篇小说-法国-现代 Ⅳ.①I565.45

中国版本图书馆 CIP 数据核字(2021)第 081783 号

上海市版权登记 图字:09 - 2021 - 0324 号

苦 炼

著 者 / [法]玛格丽特·尤瑟纳尔
译 者 / 段映虹

责任编辑 / 黄 韬 李巧媚
装帧设计 / ONE→ONE Studio
监 制 / 姚 军
责任校对 / 王凌霄

出版发行 / 上海三联书店
(200041)中国上海市静安区威海路 755 号 30 楼
邮 箱 / sdxsanlian@sina.com
联系电话 / 编辑部:021 - 22895517
发行部:021 - 22895559
印 刷 / 上海颛辉印刷厂有限公司

版 次 / 2021 年 10 月第 2 版
印 次 / 2024 年 3 月第 5 次印刷
开 本 / 890 mm×1240 mm 1/32
字 数 / 280 千字
印 张 / 12.875
书 号 / ISBN 978 - 7 - 5426 - 7417 - 3/I·1699
定 价 / 68.00 元

敬启读者,如发现本书有印装质量问题,请与印刷厂联系 021 - 56152633